KB049268

한국 여론조사의 대부

박무익 평전

한국 여론조사의 대부
박무익 평전

1판 1쇄 인쇄 2024년 5월 23일
1판 1쇄 발행 2024년 6월 10일

지은이 김동률
펴낸이 김성구

책임편집 고혁
콘텐츠본부 조은아 김초록 이은주 이영민
마케팅부 송영우 김나연 김지희 강소희
제작 어찬
관리 안웅기

펴낸곳 (주)샘터사
등록 2001년 10월 15일 제1-2923호
주소 서울시 종로구 창경궁로35길 26 2층 (03076)
전화 1877-8941 | **팩스** 02-3672-1873
이메일 book@isamtoh.com | **홈페이지** www.isamtoh.com

ISBN 978-89-464-2273-5 03810

값은 뒤표지에 있습니다.
잘못 만들어진 책은 구입처에서 교환해 드립니다.

한국
여론조사의
대부

박무익 평전

김동률 지음

샘터

• 차례 •

Terra — 민주주의의 토양이 되어

Ventus —— 세상을 감싸다

프롤로그

이 책은 한 시대를 앞서 살다 간 한 인간에 대한 기록이다. 중키에 깡마른 체구의 그는 형형한 눈빛으로 사람들을 사로잡았다. 누구는 사진으로만 보던 시인 이상의 이미지를 떠올렸고 또 누구는 카프카를 닮았다고 했다. 그는 사람들에 대한 일반적인 프로토콜은 아예 깡그리 무시했으며 심지어 존댓말에도 어눌했다. 처갓집에 가서는 장인, 장모의 이름을 불러 사람들을 놀라게 했으며 지위 고하를 막론하고 그 누구에게도 제대로 된 경어를 사용하지 않았다.

그런 그를 두고 사람들은 '기이한 사람', '괴짜'라고 수군거렸다. 건강이 악화되기 전까지 그는 담배를 손에서 놓지 않았다. '쏘주'는 꼭 맥주잔에 가득 따라 벌컥벌컥 마셨다. 그는 '소주'보다도 '쏘주'가 어울리는 사람이었다. 가끔 나타나는 칼날 같은 성격을 두고 또 어떤 사람은 사무라이 같다고 했다. 그 지적 또한 맞을지도 모른다. 그는 골프를 즐겼다. 그가 아끼던 드라이버는 카타나(刀, 劍), 바로 검객들이 목숨같이 여기는 칼이었다.

그러나 그는 이 땅에 '어마무시한' 족적을 남기고 떠났다. 그 누구도 주목하지 않고 아무도 관심을 가지지 않던 시대, 군부독재의 보이지 않는 압력 속에서도 오로지 공정하고 정확한 여론조사를 위해 생의 모든 것을 바쳤다. 이쯤 되면 아는 사람은 안다. 한국갤럽 박무익(朴武益)에 대한 이야기다.

필자는 박무익과 오랜 세월 교류했다. 아마 이 땅에서 가족을 제외하고는 가장 많은 시간을 함께했을 것이다. 그는 나에게 한없이 자애로운 사람이었다. 나이 차이는 무려 17년, 아버지 같았고 큰형님 같았다. 필자가 유학을 떠가기 전 앳된 청년 기자 시절에 그를 처음 만났다. 그날 이후 우리는 죽이 맞아 오랜 세월 함께했다. 그의 사무실은 내가 갑자기 짬이 생기면 예고 없이 쳐들어가는 일종의 아지트였다. 사직공원과 인왕산, 멀리 청와대가 보이는 그의 공간은 내게는 숨겨진 '케렌시아'였던 셈이다.

그렇다고 해서 그와 내가 다정하게 수다를 떠는 분위기는 아니었다. 그는 늘 말을 다소 불친절하면서도 짧게 툭툭 던지는 스타일이었고, 나는 그것이 못마땅해 시니컬하게 쏘며 티격태격 맞받아쳤다. 그러나 우리 두 사람 사이에는 눈에 띄지 않는 신비한 소통 채널이 있었다. 이 말 하면 저 말까지 척 알아듣는 관계였다. 남자끼리지만 궁합이 잘 맞는 사이였다.

작고 1주기 추모행사가 2018년 4월 19일 파주 하늘묘원에서 열렸다. 행사 중간쯤 박무익의 부인 나초란 여사가 불쑥 마이크를 잡더니 한 말씀 하셨다. "오늘 여기 잠들어 있는 박 회장이 가장 아끼고 좋아하는 분이 이 자리에 왔다. 참석한 지인을 대신해 그에게 추모의 말씀을 청하고자 한다." 순간 사람들은 긴장했다. 마이크는 곧바로 나에게 왔다. 그러나 부끄럽게도 그날 나는 내 이름 석 자를 소개한 뒤 단 한 마디도 하지 못했다. 북받쳐 오는 한 중년 남자의 흐느낌이 추모사를 대신했다.

그렇다. 이 책은 한 시대를 앞서간 이 땅의 조사업계의 파운딩 파더(founding father) 박무익에 관한 이야기다. 그는 잘 모르는 사람들에게는 '많이 이상한 사람'으로 보였으나 잘 아는 사람, 가까운 사람으로부터 절대적인 존경과 사랑을 받았다. 이게 정말 중요하다. 공자도 그랬다. 가까운 사람에게 존경받기가 세상에서 가장 어려운 일이라고. 박무익은 그런 면에서 저잣거리에서 한 생각을 깨친 도인쯤 된다.

책을 엮기까지 박무익의 모든 지인들의 도움이 컸다. 하나같이 일찍 찾아온 그의 죽음에 애틋해했다. '아깝고 안타깝다'는 형용사는 이럴 때 딱 어울리는 말이다. 올해가 한국갤럽 창립 50주년, 반세기가 되는 뜻깊은 해다. 때맞춰 이 책을 내게 되었지만 나는 형언할 수 없는 슬픔을 느낀다. 그는 살아생전 늘 내게 자신의 평전과 더불어 한국갤럽의 역사를 책으로 엮어달라고 부탁해 왔고 게으른 나는 차일피일 미루어왔다. 결국 작고한 지 7년 만에 마침내 그 약속을 지키게 된 셈이다. 이 책은 오랜 세월 그와 함께한 내가 마음으로 기록한 우정의 결과물이다. 시시콜콜한 평전 집필 이야기는 책 말미의 에필로그에 담았다.

마지막으로, 나는 알고 있다. 당신이 이 책을 읽고 난 뒤의 감정을. 의지와 집념에 가득 찼던 한 괴짜 인간의 외로운 삶에 한없는 연민을 느낄 것이다. 그리고 살아생전 그와 교류하지 못한 아쉬움과 안타까움에 잠 못 이룰 것이다.

Aqua
큰 바다로 흐르다

저 많은 바다의 물은 어디에서 왔을까?
거대한 몸으로 꿈틀대는
매끈한 용의 비늘처럼 반짝이는
마치 세상의 전부 같은 육중한 물의 움직임을 바라보다
물의 시간을 거슬러
강으로 계곡으로
산 정상 소나무에 맺힌 이슬 한 방울로 환원한다.

바다처럼 넓고 깊은 생을 살다 간
한 인물의 최초를 돌아보는 일은
언제나 경이롭다.

이런 예측이 있었는데 두고 봅시다

"소장님, 오후 6시입니다."

인터폰으로 비서가 연락해 왔다. 박무익이 기자들 앞에 섰다. 손에 쥔 종이에 적힌 내용을 천천히 읽어 내려갔다.

"제13대 대통령 선거 예측 결과를 발표합니다. 기호 1번 민정당의 노태우 후보가 34.4%의 득표율을 기록해 1위가 될 것으로 예상됩니다. 2위는 민주당의 김영삼 후보로 28.7%, 3위는 평민당의 김대중 후보로 28.0%, 4위는 공화당의 김종필 후보로 8.4%를 득표할 것으로 예상합니다. 이 조사의 표본오차는 95% 신뢰수준에 ±2% 포인트입니다."

사무실에 모인 기자는 모두 여덟 명이었다. 박무익은 취재하러 오지 않은 언론사에 팩스로 발표 내용을 보내라고 비서에게 지시한 후 사무실 밖으로 나갔다.

NHK 기자는 일본으로 즉시 기사를 송고했다. 오후 7시, NHK는 뉴스를 통해 '한국의 차기 대통령은 여당의 노태우 후보가 당선 확정적'이라고 보도했다. NHK는 매시간 '한국 대통령 선거 노태우 당선 확정적'이란 자막도 내보냈다. 반면 국내에서는 어느 언론도 박무익의 선거 예측 발표를 제대로 다루지 않았다. 서울신문이 유일하게 가판에 발표 내용을 보도했으나 다음 날 아침 배달판에서는 삭제되었다. KBS 9시 뉴스의 박성범 앵커는 "이런 예측이 있었는데 두고 봅시다"라는 말과 함께 10초도 안 되는 단신으로 처리했다.

밤 9시 30분, 박무익은 직원들과 함께 중국집에 앉아 고량주를 마시며 TV를 지켜보고 있었다. 투표함이 열리고 개표 상황이 보도되기 시작했다. 1위 노태우 후보, 2위 김영삼 후보, 3위 김대중 후보, 4위 김종필 후보. 숫자들이 마치 경주마처럼 레이스를 하며 그가 예측한 결승 지점을 향해 달려가고 있었다.

다음 날 새벽, 박무익의 발표에 고개를 갸웃거리던 국내 언론들이 움직이기 시작했다. 제일 먼저 조선일보가 〈노태우 후보 당선 확정적〉이란 제목을 톱으로 올렸다. 이후 모든 언론이 선거 결과를 기사화하면서 박무익에게 시선이 집중됐다. 그의 사무실은 신문사, 방송사 기자들로 북새통을 이뤘다.

1987년 12월 16일, 한국 최초의 대통령 선거 예측 발표는 이렇게 이루어졌다. '한국 여론조사의 대부', '1%의 승부사' 박무익이 탄생한 순간이다. 시대를 앞선 그의 결단과 의지의 근원은 어디일까? 시간은 1943년으로 되돌아간다.

1943년 긴 여름

경상북도 경산으로 가던 그날은 늦은 여름이었다. 바람 한 점 없이 햇빛만 쏟아지던 날, 흙먼지 사이로 한 소년을 찾아 나섰다. 경산에서 태어나 열 살 무렵 포항으로 떠났으니 이 길은 소년에게 유년의 기억만을 소복이 간직한 곳이다.

시내를 벗어나 옥수천을 지나면 너른 공터와 논밭이 펼쳐지던 곳. 대구에서 자란 필자의 기억 속 1960, 1970년대 경산은 그랬다. 지평선 위로 하늘이 가득했다. 이제는 신축 건물들 사이를 메우는 하늘이 작게만 보인다. 10차선 대로와 지하철로 대구와 하나처럼 이어진 신도시가 경산이다.

옥천 1리 마을 입구에 차를 세운다. 시동을 끄는 순간 매미 소리가 요란하다. 나무껍질 속 알에서 열 달 만에 깨어나 땅속 애벌레로 탈피를 거듭하며 6년여를 살다 간신히 날개를 단 지 몇 주면 생이 끝난다니, 그 끝

경상북도 경산시 자인면 옥천리, 2023년 8월

자락에 발악하듯 토해내는 울음이 사뭇 서럽기도 하다. 그 소리가 다른 소음을 모두 삼켜버려 세상이 오히려 고요해진 기분이 든다.

바쁜 걸음을 자꾸 붙잡는 건 뙤약볕에 익어가는 열매들이다. 대추 열매에 카메라 초점을 맞추고 있는 필자 옆으로 낡은 트럭 한 대가 지나간다. 운전석과 조수석에 나란히 노부부가 앉아 있다. "고물 삽니다. 고물." 인적 없는 마을에 무심하게 울리는 소리. 누가 듣고 있나 주위를 둘러보다 둥그런 착한 두 눈과 마주친다. 누런 황소가 낯선 이를 빤히 쳐다보고 있다. 새삼 소년이 그립다. 말이 많지 않던 그는 필자와 티격태격 농담을 주고받을 땐 늘 눈을 껌뻑이곤 했다. 함께 찾아와 이 길 위에 피어오르던 그 시절 이야기들을 직접 들었으면 좋으련만.

콜롬비아의 문호 가브리엘 마르케스는 "삶은 한 사람이 살았던 것 그 자체가 아니라 현재 그 사람이 기억하고 있는 것이며, 그 삶을 이야기하기 위해 어떻게 기억하느냐 하는 것"이라고 했다. 한 사람의 기억은 사라졌다. 이제 그 시간을 더듬는 건 남겨진 사람의 몫이다.

이야기는 1943년 7월 13일. 소년이 태어난 날로 거슬러 올라간다. 그가 태어난 곳은 경상북도 경산시 자인면 옥천리 42번지. 삼락산, 도천산, 금학산 자락 소나무 숲과 오목천이란 이름의 맑은 하천이 휘감은 나지막한 마을이다. 이곳에서 그는 박상하와 성정순 슬하 2남 3녀 중 막내아들로 태어났다.

한 사람이 태어난 계절이 바로 그 사람의 계절이 되는 것이 아메리칸 인디언 체로키족의 관습이라고 한다. 여름에 태어난 아이의 생일은 하루로 끝나지 않고 여름 내내 계속된다. 인디언 달력에 따르면 7월은 '천막 안에 앉아 있을 수 없는 달', '사슴이 뿔을 가는 달', '열매가 빛을 저장하는 달', '풀 베는 달', '나뭇가지가 열매 때문에 부러지는 달', '조금 거두는 달'이다. 한여름에 태어난 아이는 열매가 빛을 저장하듯 보고 듣는 세상

이 골목 끝이 경산시 자인면 옥천리 42번지, 박무익이 태어난 곳이다. 2023년 8월

1940년대 당시 자인면 옥천리 박무익 생가

의 경이로움을 모두 품고 여름처럼 뜨겁게 자랐을 것이다.

한 아이가 태어나 푸르게 커가던 날들은 일제 강점기 말이었다. 조선은 일제의 수탈에 지쳐갔고 세계는 제2차 세계대전의 포화 속에 불타고 있었다. 그리고 2023년 늦은 여름. 어느 순간 매미 울음마저 잦아든 고요한 길 위에서 필자는 80년 전 그해 여름에 태어난 한 아이를 기억하고 있다. 박무익이다.

"축하하네. 자네는 이제 큰 짐을 맡았어. 특히 한국의 민주주의를 꽃피워야 하는 큰 짐 말이야. 행운이 있기를 비네."

훗날 서른다섯이 된 아이는 벽안의 노학자로부터 이런 이야기를 듣게 된다.

인산약방(仁山藥房)

〈춘일(春日)〉, 박수근, 1950년대 후반

해방 이후 1950년대 대한민국의 풍경은 거칠고 남루했지만, 그 위로 보드랍고 따뜻한 기억을 드리운 건 박수근 화백의 공이 크다. 노상에 좌판을 벌이며 먹고살기 위해 발버둥 치던 여인네들과 동생을 등에 업은 자그마한 소녀, 그들과 마찬가지로 가난했고 고단했던 화가였지만 흙냄새 풀풀 나는 그림은 묘하게 평화롭고 아늑하다. 박무익의 유년은 필자가 끄집어낸 이 그림 속 풍경과 유사하다.

그 기억의 끝에 다다르면 달콤쌉싸름한 한약재의 냄새에 닿는다. 오래된 책과 닳아버린 벼루에서 나던 냄새도 섞여 있다. 짙은 밤색 나무 문에는 제법 멋들어진 붓글씨로 인산약방(仁山藥房)이라 쓰여 있다. 약방 이름은 일제 강점기 한의학자이자 성리학자인 인산 김일훈 선생에서 따왔다. 그는 만주에서 무장 항일운동을 하다 체포되었던 독립운동가였으며, 가난한 이들에게 무료 진료를 한 덕분에 민초들의 허준으로 알려진 인물이다.

빼거덕 문이 열리면 낮은 천장의 고즈넉한 공간이 드러난다. 검은 목탄과 황토색 흙과 고목(古木)의 색이 어우러진 공간은 박무익의 할아버지가 운영하던 한약방이다. 어린 박무익의 놀이터이자 공부방도 이곳이었다.

천장에 주렁주렁 걸려 있는 약봉지들과 방 한구석의 질그릇이며 삼베 자루에서 나던 냄새는 박무익이 경험한 첫 세계다. 마르셀 프루스트가 홍차에 적셔진 작은 마들렌 한 조각에서 잃어버린 시간을 찾듯, 기억은 때론 아주 사소한 시각, 청각, 후각으로부터 그 장엄한 세계를 펼쳐 보이곤 한다. 박무익은 그때의 기억을 이렇게 회고했다.

> "어릴 때부터 한자 빼곡한 약재 상자와 약봉지 틈에서 놀며 자랐다. 약도 썰고 심부름도 하고 잠도 함께 자며 특히 할아버지와 많은 시간을 보냈다. 할아버지의 조기교육 덕분에 또래보다 한문을 일찍 깨우쳤다.
> 초등학교 들어갈 즈음에는 천자문과 명심보감을 욀 수 있었다. 한약방 대기 손님에게 병증을 묻고 그에 맞는 한약재를 읊으며 어깨너머로 배운 지식을 뽐내기도 했고, 가끔 놀러 오는 동네 할아버지들을 상대로 바둑을 두기도 해서 꽤 영특한 아이로 소문이 났었다."

사람은 일평생 유년 기억의 지배를 받는다고 한다. 온갖 신기한 물건과 문자로 채워진 조부의 한약방을 탐험하던 아이는 유독 지적인 호기심이 많은 소년으로 자랐고, 평생 배움을 탐하는 어른이 되었다. MBC에서 방영한 〈성공시대〉를 보면 어린 박무익이 감기 환자에게 한약을 직접 처

대구 중구 약령시(藥令市) 벽화. 약령시는 조선 후기 1658년에 개설되어 현재까지 이어지고 있는 대구의 한약재 시장이다.

방해 주는 모습이 나온다. 총명하고 당돌했던 어린 시절을 묻자 겸연쩍은 듯 덧붙이던 그의 목소리가 맴돈다.

> "지금도 노인들하고 잘 어울려요. 노인들하고 잘 친해지는 방법을 그때 배웠어요."

소년은 낯선 사람이나 새로운 일을 만나는 것에 주저하지 않는 인물이 되었다.

조팝꽃 기억

자인(慈仁)이란 마을 이름은 신라 35대 경덕왕 때 지어졌다고 한다. 일천 년이 넘은 셈이다. 자인현의 다른 이름은 인산(仁山)이었다. 맹자의 가르침인 인의예지신(仁義禮智信), 오상(五常)에서도 으뜸이라고 할 만한 인(仁)을 넣어 땅의 이름으로 삼았다. 향교와 서당, 서원이 많아 글과 예(禮)를 중시하는 마을이었다. 박무익의 자(自)도 인산이다.

자인 마을, 인산약방에서 보낸 십여 년은 막 세상에 눈뜬 아이에게 더없이 넉넉하고 포근한 둥지였다. 마을 이름이 말해주듯 인자한 어머니와 같은 품이었다. 아이는 몰랐다. 당시 6·25 전쟁이 한창이었고 전 국토가 짓밟히고 신음하고 있었음을. 바로 머리 위 칠곡에서 훗날 한국의 베르됭 전투라 불리게 될 가장 치열했던 다부동 전투가 한창이었음을.

박무익의 기억 속 고향은 그저 맑은 공기에다 산이 깊었다. 노루며 토끼를 잡겠다고 친구들과 이 산 저 산 뛰어다녔다. 작은 동산 하나를 전교생이 둘러싸고 산꼭대기까지 토끼들을 몰며 뛰어오르는 토끼 사냥 날은 그 시절 신나는 소풍날이었다.

언젠가부터 학교 교실과 운동장 한편이 외지 사람들 차지가 되었다. 봇짐과 이불 보따리까지 한가득한 그들에게 교실의 반을 내어주고, 학생들은 운동장에 나가 간이 칠판을 놓고 수업을 했다. 점심때면 운동장에 솥을 걸고 국인지 죽인지 모를 것들을 끓이며 낯선 냄새를 풍겨대는 그들을 어린 박무익은 의아한 눈길로 쳐다보곤 했다. 그들이 전란을 피해 목숨을 걸고 도망쳐 온 피난민이었다는 건 천천히 알게 되었다.

전쟁이 끝났다. 살아남은 사람들은 이제 가난과 싸웠다. 가을에 수확한 곡식이 바닥을 드러내고 보리는 미처 여물지 않은 음력 오뉴월, 온 식구가 나물이라도 캐러 산에 오를 때면 기슭마다 하얀 조팝나무꽃이 가득했다. 잎이 나기 전 길고 가느다란 가지에 소복이 핀 하얀 꽃 무더기는 튀긴 좁쌀을 다닥다닥 붙여놓은 것 같았다. 그래서 조밥나무라고 부르다가 조팝나무가 됐다고 한다. 고려시대 문인 이규보(李奎報)도 이 꽃을 보며 시를 썼다.

花却纖圓色未黃 화각섬원색미황
꽃은 잘고 둥글지만 아직 누른빛이 아니라서

較他黍粒莫相當 교타서립막상당
기장 낟알과 견주면 서로 같지 않네.

此名休爲饞兒說 차명휴위참아설
이 꽃 이름을 굶주린 아이에게 말하지 마오.

貪向林中覓飯香 탐향림중멱반향
탐내어 숲속에서 밥 냄새 찾으리니.

-〈서반화(黍飯花)〉, 이규보

박무익은 회고했다. 자신이 태어난 동네에 유난히 조팝나무가 많았다고. 그 시절 조팝꽃이 만개할 때가 춘궁기(春窮期) 보릿고개의 절정이었다. 그때는 보릿고개가 세상에서 제일 높은 고개였다. 대를 이어 한약방을 했으니 형편이 괜찮을 법도 했지만 박무익의 집안도 어렵기는 매한가

대구 달성군 비슬산에 핀 조팝꽃, 2023년 4월

지였다. 조팝꽃 필 무렵이면 마을 사람들과 같이 산과 들을 헤맸다.

박무익은 어린 마음에 우리 할아버지와 아버지가 명의가 아니어서 돈을 못 버는가 생각했다. 좀 더 자라고서야 알았다. '이룬 者는 去하라.' 할아버지는 아는 만큼, 번 만큼, 가진 만큼 비우고 베푸는 것을 신조로 삼는 분이셨음을. 박무익의 아버지와 어머니도 그 뜻을 이어 살았으니 슬하 다섯 아이를 먹이고 입히고 가르치기에 여간 고된 것이 아니었다.

곤궁했던 날이 많았다. 친구 따라 산에 나무하러 갔다가 작은 몸에 지게가 무거워 혼쭐이 났던 기억, 아버지가 산에서 나물을 뜯어 와 삶아 식

박무익의 부친 박상하와 모친 성정순

구들을 먹였던 기억이 박무익에게 또렷이 남아 있었다고 회고했다. 그때는 분명 씁쓸했겠지만, 이제는 오래 씹은 밥알처럼 은은한 단맛으로 남아 있는 기억들이다.

박무익의 고향 동네는 못, 저수지가 많다. 눈을 돌리는 곳마다 푸른 연못이 있는, 어딘가 신비롭고 상서로운 기운이 감도는 마을. 경산에만 300여 개의 연못과 저수지가 있다. 자인면만 둘러봐도 동구지, 연하지, 설못, 암골못 등 수십여 개의 크고 작은 못이 보였다. 두 개의 못 사이로 산책로가 나 있는 삼정지를 조용히 걸어본다. 못을 뒤덮은 연잎과 연꽃에도 어느새 초가을이 스며들고 있다.

국민학교(오늘날 초등학교) 4학년 때 박무익은 큰집에 양자로 갔다. 큰집은 아들 없이 딸만 여섯이었고 박무익은 둘째 집 2남 3녀 중 막내아들이었다. 남존여비가 남아 있던 시절, 딸이 없는 친척 집에 양자로 가는 풍습이 있는 그런 시대가 있었다. 또래보다 작은 키, 깡마른 얼굴에 어린 송아지처럼 눈만 커다랗던 열 살 아이는 그렇게 친부모님 품을 떠났다. 그때만 해도 어른끼리 이야기가 되면 당연히 가야 하는 걸로 알았다. 전쟁 통에 형이 징집됐고 누나들도 스무 살이 채 되기 전에 결혼하거나 직

경산시 자인면 삼정지(三政池). 조선 성종 때인 1480년에 만들어졌다. 2023년 8월

장을 구해 나갔다. 어린 나이에 집 떠나는 게 별스러운 일도 아니었다고 그는 덤덤하게 말했다.

구룡포에서

대한민국에서 해가 제일 먼저 뜨는 곳, 영일만(迎日灣)을 둘러싸고 뾰족하게 튀어나와 있는 호랑이 꼬리가 있다. 호미곶(虎尾串)이다. 호미곶의 동쪽 해안 구룡포를 찾아갔다. 옛 구룡포중학교라 표기된 지도만 믿고 가파른 고개를 허덕이며 올랐다. 바다가 내려다보이는 언덕 위에, 폐교를 그대로 살려서 지은 포항 시립 구룡포도서관이 있다.

적막한 도서관의 사서를 만나고 나서야 헛걸음임을 알았다. 이곳은 옛 포항여자중학교 자리라고 했다. 박무익이 다닌 포항중학교는 1948년 개교 이래 계속 한자리에 있었다고 한다. 터덜터덜 다시 언덕을 내려간다. 푸른 바다를 동그랗게 감싼 구룡포항이 한눈에 들어온다. 여기다. 소년 박무익을 키워낸 깊고 넓은 품.

해안선을 따라가다 구룡포 시장(市場)을 만났다. 윤기 좌르르한 과메

구룡포국민학교 제29회 총동창회. 맨 앞줄 오른쪽 끝에 박무익이 앉아 있다. 1990년 10월

기가 제철이다. 시장 골목 안을 끝까지 지나자 알록달록 귀여운 학교 건물이 나온다. 구룡포초등학교다. 꼬맹이들이 교문 옆 놀이터에서 그네를 타고 있다. "재밌나?" 실없이 묻는 필자에게 아이들이 되묻는다. "아저씨예요? 할아버지예요?" 태어나 처음 듣는 할아버지 소리다.

저만한 나이에 친부모를 떠나, 고향 자인면을 떠나 이 학교에 다닌 어린 박무익을 떠올린다. 운동장 한편의 햇살과 바람, 꽃과 흙, 나무와 새, 이들이 아이를 성장시키고 도우며 위로했을 것이다. 1924년 6월, 창주공립 보통학교로 개교한 100년 역사를 지닌 곳이다. 1947년 5월에 구룡포국민학교로 교명을 변경했다. 박무익은 29회 졸업생이다.

길은 계속된다. 해안도로로 이어진 길은 인도가 없어 아슬아슬하다. 굽이진 해안도로를 돌아 하얀 등대를 눈으로 좇다가 해안선 바로 앞에 우뚝 선 구룡포중학교를 만났다. 거센 바닷바람을 버티며 서 있는 해송의 솔향이 푸르다. 한여름엔 붉은 해당화 향이 그윽하다. 그래서 학교의

포항시 남구 구룡포읍 호미로 구룡포중학교, 2023년 11월

교목은 해송, 교화는 해당화다. 해당화는 도회 사람들이 보기 힘든 꽃이다. 그저 "해당화 피고 지는 섬마을에"로 시작되는 이미자 선생의 〈섬마을 선생님〉의 노래 가사로 기억될 뿐이다.

탁 트인 넓은 운동장을 단 네 명의 남자아이들이 차지하고 공을 차고 있다. 이번엔 필자보다 덩치가 훌쩍 크다. 여유롭고 멋있다. 박무익이 다니던 1950년대 학교는 운동장은 물론 교실 바닥도 흙바닥이 흔했다. 애들이 많아서 오전·오후반으로 나눠 수업할 정도. 운동장에서 공이라도 차려면 흙먼지 날리는 비좁은 터에 싸움박질이 되기도 했다.

중학교에 진학하면서 박무익은 열세 살에 자취를 시작했다. 최백호가 〈영일만 친구〉에서 노래하듯 '푸른 파도 마시며 넓은 바다의 아침을 맞던', '갈매기 나래 위에 시를 적어 띄우던', '젊은 날 뛰는 가슴 안고 수평선까지 달려 나가던' 그런 십 대였다. 부모님 품을 떠나온 낯선 곳에서 소년은 어떤 꿈을 꾸었을까?

요즘 부모라면 질풍노도의 중학생 소년을 홀로 자취시킨다는 건 상상조차 힘들 것이다. 사춘기 몸살과 중2병 허세에 끙끙 앓는 시기, 에밀 싱클레어가 유넌의 균열을 만났던, 데미안을 만났던 시기가 아니던가. 하지만 누구나 어려웠던 1950년대 대한민국 중학생에게 질풍노도의 시기따윈 사치였다. 일찌감치 돈벌이에 뛰어들어 식구들 건사할 궁리를 하던가, 밤을 새워 책을 파며 입신양명의 꿈을 꾸던가 둘 중 하나였다.

또래 영특한 아이들이 그렇듯 까까머리 중학생 소년 박무익 역시 명문고등학교 진학을 꿈꾸었다. 이제는 사실상 폐기되어 버린 국민교육헌장의 문구처럼 '우리의 처지를 약진의 발판으로 삼아, 성실한 마음과 튼튼한 몸으로 학문과 기술을 배우고 익히며, 신념과 긍지를 지닌 근면한 국민으로서' 작은 아이는 고단한 하루하루를 살았다. 책을 읽다 까무룩 잠이 드는 밤이 되면 파도 소리가 더 가깝게 들렸다. 중학교 입학시험이 있

구룡포 해안도로에서 만난 석양. 해 뜨는 동해안이지만 굽이진 지형으로 인해 일출과 일몰을 다 볼 수 있다. 2023년 11월

었고 명문 고등학교 진학을 위해서라면 재수도 불사하던 시절이다. 박무익의 목표는 대구에 있는 경북대 사범대 부속 고등학교였다. 그 시절 경북대 사대부고는 특차 고교로 다른 학교들보다 앞서 신입생을 뽑았다. 입도선매로 인재들을 쓸어 갔다. 부산, 대구는 물론 호남, 영남 수재들이 몰려들었다. 박무익은 재수를 거쳐 1959년 경북대 사대부고에 입학했다.

그때는 미처 알지 못했다

한 인물을 빚어내는 재료는 그가 보고 듣고 체험하는 모든 것이다. 직접적으로 닿아 있지 않더라도 그가 살아온 시대 역시 그러하다. 시대적인 맥락 없이 불쑥 새로운 사상이나 인물이 튀어나올 수는 없다.

박무익이 고등학교에 입학한 해인 1959년 1월, 까마득히 먼 카리브해 섬나라로 눈을 돌려보자. 피델 카스트로와 체 게바라가 이끄는 쿠바 사회주의 반군이 기나긴 게릴라전 끝에 수도 아바나에 입성하는 장면이 보인다. 무너진 바티스타 정권은 도미니카공화국으로 도주했고 수십만 쿠바인들이 아바나 거리에 쏟아져 나와 환호했다. 두툼한 시가를 입에 문 청년 체 게바라의 말, "물레방아를 향해 질주하는 돈키호테처럼 나는 녹슬지 않는 창을 가슴에 지닌 채, 자유를 얻는 그날까지 앞으로 앞으로만 달려갈 것이다"에 얼마나 많은 청춘의 가슴이 일렁였던가.

같은 해 3월, 티베트 라싸에서는 무력 봉기가 일어났다. 중국 정부가 티베트의 정부 수반이자 영적 지도자인 달라이 라마를 체포하려 하자 수많은 티베트인이 그를 보호하기 위해 시위에 가담했다. 시위는 무참히 진압됐다. 8만 7,000여 명의 티베트인들이 목숨을 잃었고 스물네 살의 달라이 라마는 인도로 망명했다. 그러나 "나 대신 남을 아파하라"란 그의 사유는 가치 있는 삶과 죽음에 관한 통찰을 인류에게 남겼다.

20세기는 독재와 권위주의에 맞서 온 인류가 싸워온 시대다. 세계는 저항과 투쟁으로 들끓고 있었다. 한국도 다르지 않았다. 이승만 정권의 신국가보안법 반대 시위가 전국으로 번졌다. 이듬해에는 3·15 부정 선거와 4·19 혁명이 이어졌다. 혁명의 도화선은 대구였다.

제4·5대 정·부통령 선거 민주당 후보자 선거 벽보. © 중앙선거관리위원회 사이버 선거역사관

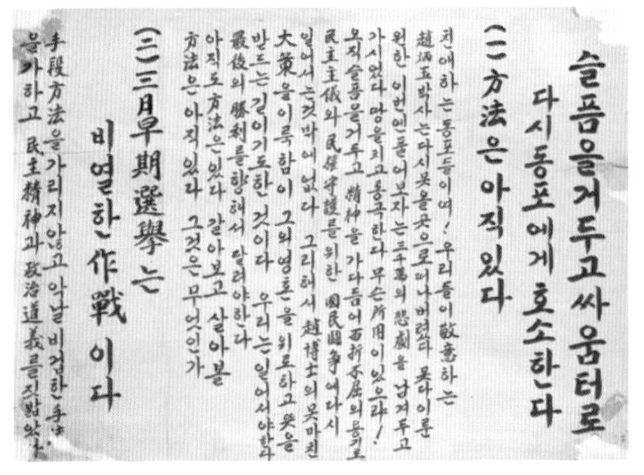

조병옥 박사 사망 애도 벽보. © 중앙선거관리위원회 사이버 선거역사관

1960년 2월 28일 일요일, 대구 수성천 변에서는 야당인 민주당의 부통령 후보인 장면 박사의 선거 연설이 계획되어 있었다. 선거를 몇 달 앞두고 민주당 대통령 후보 조병옥 박사가 신병 치료차 미국에 갔다가 수술 중 사망하면서 자동으로 자유당 이승만 대통령의 연임이 확정되었고

부통령 선거에 이목이 집중된 시기였다.

오늘날 대구 지역은 보수적 색채가 강한 곳이지만 당시만 해도 남한에서 가장 진보적인 동네로 꼽혔다. 이승만 정권과 자유당에 대한 반감이 매우 짙었다. 자유당 정권은 대구 지역 학생들이 장면 박사의 유세장에 몰릴 것을 우려했고 이를 막으려고 대구 시내 공립 고등학교에 일요일 등교를 지시했다. 일부 학교는 갑자기 임시 시험을 친다고 했다. 갑작스레 단체 영화 관람이나 토끼 사냥 일정을 잡은 학교도 있었다.

학생들은 이에 반발했다. 경북대 사대부고, 경북고, 대구고 학생들을 주축으로 가두시위가 시작됐다. "백만 학도여! 피가 끓거든 우리의 신성한 권리를 위해 서슴지 말고 일어서라"라는 결의문 아래 대구 지역 총 여덟 개 학교가 뭉쳤다. 1,200여 명의 학생들이 참여했고 120여 명이 경찰에 체포됐다.

'2·28 학생민주의거'라 불리는 이날은 제1공화국 정부 수립 이후 시

2·28 학생민주의거, 1960년 2월 28일. © 2·28 민주운동 기념사업회

경북대 사대부고 시절의 박무익

민들이 민주개혁을 요구한 최초의 시위였다. 해방 이후 남한에서 일어난 최초의 민주화 운동이었다. 어린 학생들의 이 결연한 거리 위에는 경북대 사대부고 2학년 학생 박무익도 있었다. 그는 이 길 위에서 불의에 항거하는 이들의 단단한 외침을 들었다. 어떤 권력과 무력과 거짓도 그 외침을 막을 수 없다는 걸 배웠다.

이날로부터 40여 일 뒤, 마산상고 입학을 앞두고 있던 또래 청년 김주열이 얼굴에 최루탄이 박힌 시신으로 마산 앞바다에 떠올랐다. 청년의 비극은 대한민국의 역사뿐 아니라 같은 시대를 살던 수많은 청년들의 삶의 방향도 바꾸어놓았다. 박무익 역시 그랬다.

1960년 4월 26일, 한꺼번에 터져 나온 국민의 분노에 밀려 결국 이승만 대통령은 하야했다. 그리고 그해 봄날, 들불처럼 일어났던 민중의 목소리는 열여덟 박무익의 가슴에 박혀 자신도 모르는 사이 자라났고, 잊었다고 생각하고 살던 어느 날 불현듯 그의 가슴을 다시 두드렸다. 국민

대구 중구 동성로 2·28 기념 중앙공원 기념비, 2023년 10월

의 크고 작은 목소리를 귀 기울여 듣고 그 소리를 세상에 알리는 일, 그것이 그의 평생의 업(業)이 되리라는 것을 그때는 미처 알지 못했다.

청라언덕에서 마당 깊은 집까지

봄의 교향악이 울려 퍼지는
청라언덕 위에 백합 필 적에
나는 흰 나리꽃 향내 맡으며
너를 위해 노래, 노래 부른다.
청라언덕과 같은 내 맘에 백합 같은 내 동무야.
네가 내게서 피어날 적에 모든 슬픔이 사라진다.

-〈동무 생각〉, 이은상 시, 박태준 곡

이 노래의 제목이 〈동무 생각〉이란 걸 아는 이는 많지 않다. '봄의 교향악' 혹은 '청라언덕', 둘 중 하나만 떠올려도 곧바로 학창 시절 음악 시간에 목청껏 부르던 멜로디로, 그 시절 풋풋했던 마음에 저마다 담겨 있던 일렁임으로 연결된다. 노래는 1922년에 만들어졌다. 〈가고파〉, 〈성불사의 밤〉을 쓴 시인 이은상과 〈오빠 생각〉을 만든 작곡가 박태준이 만든 한국 최초의 가곡이다. 곡을 쓴 박태준은 계성중학교 시절 대구 남성로에서 청라언덕을 넘어 학교에 다녔다. 그 길에서 마주친 신명여학교 학생이 백합 같은 동무다. 동무라지만 말 한마디 못 붙여봤다. 졸업 후 수년이 지나 만든 노래다.

박무익의 학창 시절을 쓰기 위해 대구에 도착했을 때, 목적지였던 경북대 사대부고에 앞서 청라언덕으로 발길을 옮긴 건 계획에 없던 일이었다. 봄의 교향악이 아닌 가을 소나타가 어울릴 법한 계절이다. 버스에서

대구 중구 동산동 3·1만세운동길. 이 길을 따라 올라가면 청라언덕이다. 2023년 10월

두어 정거장 먼저 내린 실수 덕분에 독립지사 서상돈, 김광제 선생의 흉상이 있는 국채보상운동 기념공원에서 쉬어 갈 수 있었다. 2,000만 동포가 석 달만 담배를 끊어 일본에 진 빚을 갚고 주권을 회복하자며 대구에서 시작된 국채보상운동에는 전국의 민족 자본가와 지식인, 유림(儒林)과 상인, 부녀자와 노동자, 인력거꾼, 기생, 백정들까지 뜻을 모았다.

청라언덕에 오르는 90개의 계단 길에는 붉은 단풍과 태극기가 열을 지어 있다. 3·1 운동 당시 만세운동을 준비하던 학생들이 일본군의 감시를 피해 도심으로 모이기 위해 지나다녔던 솔밭 길이다. '3·1만세 운동길'이라는 명패 앞에 중학생쯤으로 보이는 소년들이 선생님을 따라 단체 견학을 왔다. 근처 편의점에서 아이스크림 하나씩 사서 손에 들고 사뭇 진지한 표정으로 이 길의 역사를 듣고 있다. 100여 년 전 이곳에서 만세운동을 다짐하며 결연한 걸음을 딛던 이들이 이 소년들 또래였을 것이다.

청라언덕은 대구의 기독교가 뿌리내려 정착하고 대구 근대화의 빛이 태동한 곳이다. 세월을 고요히 머금은 아늑한 언덕 위에는 붉은 벽돌집 세 채가 있다. 개화기 선교사들이 머물던 스윗즈, 챔니스, 블레어 주택이다. '청라'는 푸른 담쟁이를 뜻한다. 예전에는 푸른 담쟁이넝쿨이 이 주택들을 휘감고 있었다고 한다. 언덕 한편에는 대구를 능금의 도시로 만든 한국 최초의 사과나무 3세목이 작은 새들과 함께 자라고 있다.

청라언덕을 내려와 경북대 사대부고로 가는 길에는 1907년 국채보상운동을 주도했던 서상돈 선생의 고택과 1926년 서정적 저항시 〈빼앗긴 들에도 봄은 오는가〉를 쓴 이상화 시인의 고택이 나란히 있다. 구한말 고

청라언덕의 박태준 노래비와 챔니스 주택, 2023년 10월

김원일의 베스트셀러 소설 《마당 깊은 집》 전시관, 대구 중구 약령길, 2023년 10월

딕 양식의 계산성당을 지나면 소설가 김원일의 '마당 깊은 집'이 나온다. 6·25 전쟁이 끝난 직후 대구의 약전골목, 중앙통 일대를 배경으로 한 소설 《마당 깊은 집》의 등장인물과 대구 피난민의 삶을 재구성한 곳이다. 이곳에서는 1950년대의 대구를 만난다.

김원일 작가는 1942년 경남 김해에서 태어나 대구에서 농림고등학교를 다녔다. 1943년 경북 경산에서 태어나 대구에서 경북대 사대부고를 다닌 박무익과 같은 시절을 살았다. 작가의 자전적 소설 속 길남 어머니의 말대로 이들의 어린 시절은 '배를 가장 많이 곯았던 시절이요. 가장 더러운 세월'이었다. 그 시절 어머니들은 눈물겹도록 강했다. 전쟁 직후 남루한 삶 속에서도 군건하고 아름다운 삶의 의지를 자식에게 가르쳤다.

청라언덕에서 마당 깊은 집까지 걸었다. 길을 걸으며 만난 건 만세운동을 준비하던 소년과 청라언덕에서 수줍은 첫사랑을 만난 소년과 마당 깊은 집 골목길을 돌며 신문을 배달하던 소년이었지만, 그 모든 소년들의 모습에서 필자는 박무익을 만났다. 1959년부터 1961년까지 이 근방 어딘가에서 꿈을 키우던 고교생 박무익을. 이제 경북대 사대부고 교정으로 걸음을 옮긴다.

얼어붙은 바다를 깨는 도끼

1960년대 박무익이 수업을 듣던 경북대 사대부고 본관 건물은 학교 역사관이 되었다. 붉은 벽돌 체육관을 뒤덮었던 담쟁이는 사라졌고 흙먼지가 추억처럼 날리던 운동장은 푸른색 인조 잔디로 덮였다. 본관 앞 너른 마당은 차들이 바쁘게 오가는 달구벌대로가 잠식했다. 새로 지어진 멀끔한 학교 건물은 역사관 너머에 있다.

역사관 옆으로 '순절동지 추모비'가 보인다. 그 시절 학생들의 심장은 뜨거웠다. 일제 강점기 말 경북대 사대부고(구 대구사범학교) 재학생 수십 명이 비밀결사 단체를 조직하여 항일투쟁을 전개했고 1941년 서른다섯 명이 체포됐다. 다수가 옥고를 치렀고 강두안, 박제민 등 다섯 명이 감옥에서 목숨을 잃었다. 잃어버린 나라의 주권을 되찾기 위해, 혹은 더 나은 이념을 위해 초개처럼 목숨을 던진 청년들의 발자취는 언제나 저미게 아프다.

백범 김구 선생은 1947년에 쓴 《백범일지》의 서문에서 "나는 우리 젊은 남녀들 속에서 참으로 크고 훌륭한 애국자와 엄청나게 빛나는 일을 하는 큰 인물이 쏟아져 나오리라고 믿는다. 동시에 그보다도 더 간절히 바라는 것은 저마다 이 나라를 제 나라로 알고 평생 이 나라를 위하여 있는 힘을 다하는 것이다"라고 했다. 평생 이 나라를 위하여 있는 힘을 다해 살아온 많은 인물 중 그 공(功)과 덕(德)에 대한 조명과 감사가 부족한 인물이 많다. 박무익 또한 그러하다. 그는 말과 글을 많이 남기지 않았다. 그저 여론의 힘에 대한 확고한 신념을 이 땅에 뿌리내리기 위해 온 생을 바친 것이다.

대구 중구 달구벌대로 경북대 사대부고 역사관, 2023년 10월

경북대 사대부고 순절동지 추모비, 2023년 10월

1960년 전후 큰 출판사들은 앞다투어 세계문학전집, 현대사상강좌 같은 전집류를 출판했다. 현대사의 격동기를 살며 고교생 박무익은 책에 빠져들었다. 그맘때 니체, 키르케고르, 칸트, 루소 등의 철학이 담긴 사상문고 전집 열 권을 다 읽었다는 이야기를 하는 순간 박무익은 그 시절 지식에 들뜬 한 소년으로 잠시 돌아간 듯했다.

박무익에게는 이때부터 지식과 진리에 대한 집요한 고집이 있었다. 사회 수업 시간에 칸트의 물자체(物自體)나 플라톤의 이데아(Idea)를 붙들고 교사와 토론을 벌이기도 했다. 세상에 절대 진리라는 것은 없다고 주장하는 스승과 절대 진리의 존재를 믿고 추구하고 싶어 하는 제자의 기분 좋은 힘겨루기였다. 훗날 세검정 성당 신부와 신의 존재를 놓고 논쟁을 벌이던 어른 박무익의 청소년판인 셈이다. 단어를 찾아가며 철학을 파고들다 보니 독일어 실력도 늘었다. 제2외국어로 선택한 독일어 시험은 늘 전교 1등이었다. 독일어 교사도 기꺼이 박무익의 토론 상대가 되었다.

박무익이 고등학교 3학년이 된 1961년 5월 16일, 경북대 사대부고 선배인 박정희 육군 소장의 주도로 군사 쿠데타가 일어났다. 이들은 육군 참모총장 장도영과 대통령 윤보선을 회유함으로써 국무총리 장면을 사퇴시키고 봉기 60여 시간 만에 제2공화국을 무너뜨렸다. 출범 9개월 만에 무너진 내각책임제가 남겨놓은 혼란과 다가오는 권위주의적 정치권력의 소용돌이 속에서 박무익은 진로를 결정해야 했다.

유난히 총명했던 소년. 한의대에 진학하여 할아버지와 아버지의 가업을 이으라는 권유도 있었다. 박무익의 부모는 그가 법대에 진학하여 판검사가 되기를 바랐다. 그 시절 공부 잘하는 자식을 둔 부모들의 소망은 다 그랬다. 그러나 그를 둘러싼 시대의 고민이 던진 질문지에 나 하나 잘 먹고 잘 산다는 것은 답이 아니었다. 부모의 기대를 뒤로하고 박무익은 서울대 문리대 철학과 진학을 택했다. 그 시절 서울대 문리대는 대학의 대학으로 여겨지던 시대였다. 한창 니체와 쇼펜하우어의 실존철학에 빠져들던 시기다. 명문인 경북대 사대부고에서도 상위권 성적을 다투던 박무익이었으니 집안의 반대는 완강했다. 하지만 한번 결심한 박무익의 고집을 꺾을 수는 없었다. 철학과가 아니라면 아예 대학 진학을 포기하겠다며 버텼다. 어지러운 세상 속에서 그는 올바른 철학적인 길을 찾고 싶었다.

"철학책을 많이 읽었고 그런 조숙함이 철학과를 택하게 했는지 모르겠어요. 뭔가 알아보고 싶은 마음이 있었던 거랄까요. 부모님은 반대했지만 나는 뭐가 되겠다는 것보다 뭔가 잘 알고 살아가야겠다는 생각이 더 있었어요. 그 당시 문리대가 서울대학의 중심이었고 지금과 달리 철학과가 중심 학과이자 중요 학과였지요."

철학은 의심과 의문, 회의에서 시작하는 학문이다. 많은 질문이 그의 머리와 가슴을 헤집었다. 당시 대학생과 지식인 사이에 인기였던 월간지 《사상계》도 숱하게 읽었다. 천천히 생각하며 읽어야 하는, 역사와 삶이 담긴 글을 통해 박무익의 세상도 차츰 여물어갔다. 프란츠 카프카는 '책은 우리 마음 안에 있는 얼어붙은 바다를 깨는 도끼'라고 했다. 더 좋은 학교에 진학하기 위해, 남보다 더 나은 성취를 이루기 위해 붙잡고 씨름하던 도구였던 책이 이제 갇혀 있던 생각의 틀을 깨는 망치가 되어 박무익의 가슴을 두드렸다. 책 읽기는 평생 그에게 생각의 방향을 알려주는 나침반이자 삶의 무기로 체화되었다.

인간의 조건

"한 인간의 존재를 결정짓는 것은 그가 읽은 책이다."

도스토옙스키가 한 말이다. 이 말은 반은 맞고 반은 틀리다. 책을 전혀 읽지 않더라도 충분히 위대한 존재가 있을 수 있다는 점에서 틀리다. 반면 책을 꽤 읽은 사람이라면 서재가 본인의 사상과 취향, 인격과 결핍을 모두 드러낸다는 점에서 맞는 말이다.

박무익이 최고로 치는 책은 《인간의 조건》이다. 학창 시절 앙드레 말로의 소설 《인간의 조건(La Condition Humaine)》을 외우다시피 했다는 말을 듣고 필자는 당황했다. 박무익과 소설 속 인물들이 사뭇 다르게 느껴졌기 때문이다. 필자가 아는 박무익은 철학적인 사고와 정연한 논리가 단단하게 배어 있는 인문주의자다. 깨알 같은 글자와 숫자로 꼼꼼하게 채워 넣은 문서가 겹치는 사람이다. 또 대단한 낙관론자다.

소설 《인간의 조건》의 무대는 1927년 봄 상하이이다. 쑨원이 주도했던 국공합작이 실패로 돌아가고, 실권을 장악한 장제스의 국민당이 총구를 돌려 당내 좌파와 공산주의자 숙청에 나섰다. '4·12 상하이 쿠데타'라 불리는 이 사건을 배경으로 소설은 이에 분노하고 행동하는 젊은 이상주의자들의 이야기를 담고 있다.

이들의 이름은 첸, 기요, 카토프. 첸은 중국인이다. 고아로 자란 그는 다른 이들이 삶에 부여하는 의미를 죽음에 부여하며 살아가는 테러리스트다. 자신의 테러로 죽은 사람들에 대한 죄의식이 자신의 목숨을 아끼지 않는 무모함으로 이어진다. 기요는 프랑스인 아버지와 일본인 어머니

프랑스 소설《인간의 조건》은 앙드레 말로가 1933년에 발표하여 같은 해 공쿠르상을 받은 작품이다.

사이에서 태어난 혼혈인이며 지식인이다. 그는 핍박받는 중국 인민들을 위해 자신을 바치기로 결심하고 혁명의 대열에 뛰어든다. 카토프는 러시아 출신의 직업적인 혁명가다. 의학도였으나 레닌에 반대하다 시베리아에서 유형 생활을 했다.

이들에게 인종이나 국적은 중요하지 않았다. 모두가 고독했고 불안했다. 자기 파괴적인 희생 속에서도 허무를 떨치지 못했다. 세상을 떠돌며 끝없이 부유하던 이들은 혁명이라는 토양을 만나 뿌리를 내리고 처절하게 싸운다.

첸은 상하이 노동자 봉기를 위한 무기를 확보하기 위해 무기 중개인을 칼로 찌른다. 이후 폭탄을 끌어안고 장제스의 차 밑바닥으로 숨어든다. 파편처럼 부서진 몸을 느끼면서 자신의 테러가 성공인지 실패인지도 알지 못한 채 입 속에 총구를 넣고 방아쇠를 당긴다. 허탈하게도 차 안에는 장제스가 없다.

기요는 폭동을 주도하다 체포되어 모진 고문을 받는다. 육체의 고통 앞에 나약할 수밖에 없는 자신을 회의하던 그는 결국 청산가리를 깨물고 자결한다. 카토프는 갖고 있던 청산가리를 겁에 질린 동지에게 양보하고 산 채로 증기 기관차 보일러실의 불길 속에 던져진다.

이 책을 처음 접했던 스물몇 살의 박무익은 아마 이념과 폭력과 죽음의 그늘이 무겁게 짓누르고 있는 인물들에게 그저 압도되었던 것 같다. '나와 적(敵)'이라는 이분법에 갇혀 있던 덜 여물은 독자로서 서성이다가 책을 덮었을지도 모르겠다.

인간의 조건. 인간을 인간으로서 살게 하는, 인간으로서 평가받게 하는 '인간의 조건'은 과연 무엇인가.

사르트르는 인간을 '아무런 목적도 이유도 없이 그저 세상에 던져진 존재자'라고 했다. 세상의 모든 사물은 실존(實存)에 앞서 어떤 본질(本質), 즉 목적, 기능, 가치 등을 갖고 만들어진다. 의자도 주전자도 자동차도 모두 목적을 갖고 태어난다. 사물은 그 자체의 본질이 실존에 앞서는 것이다. 하지만 인간은 그저 태어났을 뿐이다. 어떠한 목적도, 본질도 규정되지 않은 채 세상에 던져졌다. 이 지점에서 '실존은 본질에 앞선다(Existence precedes essence)'라는 문장이 탄생한다.

이 무의미한 삶, 아무런 본질도 없이 내던져진 유한하고 덧없는 삶에서 앙드레 말로가 애써 찾고자 했던 삶의 의미는 무엇인가. 첸과 기요와 카토프가 제 목숨을 던지며 채우고자 했던 삶의 가치는 무엇인가. 그 고민은 청년 박무익과 그 시절 함께했다.

1962년 철학과 입학 당시에는 지금과는 달리 학과별 합격자 성적과 커트라인을 공개했다. 박무익은 철학과 합격생 중 13등이었다. 시험 직전에 본 수학 참고서에서 비슷한 문제가 많이 나온 덕분, 그저 운이 좋았다고 그는 덤덤하게 말했다.

총명한 자식에게 의대나 법대 진학를 기대하는 건 그때나 지금이나 다를 바 없겠지만 그 시절 열아홉 청년들의 기개는 요즘과 달랐다. 부모의 기대와 반대를 무릅쓰고 원하는 공부와 진로를 찾는 젊은이들이 많았다. 철학과 1년 선배이자 동년배로 훗날 절친이 된 심재룡(전 서울대 철학과 교수, 2004년 작고)은 서울고등학교를 수석으로 졸업하고 서울대 전체 차석으로 입학한 수재였다. 서울대 3대 천재로 불리던 그는 한국 불교철학의 거목이다. 그해 서울대 전체 수석도 철학과였다. 박무익의 회고다.

> "철학과에 입학하고 보니 나뿐만 아니라 철학과 학생이라면 누구나, 예외 없이 주위 반대와 부모의 만류를 뿌리친 사연이 있었다. 예나 지금이나 철학과 지망생이나 철학도를 향한 시선에는 물음표가 가득하다. 실은 철학 전공자들 중에서도 스스로에게 왜 철학을 한다고 했을까 자문하는 경우가 허다했다."

수재들이 너도나도 철학을 탐하던 때였다. 하지만 책에서 답을 구하기엔 시절이 녹록지 않았다. 독일어나 그리스어 원서 강독으로 채워진 커리큘럼. 박무익은 책을 들여다볼수록 메마른 종이를 씹는 기분이었다고 했다. 데모가 잦아 칸트 원서 한 페이지 반 정도를 읽다가 한 학기가 끝나기도 했다. 학생들은 학교보다 거리에서 더 많은 시간을 보냈다.

> "내가 생각하는 철학은 책 속의 철학이 아닌 살아 있는 것이다. 나는 절대 진리를 찾아 철학과에 왔지만 어떤 강의에서도 진리를 발견하지 못했다."

박무익의 회고다. 박무익은 김지하, 현승일 등과 함께 이른바 '6·3 세대'의 일원으로 문리대 단식 농성에 참여했다. 1964년 한일 국교 정상화 회담을 반대하며 일어났던 학생운동. 첫 시위는 그해 3월 24일이었지만 6월 3일 비상계엄령이 선포되면서 '6·3 사태' 또는 '6·3 학생운동'으로 불린다. 박무익은 훗날 이어지는 '민청학련 세대'나 '386 세대' 등 민주화 세대들의 맏형인 셈이다.

이 사건을 계기로 김지하, 현승일은 체포되었다. 박무익은 "그 시절 김지하는 끊임없는 정열의 소유자였다. 김지하가 마이크를 잡고 주도하는 데모 현장에서 그의 입담과 선동력에 늘 감탄했던 기억이 난다"라고 말했다. 이때 함께 항쟁하고 체포된 인물로 이명박, 이재오, 손학규가 있었다. 학교는 무기한 휴교에 들어갔고 후배들은 '타는 목마름으로' 거친 야만의 시대를 견뎠다.

당시 박무익은 서울대 '두레 모임'의 일원이었다. 두레 모임은 서울대 문리대, 법대, 상대 학생들이 모여 국가의 미래를 고민하며 이념적으로 자유롭게 토론하는 모임이다. 박영주(이건그룹 회장, 2023년 작고), 라종일

6·3 학생운동

(전 주영대사), 김수행(전 서울대 경제학과 교수, 2015년 작고) 등이 함께했다.

모임 멤버 중 특히 심재룡 교수와 김영대 대성산업 회장은 박무익과 뜻이 맞는 가장 친한 친구였다. 만나기만 하면 무제한 토론이 벌어졌다. 토론은 종종 나라를 뒤집어엎는 발칙한 모의가 되기도 했다. 동숭동의 이름난 다방과 술집을 어울려 다니며 젊은 날 꿈과 이상을 공유했던 두레 모임 친구들은 훗날 각자의 분야에서 일가를 이루었다. 세월이 흐르면서 아내들도 모임에 동석하는 사이가 됐다. 1999년에 쓴 심재룡 교수의 글이다.

> "박무익 소장과 나는 대학 동창 관계다. 그렇다고 보통의 덤덤한 동창 선후배 사이가 아니다. 대학 시절 청운의 꿈을 실어 희망찬 미래를 설계하던 비밀결사 비슷한 두레 모임의 단골이다. 그 당시 모임의 장소로 성북동에 있던 대성산업 김영대 부회장의 별채를 이용하였다.
>
> … 지금도 가끔 졸업 시절에 찍은 사진을 꺼내 본다. 패기만만한 얼굴들. 누구나 그렇겠지만 1960년대 아직도 절대 빈곤의 티를 벗어나지 못한 암울한 시대를 살던 우리 젊은이들은 시절 인연에 따라 나라를 들어먹을 궁리를 자주 했다. 그래서 우스개로 '비밀결사'라 했다."

최루탄 연기가 매캐한 거리에서, 난상토론이 펼쳐지던 동숭동 다방과 술집에서 답을 구할 수 없을 즈음 박무익은 펜을 쥐었다. 몇 편의 습작 후 한국일보 신춘문예 장편소설 부문 응모를 결심했다. 휴학계를 내고 여섯 달을 사찰에서 생활하며 말로 다 하지 못한 분노와 울분과 희망을 헤집어보았지만 '체험의 빈곤'으로 채운 원고지는 공허했다.

"어느 날은 스스로의 수사(修辭)에 벅찼다가 다음 날 다시 보고는 공허함에 빠지는 식으로 제자리를 맴돌았다. 내가 쓴 글은 뜨거운 체험 없이 펜 끝에서 비롯된 것이었다. 직접 경험이 소설의 필수 요소는 아니지만, 글을 쓸수록 극복하기 어려웠다. 결국 말장난에 불과하단 생각에 소설 쓰기를 그만두었다."

그가 사르트르의 《자유의 길》, 앙드레 말로의 《정복자》와 《인간의 조건》에 몰입하기 시작한 게 이즈음이다. 특히 《인간의 조건》은 몇 번이나 읽고 필사하고 되새겼다고 했다. 거친 삶과 허무한 죽음이 꿈틀대는 행간에서 박무익은 무엇을 읽고 또 읽었던 걸까? 필자의 손에 다시 펼쳐진 이 소설은 그들이 그저 어느 편에 서서 누구를 죽이고 어떻게 죽었나 하는 이야기가 아니었다. 이 책은 그들이 어떻게 자기 삶의 가치를 지켰는가에 관한 처절한 기록, 인간이라면 피할 수도 거부할 수도 없는 근본적인 물음이었다. 산다는 것은 무엇인가. 어떻게 살아야 하는가.

20세기를 상징하는 지성인이자 프랑스 르포르타주 문학의 선구자로 불리는 앙드레 말로는 평생 이 질문을 사유하며 그 답을 지식이 아닌 '행동'에서 찾았다. 그 행동은 프랑스령 인도차이나에서 뛰어든 반식민주의 운동이었고, 스페인 내전 당시 조종사로 참여한 전투였으며, 제2차 세계대전 중 나치 괴뢰정권에 맞선 레지스탕스 활동이었다. 그가 일흔의 나이에도 멈추지 않고 방글라데시 독립전쟁에까지 참전하려 애썼던 걸 보면 얼마나 앙가주망(engagement), 즉 지식인의 사회참여에 진심이었는지 가늠할 수 있다. 불에 덴 상처를 보면 그때 얼마나 뜨거웠나를 알 수 있다. 그의 소설 속 주인공들 역시 자기 자신의 존재를 증명하기 위해 끊임없이 행동하는 사람들이다.

독일 출신의 철학자이자 정치이론가인 한나 아렌트 또한 《인간의 조건(The Human Condition)》이라는 같은 제목의 책을 썼다. 유대인인 한나 아렌트는 제2차 세계대전을 통해 소위 문명인이라 불렸던 집단이 벌이는 끔찍한 악(惡)을 온몸으로 경험했고, 철학자로서 이를 극복할 수 있는 인간의 조건을 사유했다. 그녀가 말하는 '인간이 되기 위한 조건'은 개인의 욕망과 필요를 넘어 공동체 속에서 어떤 대의를 위해 실천하는 '행동'이다. 이 논의는 이후 《예루살렘의 아이히만》에서 제시한 '악의 평범성

앙드레 말로

유럽 출장 중 담배를 피우며 노천카페에 앉아 담소를 나누는 박무익의 모습이 앙드레 말로를 연상하게 한다.

(banality of evil)' 개념으로 이어진다. 아렌트는 나치 친위대 장교로 수많은 학살을 자행한 아돌프 아이히만의 재판을 참관하다 그가 그저 상부의 명령에 순응한 지극히 평범한 인물임에 경악했다. 악이란 뿔 달린 악마처럼 괴이한 존재가 아닌 것이다. 파시즘이든 뭐든 어떤 악이 스멀스멀 피어오를 때 그것을 멈출 수 있는 것은 스스로 생각하고 행동하는 인간이며 그것이 인간의 조건일 것이다.

박무익이 좋아했던 인물들이다. 이 인물들을 이야기하면 다시 박무익이 떠오르게 된다. 순간순간 번뜩이던 눈빛과 결코 포기하지도 물러서지도 않던 고집과 세상을 향해 기꺼이 싸움을 걸던 마른 입매가 보인다. 박무익은 스스로 자신을 앙드레 말로의 아류(亞流)라고 칭했다. 삶을 동사(動詞)라고 말했다. 이십 대 초반, 누구보다 치열하게 '인간의 조건'을 파고들었던 그가 세상에 나아가 어떻게 자기 삶을 사유하고 어떠한 행위로 살았는지, 이제 두툼한 책을 덮고 사회에 첫발을 내디딘 스물다섯 박무익을 만난다.

프라하의 봄, 한강의 봄

제2차 세계대전이 끝난 1945년부터 1973년 1차 오일쇼크가 오기 전까지의 시기를 흔히 '자본주의의 황금기(The golden age of capitalism)'라고 부른다. 세계적인 경제 호황기였다. 일본에서는 '전후 경제 기적', 프랑스에서는 '영광의 30년'이라고 한다. 같은 시기, 두 차례 세계대전의 패전국이었던 독일 역시 적극적인 시장경제 도입과 마셜플랜의 도움으로 경제 대국으로의 발판을 마련했다. 이른바 '라인강의 기적'이다.

해방 이후 분단과 전쟁과 정치적 혼란으로 세계 최빈국 중 하나였던 대한민국의 기적은 조금 더 늦게 찾아왔다. '한강의 기적'이다. 용어는 장면 내각에서 "6·25 전쟁을 치르고 국토와 인력이 넝마가 되어버린 대한민국도 라인강의 기적처럼 그렇게 되어야 한다"라고 역설했던 것에서 비롯됐다. 실질적으로 기적이 꿈틀대기 시작한 건 1967년 박정희 정부의 '제2차 경제개발계획'부터였다. 1962년 1차 계획이 경공업 중심이었다면, 2차 계획에는 제철, 기계, 석유화학, 조선업이 4대 국책 사업으로 설정되었다. 이로써 수입 대체 경공업으로 근근이 먹고살던 나라는 수출대국으로 탈바꿈할 수 있었다. 전쟁 전 이미 자동차, 잠수함, 로켓 등을 만들며 수준 높은 과학기술을 보유하고 있던 독일과 달리 한국은 자본도 기술도 처참할 만큼 부족했던 상황에서 이뤄낸 기적이다.

이후 이어진 성장은 놀랍다. 1968년 52억 달러였던 국민총생산(GNP)은 1979년 614억 달러로 늘어났다. 나라만 성장한 것이 아니라 국민 한 사람 한 사람도 부유해졌다. 국민 한 명이 벌어들이는 연간 소득이 1968년 169달러에서 1979년 1,640달러로 열 배 가까이 커졌다. 다시 봐도 참 경이로운 시기다. 그러나 이 기간은 흔히 군사독재로 표현되는 시대였고 언론과 표현의 자유가 결박된 시대였다.

박무익이 대학 졸업식을 마치고 맞은 첫 봄이 1968년이다. '프라하의 봄'으로 세계사에 기록된 해다. 두 차례의 세계대전을 겪으며 제국주의와 파시즘에 시달린 유럽인들에게 사회주의, 공산주의 이념은 훌륭한 도피처였다. 함께 노동하고 생산함으로써 빈부격차가 사라지고 다 같이 잘 살게 될 것이라는 믿음이 수많은 지식인과 청년들을 사로잡았다. 그러나 꿈같은 이념은 무너져 내리기 시작했다. 1968년 봄날 터져 나온 프라하 시민의 외침 아래에는 사회주의 정당의 계획경제와 빈곤에 대한 염증이 깔려 있었다.

제2차 세계대전 당시만 해도 나치를 몰아낸 해방자였던 소련은 냉전이 도래하자 주변 국가들을 공산 블록으로 가두는 가공할 압제자의 얼굴을 드러냈다. 1968년 8월, 2,000대의 소련제 탱크를 앞세운 바르샤바 조약 군대가 자유를 외치던 프라하 바츨라프 광장을 장악했다. '인간의 얼굴을 가진 사회주의'를 외치며 '프라하의 봄'을 주도했던 알렉산드르 둡체크가 시민들에게 저항하지 말 것을 호소했지만, 울분에 찬 프라하 청년들은 국기를 흔들며 소련군 탱크에 돌진했다. 시위는 무참히 진압됐다. 프라하에 잠깐 봄이 스쳐 지나가고 다시 긴 겨울이 찾아왔다. 중국에서는 문화대혁명이 절정을 이루어 홍위병들의 광기가 최고조에 달했다.

한편 아시아의 끝 서울에는 1968년 2월 1일 경부고속도로 기공식이 열렸다. '프라하의 봄'은 실패로 끝났고, 민주화와 표현의 자유가 꽃피는 '서울의 봄'이 오기까지는 아직 멀었지만, 한국의 경제가 새싹을 틔우는 따뜻한 봄은 이제 막 시작되고 있었다. 필자는 이 시기를 '한강의 봄'이라고 쓰고 싶다. 그해 마침 서울대 경영대학원이 문을 열었다.

서울대 두레 모임의 일원이자 당시 행정학과에 다니던 친구 김영대의

경부고속도로 기공식, 1968년 2월 1일. © 중앙일보

권유로 박무익은 경영대학원에 입학했다. 다행히 경영학, 마케팅 공부는 제법 적성에 맞았다. 앙드레 말로가 던졌던, 젊은 가슴을 소리 없는 아우성으로 채우던 질문들은 빠르게 성장하는 대한민국에서 제 소임을 찾으라고 다독였다. 철학과 문학의 숲에서 헤매던 대학 시절이 길 잃음의 연속이었다면, 돌고 돌아 제 자리를 찾은 기분이었다.

훗날 어느 취재기자가 물었다. 존재론, 인식론을 탐독했고 소설 쓰기에 몰두했던 사람이 어떻게 마케팅이라는 세속적인 학문을 할 수 있었느냐고. 박무익이 답했다.

> "덮어두는 것이지요. 절대자를 찾고 인생의 의미를 아무리 추궁해 봐도 아무런 해답도 없고 하니 시간 속에 묻어두고 우선 갈 길을 간 겁니다. 그게 특이한 것은 아니잖아요. 경영대학원에 가니 오히려 학문이 재미가 있더라고요. 소설이나 잡지 읽듯이 공부를 할 수 있었으니까요. 철학에 비하면 너무 쉽고 실제적인 게 경영학이었습니다."

고대 그리스의 회의론적 철학자들은 추구하던 진리에서 답을 찾지 못하면 에포케(epochē), 즉 판단 중지를 선언했다. 어떠한 주장에 대해서도 그 반대가 성립될 수 있기에 확실한 판단은 불가능하며, 따라서 판단을 보류할 수밖에 없다는 것이다. 박무익은 그렇게 철학을 덮어두었다고 했다. 다만 소설에 대한 꿈은 '10리 밖의 등불'처럼 간직한 채 번잡한 업무에서 벗어나는 날이 올 때 반드시 소설을 쓰리라 마음먹고 있다고 덧붙였다.

취업을 미루고 대학원에 진학했지만 형편이 넉넉했던 것은 아니었다. 하숙비가 없어서 친구 집에 몸을 누이던 때도 많았다. 학비는 학창 시절 내내 과외로 마련했다. 당시에는 부잣집 입주 과외가 유행이었다. 박무익도 그렇게 학비와 거처를 함께 해결했다.

입주해 있던 과외 학생의 집에는 다른 과목 과외선생으로 드나들던 여학생이 있었다. 자주 마주치다 보니 가까워졌다. 이화여대 사학과에 재학 중이던 나초란 여사다. 박무익은 '훤칠한 키에 고운 목소리로 노래를 곧잘 하던 여학생'이라고 회고했다. 서울대에서 성학을 전공한 그녀의 오빠가 나영수 전 국립합창단 단장이다. 나영수 단장의 딸이 세계적인 재즈 보컬리스트 나윤선이니 노래에 재능이 특출한 집안임은 분명하다.

> "아내와 교제하던 몇 년간 나는 내내 별 볼 일 없는 학생 신분이었다. 성악을 전공한 손위 처남의 서울대 몇 해 후배라는 점도 처가에서 반길 만한 조건은 아니었다. 반대로 아내는 누가 보더라도 부잣집 맏며느릿감이란 말을 듣는 처지였다. 나보다 일찍 학교를 졸업한 아내에게 나의 존재를 무시하고 쳐들어오는 중매나 구애를 물리치는 일도 만만치 않았다."

젊은 박무익, 서울대 문리대 철학과 졸업, 1968년 2월

장충동 경동교회 강원용 목사 주례로 나초란과 결혼, 1970년 6월

1970년 두 사람은 결혼식을 올렸다. 노래를 곧잘 하던 사학과 여학생은 그렇게 부잣집이 아닌 가난한 집 맏며느리가 되었다.

"이 모든 파도와 물결은 고통스러워하면서 여러 목표를 향하여, 폭포, 호수, 여울, 바다 따위의 수많은 목표를 향하여 급히 흘러가, 모두 제각기의 목표에 도달하였다. 그리고 그 각각의 목표에는 하나의 새로운 목표가 뒤따르고 있었다. 강물은 수증기가 되어 하늘로 올라갔다가 비가 되어 하늘로부터 다시 아래로 떨어져서 샘이 되고, 시내가 되고, 강이 되었다. 그리고 또다시 새롭게 목적지를 향하여 나아갔으며, 또다시 새롭게 흘러갔다."

헤르만 헤세의 소설《싯타르타》의 한 대목이다. 박무익의 이야기를 시작하면서 필자는 물의 이미지에 사로잡혔다. 1943년 해가 길던 여름날, 박무익은 신비로울 정도로 많은 연못이 둘러싸고 있는 작은 마을에서 태어났다. 해 돋는 포항의 동쪽 끝 마을에서 넘실대는 파도를 타며 꿈을 키웠고, 대구로 또 서울로 물살을 거슬러 올라 세상이라는 큰 바다에 닿았다. 그사이 그를 둘러싼 시대의 물결도 같이 움직였다. 일제 강점기 말 조선의 눈물 어린 날들은 흐르고 흘러 대한민국 한강의 기적에 닿았다. 여기까지가 박무익의 유년기와 청년기의 삶을 이끌어준 물의 이야기다.

Ignis
불꽃이 튀다

어느 봄날
제주도 어느 오름 위로
샛바람을 타고 오르는
들불의 기세를 본 적이 있다.

그럴 때가 있다.
성난 들불처럼 타오르고
새파란 불꽃이 튀는
생의 한 시절

안방의 태양

박무익이 서울대 철학과를 졸업한 1968년은 한국 광고사에 있어 중요한 해다. 코카콜라가 한국에 진출한 해이기 때문이다. 1968년 5월 23일 조선일보는 〈세계에 뻗치는 미국 자본의 상징, 코카콜라 상륙〉이라는 제목의 기사에서 '이상한 마력으로 공산권까지도 지배하고 있다는 흑탕색 탄산음료의 상륙은 국내 콜라 업계에도 큰 충격'이라고 썼다. 코카콜라 한 병의 가격은 30원. 광고사 연구자들은 코카콜라가 들어온 1968년을 기점으로 한국 광고사를 근대 광고시대와 현대 광고시대로 구분한다. '오직 그것뿐!'으로 대표되는 코카콜라 광고 이후 한국 광고 표현의 수준은 한 단계 도약했다. 1969년 경인고속도로, 1970년 경부고속도로가 개통하면서 옥외광고도 전성기를 맞았다. 광고업은 새로운 산업으로 주목받았다.

1970년 1월, 서울대 경영대학원을 졸업한 박무익은 LG전자의 전신인 금성사에 입사했다. 부산에서 한국 최초의 전자 공업회사로 시작한 금성사가 국내 최초의 트랜지스터라디오, 선풍기, 냉장고, 19인치 흑백 텔레비전을 만들고 서울 을지로 한일을지빌딩에 터를 잡은 시기다. 박무익은 열다섯 명 정도가 근무하는 광고선전부에서 광고 문안 쓰는 일을 맡았다.

그해 봄이 지날 무렵 전국적으로 새마을운동이 시작되었다. 도시, 농촌 할 것 없이 들썩들썩한 분위기였다. 각종 소비재가 생산되어 시장에 유통되었고 광고 산업도 꽃을 피우기 시작했다. 금성사가 만드는 라디오, TV, 냉장고, 세탁기 등은 당시의 첨단 제품이었다. 수출 총력전과 함께 회사들이 내수시장에도 돌진하던 시기다. 물건은 만들기만 하면 불티나게 팔렸다. 하지만 부유층은 여전히 수입품을 선호했다. 박무익이 몸담고 있던 광고선전부는 한국 제품의 이미지 쇄신을 위해 지혜를 모았다. 수출입국 기조의 정부 정책 아래 'Goldstar, 금성사'와 'Made in Korea'를 해외에 알리는 사명 역시 광고선전부의 역할이었다.

입사 후 한동안 박무익은 선배들이 하던 대로 국내외 광고들을 찾아 정리하면서 아이디어를 고민했다. 2,300여 개의 해외 광고 카피 문장을 암기하고 일본의 광고 관련 서적을 읽었다. 하지만 얼마 지나지 않아 깨달았다. 그런 방식으로는 틀을 깨는 카피를 만들 수 없다는 것을. 사무실을 뛰쳐나와 밖에서 배회하는 날이 많아졌다. 다른 일 하는 친구들을 만나고 백화점과 시장을 쏘다니며 사람들을 관찰했다. 낯선 이들에게 말을 걸어 살아가는 이야기로 한세월을 보내기도 했다. 밤늦게 술 마신 다음날은 지각하기 일쑤였다. 근태 지적을 받는 날이면 책상 앞을 지키고 앉아《걸리버 여행기》처럼 상상력을 자극하는 소설을 읽었다. 초년 직장인으로서는 상상을 초월하는 황당한 시절을 보내게 된다.

당시 박무익의 직계 상사는 문달부 부장과 한상신 과장이었다. 문달부는 1956년 한국 최초의 애니메이션 〈OB시날코〉를 만든 인물이다. 음료광고 〈OB시날코〉는 6초 분량의 움직이는 그림이다. 낙타가 음료수를 싣고 가다 오아시스를 만나면 '목마를 땐 OB시날코'라는 코멘트가 나온다. 서양화를 전공하고 '코주부' 김용환에게 펜화를 배운 문달부는 한국 최초의 민영 방송인 HLKZ-TV의 미술 담당을 거쳐 금성사 광고선전부에서 박무익을 만났다. 대한민국 제2호 애니메이션인 럭키 치약 광고도 문달부의 작품이다. 광고뿐 아니라 한국 애니메이션 역사를 거론할 때마다 반드시 언급되는 인물이다. 한상신은 한국 최초의 헤드헌팅 기업 ㈜유니코 써치의 설립자다. "인물을 적재적소에 배치하는 것만큼 중요한 것은

금성사 재직 시절. 의자에 앉은 박무익 뒤로 초창기 금성 라디오 광고가 보인다. 1970년

금성사 재직 시절 남이섬 야유회. 그땐 남이섬에 주민들이 살았다. 1970년

없다. 훌륭한 인재를 채용하는 일에 많은 노력과 시간을 투자하라"가 그의 지론이다. 사회 초년생 박무익이 각 분야 최초를 쓴 두 사람을 사수로 만난 건 행운이었다.

박무익은 "만약 지금 한국갤럽에 당시의 나와 같은 행태를 보이는 직원이 있다면 얼마나 두고 볼 수 있을지 자신이 없다"라며 지나치게 자유분방하기만 했던, 그래서 황당한 회사원 취급을 받았던 그 시절을 회상했다. 다행히 그는 운이 좋았다. 문달부 부장을 비롯한 선배들은 그의 만행에 가까운 기행을 보고도 '창작에 불가피한 과정'이라며 외려 감싸주었다. 조금 특이해도 제 몫은 한다고 인정받아 어느 정도의 파격은 용인되었다. 한상신은 훗날 인터뷰에서 "틀에 맞는 행동을 요구하던 시대에

한국 최초 장편 애니메이션 〈홍길동〉의 신동헌 감독(왼쪽)과 한국 최초 애니메이션 〈OB 시날코〉 광고를 만든 문달부 감독(오른쪽)이 만났다. 2006년 5월. © 애니메이션박물관

MBC 〈성공시대〉 박무익 편에서 인터뷰 중인 한상신 회장, 2000년 3월

박무익은 파격적인, 대단한 기인이었다. 그런 사원을 데리고 있는 직속 상관 입장에서 굉장히 골치 아팠다"라고 했지만, 그 역시 박무익의 든든한 지지자였다. 한국 헤드헌팅 업계의 선구자인 한상신은 미국 제너럴 일렉트릭의 최연소 CEO였던 잭 웰치를 존경한다고 했다. 그는 인재 등용에 있어 잭 웰치의 인재 평가 기준인 4E와 1P를 가장 중요시했다. 4E는 Energy(적극적인 에너지), Energize(활기를 불어넣는 능력), Edge(결단력), Execute(실행력)이며, 1P는 Passion(열정)이다. 한상신이 기억하는 박무익은 4E와 1P 그 자체다. 그는 에너지와 결단력, 실행력과 열정이 넘치는 괴짜 후배 박무익을 특히 아꼈다.

당시만 해도 광고를 카피보다는 도안으로 보는 시각이 지배적이었다. 카피라이팅 교육기관은 없었고 아직 '카피'라는 말 대신 '문안'이란 말이 쓰였다. 문학, 연극 분야의 글쟁이들이 주로 맡아서 쓰곤 했다. 1960년대 MBC 라디오 간판 프로그램 〈전설 따라 삼천리〉를 제작한 프로듀서이자 시인인 정공채, 영화 〈살인의 추억〉의 원작인 희곡 《날 보러와요》를 쓴 극작가 김광림 등이 그 시절 박무익의 선후배 카피라이터들이다. 앞서 서술했지만 신춘문예에 몇 차례 도전할 만큼 문장력이 뛰어났던 박무익도 그들 속에서 아이디어를 연마했다. 철학과 문학을 붙잡고 씨름하던 숱한 밤과 경영학, 마케팅 공부에 매달렸던 날들의 열기가 '카피라이터 박무익'을 빚어내고 있었다.

"한때 도전했던 소설 창작은 끝도 없이 나를 갉아내어 가루로 만들고, 또다시 그것으로 하나의 세계를 빚어내는 외로운 작업이었다. 그러나 광고 카피는 달랐다. 작업의 목적이 뚜렷했고 결과물은 단순 명료했으며 주위 반응 또한 아주 빨랐다."

1970년, 구월이지만 늦더위가 기승을 부리던 가을 초입이다. 광고선전부에 중요한 프로젝트가 떨어졌다. 겨울을 앞두고 출시된 신제품, 금성사의 적외선 스토브 광고다. 구인회 금성사 창업주의 다섯째 동생 구평회가 1967년 호남정유(현 GS칼텍스)를 창업하자 이에 호응, 금성사에서는 석유를 사용하는 제품 개발에 박차를 가했다. 조리용 석유풍로와 가정용 석유스토브 난로가 개발됐다. 1973년 1차 오일쇼크 전까지만 해도 기름값이 싸서 그 시절에는 석유스토브들이 대세였다.

후덥지근한 날씨에 스토브를 켰다. 빨간 몸체에 동그란 연소통이 놓인 작은 난로다. 박무익은 아릿한 석유 냄새를 맡으며 달아오른 텅스텐의 빨갛고 노란 선을 뚫어지게 바라보다가 벌떡 일어섰다. 다섯 글자 휘갈겨 쓴 종이 한 장을 책상에 던져놓고 나가서는 진탕 술을 마셨다. 다음날 늦게 출근했는데 부서 선배들이 눈총은커녕 흐뭇한 얼굴로 반겨준다.

"맨날 엉뚱한 짓만 하더니 아주 제법이야!"

한 달이 지났을까. 아침저녁 찬 바람이 불기 시작하던 10월, 주요 일간지에 적외선 스토브 광고가 일제히 실렸다. '안방의 태양!' 카피라이터 박무익의 존재를 알린 결정적인 카피다. '태양이 아쉬운 계절, 당신의 안방에 태양이 솟게 합시다'란 부연 설명과 함께 일간지 지면 3할을 차지하는 대형 광고였다. 당시만 해도 대부분의 광고가 제품 이름과 함께 기능상의 장점을 설명하고 자랑하는 내용을 채우기에 급급했다. 박무익의 '안방의 태양'은 짧은 문장 하나로 강렬한 이미지를 전달하는 획기적인 카피였다. 이날 무교동 낙지 골목에서 동료들의 축하를 받으며 입사 10개월 차 박무익은 그 시대 가장 주목받는 카피라이터로 등장했다. 그리고 딱 한 달 후 첫딸 소윤이 태어났다. 그는 소윤을 '삶의 새로운 태양'이라고 썼다.

반세기가 지난 요즘, 캠핑 붐이 불면서 이 제품은 빈티지 아이템으로

첫딸 소윤을 안고 있는 박무익, 나초란 부부, 정릉, 1971년

다시 각광받고 있다. 빨갛게 달아오른 동그란 텅스텐을 보며 '불멍'을 하다 보면 그 시절 박무익의 눈에 가득 담겼던 붉은 태양이 다시 떠오르는 듯하다.

다음 광고는 모두 박무익이 카피를 쓴 금성사 광고선전부의 대표적인 광고들이다. '안방의 태양' 카피가 실린 금성사의 적외선 스토브 광고는 동아일보, 경향신문 등에 수개월간 게재되었다. '새로워진 것은 하나가 아닙니다 - 금성 선풍기', 'TV의 새로운 시대가 시작되었습니다 - 금성 텔레비전', '고층 건물의 고속도로 - 금성 엘리베이터', '세계를 우리의 이웃으로 - 금성 통신주식회사' 등의 카피가 눈에 띈다.

금성 스토브 광고 '안방의 태양', 동아일보, 1970년 10월 6일

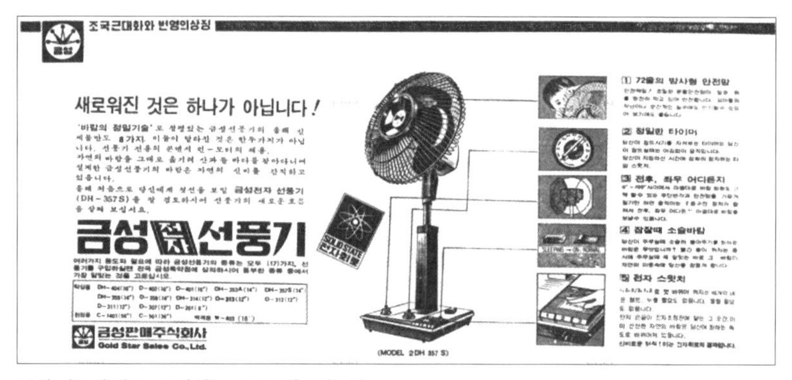

금성 선풍기 광고, 동아일보, 1970년 5월 7일

금성 텔리비전 광고, 동아일보, 1970년 5월 16일

금성 엘리베이터 광고, 매일경제, 1970년 6월 10일

금성 통신주식회사 광고, 매일경제, 1970년 6월 26일

야인(野人) 생활

1970년대 산업화 시대, 한국의 압축성장을 가장 잘 드러내는 매체는 광고였다. 수십 년 혹은 수백 년 동안 이뤄질 사회 변화가 짧은 기간 급격하게 진행되던 시기, 신제품들이 연이어 출시됐고 새롭게 탄생한 중산층의 욕망을 반영하는 광고도 쏟아져 나왔다. 박무익은 금성 선풍기 광고 '꿈이 실현되었습니다', 금성 텔레비전 광고 '태양을 겨누는 젊음의 축제' 등 줄줄이 히트작을 뽑아내며 카피라이터 박무익의 기반을 탄탄하게 다지고 있었다. 하지만 고속도로처럼 평탄한 카피라이터 길이 어딘가 발에 맞지 않았다. 박무익은 입사 2년을 못 채우고 돌연 사직서를 냈다. 아무래도 조직 생활이 안 맞는 것 같다는 이유였다.

"히트작이 많아질수록 지켜보는 눈이 많아졌다. 성과가 좋고 부서 선배들이 잘 봐준다 해도 나는 대기업 내 규율을 자주 어기는 황당한 신입사원이었다. 시간이 갈수록 나도 답답함을 느꼈다. 이런저런 눈치 볼 필요 없이 자유롭게 다양한 분야의 광고 일을 하고 싶었다."

모아둔 재산은 많지 않았다. 월급 없이는 당장 한 달 생활도 막막했다. 딸 부잣집 시어머님을 모시고 1년에 열댓 번씩 제사를 지내는 집이었다. 돌쟁이 딸을 챙기던 박무익의 아내 나초란은 둘째를 임신 중이었다. 이런 상황에 사표를 던지다니, 가족은 물론 직장 동료들까지 기함할 노릇이었다. 처지를 잘 아는 한상신 과장이 필사적으로 말렸다. 한상신은 박무익이 사직서를 내미는 순간 잡을 수 없다는 걸 직감했지만 정말 굶어 죽을까 걱정이 되었다고 그때를 회상했다. 그는 박무익을 두고 "한 번도 남의 기준에 사는 사람이 아니다"라고 했다. 박무익을 가장 잘 표현한 말이다. 역사를 돌아보면 시대를 이끌어온 사람들은 대부분 이해받기 어려운 외곬 인생을 살았다. 당시 박무익 역시 설부른 청춘, 객기 어린 아웃사이더로 보였다.

퇴사 후 얼마 지나지 않아 아들 재형이 태어났다. 다행히 프리랜서로 쓰는 카피 일이 끊이지 않았다. 아마도 대한민국 프리랜서 카피라이터 1호였을 거라고 박무익은 회고한다. 시대도 그를 도왔다. 1968년 12만 대, 2.1%였던 텔레비전 보급률이 1979년 600만 대, 80%로 늘어났다. 광고 수요가 급증하던 시대였다. 해방 이후 검정 고무신 하나로 전국적인 기업이 되며 유명해진 군산의 경성고무공업사는 고무신 대신 운동화를 생산하며 박무익에게 광고를 맡겼다. 근화제약, 대한항공의 광고 카피도 썼다. 단 여덟 대의 항공기로 시작한 대한항공은 그동안 외국 항공사가 독점해 온 국제노선을 확보하며 적극적으로 광고에 나섰다.

1972년부터 약 1년간은 광고 AE 겸 카피라이터로 삼성전자 광고 제작 대행을 맡았다. 현 CJ그룹 손경식 회장이 그 당시 삼성전자 영업부 차장이었다. 당시 삼성전자 광고는 중앙일보 산하 광고대행사 현대기획이 맡고 있었지만 "광고 카피는 박무익이 아니면 절대 안 된다"라는 손경식의 주장에 박무익이 신문과 라디오 광고를 맡았다. 국내 시장을 선점하고 있던 금성사와 달리 삼성전자는 후발 주자로서 차별화가 필요했다. 기존 제품에 없던 신기능을 강조했고, 광고에도 어느 정도 파격적인 요소를 가미했다. '수명이 깁니다'로 시작하는 그린 모터 선풍기, 산꼭대기에서 냉장고를 아래로 굴리는 장면과 함께 '10년 만의 혁신'을 기치로 내건 냉장고 광고, 'TV의 신시대' 카피 등 삼성전자 대부분의 초기 광고가 박무익의 손을 거쳐 탄생했다.

그즈음 삼성그룹 과장 월급이 3만 원 정도였다. 박무익은 30초짜리 라디오 광고 하나에 5만 원을 받았다. 카피라이터로서는 그 시절 최고 대우였다. 이후 박무익은 현대기획을 거쳐 제일기획 창립 멤버로 합류하게 된다. 창립 모토는 '광고 업무의 전문화를 통해 기업과 매체 간의 공영은 물론 국가 경제의 번영에 이바지한다'였다.

2011년 출간된 단행본 《한국 광고 회사의 형성》은 초창기 광고 회사들의 창립과 형성 과정을 깊고 촘촘하게 재구성한 책이다. 신인섭, 김석년, 남상조 등 한국 광고계의 산증인 6인이 풀어놓은 구술이 담겨 있다. 그중 남상조 전 한국광고단체연합회 회장은 광고업계의 살아 있는 전설로 불리는 인물이다. 제일기획을 만들고 대홍기획의 첫 대표이사를 역임했다. 남상조 회장은 가장 기억에 남는 광고인으로 한국 1세대 카피라이터 김태형, 시인 정공채, 그리고 박무익을 꼽았다.

그럼에도 불구하고 박무익이 광고업에 몸담은 기간은 사회 초년생 고작 4년밖에 되지 않았다. 하지만 한국 광고사 반세기를 정리한 책에서 손에 꼽힐 만큼 그는 독보적인 발자취를 남겼다. 광고계에 계속 머물렀어도 업계의 거물이 되지 않았을까? 어쩌면 부와 명예를 누리며 더 안락한 삶을 살았을지도 모른다. 하지만 한자리에 머무는 삶은 박무익의 선택지가 아니었다. 제일기획 입사로 야인(野人) 생활이 마무리되는 듯했지만 몇 달 후 박무익은 이 역시 박차고 나온다. 주변 사람들이 또 한 번 놀라게 된다.

이맘때 박무익의 관심사는 한국을 해외에 알리는 일이었다. 카피라이터에 남다른 재능이 있었지만, 개별 상품을 홍보하는 것보다 더 의미 있는 일에 욕심이 났다. 스스로를 설득할 수 있는 일에 몰두하고 싶었다. 박무익은 정부와 기업에서 제공하는 한국 홍보 광고나 특집 기사를 해외

유수의 언론사와 직접 연결하는 미디어랩을 시작했다. 자본금은 누나에게서 빌려 온 결혼 자금이었다.

어린 시절 한자부터 시작해 박무익은 새로운 언어를 익히는 데 막힘이 없었다. 철학을 탐하던 학창 시절에는 독일어를 곧잘 했다. 경영학 공부를 시작하고 광고업에 종사하게 되면서는 일어와 영어로 된 원서를 찾아 읽으며 남들보다 빠르게 지식과 정보를 습득했다. 그 시절 외국 한 번 안 나가본 시골 출신 청년으로서 참 특출한 일이었다.

언어 능력과 광고 경험, 더 보람 있고 의미 있는 일을 해보고 싶었던 의욕으로 시작한, 요즘 말로 벤처 사업이었다. 하지만 시기상조였던 모양이다. 한국과 외국을 오가는 숱한 편지를 쓰면서 1년여를 버텼지만, 비용만 들어가고 수입이 없었다. 창업 자금을 빌려준 누나가 결혼하게 되면서 다시 돈을 내줘야 했다. 의욕적으로 시작한 박무익의 첫 사업은 그렇게 허무하게 끝났다.

당시 미디어랩 운영을 위해 워싱턴 포스트, 뉴욕 타임스 등 해외 언론을 유심히 들여다보던 박무익의 눈에 날마다 들어온 것은 미국의 베트남전 반전 시위 물결이었다. 장발의 청년들이 서로 팔짱을 끼고 'End The War', 'No More Blood' 피켓을 들고 행진하는 모습들. 관련 뉴스에는 밥 딜런(Bob Dylan)의 노래도 있었다.

Mama, put my guns in the ground.

엄마, 제 총들을 땅에 내려주세요.

I can't shoot them anymore.

난 더 이상 그 총들을 쏠 수 없어요.

That long black cloud is comin' down.
길고 어두운 구름이 다가오고 있어요.

I feel I'm knockin' on Heaven's door.
마치 천국의 문을 두드리는 것 같이.

-〈Knockin' On Heaven's Door〉, 밥 딜런

시위가 계속되던 1973년 1월, 닉슨 정부는 북베트남에 대한 공격을 중지한다고 발표했다. 이후 헨리 키신저의 주도로 '종전과 베트남의 평화 복원에 대한 파리 평화 협정'이 체결되며 미국의 베트남 전쟁 개입은 공식적으로 종결되었다. 베트남 남북 정부는 휴전을 선언했고 미국 전쟁 포로는 석방됐다.

국민 개개인의 목소리가 모여 큰 물결을 만들고 결국 역사를 바꾸는 미국 대학생, 미국 언론인, 지식인들의 시위 장면은 박무익의 가슴에 깊이 새겨졌다. 1960년 고교 시절 대구 수성천 변에서 각인된 2·28 학생 민주의거 장면과 겹쳤다. 그때로부터 13년이 흘렀지만 이 땅에 언론 자유, 민주주의는 없었다. 박정희 정권의 유신 헌법의 재갈에 묶여 있었다. 박무익은 생각했다. 잠시 국민의 입을 막을 수는 있더라도 그 속마음마저 꺾을 수는 없으리라.

"그 당시 내가 주목했던 것은 광고 카피가 아니라 대중들의 마음이었다. 대중심리는 눈에 보이지 않지만 엄연히 존재하는 그 무엇이었다. 분명히 어떤 힘을 갖고 있으며 잘만 파악하면 뭔가 좋은 일이 생길 것 같은 그 무엇에 마음이 갔다."

박무익의 회고다.

실크로드가 고속도로로 바뀌다

한편 박무익의 성장사를 추적하다 필자는 뜻밖의 지점에서 묘한 기분에 휩싸였다. 카피라이터 박무익을 찾아 1970년대 광고들을 한참 들여다보다가 느낀 감정이었다. 광고 상단 구석에 다섯 개의 뿔이 달린 왕관 또는 별(금성) 모양의 금성사 로고가 보인다. 옆에는 깨알같이 '조국 근대화와 번영의 상징'이라고 쓰여 있다. 당시 금성사 로고 옆에는 늘 이 한 줄이 따라다녔다. 지금 보면 촌스럽고 상투적이고 구태의연한 문장일 뿐이다. 하지만 박무익의 생을 따라 글을 이어가다가 문득 마주친 이 문장은 또 다른 울림을 준다.

1943년 박무익이 태어나던 해, 조선 민중은 막바지 태평양 전쟁으로 인한 강제 징용과 식량 수탈로 극심한 고통을 겪었다. 일제는 병참 기지화 정책으로 부설된 철도 선로를 뜯어 갔고, 금속으로 된 숟가락, 젓가락은 물론 분뇨를 담는 요강까지 빼앗아 갔다. 일제 강점기 35년 중에서도

박무익이 카피를 쓴 금성 통신주식회사 광고. 금성사 로고 옆에는 '조국 근대화와 번영의 상징'이란 문구가 늘 따라다녔다. 매일경제, 1972년 9월 15일

가장 힘든 시기였다.

1950년 박무익이 국민학교, 오늘날 초등학교에 들어간 해에는 6·25 전쟁이 터졌다. 3년간 포화가 할퀴고 간 상처는 컸다. 국부(國富)의 4분의 1을 잃었다. 전쟁 피해액 4,100억 환은 1953년 국민총생산의 85%에 달했다. 더 가난해졌고 더 혼란스러웠다. 수백 년인지 수천 년인지 모를 민족의 굶주림의 역사가 미국으로부터 원조받은 밀가루에도 불구하고 여전히 계속되고 있었다.

1956년부터 1961년까지, 그의 중학교, 고등학교 학창 시절은 이승만, 윤보선으로 이어지는 1, 2공화국 시대였다. 전쟁으로 초토화되었던 나라는 차츰 복구되고 있었지만, 간첩 사건과 납북 사건이 줄을 이었다. 국가보안법 반대 시위로 정국은 불안했다. 3·15 부정 선거, 4·19 혁명에 이은 5·16 군사 쿠데타로 격랑이 몰아쳤다.

1962년 박무익의 대학 생활은 세계를 핵전쟁의 위협으로 몰고 간 쿠바 미사일 위기와 함께 시작되었다. 세계는 냉전이라는 위태로운 얼음장 위에 서 있었고 냉전의 극단에 살던 대한민국 청년들에게 캠퍼스의 낭만은 사치였다. 이념의 틈바구니에서 몸살을 앓았고 한일협정에 반대하는 함성과 함께 방황했다.

자연인 박무익의 생애에 한국인이 겪고 견딘 지난한 근현대사가 고스란히 녹아 있다. 그 끝자락에 적혀 있는 금성사 로고 '조국 근대화와 번영의 상징'이란 문구에는 숱한 짓밟힘 속에서도 발버둥 치며 일어서서 이 나라를 이만큼 세운 선배 세대들의 피, 땀, 눈물이 어려 있다고 봐야 한다.

모든 것이 혼란스럽고 뒤죽박죽이던 시절이었다. 1968년 5월 한국 일간지에 최초로 실린 코카콜라의 광고가 예가 된다. 익숙한 코카콜라 로고 위로 한문이 섞인 문장들을 빼곡하게 적었다. 그 시절 한국인들은 대부분 이런 마음으로 살았으리라.

> 오늘로!! 國內에서도 世界 여러 나라와 같이 世界的인 청량 음료수 코카콜라를 生産하게 되었습니다. 生産 과정은 勿論, 販賣에 이르는 제반 기계시설은 세계 어느 나라와도 똑같은 最現代的이고 위생적인 것으로 갖추어 놓았습니다. 이 제조업체의 設立은 많은 사람에게 男女 區別 없이 새 직장을 마련할 것이며 國家 재정에도 重要한 공헌을 하리라 自負하는 바입니다. 이 최신 제조업체의 完成을 서둘러 온 저희들은 충심으로 祝賀드리는 바입니다.

코카콜라는 가난했던 시절, 허영의 상징이었다. "심 변호사는 코카콜라를 먹고 한청은 같은 코카콜라에 위스키를 타서 마셨다." 1955년에 발표된 소설《허영의 풍속》에 나오는 한 대목이다. 1950년대 신문 연재소설계를 평정했던 장덕조의 소설이다. 장덕조는 1914년 경북 경산에서 태어나 대구를 거쳐 서울로 진학한, 박무익에 앞서 비슷한 길을 걸었던

한국 최초의 코카콜라 광고, 1968년 5월

여류 소설가이자 언론인이다. 전쟁이 끝난 지 2년이 지난 무렵, 미군 부대에서 흘러나온 콜라를 마시는 사람들을 허영의 풍속이라며 부러움과 질시의 눈으로 바라보던, 그런 시절을 한국인들이 살았다. 코카콜라 광고에 '이 제조업체의 설립은 남녀 구별 없이 새 직장을 마련할 것이며 국가 재정에도 중요한 공헌을 하리라'고 감격에 겨운 문장을 쓰던 시절이다.

카피라이터 박무익의 또 다른 히트작 중 '실크로드가 고속도로로 바뀌었다(The Silk Road has been changed into a highway)'라는 카피가 있다. 럭희그룹(현 LG그룹) 계열사로 종합무역상사였던 반도상사(현 LG상사)의 기업 광고다. 한 노인이 노새를 끌고 걸어가는 이원수 화백의 삽화를 넣은 이 광고는 미국 타임지에 실렸다. 은자(隱者)의 나라, 전쟁으로 폐허가 된 나라로 알려진 한국을 바라보는 좁은 시선을 향해 박무익은 말하고 싶었다. 시원하게 펼쳐진 고속도로처럼 이제 한국은 질주하기 시작했다고.

도포 차림에 갓을 쓴 남장을 하고 19세기 조선을 네 차례나 방문한 영국 여성이 있다. 빅토리아 시대 여행 작가이자 지리학자인 이사벨라 버드 비숍(Isabella Bird Bishop)이다. 비숍은 1897년에 쓴 《조선과 그 이웃

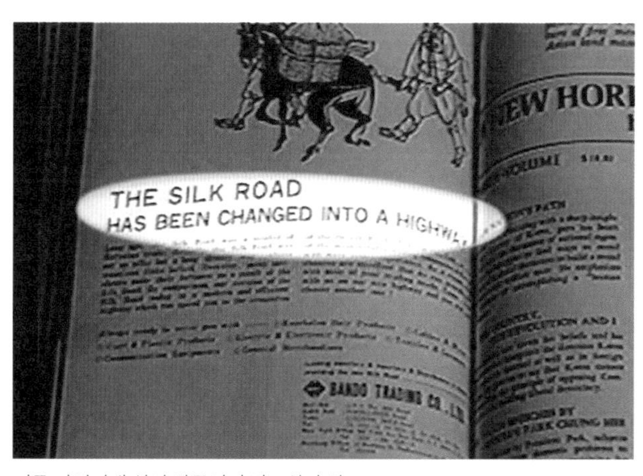

미국 타임지에 실린 박무익의 반도상사 광고

나라들》에서 "한국은 가난한 국가가 아니다. 그러나 불행하게도 한국인의 잠재된 에너지는 거의 사용되고 있지 않다"라고 썼다. 그녀의 지적 이후 80년 가까운 시간이 흘렀다. 곳곳에서 한국인의 잠재된 에너지가 서서히 폭발하기 시작했다. 안정된 회사를 박차고 나와 창업 전선에 뛰어든 서른두 살 박무익의 가슴도 힘차게 뛰기 시작했다.

A lonely little big man

지하철 1호선을 탔다. 오래전에 본 뮤지컬 〈지하철 1호선〉이 생각난다. 배우들의 익살에 웃다가 상처뿐인 그들의 속살을 보며 결국 울면서 일어나게 되는 극이다. 1990년대 서울 서민들의 삶을 그렸던 무대와 30여 년이 지난 오늘의 지하철 안 풍경이 크게 달라진 것 같지 않다. 지하철 1호선은 여전히 어딘가 남루하고 어딘가 서글프다. 연변 처녀, 실직 가장, 사이비 교주, 가출 소녀, 자해 공갈범, 잡상인 등이 얽혀 있는 지극히 한국적인 연극의 원작이 독일 작품이란 것이 놀랍다. 독일 그리프스 극단의 〈1호선(Linie 1)〉이 원작이다. 각색도 있겠지만 어쨌든 가장 오래되고 낡은 구시가지를 관통하는 지하철 1호선이라면 나라와 상관없이 비슷한 삶의 애환을 담겠구나 생각했던 기억이 난다.

생각은 종각역에서 멈췄다. 4번 출구로 나왔다. 할리스, 스타벅스, 커피빈, 투썸플레이스, 메가커피. 300m쯤 걸어가는 동안 커피 전문점이 줄지어 있다. 2023년 늦은 여름, 그 옛날 대학생들의 단골 아지트, 유명했던 종로서적이 있던 종로 2가의 풍경이다. 5분 남짓이나 걸었을까. 빽빽한 건물들 사이에 비좁게 자리 잡은 좁고 긴 10층 건물에 다다른다. 건물에는 사주카페, 유학원, 치과, 피부과 병원, 와인바와 전당포, 변호사 사무소와 귀금속 상점, 실용음악학원과 인력공급업체 간판이 걸려 있다. 마침 와인바에서 흘러나오는 노래는 사라 본의 〈러버스 콘체르토(A Lover's Concerto)〉. J.S. 바흐의 미뉴에트가 원곡이다. 갑자기 시간이 수십 년 훌쩍 뒷걸음친다.

서울 종로구 종로 88 경영빌딩. 한국 사회의 밑바닥부터 상류층까지,

서울 종로구 종로 경영빌딩. 1970년대에는 삼화고속 버스 터미널 옆에 위치하고 있었다. 2023년 8월

시대별·종류별·성별·연령별, 자영업으로 할 수 있는 온갖 직업군이 다 모여 있다. 각양각색의 인간 군상들이 10층 건물 칸칸을 메우고 있다. 저마다 다른 이미지를 연상시키는 간판들이 어우러져 마치 연극 무대 세트처럼 기묘한 분위기를 자아낸다. 건물은 낡았고 뻰했고 어딘가 지쳐 보였다. 고개를 들어 피부과 병원이 자리 잡은 경영빌딩 8층을 올려다본다. 50년 전 저 한구석 열 평 남짓한 공간에서 서툴게 시작된 한 남자, 박무익의 꿈을 생각한다.

1974년 6월 17일 경영빌딩 8층 801호, 박무익은 조사회사 KSP(Korea Survey Polls)를 열었다. 한국갤럽조사연구소의 탄생이다. 당시 ASI라는 미국계 마케팅조사 연구소의 한국 지사는 있었으나 한국인이 독자적인 조사연구소를 설립한 것은 박무익이 처음이었다. 아내는 물론 직장 동료, 선후배, 친구들까지 모두 만류했지만, 사표를 던지고 가진 돈을 몽땅 털어 문을 연 회사다. 3주 전쯤 막내딸 지윤을 출산한 그의 아내는 개업식에 참석하지 못했다. "사장님 된 걸 축하한다"라며 배웅하는 아내의 얼굴에 수심이 가득했다고 박무익은 어제같이 그날을 기억한다.

"주위에선 내가 엄청난 성공 가도를 달린다고 했지만, 제일기획에 들어간 지 얼마 안 돼서부터 계속 머릿속을 맴도는 일이 있었다. 경영학과 대학원 수업 중 책에서만 봤던 마케팅조사, 외국에선 이미 많이 활용하고 있지만 국내엔 아직 잘 알려지지 않은 분야였다. 내가 하고 있는 광고가 제대로 사람들에게 전달되는지 효과를 측정하는 수단이란 점에서 큰 매력을 느꼈다. 광고와 마케팅조사를 잘 결합하면 괜찮은 사업이 될 것 같았다."

호기롭게 시작했지만 회사는 궁색했다. 1974년 당시 조사업체는 요즘으로 치면 일종의 벤처(venture)였다. 박무익은 사장이자 유일한 연구원이었고 자금조달원이었다. 50년 전 그곳의 풍경은 박무익의 처제이자 KSP의 첫 여직원인 한국갤럽 자문위원 나정애의 글에 꼼꼼하게 묘사되어 있다.

"KSP 사무실 문을 열면 마주한 쪽으로 관철동이 내려다보이는 창이 있고, 그 양옆으로 두 개의 철제 책상이 나란히 나타난다. 왼쪽은 소장님, 오른쪽은 친구분이 앉는 자리였다. 내가 나타나기 전까지는 이렇게 단 두 분이 사용했던 것 같다. 소장님의 책상 옆으로는 책이 많이 꽂혀 있는 책장이 있었다. 소파나 탁자 같은 가구는 중고가 아니었나 싶었고 유리판 아래에 깔려 있던 하얀색 탁자보나 꽃병 대용으로 가져다 놓은 도자기 등은 전부 집에서 날라다 둔 비품들이었다. 그 당시 두 대의 검은색 다이얼 전화기를 쓰고 있었다. 국번은 74-8828, 74-8448. 박정희 대통령의 부인 육영수 여사가 저격당했던 그해 여름, 한국갤럽의 초창기 직원은 이렇게 세 명이었다."

1974년 8월 15일, 서울 장충동 국립극장에서는 제29회 광복절 기념식이 한창이었다. 기념식은 KBS, MBC, TBC 채널을 통해 전국에 생중계되고 있었고 동양방송 등 라디오 채널에서도 음성 생중계를 진행하고 있었다. 오전 10시 23분, 기념식의 클라이맥스인 박정희 대통령의 경축사가 이어졌다. "나는 오늘, 이 뜻깊은 자리를 빌려서 조국 통일은 반드시 평화적인 방법으로 이루어져야 한다는 것을…." 순간 총소리가 울렸다. 청중석에 있던 재일 한국인 문세광이 연단을 향해 달려가며 권총을 쏘기 시작했다. 대통령을 겨눈 총알은 영부인 육영수 여사를 쓰러뜨렸다. 서울 지하철 1호선 개통식을 불과 37분 앞둔 시각이었다.

육영수 여사가 급히 병원으로 이송되고 범인 문세광이 체포된 직후 박정희 대통령은 다시 연단에 서서 남은 경축사를 이어나갔다. 결국 경호실의 만류로 지하철 1호선 개통식은 참석하지 못했다. 이날 저녁 흰 소복을 꺼내 입고 국모(國母)의 죽음에 통곡하는 사람들과, 어딘가 어리둥절한 표정으로 땅 밑으로 달리는 전차를 줄지어 타는 사람들이 9시 뉴스를 나란히 장식했다.

지하철 개통으로 종로는 더 분주해졌다. 명동 다음가는 번화가였다. 현재의 종로타워 자리에는 일제 강점기에 생긴 최초의 한국 자본 백화점

종로 2가 경영빌딩 KSP 사무실

인 화신백화점이 있었다. 장발에 나팔바지를 입은 젊은이들은 음악다방에서 시간을 보냈다. 담배 연기로 가득 찬 다방의 주인공은 연예인 못지않은 인기를 구가하던 DJ들이었다. 유리 박스 안에 앉아 연신 턴테이블을 돌리며 카펜터스와 아바, 사이먼 앤 가펑클 등의 팝송을 들려주는 DJ들 앞에는 꽃다발과 신청곡 쪽지를 들고 기웃거리는 수줍은 소녀팬들이 있었다.

개발 시대, 북적이던 거리와 달리 경영빌딩 8층 사무실의 풍경은 적막했다. 당시 한국의 조사 시장은 황무지나 다름없었다. '시장조사', '여론조사' 같은 말을 들으면 대부분 고개를 갸웃거렸다. 대기업조차 조사가 무엇이고 어디에 활용하는 것인지 잘 몰랐다. 고객이 스스로 찾아올 리 없었다. 박무익은 부지런히 사람들을 만나 조사에 대해 설명했다. 창업 소식을 듣고 인사차 사무실에 들른 친구들과 선후배들도 붙잡혀 조사 강의를 듣기 일쑤였다. 그래야 같이 바둑 한판이라도 둘 수 있었다. 매번 반응은 시큰둥했다.

1970년대 산업 호황기, 공급에 비해 수요가 넘쳐났다. 물건을 만들기만 하면 너도나도 줄을 서서 사 가던 시절이다. TV를 사거나 전화를 놓으려면 몇 달을 기다려야 했다. 우리 대리점에 물건을 많이 공급해 달라며 대리점주가 본사 영업부장에게 명절 선물이나 뇌물을 건네고 눈도장을 찍었다. 명품이라 불리는 요즘의 사치품들처럼 생필품조차 소비자가 왕이 아니라 판매자가 왕이었다. 무슨 제품이든 '없어서 못 파는' 시대였다. 당연히 기업 입장에서는 공장 하나라도 더 지어 제품을 찍어내는 게 더 급했다. 기업들이 굳이 돈을 들여 시장조사를 할 필요성을 못 느꼈을 법하다.

일없이 보내는, 공치는 날이 길어졌다. 박무익은 종종 카피를 쓰거나 광고 강의를 하며 사무실을 꾸렸다. 어쩌다 돈이 생기면 외국의 조사 관련 서적을 구해 읽었다. '조사'라는 단어조차 낯설던 시대였지만 새로운 분야가 아니었다면 창업도 하지 않았을 것이라고 박무익은 말했다. 그는

박무익과 김진국. 김진국은 1978년 8월부터 1982년 2월까지, 그리고 1988년 2월에 재입사해 1989년 5월까지 약 4년 동안 한국갤럽에 몸담았다.

기업과 사회가 발전할수록 분명 조사 수요도 크게 증가할 것이라고 믿었다. 하지만 그 시절 사무실의 적막은 참으로 무거웠다.

허튼 종이 소리만 서걱거릴 즈음이면 박무익은 슬쩍 사라졌다. 어느새 서른을 훌쩍 넘은 그는 종종 건물 1층 오락실, 교복 차림의 학생들 틈바구니에 끼어 굽은 어깨로 앉아 있곤 했다. 초창기 멤버 중 한 명인 한국갤럽 OB 김진국의 표현대로 〈벽돌깨기〉를 하며 좌절과 궁핍의 시절로부터 탈출하고 싶었고, 〈인베이더〉를 하며 그가 하고자 하는 일에 대한 세상의 무지와 몰이해에 대해 총탄 세례를 퍼붓고 싶었던 것이 아닐까?

박무익은 가장 힘들었을 이 시기에 대해 말을 아꼈다. 영영 사라져버릴 뻔한 그 시절의 풍경화는 KSP 최초의 여사원 나정애의 글을 통해 되살려졌다. 백화점 디자인팀에서 일하다 나와 작은 양품점을 차렸지만 돈만 축내고 답답한 하늘만 올려다보던 시절, 다짜고짜 "정애, 너 이리 와서 일하자" 하는 형부의 말에 KSP에서 일하게 되었다고 한다. 필요하면 가져다 쓰라며 박무익이 회사 장부 일체를 넘겨주었지만 수입이 없으니 가져갈 돈도 없었다. 그녀가 그 시절을 회고한 글의 제목은 〈A lonely little big man〉이다.

"'일이천 원으로 버티던 시절'이었다. 나 같은 평범한 사람의 입장에서 형부의 삶을 보면 어떨 때는 이해가 되지 않았다. 한창 카피라이터로 잘나가던 그 좋은 직장을 버리고 찾는 이 없는 조사업을 시작해 가난에 몰리던 모습을 보고 있을 때가 특히 그랬다. 형부는 수시로 친구들에게 전화를 걸어 '니, 돈 좀 있나? 아, 내가 좀 필요해서' 하며 이곳저곳 돈을 빌리며 버티곤 했다. 운영비는커녕 건물 관리비도, 생활비도 제대로 내지 못하고 전전긍긍했으니 속으로도 고민이 참 많았을 것이다.

… 돈을 빌리던 날 오후면 어김없이 종로 뒷골목의 빈대떡집 한구석에서 홀로 앉아 소주병을 기울이던 왜소한 체구의 내 형부는 무척 고독해 보였다. 누구도 제대로 알아주지 않던 조사회사를 차리고 인고의 세월을 보낼 즈음이었으니 고민이 오죽 많았겠는가. 하지만 훗날 내가 세상을 좀 더 알고 세월을 좀 더 먹고부터는 그런 형부가 '작지만 참 큰 사람'으로 다가왔다."

정릉 풍경

서울 성북구다. 성북 22번 연두색 마을버스를 탔다. 버스는 구불구불한 골목길을 한참을 오른다. 아리랑시장을 지나 종점에 내려서도 언덕을 더 걸어 올랐다. 북악산 자락 품에 자리 잡은 능선이 멀리 보인다. 정릉에 왔다.

돌다리를 건너 들어간다. 능역과 속세를 구분하는 물길에 차가운 계곡물이 돌돌 흐른다. 홍살문을 지나 왕이 제향을 올리기 위해 건던 어로(御路)를 따라 걷는다. 수라간과 정자각 위로 둥그런 능선이 흰 눈에 덮여 있

서울 성북구 정릉동 정릉, 2024년 1월

다. 소한이 낼모레인데 햇살이 봄날 같다. 햇볕 아래 할머니들이 둘러앉아 두런두런 이야기꽃을 피웠다. 멋들어지게 휘어진 처마 끝에서 눈 녹은 물이 똑똑 떨어진다.

정릉은 태조비 신덕왕후의 능이다. 신덕왕후 강씨는 고려의 명문가 출신으로 고려 말 무관이었던 이성계의 경처(京妻)였다. 1392년 태조 이성계가 조선을 건국하자 조선 최초의 왕비, 현비로 책봉되었다. 태조의 정치적 조언자였으며 자신의 둘째 아들 방석(의안대군)을 조선 최초의 왕세자로 책봉하게 했다. 그러나 이는 피비린내 나는 왕자의 난의 원인이 된다. 방석을 포함한 신덕왕후의 두 아들은 첫째 부인 한씨의 소생인 방원에 의해 모두 목숨을 잃었다.

신덕왕후의 능은 원래 도성 안쪽인 중구 정동에 있었다. 그러나 태조가 세상을 떠나자 태종 이방원의 명에 따라 현재의 자리인 도성 바깥, 산기슭으로 옮겨졌다. 방원은 의붓동생을 왕세자로 만든 계모를 미워했다. 능은 묘로 격하되었고 능에 있던 비석과 병풍석들은 해체되어 청계천 다리 공사에 쓰였다. 오늘날에도 청계천 광통교 밑을 지나다 보면 화려하

청계천 광통교에 화려한 무늬의 돌들이 보인다. 2023년 9월

게 무늬 새겨진 돌들을 볼 수 있다. 본래의 정릉에 있던 석물들이다.

정릉은 그런 비운의 역사를 품고 있는 능이다. 서른두 살 젊은 창업자 박무익의 집은 정릉에 있었다. 정릉천 상류 계곡을 끼고 자리 잡은 달동네라 사람들은 정릉에 산다고 하지 않고 '정릉 골짜기'에 산다고들 했다. 신덕왕후의 설움이 고여 있던 곳이지만 북악산이 그 설움을 토닥이며 품고 있는 곳이다. 평안남도에서 태어나 전쟁과 질병에 휩쓸리며 도쿄, 부산, 제주, 통영, 진주와 대구를 떠돌던 화가 이중섭이 1956년, 마흔 살 고단한 생의 마지막을 보낸 곳이기도 하다. 새벽인 듯 어스름인 듯 희뿌연 하늘 아래 사뭇 쓸쓸한 유화 〈정릉 풍경〉이 그의 유작이다.

경남 통영에서 태어난 소설가 박경리도 1965년부터 수십 년을 정릉 골짜기에 살았다. 무려 25년에 걸쳐 완성된 대하소설 《토지》가 1969년부터 쓰였으니 이곳이 《토지》의 고향인 셈이다. 최참판댁 4대 가문을 둘러싼 삶의 노고가 차곡차곡 쌓여갈 무렵, 박무익도 정릉에서 소박한 일가를 이루기 시작했다.

기업인 박무익이 자연스레 가난한 화가, 소설가들의 터인 정릉에 자리 잡은 모습이 어색하지 않게 느껴진다. 박무익은 기업인이기 이전에 대학 재학 시절엔 문청에다 신춘문예 도전까지 했던 아마추어 문학인이고 철학자였으니까. 실제로 박무익은 문인들처럼 사무실에 불을 켜지 않거나 창문에 커튼을 내리는 등 어두운 방에서 홀로 사고하는 것을 즐겼다. 지인들은 그를 두고 고대 그리스의 철학자 디오게네스에 비유하기도 했다. 원하는 것을 들어주겠다던 알렉산더 대왕에게 햇빛을 가리지 말아달라 부탁한 그 디오게네스 말이다. 박무익이 디오게네스가 되지 못한 것은 디오게네스와는 달리 햇빛을 싫어하고 어두운 곳을 좋아했기 때문이었을까. 박무익의 철학자적인 기질에 대해 1980년대 초 함께 근무했던 한국갤럽 OB 이창옥은 이렇게 말했다.

〈정릉 풍경〉, 이중섭, 1956. © 국립현대미술관

"설문 초안을 만들어 소장실에 들어가면 소장은 사직공원의 나무들이 근사하게 바라다보이는 공간에 신입사원을 앉혀놓고 나직한 목소리로 말을 이어갔다. 설문을 일일이 고치며 사물을 보는 방법, 사물 속에서 가능한 인식의 내용들, 그리고 그것을 가장 적절하게 질문으로 표현하는 방법 등에 대해 이야기하면서 설문을 고쳐나갔다. 그러한 방식은 결재를 하는 상사라기보다는 마치 교수가 학생을 도제식으로 가르치는 강의 같았다. … 철학인가 싶으면 문학이고 역사학이다가 사회학이면서 궁극에는 조사방법론으로 모아지는 그야말로 학제적일 뿐 아니라 수준 높은 개인 강의였다.

돈이 잘 벌리는 실용 지식에만 모두들 관심이 몰려 있는 시대에 인문학적 교양을 두루두루 갖춘 인물이 귀했다. 박 소장은 예외였다. 대부분의 조사 전문가들은 비본질적인 방법론적 기예에 몰두해 있다. 따라서 그이처럼 사물에 대한 깊이 있는 철학적 인식이랄까 혹은 본질에 대한 천착의 향내를 보여주지 못하고 있는 것이다. 그래서 많은 설문들이 독자에게 아름답지도 감동스럽지도 않게 다가오고 이내 잊히고 만다. 그러나 철학과 출신답게 박 소장은 '박무익식 조사'를 통하여 이 사회를 '철학'해 왔음이 틀림없다."

가난했던 산업화 시대, 보통 단칸방에서 신혼살림을 시작하던 시절이지만 대부분의 단칸방도 방과 부엌은 나뉘어 있기 마련이다. 그러나 박무익의 정릉 집은 원룸이란 개념도 없던 그 시절의 원룸이었다. 방 하나를 커튼으로 나눠 문 쪽은 부엌, 안쪽은 방으로 정해서 썼다. 그곳에서 올망졸망한 아이 셋을 키웠다. 난방을 겸한 연탄아궁이에 생선을 굽고 '곤로'라 부르던 석유풍로에 보글보글 찌개를 끓였다. 작은 집에 가득 찬 연기와 그을음에 눈이 매웠다. 그렇게 다섯 식구가 복닥복닥 살았던 시절을 박무익은 꿈꾸듯 이야기했다.

정릉동 골목을 헤매며 그의 자취를 쫓다 보니 문득 허망하다. 남아 있는 것보다 사라진 것들이 더 많다. 정릉 지킴이 신경림 시인의 시구절을 떠올리며 다시 마을버스에 오른다. 내려가는 길, 여덟 개의 정류장이 모두 아파트 단지 이름이다.

정릉동 동방주택에서 길음시장까지, 이것이
어머니가 서른 해 동안 서울 살면서 오간 길이다.
약방에 들러 소화제를 사고
떡집을 지나다가 잠깐 다리쉼을 하고

동향인 언덕바지 방앗간 주인과 고향 소식을 주고받다가,
마지막엔 동태만을 파는 좌판 할머니한테 들른다.
그이 아들은 어머니의 손자와 친구여서
둘은 서로 아들 자랑 손자 자랑도 하고 험담도 하고
그러다 보면 한나절이 가고,
동태 두어 마리 사 들고 갔던 길을 되짚어 돌아오면
어머니의 하루는 저물었다.
…

-〈정릉동 동방주택에서 길음시장까지〉, 신경림

정릉 부근 집 뒷산. 딸 소윤과 아들 재형과 함께. 나초란 여사는 빼어난 미인이었다. 1972년

조사회사가 '벤처'이었던 시절

조사 초년병 시절 박무익에게는 잊지 못할 은인들이 많다. 그중 한 사람이 대학 선배 김양일(전 인간능력개발원장, 2007년 작고)이다. 대학 선배라지만 동숭동 서울대 철학과 강의실에서 얼핏 얼굴만 익혔을 뿐 친분은 없었다. 두 사람이 사회에서 우연히 다시 만난 건 관철동 럭키빌딩의 엘리베이터 안이었다. 서로 "여기는 웬일이십니까?" 하며 악수를 나눴는데 알고 보니 같은 건물에서 근무하고 있었다. 박무익은 금성사(현 LG전자) 광고선전부에, 김양일은 럭키화학(현 LG화학) 전산실에. 층이 달라 마주칠 기회가 없었던 것이다.

그 길로 두 사람은 일 이야기, 시절 이야기를 안주 삼는 술친구가 되었다. 평소 말수가 적은 박무익이지만 소주잔을 기울이다 얼마간 취하면 목소리를 높이고 답답한 속내를 드러내곤 했다. 얼마 후 박무익은 김양일을 찾아와 다니던 회사를 그만두고 다른 길을 가겠노라고 말했다. 그 길이 바로 여론조사였다. 김양일은 박무익이 동료들의 만류에도 불구하고 '조사의 험난한 길'을 열었다고 회고했다.

KSP를 창업한 지 3개월이 지난 그해 9월, 실적 전무한 청년 창업자 박무익이 김양일을 다시 찾아왔다. 마침 김양일이 럭키화학 전산실에서 금성사 판촉과로 자리를 옮긴 상황이었다. 김양일의 회고다.

"어느 날 그는 '이제 금성사도 과학적인 마케팅 관리를 시작해야 되지 않겠느냐?'고 말했다. 어떻게 하는 것이냐 물었더니 '시장조사'를 하란다. 경영학 교과서에서 본 듯한 단어이기도 해서 이야기를 진전하다가 '세탁기 광고 효과 측정'이란 프로젝트를 의뢰하기로 했다. 1974년 9월로 기억한다. 아마 KSP가 수행한 제1호 시장조사로 알고 있다."

안정된 직장을 박차고 나가 창업한 후배를 염려해서였을까? 아니면 이제 기업도 과학적인 마케팅 관리를 해야 한다던 후배의 주장이 힘을 발한 것일까? 이제 막 걸음마를 걷기 시작한 풋내기 조사인을 군말 없이 믿고 첫 프로젝트를 맡겨주었던 사람. 김양일은 KSP의 첫 클라이언트다.

조사회사 간판은 내걸었지만 처음 하는 일이었다. 전공 서적을 뒤적이고 조사를 잘 아는 학계 사람들을 수소문해 자문을 받았다. 그때 만난 또 한 사람의 은인이 한국행동과학연구소 연구원 이만영(고려대 심리학과 교수 은퇴)이다. 이만영은 조사 전반에 걸쳐 박무익의 스승이 되었고 이후 40년 넘게 격의 없는 친구로 인연을 이어갔다. 그는 박무익을 '끼가 대단한 사람'이라고 기억한다.

"그는 경이로운 직관력의 소유자였다. 내가 끙끙대면서 도와주는 시늉만 해도 그는 그것으로 걸작을 만들어내는 능력을 가지고 있었다. 내가 유치원생 그림을 그려다 주면 그는 캔버스에다 피카소의 작품을 만들어내는 것이었다. 내가 그의 일을 제대로 도와주지 못했던 것은 시간과 능력 등 나의 문제이기보다는 그의 불가사의한 직관력 때문이었다. … 한국에 조사연구 전문기관의 존재 가능성을 아무도 생각할 수 없었던 때에 조사연구 방법론의 문외한인 그가 조사연구 전문기관을 만들고, 운영자금을 마련하기 위해 집을 팔아 셋집을 전전하며 어려운 고비를 넘긴 것은 모두 그의 '끼' 때문이었

한국갤럽조사연구소 25주년 행사에 참석한 이만영 고려대 교수, 1999년 6월

다고 말하고 싶다. 평범한 사람의 논리로 보면 무모한 일이었을 것이다."

첫 프로젝트는 표본 설계부터 설문지 작성, 통계 분석 등 이만영의 도움을 많이 받았다. 설문지를 들고 전국을 돌며 조사할 조사원은 지인의 지인 등 알음알음으로 사람들을 모았다. 박무익의 처제 나정애는 회사의 비서이자 경리였으며, 조사 업무가 있을 때면 조사원이자 슈퍼바이저로 뛰었다. 당시 기억이다.

"한번은 경상북도 영주로 조사를 가야 하는 일이 생겼다. 전국 조사였는데 내 담당구역이 영주였다. 나와 친구 그리고 새로 뽑은 여사원 이렇게 셋이 영주로 내려갔다. 기차에 시외버스에 흔들리며 현지에 도착해서 주소지를 들고 시골 벌판을 걸어 다니면 사람들이 줄줄이 쫓아다니며 우리를 구경했다. '서울서 내려온 사람들'이란 이유 하나만으로.

판촉물과 질문지가 든 가방을 둘러메고 주소지를 뒤적이며 찾아가는 식으로 하루 일을 마칠 때가 되면 마을을 통틀어 전화 한 대가 없는 산골에서 밤을 맞아야 했다. 원래는 매일 저녁에 시외전화로 보고를 하기로 돼 있었는데 실제로는 그게 불가능했다. 영주에서 사흘간 단 한 통의 전화도 없이 일을 마쳤으니 소장님은 속을 얼마나 태웠을까.

전라북도 전주로 출장 갔을 때는 현지의 전북대 여학생들을 아르바이트 조사원으로 교육시켜 일을 했었다. 며칠 동안 일을 다 마친 뒤 그네들에게 임금을 지불하고 서울로 출발하려는데 갑자기 그들이 찾았다. 그들이 받은 임금 중 일부를 추렴해서 영광굴비며 교통비를 마련해 주는 것이다. '멀리 서울서 오신 분인데…' 하며. 지금 생각하면 참 순박한 인심이다."

조사의 답례품은 주로 럭키치약이었다. 가난했던 시절, 시골 사람들은 대부분 소금으로 양치질을 했다. 자연히 치약 한 개에도 보름달처럼 환해진 얼굴로 설문조사에 응해주곤 했다. 고개 너머 산 너머, 한 집 한 집 양쪽 어깨에 무거운 답례품을 짊어지고 헤매다 보면 종종 경찰에 신고되는 해프닝도 벌어졌다. 냉전 시대, 읍·면 지역 사람들은 유난히 반공정신이 투철했기 때문이다.

전국에서 모아 온 설문지는 컴퓨터에 입력해서 부호화하고 통계 처리하는 과정이 필요하다. 그런데 1970년대 우리나라에는 컴퓨터가 흔치 않았다. 조사 완료된 설문지의 응답을 펀칭한 카드 몇 박스를 들고 홍릉에 있는 KIST(한국과학기술연구원)에 갔다. 밤새워 컴퓨터에 카드를 입력하고, 근처에서 반나절을 더 기다린 후에나 엄청난 부피의 산출물을 받을 수 있었다. 개업 초기 사무실엔 타자기도 없었다. 박무익은 늘 큰 고무지우개 하나와 연필을 들고 책상에서 어깨를 잔뜩 웅크린 채 조사기획서나 보고서 등을 쓰다 지우고 다시 쓰곤 했다. 박무익의 필체는 악필이다. 작고 가늘어서 알아보기 힘들었다. 나정애는 그것을 받아다 필요한 만큼 먹지를 깔고 꾹꾹 눌러써서 여러 부의 보고서를 만들었다. 타이핑이 필요하면 외부에 맡겼다. 과정 하나하나가 번거롭고 지난했다.

아찔한 순간도 있었다. 자료 분석 과정에서 이해하기 어려운 결과가 나왔다. 원인을 밝히기 위해 추적하던 중 특정 지역 자료의 특이성을 발견했다. 그 지역의 조사원들을 찾고 대상자들을 다시 방문하여 검증한 결과 일부 설문지가 조작된 사실이 밝혀졌다. 박무익은 즉시 그 지역 전체 자료의 폐기를 지시했다. 조사팀을 다시 구성하고 재조사를 실시했다. 시간에 쫓기는 프로젝트 진행 중 특이한 결과를 이해하기 위해 오류를 끝까지 추적한다는 건 쉽지 않은 일이다. 재정적으로 곤궁한 상황에서 많은 비용과 인력을 투입한 자료를 폐기한다는 것 역시 현실적으로 대단한 결단이다. 박무익은 그런 사람이다.

평소 박무익은 언뜻 허술해 보이는 사람이다. 지갑도 없이 재킷 주머니에 현금을 구겨 넣고 다닌다. 필자와 종종 골프 라운딩을 하거나 저녁 자리에서도 늘 주머니에 찔러 넣어뒀던 현금으로 결제했다. 셔츠의 좌우 단추를 어긋나게 채우거나 어떤 날은 좌우 신발을 바꿔 신은 채 출근해서 직원들을 웃게 만드는 사람이었다. 하지만 그가 경영인으로서 의사 결정을 할 때면 치밀함과 담대함이 서려 있었다. 기댈 곳 하나 없이 허허벌판에서 시작된 그의 사업이 사회의 신뢰를 얻고 조사업의 기준에 이르게 된 것은 원칙과 신뢰를 지켜온 그만의 원칙이 있었기에 가능했다.

처음이었던 만큼 힘들었고 실수도 있었고 보람도 있었던 제1호 프로젝트는 어려웠던 시절의 KSP를 포기하지 않게 해준 구원자였다. 다행히 좋은 평가를 받았다. 단발에 그치지 않고 금성사로부터 연이어 조사 프로젝트를 수주받을 수 있었다. 두 번째 프로젝트는 '가정 전기제품에 대한 소비자 행동 조사'였다.

박무익은 첫 프로젝트를 통해 객관적이고 정확한 조사를 위해서는 조사원의 전문성이 필수란 것을 실감했다. 응답자를 직접 만나 인터뷰하는 조사원의 인식과 태도야말로 조사의 알파, 오메가였다. 두 번째 조사를 앞두고 박무익은 이화여대 사회학과에 찾아갔다. 앞으로 사회학 연구에는 여론조사를 활용하는 일이 더 많아질 것이며, 직접 현장에서 다양한 사람들을 만나 인터뷰하는 것이 학생들에게 좋은 경험이 될 거라고 교수를 설득했다. 다행히 교수는 물론 학생들도 큰 관심을 보였다. 박무익은 조사원으로 나선 학생들을 대상으로 교육에 나섰다. 다음은 강의의 일부다. 당시 그가 얼마나 진지한 마음으로 조사인의 길을 걷기 시작했는지 짚어볼 수 있다.

조사의 생명은 정확성입니다.

현재 우리나라의 조사통계 수준은 높다고 할 수가 없습니다. 농산물 통계가 잘못되어 소, 돼지, 고추 파동을 겪은 일을 여러분도 기억할 겁니다. 엉터리 조사, 엉터리 통계가 빚어낸 엄청난 낭비요, 농민들이 당해야 하는 아픔입니다. 조사의 주체가 누구이든 조사전문기관은 정확한 조사통계를 제시하지 않으면 안 되는 것입니다.

틀린 조사, 믿을 수 없는 조사는 하지 않는 것보다 못하고, 그것은 우리 사회에 대한 커다란 죄악입니다. 기업은 여러분이 면접한 결과를 바탕으로 제품을 개발하고 폐기합니다. 만일 조사가 엉터리여서 수십억의 돈을 들여 제품을 만들었다가 안 팔린다면 기업은 망하게 될 것입니다. 만일 사회 여론조사의 결과가 엉터리라면 우리나라의 중요한 정책의 방향이 틀어지고, 세금이 낭비되며, 무엇보다도 언제까지나 '못난 민족'이라고 경멸받게 될 겁니다.

조사할 때는 평소의 자기를 잠시 잊어야 합니다. 조사는 피곤한 일입니다.

여러분이 가구를 방문했을 때, 한 번도 경험하지 못한 장면에 부딪히게 될 겁니다. 대문을 열어주지 않는 집, 기분 나쁜 대응, 무식한 사람들, 어떤 때는 개에게 물릴 수도 있습니다. 그러나 어떤 어려운 상황에 부딪히더라도 오리엔테이션 받은 대로 하나하나의 질문을 완성하지 않으면 안 됩니다. 즉, 자존심은 접어두고 오로지 조사에 집중한다는 마음가짐이 필요합니다.

조사는 자기의 인생을 올바로 보게 합니다.

현재 우리나라에서 대학 교육을 받은 사람은 100명 중 5명에 불과합니다. 즉, 조사원 여러분은 그 과정이 어떻든 간에 선택받은 엘리트입니다. 생활하면서 부지불식간에 엘리트로 대접받기를 기대하고 있을지도 모릅니다. 그러나 조사원으로 일하게 되면 여러분이 살아온 상황과 전혀 별개의 세계 – 때론 가난하고, 무식하고, 촌스러운 사람들을 만나 이야기하면서 이해하려 하고, 호의적으로 보이려 노력해야 합니다. 그런 과정을 통해 그들의 생각이 여러분의 생각과는 어떻게 다르며, 그들은 어떻게 숨 쉬고 살아가는지를 관념상이 아니라 피부로 접하게 될 것입니다.
조사원으로 일한다는 것은 직접 해보지 않으면 모를, 혹은 그냥 지나쳐버렸을 일들과 접할 기회입니다. 책 속에서 배운 세계와 전혀 다른 삶을 체험하며 그 속에서 자기 자신을 발견하고 재인식하게 될 것입니다. 아르바이트로 해본다는 단순한 생각에서 벗어나 이러한 큰 뜻에 주목해 보기를 바랍니다.

이제 여러분은 통계, 여론조사가 어떻게 진행되는 것인가에 대해 개념을 막연하게나마 알 것 같은 느낌이 올 겁니다. 그러나 '정확한 조

설립 초기 사용했던 타자기

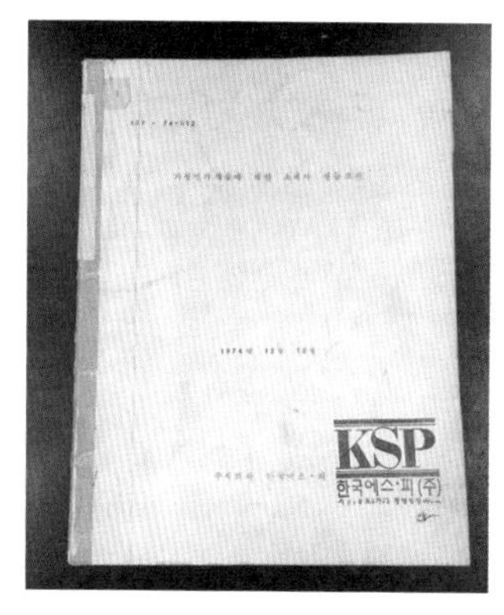

KSP의 두 번째 프로젝트 '가정 전기제품에 대한 소비자 행동 조사', 1974년

I. 조사계획

1. 조사목적

일반 가정의 가정 전기제품에 대한 태도 및 구매동기 등을 조사하여 마아케팅 정책 수립 및 기업 및 제품광고의 방향 설정에 기초적인 자료를 얻는다.

2. 조사 내용

1) 회사의 지명도
2) 가전제품 사용도
3) 기업 이미지
4) T.V. 냉장고, 세탁기 등 주요제품 선호도 및 기능 이해
5) 구매 결정 영향 요인
6) 제품 선택의 일반기준
7) 제품 구입자 및 장소
8) 사용제품에 관한 만족과 불만족
9) 기타 대체 자료

3. 표본 추출

1) 표본의 크기 : 502명 (단 유효 표본의 크기는 483명)
2) 조사 지역 : 서울특별시
3) 표본 방법 : 다단 집락 체계적 무작위 추출법
(Multiple clusted systematic random sampling)

— 1 —

(1) 서울시내 11개구의 총 317개동에서 19개동을 체계적 무작위 추출함. (1973년 10월 30일 현재)

(2) 19개동에서 무작위 추출로 통을 선정하고 추출된 통에서 체계적 무작위 추출로 반을 추출함.

(3) 19개반에서 502가구를 구의 인구 비례로 분할하여 할당된 가구수를 체계적 무작위 추출함.
(단, 본조사의 목적으로 보아 소득 계층은 상류, 중상류로 하였으며 한자촌 등의 극빈자 가구를 본조사에서 제외 하였음)

선정된 동별 할당 표본 수는 다음과 같다.

구	동	표본수
종로구	청운동	16
중 구	광희동	10
동대문구	전농2동, [illegible]	64
성동구	신당1동, 중곡동, 신사동	76
성북구	안암1동, 삼선1동	41
서대문구	교남동, 홍은2동	74
마포구	아현 제3동	79
용산구	청파 1동	75
영등포구	당산 1동, 시흥 1동	66
관악구	신대방동, 상도 1동	52
도봉구	수유 1동, 미아 1동	49
계		502 명

— 2 —

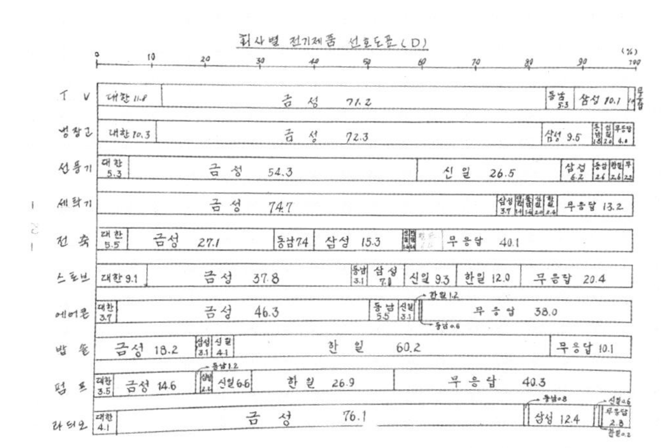

사'는 '알 것 같은 느낌'만으로는 안 됩니다. 한 개 한 개의 질문은 여러분의 땀을 요구합니다.

조사는 성실함과 예술성이 뒤섞인 일입니다. 덥고, 춥고, 비가 오거나 눈이 내리는 날에도, 때로는 아픈 날에도 질문지를 들고 낯선 집의 대문을 두드리는 여러분 머리 위의 하늘이 너무 높고 푸르다고 생각될 때도 있을 것입니다. 그때 "내가 하고 있는 일이 돈이 아니라 땀의 의미를 찾기 위해서인가?"라고 반문해 보면 좋을 것입니다.

이제 여러분은 대학에서 한 학기 동안 공부하는 조사방법론 중 가장 중요한 내용을 배우게 되었다고 생각합니다. 이번 조사 실무를 통해 결코 책에서는 배울 수 없는 내용을 체득하게 될 것입니다.

다시 한번, 여러분이 맡은 임무의 중요성을 강조하며 건투를 빕니다.

교수인 필자가 봐도 일목요연한 명강의다. 교육을 마친 이화여대 사회학과 학생들은 서울시 500여 가구를 직접 방문하여 주부들을 인터뷰했다. 학생들은 열정적으로 조사원 임무를 다했고 이들의 활약으로 두 번째 프로젝트는 더 순조롭게 마쳤다.

협소한 시장이었지만 박무익은 열심히 뛰었다. 차츰 조사 물량도 늘어났다. 전국 조사가 있을 때면 지방 대학 학생들을 대상으로 조사원 교육을 하기 위해 시골 여관을 전전했다. 이후 출장이 잦은 지방 대도시에는 해당 지역 실사 책임자가 상주할 사무실을 마련했다. 1979년 말 무렵에는 전국 여섯 개 도시에 실사 네트워크를 갖추게 되었다.

제1호 조사 기록은 분실했지만, 제2호 조사 보고서는 지금도 남아 있다. 뒤가 비칠 정도로 얇은 종이에 먹지를 대고 한 글자 한 글자 타자를 쳐서 작성한 것이다. 그래프는 자를 대고 볼펜으로 그린 다음 숫자를 직접 써넣었다. 이 조사는 훗날 규모를 키워 1998년까지 매년 진행한 'LG전자 주요 전자제품 정기지표 조사'의 효시가 되었다.

개성상인의 3대 원칙

1990년대 초 서점가를 휩쓴 소설 중에 오세영 작가의《베니스의 개성상인》이 있다. 소설은 한 장의 그림에서 시작된다. 1983년 런던 크리스티 경매를 통해 세상에 공개된 그림〈한복을 입은 남자〉다. 17세기 플랑드르 바로크 미술의 대가 페테르 파울 루벤스(Peter Paul Rubens)의 드로잉 작품이다.

루벤스는 원래 이 그림에 제목을 붙이지 않았다. 미지의 인물에 대한 추적 과정은 이렇다. 경매를 위해 그림을 살펴보던 큐레이터는 배경에

〈한복을 입은 남자〉, 페테르 파울 루벤스, 1617

희미하게 그려진 범선 스케치에 주목했다. 범선을 통해 그림 속 남자가 먼 나라에서 온 이방인임을 추측했다. 큐레이터는 또 남자의 의상을 연구하여 한국의 전통 복식과 흡사하다는 것을 밝혀냈다. 그렇게 〈한복을 입은 남자(A Man in Korean Costume)〉란 이름을 갖게 된다. 그림은 경매 당일 최고가인 32만 6,000파운드에 낙찰되었다. 소설은 이 인물이 임진왜란 때 일본에 포로로 잡혀간 개성상인이었으며 노예로 팔려 인도를 거쳐 이탈리아로 건너가게 되었다는 상상에서 출발한다.

그림이 알려지고 소설이 유명해지면서 관련 다큐멘터리가 만들어지는 등 한동안 개성상인 열풍이 불었던 것으로 기억한다. 17세기 고려의 도읍지 개경(開京)에서 시작되어 조선 후기까지 활약했던 개성상인에게는 세 가지 장사 철학이 있었다.

첫째, 누가 뭐래도 남의 돈으로 장사하지 않는다.
둘째, 목에 칼이 들어와도 신용은 지킨다.
셋째, 배짱과 뚝심을 갖고 한 우물로 승부한다.

여기에 '내 입에 거미줄을 쳐도 돈을 꾸면 제날짜에 이자까지 쳐서 갚는다'라는 원칙도 있었다고 한다. 짐작건대 첫 번째 원칙의 '남의 돈'에 변제와 이자가 확실한 돈은 포함되지 않는 모양이다. 아무튼 상업을 천시했던 사농공상(士農工商)의 시대를 살며 자신만의 상도(商道)와 상혼(商魂)을 지켜온 이들은 오늘날에도 기업 정신을 이야기할 때마다 자주 소환되곤 한다.

이철우 전 롯데백화점 대표는 박무익의 서울대 동문이자 오랜 친구다. 또 오랜 기간 그에게 조사 분석을 맡긴 주요 클라이언트이기도 하다. 이철우는 박무익을 회고하며 개성상인을 이야기했다. 그의 표현을 빌리면 박무익은 '신용을 목숨처럼 여긴 개성상인'이었다. 이철우의 글이다.

"모름지기 한 개인에게 있어서 '건강'을 잃는 것은 모든 것을 잃는 것과 같다고 했다. 이 말을 기업에 적용하면 어떻게 될까? 기업에 있어서 건강에 해당하는 것은 '신용'이란 생각을 늘 하고 있다.
… 1974년 한국갤럽이 첫걸음을 내디딜 때 우리 사회는 어떠했는가? 신용을 목숨처럼 중히 여기는 선조들의 지조는 일제 치하와 6·25 동란이라는 암흑기와 격동기를 겪어오면서 크게 손상되었고 우리 사회에서는 신용을 가벼이 여기는 풍조가 암암리에 널리 퍼져 있었다. 바로 그러한 때, 그렇게 척박한 토양에 한국갤럽이 세상을 향해 고성을 터뜨리면서 '신용'의 중요성을 일깨우는 선봉에 섰다."

1977년 창업 4년 차. KSP 사무실의 직원은 박무익을 포함하여 다섯 명으로 늘어났다. 사무실 안쪽 책상에는 박무익 소장이, 왼쪽으로는 두 명의 여직원이 있었고, 오른쪽으로는 노익상 연구원과 민병호 연구원이 있었다. 두 사람은 1977년에 나란히 입사했다. 훗날 노익상은 한국리서치, 민병호는 위더스데이터시스템을 설립하며 독립했다. 그래서 한국갤럽을 두고 대한민국 조사업계의 사관학교라고 한다.

손님이 오면 베니어판으로 칸막이한 방으로 모셨다. 손님이라기보다는 대부분 박무익의 선후배들이었다. 그들이 박무익과 바둑을 두거나 담소를 나누다가 떠나고 나면 사무실은 다시 조용해졌다. 직원은 늘어났지만 여전히 회사를 키우기는커녕 망하지 않는 데 전력을 다하는 형편이었다. 박무익의 회고다.

"당시 34세, 충분히 다른 일에 새로 도전할 수 있는 나이였다. 당장 돈이 안 된다는 이유만으로 일을 접기에는 이른 나이이기도 했다. 그해 큰딸 소윤이 국민학교에 입학해 나는 학부형이 되었다. 아내는 나의 양어머니를 모시고 한 해 열 번 넘는 제사를 지냈다. 제사 후엔 며칠씩 앓으면서도 나를 탓하지 않았고 한편으론 독서와 신앙(천주교), 봉사 활동을 계속했다. 나약한 생각이 스멀거릴 때마다 한결같은 아내를 보며 마음을 다잡았다."

조사 물량은 많지 않았다. 금성사의 가전제품 수요 예측조사가 대부분이었고 가끔은 신상품 기획조사를 의뢰받았다. 거기에 농민을 대상으로 하는 제초제 수요와 반응 조사가 더해졌다. 노익상 연구원의 예전 회사가 외국계 농약 회사 몬산토의 파트너였던 덕분에 그를 따라 넘어온 조사 물량이었다. 지금처럼 기업 대 기업 간의 신뢰 속에서 용역이 발생하는 게 아니라 인맥에 의해 하청 물량이 따라 움직이던 시절이다. 계약금을 받으면 밀린 외상값부터 갚았다. 중간에 돈이 부족하면 의뢰인에게 조금 더 당겨쓰고, 보고서가 완성되고 나면 얼마 남지 않은 잔금을 받을 수 있었다. 1977년부터 2년간 KSP에 있었던 민병호의 기억이다.

"매월 25일 급여일이 오면 그날 오전부터 박 소장은 자리에서 사라지고 없었다. 사모님이 돈을 해 온다는데 시간이 안 맞는다는 둥 사채업자와 약속을 했다는 둥 별별 소리를 다 들으면서도 우리는 일만 묵묵히 했었다. 저녁 무렵이면 박 소장은 돈뭉치를 들고 사무실에 나타났다. 그걸 경리 보는 미스 리에게 주면 그녀가 누런 봉투에 내역을 쓰고 돈을 담아 우리들에게 나눠주었다."

한국갤럽의 태동기, 언제쯤이면 싹이 돋을지 기약도 없었던 시절. 벌판의 삭풍은 매서웠다. 박무익은 회사를 경영하면서 스스로에게 두 가지 약속을 했다고 말한다. 빌린 돈의 이자는 단 하루도 어기지 않고 갚을 것. 직원들의 월급은 하루도 밀리지 말 것.

매번 월급날이 다가오면 초조했다. 다급했던 어떤 날은 보고서 타이핑 업무를 맡긴 외부의 타이피스트에게 돈을 빌린 적도 있었다. 1,000만 원을 4년 동안 4부 이자로 빌려서 쓸 만큼 어려웠다. 그래도 박무익은 흔히 말하는 인덕(人德)이 있었다. 누구라도 도와주고 싶은 심정이 되었고 돈을 빌려달라고 부탁하면 사람들은 어떻게든 박무익을 도와주려고 애썼다. 고비마다 그런 식으로 넘기곤 했다.

1980년대 초반 연구 제안서 작성을 돕기 위해 박무익을 처음 만난 최상진(전 중앙대 심리학과 교수, 2011년 작고)은 박무익의 첫인상을 두고 '무엇인가 궁금증으로 가득 찬, 생각하는 철학자'라고 기억했다. 첫 만남 후 박무익을 소개해 준 이만영 교수에게 '그는 사업하기에 적합하지 않은 사람'이라고 말했다고 한다. 사회조사기관을 자영하는 사람이라면 어지간히 틀리거나 모호한 이야기라도 그냥 듣고 넘어갈 줄 아는 융통성이 있으리라 기대했는데, 박무익은 그 정반대 편에 있는 사람이라는 것이다. 설립 초반 KSP의 운영이 그토록 곤궁했던 것은 박무익의 꼿꼿한 성품 탓이기도 했다. KSP의 첫 클라이언트였던 김양일의 회고다.

"당시 한국의 조사 시장이란 서방 선진국들과는 하늘과 땅 차이였다. 아직 우리나라에선 '조사'라는 말조차 낯선 시절이었으므로 돈이 벌릴 리 없었다. 그 때문에 가족들의 고생이 말이 아니었다. 그러나 좁은 셋집에서 살며 고생을 하면서도 험난한 고비를 넘기는 박 소장의 뚝심을 나는 보았다.

박 소장은 사업이 어려우면서도 때때로 고객사가 요구하는 자료의 변조, 이를테면 시장점유율이나 시청률을 높여달라는 등의 요구를 결코 용납하지 않았다. 숫자는 거짓말을 할 수 없다는 것이 박 소장의 굳센 철학이었다. 당시에는 고객이 요구하면 숫자 속임 정도는 어렵지 않게 해주는 것이 관례였기 때문에 박 소장은 거래 당사자와 사이가 나빠지는 일이 많았다. 사이가 나빠지면 다음 일이 들어오지 않을 수도 있었지만 박 소장은 결코 흔들리지 않았다."

박무익을 처음 만나 '사업하기에 적합하지 않은 사람'이라고 말했던 최상진 교수는 훗날 자신의 예측이 빗나갔음을 고백했다. 박무익의 성품 속에는 그가 조사연구소를 설립하게 한 기본 철학인 '엉터리 없애기'가 깊숙이 체질화되어 있었다. 이러한 철저함이 그의 연구소에서 행하는 모든 연구에 알알이 박혀 고객에게 높은 신뢰를 심어주었고 결국 그를 성공한 사업가로 이끌었다. 최상진 교수는 덧붙였다. 박무익이 우리나라 조사연구에 미친 가장 큰 공헌은 '조사는 신뢰할 수 있어야 하며 그래야 산다'라는 생각을 우리 사회에 실증해 보인 일이라고.

친구보다 진리를

우리나라에 위스키가 처음 알려진 건 1882년이었다. 조선 최초 근대적 신문인 한성순보에서 위스키를 '유사길(惟斯吉)'이란 이름으로 소개했다. 20세기 초에는 무역상들이 직접 수입하여 당시 경성의 모던 보이들이 카페에 앉아 마시곤 했다.

위스키의 인기로 가짜 위스키가 생겨났다. 해방 후 메틸알코올을 섞은 위스키를 마시고 사람이 죽기도 했으나 주정에 색을 낸 가짜 위스키의 유통은 계속됐다. 최백호의 노래 〈낭만에 대하여〉에 나오는, '궂은비 내리는 날 그야말로 옛날식 다방에 앉아' 마시는 '도라지 위스키 한 잔'도 주정에 위스키 향과 색소만 첨가한 가짜 위스키였다. 1960년대 미군부대를 통해 조금씩 밀거래되던 일본 산토리사의 '토리스 위스키'가 인기를 끌자 '도리스'란 이름으로 가짜 위스키가 만들어졌고 상표 도용 문제가 불거진 후 이름을 '도라지'로 바꾼 것이다. 도라지와는 아무 상관도 없고 심지어 위스키 원액 한 방울도 들어가지 않은, 추억 속 '도라지 위스키'의 사연이다.

이후 주세법을 살짝 피해 가고자 19.9% 위스키 원액만을 사용한 유사 위스키들이 만들어졌다. 1977년 드디어 위스키 원액 25%를 사용한 진짜 위스키가 출시되었다. 진로의 '길벗 위스키'와 백화양조의 '베리나인 위스키'다. 법적으로도 위스키라고 부르고 표기할 수 있는 한국 최초의 위스키였다. 두 제품은 회사의 사활을 걸고 치열하게 경쟁했다. 진로가 '길벗'에 6개월간 쏟아부은 광고비는 요즘 돈으로 치면 수백억 원을 웃돌았다. 두 제품과 관련한 일화가 있다.

전쟁 같은 광고전이 치러진 후 당시 진로 홍보실의 이병인 홍보담당 이사와 최학래 부장이 KSP에 광고 효과 측정을 의뢰해 왔다. 결과는 어땠을까? 박무익은 수백억 광고의 효과가 '제로'에 가깝다는 결론을 들고 클라이언트를 만났다.

상표 선호도는 길벗 20%, 베리나인 80%였다. 위스키 시장점유율, 즉 가장 최근에 마신 위스키 상표 조사는 길벗 32%, 베리나인 68%였다. 프레젠테이션 장소의 분위기가 차갑게 가라앉았다. 영업 임원들과 함께 참석한 장익용 당시 진로 사장은 "우리 자료에 의하면 길벗 45%, 베리나인

진로 '길벗 위스키' TV 광고

백화양조 '베리나인 위스키' 신문 광고

55%인데 나는 이 조사를 믿지 못하겠다"라며 불쾌함을 드러냈다. 영업 쪽에서 믿고 있던 자료는 그들이 유통점에 밀어낸 물량까지 포함한 전표 발행 기준이었다. 살벌한 분위기에도 박무익은 한 치의 물러섬 없이 조사 결과의 정확함을 자신했고, 그로부터 몇 년 후 진로는 결국 길벗 브랜드를 포기했다. 한때 박무익과 소주잔을 기울이던 이병인 이사와 최학래 부장은 책임을 지고 회사를 떠났다(훗날 두 사람은 각각 대홍기획 대표이사, 한겨레신문사 사장이 된다).

아리스토텔레스는 《니코마코스 윤리학》에서 이렇게 말했다.

> "철학자에게는 친구도 진리도 다 소중하지만, 친구보다는 진리를 더 중시하는 것이 철학자의 의무다."

일견 고집스럽게도 보였던 박무익의 한결같은 원칙을 보며 떠오르는 문장이다.

박무익은 조사인으로 살며 사실(fact)을 차갑게 이야기해야 하는 조사인으로서의 숙명과 인간적인 고뇌가 무거웠음을 고백했다. '광고가 효과적이다', '경쟁사보다 앞서간다'는 달콤한 결론을 기대하는 클라이언트의 면전에 소금을 뿌리는 일이 어찌 쉽겠는가. 광고주와 광고대행사 담당자가 동석한 자리에서 광고의 효과 여부를 놓고 뜨거운 설전과 공방을 나누기도 했다. 때로는 광고주 기업 내부의 영업 부문과 홍보 마케팅 부문 간 갈등의 불씨가 되기도 했다. 하지만 박무익은 타협 없이 사실로만 승부했고, 그 고집은 시간이 갈수록 그의 저력이 되었다. 박무익에게 첫 조사 프로젝트를 맡긴 금성사(현 LG전자)와 이후 20년 넘게 인연을 이어가고, 15년간 럭키화학(현 LG생활건강)의 주요 조사를 독점할 수 있었던 것은, 박무익이 그들에게 오랜 세월 증명한 신뢰 때문이었다.

학창 시절 친구들 사이에서부터 돋보였던 그의 배짱과 뚝심은 성장함에 따라 신의와 책임감을 인생관으로 정립하게 했다. 손해를 보는 한이 있어도 철저하게 원칙을 지켰다. 광고에 천금 같은 시간과 돈, 기회비용을 지출하는 광고주 입장에서는 조사를 통해 광고 효과 여부를 정확하게 알아야만 전략을 수정하고 대행사를 교체하는 등의 올바른 의사 결정을 할 수 있다고 믿었기 때문이다.

조사에 관한 박무익의 원칙에는 '정확한 조사를 하려면 제값을 받아야 한다'도 있다. 조사 비용을 줄이면 신뢰하기 어려운 결과로 이어질 수밖에 없기 때문이다. 그는 어려웠던 시절에도 조사 비용을 턱없이 깎자고 하면 바로 거절했다. 정부의 최저가 입찰 제안에도 꿈쩍하지 않았다. "높은 품질을 요구하는 여론조사를 마치 무슨 시멘트나 철근처럼 입찰하고 깎는 것은 있을 수 없다"라는 것이 그의 소신이다. 한편 비용을 충분히 제시하더라도 조사 방법과 절차에서 꼭 지켜야 할 원칙을 무시하면 또 단칼에 거절했다.

어느 대기업 신뢰도 조사와 관련한 에피소드다. 5,000만 원에 계약까지 마쳤는데 그쪽에서 가져온 설문지가 너무 길었다. 외국 것을 그대로 베껴 왔는지 우리 현실에 맞지 않았다. 한국인은 성격이 급하고 직감적이라 조사 시간이 길어지면 조사의 품질이 떨어진다. 응답자가 대충 대답하게 되고 조사원이 자의적으로 빈칸을 채우는 경우마저 생길 수 있다. 결국 조사의 신뢰성이 담보되지 않는다. 그러나 이런 설명에도 클라이언트는 긴 설문지를 고집했다. 박무익은 계약을 파기했다.

당시만 해도 정확한 결과를 얻으려면 많은 문항을 집어넣어 조사하는 것이 소위 '장땡'이라는 식의 생각이 보편적이었다. 그러나 문항을 많이 쓴다는 것은 오히려 엄선된 문항을 등한시하는 결과를 낳는다. 분석에도 혼란을 초래할 수 있다. 박무익은 평소에도 긴 이야기를 생태적으로 싫어했다. 그의 성격을 그대로 반영한 것이 그의 연구소의 설문 문항이다. 날카롭게 다듬어진 문항은 명확하고 간결하다.

조사기관에게 원칙과 신용보다 더 중요한 자산이 어디 있겠는가. 타협할 줄 모르는 그의 고지식한 성품에 반발하던 업계가 차츰 변화하기 시작했다. 박무익의 기업 정신을 믿고 일을 장기간 맡기는 회사들이 늘어났다. 그중 하나가 럭키화학이다.

당시 하이타이, 퐁퐁 등의 세제로 인정받던 럭키에게 풀리지 않는 고민이 있었다. 비누와 샴푸의 판매량이 경쟁사에 비해 턱없이 뒤처진다는 것이었다. 온갖 방법을 궁리하던 럭키가 드디어 마케팅조사에 눈을 돌렸다. 박무익을 찾아왔다. 당시 비누 시장을 석권하고 있던 동산유지의 다이알 비누를 물리칠 만한 비누를 함께 만들어보자는 의뢰였다.

박무익은 주부들을 대상으로 최초의 좌담회(Focus group discussion)를 열었다. 그렇게 해서 탄생한 제품이 럭키의 '데이트 비누'다. 정확한 시장조사가 만들어낸 성공작이었다. 럭키화학은 비누에 맺힌 한을 풀 수 있었고, 기업들 사이에 마케팅조사의 중요성이 알려지기 시작한 계기가 되었다.

이외에도 유니나 샴푸, 화이트 비누, 페리오 치약 등이 박무익의 작품이다. 또 하나, 박무익에게 뿌듯한 기억으로 남은 프로젝트가 있다. 이른바 네이밍 리서치. 1970년대 후반, 당시 건전지 사업은 국책사업으로 주식회사 서통이 사활을 걸었던 대형 프로젝트였다. 이때 박무익이 네이밍 리서치를 담당했다. 1999년 월간 조선에 실린 인터뷰다.

> "1978년의 일이지요. 주식회사 서통의 의뢰를 받아 건전지 이름에 대한 선호도 조사를 했어요. 그쪽에서 정해준 몇 가지 이름을 놓고 소비자 선호도를 조사했는데, 처음 열 개로 시작해 최종적으로 '썬

파워'와 '빅파' 둘로 좁히고, 둘 중 하나를 고르는 일이었어요. 최종적으로 '썬파워'란 이름을 우리가 정해줬지요. 이제는 '썬파워'란 이름을 모르는 사람이 거의 없고 건전지의 대명사로 자리 잡았습니다. 서통은 얼마 전 미국 질레트에 '썬파워' 브랜드를 7년 동안 사용할 수 있는 권한을 1억 2,000만 달러를 받고 넘겼다고 합니다. 당시 서통의 담당 부장이었고 지금은 사장이 된 분으로부터 고맙다고 골프 접대까지 받았습니다. 허허. 20년도 더 된 일인데 말이지요."

햇빛 도둑 바람 도둑

한여름 KSP 사무실은 무척 더웠다. 개발도상국의 수도 서울은 화석 연료를 태우며 부지런히 몸집을 키우고 있었다. 가정마다 연탄 난방이 매연을 뿜어내고 트럭이고 버스고 할 것 없이 경유를 태우며 달렸다. 회색 스모그가 짓누르는 도심의 여름은 해가 갈수록 더 뜨거워지는 것 같았다. 어느 사무실이건 에어컨은 찾아볼 수 없던 가난했던 시절이다. 한여름이면 KSP 사무실 역시 한쪽으로 난 창문을 열고 달달거리며 돌아가는 선풍기 한 대에 의지해 일을 했다.

사무실 바로 옆으로는 서울과 인천을 오가는 삼화고속 버스 터미널이 있었다. 1970년대 고속버스 회사들은 도심 곳곳에 터미널을 따로 운영

종로구 종로 2가 삼화고속 버스 터미널. 멀리 고속버스가 보인다. 1970년대

했다. 현재 메리어트 호텔이 있는 동대문 흥인지문 앞과 서울역 건너편 세브란스 빌딩 자리에도 고속버스 터미널이 있었다. 여러 곳에 산재한 터미널들은 복잡한 도심에 혼란을 더했다. 결국 여러 터미널을 하나로 통합하는 계획이 만들어졌다. 원래는 현재 서소문 역사공원이 있는 중림동 도매시장 터가 유력했지만 강북의 인구를 강남으로 분산하자는 쪽으로 의견이 급선회했다. 그렇게 1981년 반포에 종합 고속버스 터미널이 들어서게 된다. 그 당시 가장 한적하고 값싼 땅이었다.

박무익이 직원 네 명과 함께 회사를 키워가던 1977년의 뜨거웠던 여름, 창을 열면 온종일 분주하게 오가는 고속버스 매연이 윙윙 돌아가는 선풍기 날개를 타고 사무실을 휘젓고 다녔다. 요즘 같으면 시커먼 먼지가 들어오는 창문을 닫고 공기청정기를 돌리느니 하며 호들갑이겠지만 어려웠던 그때는 다들 그냥 그렇게 살았다. 해충 방역차가 살충제가 섞인 흰 연기를 뿜으며 달리기 시작하면 신난 아이들이 구름을 닮은 연기를 따라 달리던 시절, 부모들도 그렇게 하면 아이들 몸이 소독될까 싶어 그냥 내버려 두곤 했다. 장작 냄새, 연탄 냄새에 익숙하던 사람들에게 자동차가 뿜는 석유 냄새는 신문물의 상징이었다.

그러던 어느 날 유난히 무더운 오후였다. KSP 사무실에 낯선 남자 두 명이 노크도 없이 들어왔다. 전기 공사하는 사람들같이 시커먼 복장을 하고. 뭐 하는 사람이냐는 물음에 대꾸는커녕 난데없이 창문을 닫기 시작했다. 그러더니 다시는 못 열게 여기저기 나사못을 박아버리는 게 아닌가. 시커먼 매연이 들어올지언정 한여름 꽉 막힌 사무실의 숨통을 틔워주던 창문이었으니 직원들은 기가 막힐 노릇이었다.

다음 날 출근해 보니 창문에 못만 박은 게 아니었다. 아예 밖을 볼 수 없게 유리창을 뿌옇게 갈아버렸다. 건물주에게 항의하니 상부의 명령이라 자기도 어쩔 수 없다고 했다. 알고 보니 청와대가 보일 수도 있는 주변 빌딩의 북쪽 창문들은 모두 같은 일을 당했다. 롯데호텔조차 북쪽 창문을 가렸다는 이야기가 들렸다.

하루아침에 창문을 빼앗긴 에피소드를 보며 17세기 영국의 '창문세'가 떠오른다. 1696년 윌리엄 3세가 이끌던 영국은 주택에 딸린 창문 수에 따라 세금을 부과하기 시작했다. 그의 왕위 계승에 반발하는 아일랜드 구교도들을 진압하기 위해 군비가 필요했기 때문이다. 유리가 귀했던 시절, 창문이 많을수록 부자이고 조세 부담 능력이 충분할 거라는 판단에서 나온 일종의 부자 증세였다. 영국에는 창문세 이전에 '난로세'가 있었다. 하지만 난로세는 곧 조세 저항에 부딪혔다. 난로세를 매기려면 세금 징수관이 집 안에 들어가 난로 개수를 조사해야 하니 사생활 침해 논란이 벌어졌던 것이다. 그래서 윌리엄 3세는 난로세를 없애고 창문세를 만들었다.

그런데 이렇게 되자 햇빛을 더 들이기 위해 창을 만들었던 사람들이 세금을 내지 않기 위해 창을 없애는 일이 벌어졌다. 창문을 벽돌이나 판자로 막아버리기도 했다. 지금도 런던에 가면 창틀은 있지만 창이 막혀 있는 집들을 볼 수 있다. 창이 많은 부자들에게 더 많은 세금을 거둬들이겠다는, 당시로서는 합리적인 이유로 출발한 세금이었지만 이로 인해 가장 힘들었던 것은 서민들이었다. 창이 많은 공동주택에 사는 도시 빈민들은 많은 세금으로 고통받았고, 창이 막힌 어둡고 축축한 집에 어쩔 수 없이 세 들어 사는 서민들은 각종 질병에 시달렸다.

영국을 대표하는 작가인 찰스 디킨스(Charles Dickens)는 어릴 때부터 공장에서 일하며 극심한 학대와 굶주림을 겪었고 그 가난의 경험을 《올리버 트위스트》, 《크리스마스 캐럴》 같은 소설로 빚어냈다. 그는 '창문세'의 고통을 직접 겪으며 "공기와 빛조차 공짜로 즐길 수 없게 되었다. 삶에서 가장 필요한 두 가지를 박탈당했다"라며 탄식했다. '햇빛 도둑'이라며 비난받던 '창문세'는 1851년에 의회의 결의로 폐지되었다.

영국의 '햇빛 도둑'이 사라진 지 100년도 더 지났다. 그런데 1970년대 서울에서 난데없이 '바람 도둑'이 나타난 것이다. 창문이 막히자 좁은 사무실 안은 빠져나가지 못한 열기와 습기로 찜통이 됐다. 예의를 차릴 겨를도 없이 남자 직원들은 흐르는 땀 위에 러닝셔츠만 입고 자료와 씨름했다. 뜨거운 공기가 머리 위로 이글거렸다. 박무익이 말했다. '태양은 묘지 위에 붉게 떠 오르고 한낮의 찌는 더위는…'이란 노랫말이 그렇게 가슴 깊이 파고들던 때가 없었다고.

긴 밤 지새우고 풀잎마다 맺힌
진주보다 더 고운 아침이슬처럼
내 맘에 설움이 알알이 맺힐 때
아침 동산에 올라 작은 미소를 배운다.
태양은 묘지 위에 붉게 떠오르고
한낮에 찌는 더위는 나의 시련일지라.
나 이제 가노라. 저 거친 광야에
서러움 모두 버리고 나 이제 가노라.

–〈아침이슬〉, 김민기

김민기가 만들고 양희은의 카랑카랑한 목소리로 더 유명해진 〈아침이슬〉은 1975년 유신 정부의 긴급조치 9호에 의해 금지된 곡이다. 당시 2,000여 곡의 노래들이 사회 통념 위반이니 근로 풍토 저하니 하는 이유로 금지곡이 됐는데, 〈아침이슬〉만큼은 금지곡 선정 근거마저 없었다. '긴 밤'이 유신 정권을 의미했기 때문이라거나 '붉은 태양'이 북한 김일

서울 종로구 대학로 학림다방. 1970년대 대학 문화의 상징이다. 김민기는 이 다방에서 죽치고 있다가 〈아침이슬〉을 만들었다. 2014년 9월

성을 연상하게 했기 때문이라는 등 소문만 무성했다. 어쨌거나 햇빛을 막으면 햇빛이 그립고, 바람을 막으면 바람이 소중하고, 노래를 막으면 노래 가사 하나하나를 더 곱씹어 부르게 되기 마련이다.

이 노래의 가사가 가슴 가득 들어찰 무렵, 박무익은 영어로 된 한 권의 책을 만나게 된다. 조지 갤럽 박사의 《The Sophisticated Poll Watcher's Guide》다. 서문의 문장 몇 개가 가슴에 박혔다.

"여론조사는 여론을 파악하기도 하며 여론을 만들기도 한다."

"여론조사야말로 정치 민주화의 잣대다."

박무익은 이 책을 한국어로 번역해야겠다고 결심했다.

조지 갤럽 박사

미국 중서부에 있는 아이오와(Iowa)주는 소설 《매디슨 카운티의 다리》와 영화 〈길버트 그레이프〉의 배경이 된 곳이다. 옥수수밭과 콩밭이 끝없이 펼쳐진 한가로운 시골 풍경이 떠오르는 이 지역은 그레인 벨트(Grain Belt)로 묶이는 세계 최고의 곡물 산지다. 요즘은 정치적으로 경합주(swing state)로 분류되곤 하지만 1930년대만 해도 대표적인 공화당 지지 지역으로 백인 남성 중심의 보수적인 농촌 지역이었다.

1932년 아이오와에서 주지사 및 주 국무장관 선거가 열렸다. 남북전쟁 이후 단 한 번도 민주당 주지사가 나온 적이 없는 곳이었다. 눈에 띄는 후보가 있었으니 바로 민주당 주 국무장관 후보로 나선 올라 배브콕 밀러(Ola Babcock Miller)다. 공화당 우세 지역에 출마한 민주당의 60대 여성. 사실 아무도 그녀의 당선을 기대하지 않았다. 그녀의 출마는 지역 정치인으로 평생을 공화당과 싸우다 사망한 그녀의 남편에 대한 예우일 뿐이었다.

선거 캠프를 차린 밀러 여사는 당시 언론학 교수였던 사위에게 도움을 청했다. 한없이 불리하기만 했던 후보의 정당, 성별, 나이, 이 모든 조건을 뛰어넘어 당선되려면 어떻게 해야 할까? 사위의 시선은 후보가 아닌 유권자를 향했다. 그는 유권자가 무엇을 원하는지 알아내기만 하면 선거에서 이길 수 있다고 확신했다. 그는 자신이 개발한 과학적인 표본추출 방법으로 여론조사를 했고 이를 선거운동에 활용했다.

결과는 기적 같은 승리였다. 아이오와주 역사상 처음으로 여성이 주요 공직에 오르는 순간이었다. 그 사위 이름이 바로 조지 갤럽이다. 올라 밀

조지 갤럽 박사(왼쪽)와 민주당 주 국무장관을 지낸 그의 장모, 올라 배브콕 밀러

러는 주 국무장관으로 재직하는 동안 고속도로 안전 순찰대를 시작하는 등 주민의 여론을 적극적으로 반영한 행정으로 이름을 남겼다.

조지 호러스 갤럽(George Horace Gallup)은 1901년 11월 18일 미국 아이오와주 그린 카운티 제퍼슨에서 태어났다. 가족은 농장을 운영하고 있었다. 아버지 조지 헨리 갤럽은 어린 자녀들에게 자급자족과 독립성을 가르쳤다. 어린 갤럽은 형제들과 함께 가축을 돌보고, 우유를 구매해 줄 고객을 찾고, 우유를 배달하며 학비와 용돈을 벌었다. 어린 낙농업자들은 사업에 성공했다. 이렇게 번 돈으로 조지 갤럽은 고등학교 재학 중 신문을 발행하며 일찍이 저널리즘에 눈을 떴다. 아이오와 대학을 졸업한 후에는 22세의 나이에 같은 학교 저널리즘 교수직을 맡았으며 이후 심리학 및 경제학 박사 학위를 받았다.

조지 갤럽은 학자이자 동시에 사업 수완이 뛰어난 인물이었다. 아이오와 대학에서 발행한 신문 데일리 아이오완(The Daily Iowan)의 편집자가 된 그는 지역 행사 보도와 전국 뉴스를 결합하여 독자층을 끌어들였고 조그마한 학생 신문사를 지역의 대표적인 언론사로 성장시켰다. 그가 여론조사에 눈을 뜨게 된 것은 이 신문사를 키워가던 과정에서였다.

어느 날 그는 신문 구독자 조사를 하던 중 집집마다 방문해서 똑같은 걸 물어보는 방법에 회의를 느끼고 나름의 아이디어를 찾아냈다. 검은 구슬 7,000개와 흰 구슬 3,000개가 바구니에 잘 섞여 있기만 하다면 100개를 무작위로 집었을 경우 검은 구슬과 흰 구슬 비율도 7대 3이 되리라는 것이 그의 확신이었다. 즉, 표본 선정만 잘한다면 전수 조사를 할 필요가 없다는 결론에 도달한 것이다. 이를 위해 조지 갤럽은 랜덤 샘플링(random sampling), 즉 무작위 표본추출에 따른 조사 기법을 개발했고 확립했다. 이는 자연과학에 있어 망원경이나 현미경의 발명과 견줄 만한 일대 사건이었다.

여론조사를 과학이라고 하는 것은, 대상자 전체에게 묻지 않고도 무작위로 추출한 일부만을 대상으로 조사하여 전체의 의사를 비교적 정확하게 파악해 낼 수 있기 때문이다. 이를 위해서는 전체 조사 대상자들을 성별, 학력, 직업, 출신지 등의 모집단 구성 비율에 따라 대표성 있게 추출해야 한다. 예를 들어 60대 이상 여성이 전체 유권자 가운데 15%라면 표본 1,000명 가운데 15%는 60대 이상 여성이 조사되어야 한다는 뜻이다. 물론 성별과 나이뿐 아니라 지역, 직업, 학력 등을 다 비율대로 맞춰야 하므로 정확하고 정밀한 설계가 필수적이다.

갤럽은 무작위 표본추출을 해야 정확한 여론을 끄집어낼 수 있다는 것을 수학적으로 증명했고 이를 현실에 적용했다. 갤럽의 표본추출 방식에 따르면, 전체 미국인 중에서 1,000명 정도만 조사해도 전체 여론을 파악할 수 있다. 딱 한 스푼으로 잘 휘저은 가마솥 미역국이 맛있는지 맛없는지를 알 수 있는 것과 같은 이치다.

노스웨스턴 대학과 컬럼비아 대학의 저널리즘 교수로 학생들을 가르치던 조지 갤럽이 공식적으로 조사회사를 설립한 것은 1935년이다. 3년 전 아이오와주 선거 승리를 계기로 여론조사의 영향력을 절감하게 된 까닭이다. '미국 여론 연구소(American Institute of Public Opinion)'라고 다소 호기롭게 명명한 회사의 본사는 뉴저지주 프린스턴에, 편집 사무실은 뉴욕에 자리했다. 주로 사회적, 정치적, 경제적 현안에 관한 여론 측정을 진행했고 얼마 지나지 않아 40개 일간지에 주간 리포트를 보내게 되었다. 그리고 이듬해 조지 갤럽의 이름이 전국적으로 알려지게 된 사건이 벌어진다. 1936년 미국 대통령 선거다.

1930년대 미국에서 조사 결과를 발표하던 시사 전문지는 리터러리 다이제스트(Literary Digest)였다. 재선을 노리는 프랭클린 루스벨트 대통령과 공화당의 앨프레드 랜던 후보 간의 대결에서 리터러리 다이제스트는 공화당의 랜던이 우세하다고 발표했다. 하지만 조지 갤럽은 이를 정면으로 반박했다. 그는 압도적인 표차로 루스벨트가 승리할 것으로 예측했다. 개표 결과는 61 대 37, 루스벨트의 대승이었다.

리터러리 다이제스트는 자동차 등록부와 전화번호부에 등재된 1,000만 명에게 우편엽서를 발송하여 회수된 200만여 장을 분석했으나 결과적으로 자동차와 전화를 소유한 부자들의 의견만 듣는 실수를 범했다. 갤럽은 단 5만 명을 조사했지만 무작위 표본추출 방법으로 골리앗을 이겼다. 이후 리터러리 다이제스트는 폐간되었고, 갤럽의 이름은 곧 미국을 넘어 전 세계적인 명성을 갖게 되었다. 1948년 타임지는 그를 '여론조사 업계의 베이브 루스'라고 칭했다. 일부 유럽 언어에서는 '여론조사하다(to poll)'라는 단어가 '갤럽하다(to do a Gallup)'로 바뀌었다. 조지 갤럽 박사는 이런 말을 남겼다.

"여론조사는 이 나라의 민주주의에 크게 기여했다. 권력을 소수 이

익집단의 손이 아닌 평범한 의견을 가진 평범한 사람들에게 넘겼기 때문이다."

인생을 바꾼 책

박무익이 친구의 소개로 갤럽의 책을 처음 알게 된 1977년 무렵, 조지 갤럽 박사의 이름은 이미 여론조사의 대명사와 같았다. 하지만 아직 한국에서는 그의 책을 구할 수 없었다. 박무익은 미국에 사는 친구에게 부탁해 그의 대표 저서《The Sophisticated Poll Watcher's Guide》를 소포로 받았다.

당시 한국은 쿠데타로 집권한 박정희 대통령이 3선 끝에 민선(民選)을 폐지하고 구축한 장기 집권의 길, 이른바 유신 체제에 있었다. 1972년 10월 17일 대통령이 국회를 해산하고 전국에 비상계엄령을 선포하며 시작된 제4공화국 유신 체제는 1979년 10월 26일 대통령의 피살로 막을 내린 한국 현대사의 깊은 상처다. 국민이 대통령을 직접 선출하는 길은 봉쇄되었다. 국가가 개인의 두발이나 의복까지 관리했으니 언론의 자유는 고사하고 '여론' 자체가 숨죽이며 권력의 눈치를 봐야 했던 시절이다.

박무익은 조지 갤럽의 책을 통해 비로소 여론조사의 진면목을 알게 되었다고 회고했다. 숨 막히는 억압의 시대를 살며 조사인(pollster)으로서의 길을 모색하던 그에게 갤럽 박사의 책은 조사인이 어떤 사회적 역할을 할 수 있는지, 어떤 사회적 임무를 해야 하는지를 일깨워 주는 불빛이었다. 민주주의를 위한 여론조사의 역할과 기능을 설명한 부분에서 박무익은 큰 호흡을 내쉬었다. 조사인으로서 제 몫을 다한다면 한국에 민주주의를 뿌리내리는 데 역할을 할 수 있겠다는 생각이 들었다. 댐의 작은 구멍을 온몸으로 막아 나라를 구했다는 네덜란드 우화 속의 한 소년처럼 말이다.

더 많은 한국인이 이 책을 읽어야 한다는 생각이 들었다. 한국어 번역판이 시급했다. 번역을 해본 적은 없지만 이 책만큼은 직접 번역해 보고 싶었다. 박무익은 갤럽 박사에게 한국어판 번역을 허락해 달라는 편지를 보냈다. 박무익은 훗날 이때를 돌아보며 황당하기도 하고 동화 같기도 한 일이었다고 회상한다.

불가능할지도 모르지만 '밑져야 본전'이란 심정으로 편지를 쓰기 시작했다. 초안을 타자기로 옮긴 뒤 빨갛고 파란 줄무늬가 둘러쳐진 항공 봉투에 정성스럽게 집어넣었다. 편지가 제대로 닿을지, 응답을 받을 수 있을지조차 막막했던 기억이 남아 있다. 거절당할 가능성이 크다는 생각에 조마조마했다. 주위 사람들은 저작권료가 꽤 비쌀 것이라는 둥 한국 실정에 도저히 맞지 않을 것이라는 둥 절망적인 이야기만 했다. 답장을 기다리던 시간은 초조하게 흘렀다.

얼마 후 답장이 도착했다. 저작권에 대한 요구는커녕 겸허하고 따뜻한 승낙과 응원의 말, 번역되면 한국어판을 한 권 받고 싶다는 이야기뿐이었다. 갤럽 박사는 생면부지의 한국 청년에게 아무런 조건 없이 번역 출간을 허락했다.

> 미스터 박에게
>
> 최근에 자네가 보낸 편지를 고맙게 받았네. 자네는 나의 책 《The Sophisticated Poll Watcher's Guide》의 한국어 번역에 관한 나의 허락을 받은 것이네. 아주 힘든 일을 맡게 된 자네에게 행운이 있기를 빌겠네.
>
> 책이 한국에서 출판된다면 나도 그 책을 받게 되기를 기대하네.
>
> 진심을 담아서
>
> George Gallup

Dear Mr. Park:

Thank you for your recent letter. You have my permission to reprint into Korean my book, THE SOPHISTICATED POLL WATCHER'S GUIDE. You have undertaken a big task and I wish you luck.

I look forward to receiving a copy of the book when it is published in Korea.

Sincerely,

George Gallup

George Gallup
GG/st

1978년 박무익이 번역, 출간한《갤럽의 여론조사》에 실린 조지 갤럽 박사의 친필 편지

1년 동안 박무익은 번역에 매달렸다. 영문판과 일본어판을 대조해 가며 회사 일 틈틈이 직접 한 줄 한 줄 의미를 새겼다. 본인보다 더 번역에 능한 사람에게 맡길 수도 있었지만, 조사에 관한 생각을 완전히 바꿔준 책의 문장 한 줄, 단어 하나도 놓치고 싶지 않았다고 회고했다. 시간이 더 지나고 나서야 알게 되었다. 이 책이 그의 생각뿐 아니라 그의 인생도 바꾸어놓았다는 것을. 조지 갤럽 박사는 직접 한국어판 서문을 작성해 보내주며 먼 곳의 청년을 응원했다.

1년여 노력 끝에 1978년《갤럽의 여론조사》라는 제목으로 한국어판이 발간되었다. 책이 나온 즉시 열 권을 정성껏 포장해 갤럽 박사에게 보냈다. 얼마 후 도착한 갤럽 박사의 답장에는 "갤럽 인터내셔널이라는 조직이 있는데 입회 원서를 내고 회의에 참가해 보라"라는 내용이 포함되어 있었다. 그 편지를 읽던 순간을 박무익은 평생 잊지 못한다고 했다. 이제

여론조사를 제대로 배울 수 있게 됐다는 기쁨과 여론조사 전문가로서의 역할을 할 수 있게 됐다는 환희가 북받쳤다. 박무익은 그때의 심정을 이렇게 표현했다.

"나의 조사 인생은 시장조사라는 작은 강에서 출발했으나 이제부터 여론조사라는 망망대해로 항해하게 될 것이란 느낌이 들었다."

누가 그 시절에 '여론조사'를 생각할 수 있었는가? 여론도 없었을뿐더러 '여론조사'는 생각도 하지 못하던 시절이다. 한국갤럽 초창기의 고단함을 함께 나누던 동료 노익상(현 한국리서치 대표)은 그때의 상황을 이렇게 말했다.

"통치자의 이름도 함부로 부르지 못했던 때, 민주주의란 말이 마치

1972년 출판된 조지 갤럽 박사의 《The Sophisticated Poll Watcher's Guide》 초판과 1978년 발간된 박무익의 번역서 《갤럽의 여론조사》

공산주의처럼 들리던 때, 민주주의란 말을 하면 마치 역적으로 몰리는 기분이 들었던 당시, 박무익 소장은 민주주의의 잣대에 관한 책을 번역했다."

Gallup International의 20년 친구들

1999년, 한국갤럽이 창립 25주년을 맞아 발간한 책《한국갤럽의 어제와 오늘》에는 '한국에서 여론조사를 꽃피우기 위해 막장에 들어간 사람들'이란 부제가 붙어 있다. 거칠고 메마른 땅 위에 뿌린 씨앗 하나를 서로 보듬고 품으며 키워 낸 '갤럽人'들이 보내온 추억과 연대의 글 80여 편이 수록되어 있다. 그중 세 사람의 외국인이 보인다. 노먼 웹(Norman Webb) 전 갤럽 인터내셔널 사무총장, 이이지마 켄지 일본리서치센터(NRC) 디렉터, 그리고 1999년 당시 갤럽 인터내셔널의 사무총장이었던 메릴 제임스(Meril James)다. 세 사람의 글을 통해 박무익이 갤럽 박사의 책을 번역하고 갤럽 인터내셔널의 회원이 되기까지의 여정을 엿볼 수 있다. 이 기간은 여론조사의 황무지에 터를 잡고 살아남으려 발버둥 치던 한국갤럽이 국제적인 교류를 통해 단단한 뿌리를 내린 시기이며, 박무익 개인에게는 20년 이상 우정을 나눈 다국적 친구들을 만난 시기이다.

1977년, 갤럽 박사의 책을 번역하던 중 박무익은 일본어판 번역자인 니키 고오지(전 NRC 대표, 1996년 작고)를 만나기 위해 도쿄를 방문했다. 번역과 관련한 논의와 함께 NRC의 조사 시설과 조사 방법을 살펴보기 위해서였다. 이를 계기로 니키 고오지 대표는 물론 당시 NRC의 실무를 담당하고 있던 이이지마 켄지 디렉터와도 친분을 쌓았다. 그 무렵 박무익에 대한 이이지마 켄지의 기억이다.

"당시 나는 평사원이었기 때문에 한국의 사장을 만날 수 있는 직급은 아니었지만 국제 조사를 담당하고 있었기 때문에 박 소장을 만날 수 있었다. 그때 박 소장은 머리를 길게 늘어뜨리는 당시 유행하던 헤어스타일을 하고 있어서 마치 록그룹 멤버와 같은 모습이었다.

… 나와 박 소장은 많은 공통점을 갖고 있었다. 우선 첫째로 술을 좋아한다는 것, 그리고 둘째로 골프를 좋아한다는 점이다. 다시 말해서 마음이 잘 통했다고 할까. 단, 술과 골프만으로는 충분하지 않다. 말이 통하려면 마음을 열어야 한다. 보통의 일본인들은 속내(혼네)를 웬만해서 드러내지 않는다. 나는 일본인 가운데서도 소수파로 본심을 잘 말하는 성격이다. 그것이 박 소장으로 대표되는 한국인들의 성격과 잘 맞았다고 생각한다. 그래서 나와 박 소장은 '죽이 잘 맞는' 사이가 되었다. 나로서는 평생의 친구를 만났다고 해도 과언이 아닐 것이다."

이이지마 켄지는 박무익과의 첫 만남 때부터 강한 친근감을 느꼈다고

이이지마 켄지 일본리서치센터 디렉터(오른쪽)와 한국갤럽의 첫 클라이언트였던 금성사의 김양일, 종로구 청운동 박무익 자택, 1980년대

했다. 두 사람은 서울과 도쿄를 오가며 평생의 친구가 되었고 한일 두 나라를 잇는 많은 작업을 함께했다. 세계 청소년 의식 조사, 국제 가치관 조사, 노인 생활과 의식에 관한 국제 비교 조사, NHK의 아시아 의식 조사 등 일일이 셀 수 없을 정도이다. 박무익은 '일본인의 한국에 대한 이미지 조사' 등을 NRC에 의뢰하며 한일 간의 이해의 폭이 더 넓어지기를 바랐다. 이이지마 켄지가 처음 서울을 방문했을 때의 기억이다.

> "늦더위의 기운이 아직 남아 있던 어느 날 한국갤럽의 사무실을 방문하였다. 회사는 그리 크지 않았고 직원도 10명 정도였던 걸로 기억한다. 박 소장은 자신이 직접 조사 보고서를 작성하고 있었다. 바깥 소음이 시끄러워 라디오 볼륨을 크게 올린 채 가요를 들으면서 뭐는 몇 %, 뭐는 몇 %라는 식으로 보고서를 손으로 직접 작성하고 있던 모습이 기억난다. 나에게는 그 모습이 아직도 그리운 추억이다. … 조지 갤럽 박사가 살아 있다면 한국갤럽의 활약을 보면서 '아시아의 NIES 대표국에 갤럽 방식의 조사가 뿌리를 내렸다'라고 감탄했을 것이다. 그리고 한국갤럽의 끊임없는 노력을 치하했을 것이 틀림없다."

1978년 갤럽 박사의 책 번역을 마친 후 갤럽 박사의 권유에 따라 박무익은 곧바로 갤럽 인터내셔널 가입을 추진했다. '갤럽 인터내셔널(Gallup International Association)'은 1947년 5월, 조지 갤럽 박사가 설립한 국제 조사 기구다. '조사를 통한 사회 발전과 조사 기법의 개발'이라는 슬로건 아래 13개 나라 대표들이 영국 서식스의 록스우드 홀에 모여 출범했다. 갤럽 박사가 초대 회장을 역임했다. 13개 회원국으로 출발했지만 2024년 현재 65개 회원국, 세계 130여 개국을 커버하는 거대 여론조사협회다. 스위스 취리히, 오스트리아 빈, 불가리아 소피아에 각각 협회 본부, 경영 본부와 사무국을 두고 있다. 박무익이 가입을 준비할 당시에는 30여 개국이 회원국이었다(1개국 1개 조사회사 가입 원칙). 한국 자리는 아직 비어 있었다. 1978년 가을, 박무익은 서류와 보고서를 제출했다. 갤럽 박사의 추천을 받아 시작한 일이었지만 가입 절차는 상당히 까다롭고 복잡했다.

1단계: 여러 가입 신청 서류와 함께 갤럽 인터내셔널 정책위원회에 조사 결과 보고서 영문 번역본 3부를 제출한다.

2단계: 인접국 회원이 신청사를 직접 방문해 업무 현황을 파악하고 실사(實査) 결과를 보고한다.

3단계: 갤럽 인터내셔널 전 회원이 모이는 연례 회의에 참석해 자국의 조사업계 현황과 자사에 대해 브리핑한다. 만약 이 회의에 참석하지 못할 경우 가입 절차가 이듬해로 자동 연기된다. 이 회의에서 전 회원이 만장일치로 신규 회원 가입 여부를 최종적으로 결정한다.

서류와 보고서 제출을 끝내자 실사(實査) 단계가 되었다. 인접 회원국인 일본 NRC의 니키 고오지 대표와 갤럽 인터내셔널의 노먼 웹 사무총장이 실사자의 자격으로 한국을 방문했다. 다음은 노먼 웹 총장의 기록이다.

"내가 처음 한국갤럽을 방문할 당시(1978년) 한국갤럽은 Korea Survey Polls란 이름으로 운영되고 있었으며 Gallup International의 회원으로 가입하려고 신청을 한 상태였다. 나는 회사의 회원 가입 여부를 결정하기 위해 NRC의 니키 고오지 씨와 함께 실사자의 자격으로 한국갤럽을 방문했다. 그때 서울은 독재자의 지배하에 있었고, 통행금지가 시행되고 있었으므로 내게는 무척 낯설게 느껴졌다."

1978년 갤럽 인터내셔널의 실사는 박무익의 인생이 공식적으로 시험대에 오른 순간이었다. 그간의 세월을 돌아보게 된다. 전쟁으로 폐허가 된 나라를 오늘의 대한민국으로 만든 많은 기업가가 있다. 천석꾼 만석꾼의 아들, 딸로 출발한 이들도 있고 맨땅에 빈손으로 기업을 일궈낸 이들도 있다. 박무익은 후자였다. 중학교, 고등학교, 대학교 입학시험은 하나의 관문이었다. 힘든 시험을 치르고 나면 더 넓은 세상이 기다렸다. 경산에서 포항으로, 대구로, 서울로.

서울대에 입학하고 보니 경기고, 서울고 등 명문고를 졸업하고 온 동문들은 집안부터가 남달랐다. 부모로부터 물려받은 자본, 사업체, 든든한 인맥으로 사회생활을 시작했다. 박무익은 아무런 기반도 없었지만 남다른 총기(聰氣)와 용기(勇氣)가 있었다. 서울대 학벌을 기반으로 대기업 샐러리맨으로 만족할 수도 있었지만 척박한 환경에서 새로운 사업을 일궜고, 이제 세계 무대에 나가려 하고 있다.

갤럽 인터내셔널 실사단은 KSP가 만든 각종 질문지의 수준을 살펴보았고 분석 과정의 통계적 방법들이 제대로 적용되고 있는지 검토했다. 실사를 마친 노먼 웹 총장은 젊은 회사의 전반적인 우수성에 매우 만족했다고 기록했다.

"우리는 꼼꼼하게 실사를 진행했고 두 가지 인상적인 사실을 발견했다. 한국갤럽이 그들의 클라이언트와 신문사 중역들에게 얻고 있는 존경심과 시장조사의 과학성에 대한 한국갤럽의 충분한 지식이 바로 그것이었다."

추후 갤럽 인터내셔널의 사무총장을 맡았던 메릴 제임스도 이렇게 평했다.

"갤럽 인터내셔널의 회원이 되기 전에 모든 회원 후보자는 꼼꼼하게 검증을 받는다. 기업의 우수성을 확인하기 위해 기술적, 경영적인 모든 측면에서 검토를 거친다.
… 한국갤럽은 국제적으로 승인된 기술적 기준에 준하여 운영되고 있으며, 국내외 고객들에게 우수한 서비스를 제공하고 있다. 다른 모든 회원사와 마찬가지로 한국갤럽은 자국에 대한 방대한 지식과 경험을 보유하고 있으며, 고객의 관심을 끌기에 충분한 전문성도 갖추고 있다. 한국갤럽은 프로젝트에 필요한 문화적 배경이나 국내 시장의 이해 등에 관한 조언을 제공하며 결과의 해석이나 시장 전략 수립에 필요한 세부 사항들을 알려주기도 한다. 그러므로 한국갤럽은 단지 조사 대행 기관일 뿐만 아니라 총체적인 조사 자문회사의 역할을 하고 있는 것이다."

실사는 성공적이었다. 사무실 규모나 직원 수, 설비 등은 아직 선진국에 비해 턱없이 미흡했지만, 한국에서 조사업 분야를 개척하고 있는 박무익과 직원들의 신념과 열정은 한국을 대표하기에 충분했다.

박무익은 한국의 진수(眞髓)를 보여주겠다며 실사를 마친 노먼 웹 총장과 니키 고오지 대표를 경주로 안내했다. 여행 이후 세 사람은 한껏 가까워졌고 '조사인'이라는 공통분모로 평생 우정을 나누는 친구가 되었다.

웹 총장의 기록 속 1978년 한국 방문의 기억을 통해 박무익의 거침 없으면서도 세심한 면모를 엿볼 수 있다.

"우리는 아침 일찍 차로 이동했다. 박무익 소장은 내가 선물한 코냑, 레미 마틴(Remy Martin)을 권했는데, 그때 나는 난생처음으로 건어물을 안주 삼아 레미 마틴을 마셔보았다. 다음 날 우리 일행은 전형적인 한식으로 아침을 먹었다. 박무익 소장은 우리에게 '해장국'이라 불리던 음식을 '소주'와 함께 마시도록 권했다. 마늘과 매운 고추장으로 간을 한 해장국의 맛은 지금도 잊을 수가 없다.
… 계속해서 불교 사찰과 화려한 왕관이 있는 신라시대 왕릉을 구경했다. 박무익 소장은 친절하게도 내게 왕관 모조품을 선물해 주었는데 나는 아직도 그것을 소중히 보관하고 있다. 또 하나 기억에 남는 것은 신문사 편집장들과 함께한 한정식 식당에서의 일이다. 내가 그곳의 한 친절한 남자 종업원이 제공한 세련된 은젓가락으로 음식을 먹는 데 어려움을 겪자, 그것을 눈치챈 박무익 소장이 나무젓가락을 가져다주었다. 다행스럽게도 나는 내가 살고 있는 런던의 중식당과 한국에 오기 전에 머물렀던 일본에서 나무젓가락의 사용법을 익혔기 때문에 큰 어려움 없이 음식을 먹을 수 있었다."

박무익과 경주 여행을 함께했던 두 사람은 박무익보다 앞서 먼 길을 떠났다. 니키 고오지 대표는 1996년에, 노먼 웹 총장은 2004년에 별세했다. 박무익은 2004년에 쓴 글에서 그 슬픔을 기록하고 있다.

"나는 최근 갤럽 인터내셔널의 오랜 친구들의 부음(訃音)을 들었습니다. Helene Refallt, Jan Stapel, Wim de Jonge. 모두 세계 여론

왼쪽부터 차례대로 노먼 웹, 박무익, 니키 고오지, 경주 불국사, 1978년

조사 업계의 원로들입니다. 특히 지난 25주년 때 〈한국갤럽과 나의 인연〉이란 글을 써주셨던 Norman Webb(전 갤럽 인터내셔널 사무총장)의 죽음은 나를 목 놓아 울게 했습니다."

1979년 갤럽 인터내셔널 회의

1979년 3월, 실사를 성공적으로 마친 박무익은 참관인(observer) 자격으로 호주 시드니에서 열린 갤럽 인터내셔널 연례 회의에 참석했다. 겨우 서른몇 해가 흘렀을 뿐이다. 볏짚과 밀짚으로 엮은 낮은 초가집만 드문드문 있던 경상북도 작은 산골 마을에서 태어난 아이가, 전쟁의 포화 속 잿더미가 된 나라에서 배우고 성장한 청년이 여기까지 온 게 말이다. 박정희 대통령 집권 18년 차, '초가집도 없애고 마을 길도 넓히며' 한국의 경제도 나날이 발전하고 있었지만, 고속 성장의 그늘에 청년들의 마음은 각박했다. 유신 정권 긴급조치의 시대, 모두가 주눅이 들어 있었다. 그 시절 이미 육중한 강철 구조의 하버 브리지와 하얀 조개껍데기 모양의 오페라하우스가 자리 잡은 시드니항은 눈이 부셨다고 박무익은 회고했다.

회의 참석은 갤럽 인터내셔널 가입을 위한 강제 조건이었지만, 글로만 봐왔던 세계적인 조사 권위자들을 실제로 만난다는 사실만으로도 박무익의 가슴은 세차게 뛰었다. 편지로만 알던 갤럽 박사를 처음으로 직접 대면한 것도 이날이다. 여든 가까운 나이에 부인의 부축을 받고 있었지만 그는 훤칠한 키에 얼굴에는 미소를 가득 머금은 동안(童顔)의 노인이었다.

"악수할 때 그의 손이 아주 컸다는 점, 인사하느라 고개를 숙였을 때 본 그의 커다란 구두에 대한 기억은 지금도 생생하다. 나는 갤럽 박사에게 우리나라 신라시대 모조금관(模造金冠)을 선물하면서 '당신의 이름이 사전에 여론조사의 대명사처럼 기록된 것과 같이 조사업계의 왕에게 어울리는 선물이었으면 좋겠다'라고 말했다. 그는 순진무구한 어린아이와 같이 즐거운 표정으로 받았다."

조사업계의 왕과 같은 명성을 지닌 국제적인 인물이었지만 직접 마주한 갤럽 박사는 인자하고 소박한 할아버지 같았다. 회원국 대표들이 모두 참석한 'Together Party' 또한 소탈하고 가족적인 분위기였다. 첫 국제회의 참석에 긴장하며 최대한 격식을 갖추어 연설문을 준비했지만, 현장의 분위기는 딴판이었다. 박무익은 다음 날 연설에서 '신사, 숙녀 여러분' 같은 겉치레 말을 모두 생략했다고 회고했다.

"모든 회의는 잡탕 영어의 향연장이었다. 스페인식, 독일식, 포르투갈식, 쿠웨이트식, 일본식 영어가 상이한 악센트로 거침없이 소통됐다. 국제회의가 처음이라 내심 겁먹었던 나도 얼마 지나지 않아 콩글리시, 한국식 영어로 스스럼없이 대화에 동참했다."

그해 회의에는 갤럽 박사는 물론 스타펠 척도의 고안자인 스타펠(Stapel) 박사, 수리사회학자인 세테르베리(Zetterberg) 박사, 표본조사 이론 확립에 크게 기여한 크로슬리(Crossley) 박사 등 세계적인 석학들이 대거 참석했다. 살아생전 박무익은 회의 일정과 그 감회만큼은 생생하게 기억하고 있었다. 회의는 각국 대표의 주제 발표 및 그에 대한 질의와 토의 방식으로 진행됐다. 각자 자국의 조사기관이 당면한 문제를 제시하고, 그 해결책과 상호 협력 방법에 관해 자유롭게 의견을 교환했다. 박무익도 그 자리에서 한국의 조사 현황을 소개했다.

스웨덴의 세테르베리 박사는 조사원 교육에 관한 비디오 자료를 소개했다. 가정을 방문한 조사원에게 발생할 수 있는 여러 상황에 적절하게 대처하는 방법을 효과적으로 보여주었다. 정확한 조사를 위해서는 조사원의 전문성이 필수라고 생각해 온 박무익에게 꼭 필요한 자료였다.

1978년에 선거를 치른 브라질, 서독, 스위스 등 6개국 회원들은 선거 여론조사에 관한 주제로 발표했다. 당시 가장 큰 예측 오차를 보인 브라질 대표는 국토가 넓다는 점, 인구의 50%가 다섯 개 도시에 집중되어 있다는 점을 이야기했다. 지역별 무작위 표본추출에 한계가 있었던 것이다. 브라질처럼 빈부 차이가 극심한 나라에서는 소득에 따라 정치 성향이 크게 다르므로 선거 예측에 소득을 변수로 추가하는 표본추출법이 필요했다. 단순히 당선자를 예측하는 데 그치지 않고 그 과정을 분석하고 탐구하는 태도야말로 과학적 접근과 초자연적 점술(占術)의 결정적인 차이였다.

한국에서는 단 한 번도 시행된 적이 없는 선거 여론조사에 관한 토론에 박무익은 심장이 두근거림을 느꼈다. 비록 지금은 유신 헌법 아래 직접선거의 길이 막혀 있지만 언젠가는 다시 국민의 손으로 대표자를 선출할 날이 오리라. 박무익은 선거 여론조사에 관한 각국 대표들의 토론과 분석을 꼼꼼히 듣고 기록했다.

주최국인 호주 회원사는 자사가 최근 도입한 TV 시청률 조사를 발표했다. 이 회사는 당시 직원 수 200명에 IBM 컴퓨터를 2대나 보유하고 있었다. 국토는 넓지만 인구는 한국의 3분의 1에 불과한 호주에 그렇게 큰 조사회사가 있다는 사실에 박무익은 놀랐다. 당시 한국에서는 컴퓨터를 보기조차 힘들었다. 사기업들은 KIST(한국과학기술연구원)에 찾아가서 잠깐씩 컴퓨터를 사용했다. 1981년 출범한 교보문고가 국내 최초로 IBM 컴퓨터를 도입하여 도서 분류와 지급 업무 등을 처리한 것이 획기적인 일로 기록되어 있다.

노먼 웹 총장은 유럽 회원국들을 주축으로 한 '유럽 옴니버스(European Omnibus)' 프로젝트를 설명했다. 일본 정부는 한 해 전부터 이 조사를 활용하여 유럽인의 일본에 대한 인식을 파악한다고 했다. EEC(유럽경제공동체) 지역에서의 일본 상품 무역 규제에 대처할 목적이라고 한다. 그 시절 한국의 지상 목표는 수출 공업을 통한 경제개발이었다. 박무익은 우리나라 기업들 역시 이러한 조사에 참여하여 해외 홍보와 수출 효과를 높이도록 적극적으로 알리는 것이 자신의 임무라고 생각했다.

세계 조사 전문가들의 발표와 열띤 토론의 장은 박무익에게 신세계로 다가왔다. 가려졌던 시야가 확 트이는 기분이었다. 예상치 못한 성과도 있었다. 1979년 '세계 아동의 해'를 맞아 기획된 프로젝트에 한국을 포함하자는 일본 대표의 제안이 있었고 그것이 받아들여진 것이다. 8개국을 대상으로 한 '세계 아동 의식 비교 조사'와 16개국을 대상으로 한 '노인 문제 해결을 위한 조사'였다. 조사 기금은 일본 정부가 제공하고, 조사 결과는 그 나라 언론에 먼저 발표해도 좋다는 훌륭한 조건이었다. 조사의 신뢰성을 확보하기 위해 반드시 갤럽의 표본조사 진행 절차를 엄격하게 준수해야 한다는 단서가 전부였다.

박무익은 이 조사 결과를 단행본으로 발간했다. 《한국의 아동과 어머니》, 《한국 노인의 생활과 의식구조》다. 비교 연구를 위해 이웃 나라의 조사에도 기꺼이 정부가 기금을 할애하여 국가의 백년대계를 설계한다는 점에서 박무익은 일본이 부럽다는 생각이 들었다. 그날 회의에 참석한 대부분의 나라가 한국보다 앞선 조사 인프라를 갖고 있었지만 가깝고도 먼 나라 일본을 보며 박무익은 가장 큰 자극을 느꼈다.

시드니 회의에 이어 멜버른으로 이동하던 중 겪은 경험도 새로웠다. 항공사 정비공들의 파업으로 비행기가 뜰 수 없게 된 것이다. 한 시간이면 날아갈 거리를 열두 시간에 걸쳐 야간열차를 타고 갔다. 정비공 파업으로 공공성이 강한 항공기 운항이 중지되다니, 큰 불평 없이 교통편을 기차로 바꾸는 사람들의 무덤덤함이 신기하게 보였다.

1978년부터 1979년은 영국의 전국적인 총파업 사태였던 '불만의 겨울' 이후 세계 곳곳에서 파업의 불씨가 튀어 오르던 시기였다. 노동자는 기계가 아니라고 외치며 분신한 전태일 이후 9년이 흘렀지만 아직 한국에서는 노동자의 자유로운 목소리를 듣기 힘들었다. 어두운 산허리를 따라 달리는 야간열차 안에서 박무익은 깊은 생각에 잠겼다. 숨죽이고 있는 노동자의 목소리, 서민의 목소리, 국민 한 사람 한 사람의 목소리를 끄집어내는 것이야말로 조사인의 역할이 아닐까?

멜버른에서 속개된 회의의 마지막 날 아침이다. 노먼 웹 사무총장이 박무익에게 다가왔다. 박무익을 정식 회원으로 받아들일지에 대한 투표가 있으니 잠시 밖에서 기다려야 한다고 했다. 박무익은 이제껏 참관인 자격으로 여기 있었던 것이다. 이미 회원이라도 된 것처럼 어울렸던 일주일의 시간이 아득하게 느껴졌다. 짧은 시간 배우고 경험한 것이 너무나 많았다. 조사인의 험난한 길을 앞서 걸은 각 나라 전문가들과의 교류가 소중했던 만큼 회원 가입 승인이 너무나 절실했다. 회의장 문밖에서 줄담배를 피우며 기다리는 동안 온갖 상념이 교차했다. 담배 한 갑을 거의 다 태운 것 같다. 기다림이 불안으로 잠식될 즈음, 굳게 닫혀 있던 문이 열렸다. 큰 숨을 한껏 들이쉬고 회의장에 들어섰다. 큰 박수 소리가 터졌다. "Congratulations!"

31개 회원국 멤버들과 회의를 준비한 주최국 직원들이 박무익에게 일제히 박수를 보내고 있었다. 박무익이 갤럽 인터내셔널의 정식 회원이 된 것이다. 일본 회원 니키 고오지가 미소를 가득 머금은 얼굴로 다가왔다. 그는 갤럽 박사가 워낙 적극적으로 추천했기 때문에 만장일치로 통

갤럽 인터내셔널 회의, 호주 멜버른, 앞줄 왼쪽 두 번째 박무익, 1979년 3월

과된 거라며 함께 기뻐했다. 환하게 웃으며 의자에서 일어서는 갤럽 박사의 얼굴이 그제야 눈에 들어왔다.

"축하하네. 자네는 이제 큰 짐을 맡았어. 특히 한국의 민주주의를 꽃피워야 하는 큰 짐 말이야. 행운이 있기를 비네."

필자가 서두에 언급한 갤럽 박사의 격려의 말은 이때 들었다.

한 해 전 한국을 방문하여 종로 2가 허름한 사무실을 시찰하며 젊은 조사인 박무익의 등을 두드려주었던 노먼 웹 총장도 자기 일처럼 기뻐했다. 그가 들려준 이후의 이야기다.

"그날 회원들이 식사를 하던 식당에 박무익 소장이 예정에 없이 national dress(한복)를 입은 모습으로 나타났고, 그는 회원이 된 사실에 매우 만족해하는 모습이었다. 그날 저녁 그는 저녁 모임에 참석했던 모든 여성들의 손금을 봐주기도 했다.

그 이후로 한국갤럽과 박무익 소장은 활발한 활동과 성실한 회원으로 존경을 받았고 다른 회원들과 우정을 쌓아나갔다. 조지 갤럽 박사는 이에 감명을 받아 'Gallup Korea'라는 이름을 박무익 소장에게 선사하였다."

갤럽 인터내셔널의 정식 회원이 된 박무익은 한국에서 유일하게 여론조사의 대명사인 '갤럽'이라는 이름을 쓸 수 있는 독점권을 갖게 되었다. 갤럽 박사는 이 내용을 자필 서명으로 남겼다. Korea Survey Polls, KSP는 그렇게 '한국갤럽조사연구소'로 탄생하게 되었다.

조지 갤럽 박사 부부와 박무익, 호주 멜버른, 1979년 3월

박무익은 매년 다른 나라에서 열리는 회의에 빠짐없이 참석하며 회원국들과 경험과 우정을 나눴다. 후발주자로서 선진국의 기법을 배우며 한국 여론조사의 기틀을 마련하던 박무익은 16년 후인 1995년, 서울에서 회의를 주최하며 주도국으로 나서게 된다. 이후 다른 후발주자들을 이끄는 선도국의 대표로 한 장 한 장 사진을 늘려갔다.

1979年5月11日 (金曜日) 매일경제

「調査불모지」를 딛고 한국의「갤럽」이 소망

韓国갤럽研究所 朴武益 소장

갤럽國際調査기구에 가입

兒童의 의식구조·青少年 老人문제조사 의뢰받아

韓國갤럽조사 연구소가 갤럽국제조사기구에 지난 3월 정식가입했다. 국내연구소가 국제기구에 가입한것은 국내企業이 調査分野에 점차 눈을 뜨고있는점과 관련해 여러가지 意味를갖는다.

濠洲에서 열린 제3차 갤럽국제조사 연례회의에 참석한 갤럽연구소 대표 朴武益소장은 한국의 갤럽을 표적으로 삼고있는 것만같다.

『갤럽국제조사 기구에는 현재 41개국의 조사기관이 회원으로 가입돼 있읍니다. 1개국 1개조사기관 가입을 원칙으로 삼기때문에 民間기구이지만 UN의 성격이나 비슷하지요』

『갤럽국제기구는 心理學者이며 세계적 권위자인 美國의「갤럽」博士가 지난37년에 조직, 42년간운영하고 있는데 本部를 美「뉴저지」州「프린스톤」에 두고 있습니다』 朴소장은 世界 共同의 프로젝트를 각국이 함께 추진, 상호간 정보를 교환한다고 말했다.

『앞으로는 국내 企業이 海外市場개척을 위해 각국의 國民意識구조·지역적 특성·상품성·價格등 각종 調査를 韓國갤럽에 의뢰해오면 이를 국제기구에 통보, 適時에 알려줄것입니다』 朴소장은 갤럽연구소 위력이 앞으로 크게 드러날것이라고 밝혔다.

『현재 日本과 국제기구로부터 아동의 의식구조를 비롯 靑少年과 老人문제에 관한 조사를 의뢰받아 곧 본격적인 조사에 착수할 것입니다』 그는 갤럽조사의 범위가 企業의 商品市場뿐아니라 매우 광범위하다고 설명한다.

우리나라의 조사사업은 美·日등 선진외국에 비하면 극히 뒤떨어져있다고 말한 朴소장은「調査의不毛地」의 현실은 80년대에 들어서면 양상이 크게 달라질 것으로 내다본다.

『經濟규모의 확대는 水準높은 調査기관을 요구하고있다』고 말한 朴소장은 이분야에대한 정부 및 企業의 인식도가 크게 달라져야 할것이라고 말했다.

『우리나라의 기업이나 정부는 조사의 필요성을 피부로 느끼고 있으면서도 이를 실천에 옮기지 못하고있으며 조사결과를 토대로 사업을 펼치는 일이 극히 드물다』고 말한다.

朴소장은『韓國갤럽연구소가 갤럽국제조사기구에 가입한것을 계기로 조사에 필요한 최신기재의 도입을 서두르겠다』고 말하면서 전문요원의확보에 힘쓰겠다고 말했다.

◇『갤럽에 대한 인식도가 달라져야 할것』이라고 말하는 朴武益소장。

〈조사 불모지를 딛고 한국의 갤럽이 소망〉, 박무익의 갤럽 인터내셔널 가입 소식과 인터뷰가 실렸다. 매일경제, 1979년 5월 11일

GALLUP INTERNATIONAL CONFERENCE AT KAWANA 1987.

갤럽 인터내셔널 회의, 앞에서 네 번째 줄 오른쪽 끝 박무익, 일본 카와나, 1987년

갤럽 인터내셔널 회의, 앞줄 왼쪽에서 세 번째에 박무익, 호주 멜버른, 1998년

갤럽 인터내셔널 회의, 앞줄 왼쪽에서 두 번째에 박무익, 프랑스 파리, 1999년

갤럽 인터내셔널 회의, 앞줄 오른쪽 끝에 박무익, 일본, 2000년

갤럽 인터내셔널 회의, 앞줄 왼쪽에서 두 번째에 박무익, 체코, 2001년

Terra
민주주의의 토양이 되어

한 줌의 흙이 되어
세상의 귀한 것들을 키워내는 사람이 있다.

혹독한 계절에 뿌려진 씨앗이
잎을 틔우고 꽃을 피우도록

생을 갈아 만든
비옥한 땅

수레의 의견

서양에서 여론은 오랜 기간 경계의 대상이었다. 플라톤은《국가론》에서 이상적 사회에 대한 비전을 철인정치에서 찾았다. 중우정치(衆愚政治)를 우려한 플라톤은 지적 덕목과 도덕적 덕목을 겸비한 철학자를 이상적인 지배자로 보았다. 여론은 봉쇄의 대상이라고 생각했다. 이후 등장한 마키아벨리와 홉스, 헤겔 같은 사상가들도 여론의 확장보다는 통제에 관심을 두었다.

근대적 의미의 여론, 즉 'Public Opinion'이란 말을 처음 사용한 사람은 17세기 영국의 철학자이자 정치사상가인 존 로크(John Locke)다. 그는 시민들의 동의하에 집행되는 통치권만이 합법적인 정부의 기본적인 통치 형태라고 주장했다. 프랑스 계몽사상가인 장 자크 루소(Jean-Jacques Rousseau)는《사회계약론》에서 여론을 '일반의지(general will)'로 표현했다. 루소에 따르면 자연 상태의 자유롭고 평등한 인간은 자발적인 사회계약을 맺고 국가를 형성한다. 이 계약을 통해 사회 구성원에게 공공의 이익을 지향하는 정신이 만들어진다. 이를 일반의지라고 한다. 루소는 일반의지에 따라 국가를 운영하는 것이 사회계약의 핵심이라고 여겼다.

로크와 루소에 앞서 우리나라에는 율곡 이이(李珥)가 있었다. 율곡은 여론에 해당하는 개념을 공론(公論)이라 칭했다. 공론은 "인심이 다 같이 옳다고 하는 것"이며 "이익으로 유혹하거나 위세로 강요하지 않아도 삼척동자라도 그 옳음을 아는 것"이다.

오늘날 세계를 이루는 제도적인 구상은 상당 부분 집단지성에 대한 믿음으로 만들어졌다. 다수가 공유하는 지식과 생각의 총합, 즉 여론에서 위대한 식견을 찾는다. 예를 들어 미국의 배심원 제도는 다양한 경험과 배경을 가진 다수의 견해가 전문적인 소수의 판단보다 더 정의롭고 공정하다는 가정하에 만들어진 제도다. 주식시장을 받치고 있는 개념 역시 마찬가지다. 수많은 투자자의 가치 판단이 모여 기업의 가치가 결정된다. 민주주의 정치 제도와 선거권의 확대는 여론을 더욱 중요하게 만들었고 여론조사의 시대를 열었다. 다음은 박무익의 말이다.

"지식은 크게 사실(fact)과 인간의 생각(thinking)으로 나눌 수 있습니다. 역사나 과학이 사실을 다루는 학문이라면, 철학이나 문학은 인간의 생각을 다루는 학문이라 할 수 있을 것입니다. 여론조사는 과학적인 절차에 따라 인간 집단의 생각을 측정해 양적으로 보여주는 유일한 도구입니다.

만약 신(神)이 있다면, 신만이 실제 여론이 어디쯤 위치하고 있는지, 어떤 모습인지 정확히 알 것입니다. 인간은 그러한 능력을 갖지 못했기에 다양한 정보를 수집하고 분석해서 여론의 실체를 가늠할 뿐입니다."

여론은 한자로 수레 여(輿)와 논의할 논(論)이 합쳐져 만들어진 단어다. '수레의 의견'이란 뜻이다. 수레에 탄 이들의 의견일 수도, 수레를 끄는 이들의 의견일 수도 있다. 어쨌든 이 공통된 의견이 모여 수레의 방향을 정하게 된다. 동상이몽(同牀異夢), 제각각 다른 방향을 꿈꾸고 있다면 수레가 움직일 리 없다. 누군가는 그들에게 물어야 한다. 어느 쪽으로 갈 것인지. 한 사람 한 사람의 목소리가 또렷하게 들리고 그 목소리가 합쳐질 때 수레의 바퀴는 힘차게 굴러갈 것이다.

한국에서 정치 여론조사가 가능한가?

역사에 기록된 최초의 선거 여론조사는 1824년 미국 대통령 선거 때 시작되었다. 펜실베이니아 해리스버그의 신문사 아루 펜실베이니아(Aru Pennsylvania)가 그해 7월, 델라웨어주 윌밍턴에서 실시한 설문조사다. 기자들을 현장에 보내 500여 명의 시민들(당시에는 남성, 대부분 백인, 대부분 부동산 소유자들)을 대상으로 그해 11월로 예정된 대통령 선거에 대한 의견을 물었다. 구속력이 없는 비공식 여론조사 혹은 예비 투표라는 의미의 'Straw Poll(밀짚 투표)'이란 용어가 이때 처음 사용되었다.

왜 여론조사에 밀짚(straw)이란 단어가 쓰였을까? 풍향을 알아볼 때 공중에 밀짚을 던지던 관행에서 비롯됐다는 설이 유력하다. 아루 펜실베이니아의 밀짚 투표가 최초의 선거 여론조사로 기록된 건 그 결과를 최초로 신문에 발표했기 때문이다. 신문은 응답자의 70%가 전쟁 영웅 앤드루 잭슨(Andrew Jackson)에게 투표할 의향이 있다고 보도했다. 그러나 실제로는 아무도 다수표를 얻지 못해 의회에서 결선투표가 이뤄졌고 존 퀸시 애덤스(John Quincy Adams)가 제6대 대통령으로 당선됐다. 첫 번째 선거 여론조사는 참담한 실패의 역사였다.

"무익, 한국에서도 정치 여론조사가 가능한 풍토인가?"

1979년 3월, 시드니에서 첫 만남을 갖게 된 조지 갤럽 박사가 대화 도중 박무익에게 물었다. 이 질문에 그는 순간적으로 정신이 아득해졌다고 했다. 학창 시절 직접 가담했던 시위 현장, 구속된 동문의 얼굴들, 수시로 들리는 독재 횡포, 그리고 불과 얼마 전 청와대가 보인다는 이유만으로 대못이 박히고 하얗게 가려진 KSP 사무실의 북쪽 방향 창문들이 떠올랐다.

조사회사 설립 5년 차, 그 기간은 대통령에게 무소불위의 절대권력을 부여한 유신 정권의 시대였다. 한국에 최초로 법인 형태의 전문 조사회사를 세우고 여론조사의 중요성을 설파하고 다녔지만, 현실에서는 기업 제품의 선호도 조사와 광고 효과 등 마케팅조사만으로 회사의 실적을 채워가던 시절이었다. 정치 여론조사, 꿈처럼 아득한 단어였다. 그렇다고 불가능하다고 답하자니, "그럼 여기엔 뭐 하러 가입하려 하느냐?" 따져 물을까 겁이 났다.

"아, 정치 여론조사 말이죠. 점진적으로, 앞으로 그렇게 되지 않겠습니까. 당연히 그렇게 되어야 하고요."

박무익은 말을 더듬으며 간신히 답했다고 했다. 말은 그렇게 했지만 부끄러움은 피할 수 없었다. 지금이야 그 시절을 '역사 발전의 피치 못했던 과정'이라고 할 수도 있지만, 당시 국제 무대에서 뛰어야 했던 한국인에게 조국은 '부끄러운 부담'이기도 한 것이 사실이었다. 갤럽 박사는 그 심정을 이해한다는 듯 박무익의 어깨를 토닥이며 말했다.

"지구상에 지금 한국과 같은 나라는 아주 많다네. 무익, 자네는 이제 큰 짐을 지게 된 거야."

첫 만남이었지만 갤럽 박사는 박무익의 가슴에 담긴 고민과 열망을 꿰뚫어 보는 듯했다. 갤럽 박사는 "나라마다 말과 관습이 다르므로 조사인은 그 나라 사람에게 적합한 질문 방법과 척도를 찾아야 한다"라고 했다. 무기업자가 동원한 갱들의 갖은 협박을 견뎌야 했던 경험담도 들려주었다. 미국인의 70%가 자유로운 무기 판매에 반대한다는 조사 결과를 발표했을 때의 일이었다고 했다. 박무익은 "조사인은 정직해야 함과 동시에 용기도 필요하다"라는 말을 가슴에 새겼다.

여론조사의 역사는 한편으론 여론조사에 반대해 온 역사이기도 하다. 갤럽 박사는 1930년대 대중 여론조사를 발표한 첫날부터 여론조사 과정에 대한 문제 제기에 시달렸다. 그는 저술 활동과 강연회를 통해 여론조사의 의미와 과정을 설명하는 데 많은 시간과 노력을 쏟아야만 했다. 다른 여론조사 연구자들과 전문가들도 마찬가지였다. 1940년에 출간된 갤럽 박사의 저서 《민주주의의 맥(The Pulse of Democracy)》은 미국 내 여론조사의 증가와 그에 따른 비판에 대응하여 쓴 책이다. 여론조사가 한 일은 무엇이며 그것이 왜 가치 있고 중요한 일인가에 대한 답변이었다.

호주 회의를 마치고 귀국하는 박무익을 기다리고 있던 것은 더욱 불안해진 정치 상황이었다. 1979년 5월 3일 신민당 전당대회에서 '민주 회복'의 기치를 든 김영삼이 총재로 당선된 후 정국은 더욱 경색되었다. 8월 11일에는 근로자의 생존권 보장을 외치던 가발공장의 스물한 살 여공 김경숙이 경찰의 강제 해산 도중 추락하여 사망하고 100여 명의 노동자들이 다치는 YH 사건이 발생했다. 10월 4일에는 김영삼의 의원직이 박탈됐다. 유신 체제에 대한 야당과 국민의 불만이 극에 달했다. 박무익의 회고다.

"유신 말기의 상황은 지도자가 국민의 소망이나 갈망을 너무도 모르는 느낌이었다. 어떻게 하면 대통령과 정치인들에게 민심을 전달할 수 있을까, 우리 사회의 민주주의에 대한 갈증을 조금이라도 해

갈할 방법은 없을까?"

고민 끝에 박무익은 '민주주의와 여론조사'라는 제목의 국제 학술회의를 기획했다. '민주주의'와 '여론'이라는 이름을 앞세운 것 자체가 용기가 필요한 일이었다. 날짜는 1979년 11월 3일, 장소는 서울 세종문화회관 회의실로 잡았다. 갤럽 인터내셔널 사무총장 노먼 웹 박사와 일본리서치센터(NRC)의 니키 고오지 사장을 발제자로 한국에 초청했다.

학술회의를 준비하는 동안 국민의 저항은 더욱 고조됐다. 1979년 10월 16일 부산대 도서관 앞에서 500여 명의 학생들이 모여 시작한 반정부 시위는 이튿날이 되자 시민들이 합세하며 수만 명으로 불어났다. 18일이 되자 시위는 마산으로 퍼졌다. 마산 시내는 한때 무정부 상태가 되었다. 정부는 비상계엄을 선포했다. 공수부대가 동원되어 강도 높은 진압이 이루어졌다.

1979년 10월 16일부터 20일까지 이루어진 부마 민주항쟁은 사실상 박정희 정권의 붕괴를 촉진한 결정적인 사건이었다. 웹 박사와 니키 사장은 10월 25일 서울에 도착했다. 그리고 다음 날 저녁, 종로 2가 사무실에서 늦은 밤까지 학술회의를 준비하던 박무익은 불과 2km 남짓 떨어진 궁정동에서 벌어지고 있는 참극을 알지 못했다. 27일 아침 박정희 대통령 서거 소식이 들렸다. 비상계엄령이 선포됐다.

국제 학술회의는 취소할 수밖에 없었다. 회의 참석을 위해 한국에 온 웹 박사와 니키 사장은 낯선 땅에서 맞은 정변에 난감해진 상황이었다. 계엄령이 내려진 서울에는 무거운 긴장이 드리워져 있었다. 식당들도 문을 닫았다. 박무익은 서울에서 멀리 떨어진 경주 관광단지로 두 사람을 안내했다.

"경주에 머무는 동안 우리는 한국의 현대사에 대해 많은 이야기를 나눴다. 일제 통치에서 1945년 8월 독립, 1948년 남한 정부 수립과 초대 대통령 이승만 취임, 1950년 한국전쟁 발발, 1953년 휴전, 장기 집권 시도와 부정 관권선거에 항거한 1960년 4·19 혁명, 1961년 5·16 군사 쿠데타, 이후 박정희 대통령의 장기 집권과 유신 체제. 그리고 1979년 10월 26일, 장기간 독재자로 군림했던 그가 아끼던 부하의 총탄에 운명."

두 사람은 "한국은 참 드라마보다도 더 드라마틱한 나라"라고 했다. "머지않아 민주주의 시대가 오게 될 것이고 자네가 중요한 역할을 할 것"이라는 웹 박사의 말이 박무익의 심장을 두드렸다. 박무익은 과거보다 민의를 수용하는 언로(言路)가 개방되면 여론조사의 역할이 더 커질 수 있지 않을까 기대를 품었다.

국제 학술회의는 무산됐지만, 웹 박사가 준비한 〈여론조사는 민주 발전의 촉진제〉란 제목의 원고는 1979년 12월 5일 자 중앙일보에 실렸다. 박무익은 훗날, 이 글을 언급하며 "세계 여론조사 업계 대가(大家)의 통찰은 몇십 년이 지난 지금도 여전히 유효하며 여론조사가 지켜야 할 원칙을 담고 있다"라고 했다. 다음은 그 일부다.

"바람직한 여론조사 기관은 다음과 같은 조건을 갖춰야 한다.

첫째, 우선 신문, 방송, 정당, 정부 등의 기관과 독립적 입장에 서야 하며, 독자적인 조사 비용을 충당하기 위해 기업, 시장조사 등을 겸업해야 한다.

둘째, 표본추출이 공정해야 하며, 응답자의 보호, 조사 의뢰 책임 등의 조사 윤리를 준수해야 한다.

셋째, 조사 결과를 발표할 때는 전체를 발표해야 하며 조사기관은 발표에 대한 책임을 져야 한다. 독자를 특정 방향으로 유도하기 위한 조작을 해서는 안 되며 기본 자료는 관련 연구기관에 공개할 수 있어야 한다.

여론조사는 민주사회 발전에 바탕이 되는 기본 절차라는 점을 거듭 강조하고 싶다. 여러 방면으로부터의 압력이나 고통을 받을 수도 있지만 여론조사야말로 흥미 있는 일 중 하나나다."

박무익이 노먼 웹 박사와 함께 발표를 준비할 때만 해도 유신 헌법의

輿論조사는 民主發展의 促進劑

「갤럽」여론조사 「웨브」總長이 말하는 그 効用性

리포트

政策집행과정서 「輿論조사」 내용을 意識

公正위해 政府기관과는 關係갖지 말아야

「노먼・웨브」事務總長

노먼 웹 박사, 〈여론조사는 민주 발전의 촉진제〉, 중앙일보, 1979년 12월 5일

서슬이 시퍼렇게 살아 있었다. 집회와 언론·표현의 자유를 억압하던 긴급조치 9호 위반으로 판단된다면 바로 법관의 영장 없이 체포·구속·압수·수색되던 시절, "조사기관은 발표에 대한 책임을 져야 한다"라는 웹 박사의 목소리는 가혹한 시대 위에 굳게 선 박무익의 다짐이기도 했다.

중앙일보 보도 다음 날인 12월 6일, 통일주체국민회의에 의한 간접선거로 최규하 대통령 권한대행이 제10대 대통령으로 당선되었다. 다음 날인 12월 7일에는 긴급조치 9호가 해제되었다. 박무익은 갤럽 박사의 질문을 다시 떠올렸다. "한국에서 정치 여론조사가 가능한가?" 겨울이 가고 있었다. 1980년은 '대망의 80년대'란 문구와 함께 시작되었다.

1980년 서울의 봄

유신 정권 붕괴 이후 법적인 대통령은 최규하였지만 권력에는 공백이 있었다. 국가 위기를 명분으로 그 틈을 파고든 건 보안사령관 전두환 소장이었다. 1979년 12월 12일, 전두환의 군사 쿠데타 이후 권력의 사실상 주인이 신군부 세력으로 바뀌었다.

안갯속 정국에도 민주화에 대한 열망은 일렁였다. 1980년 2월 말에는 유신 체제 아래 반독재 운동을 하다 구속된 여러 인사들이 석방되었다. 정부와 야당, 재야 세력이 각각 개헌 문제를 논의하고 학원가에는 학원 자율화 운동이 일어났다. 노동자들은 대대적인 노동쟁의를 벌였다. 저마다 새로운 시대를 꿈꾸던 '서울의 봄'이었다. 대선 분위기도 무르익었다. 언론에는 바람직한 정부 형태, 대선 시기 등과 관련한 각양각색의 여론 조사 결과들이 보도되었다.

1979년 갤럽 인터내셔널에 가입하고 회사명을 '한국갤럽조사연구소'로 바꾼 이후 박무익의 어깨 위에는 여론조사의 아버지 '갤럽' 이름의 무게가 더해졌다. 그는 당장 돈이 되는 기업의 조사 프로젝트 수주보다 제대로 된 여론조사를 사회에 알리는 것이 우선이라고 생각했다. 기회가 있을 때마다 여론조사의 필요성과 올바른 여론조사의 방법론을 역설하는 글을 여러 언론사에 기고했다.

1980년 3월, 한국일보 기자가 박무익을 찾아왔다. 급작스러운 정치 변화와 맞물려 '여론'이란 이름으로 수많은 의견과 논의들이 난립하고 있다며 여론조사 결과를 어느 정도까지 믿을 수 있는지 말해달라고 했다. 인터뷰는 〈여론조사 얼마나 믿을 수 있나〉라는 제목으로 상당한 지면을 할애해 실렸다. 박무익은 당시 여론조사의 문제점을 다음과 같이 지적했다.

"첫째, 우리나라 조사기관들이 대부분 조사 대상 설정을 잘못하고 있다. 즉, 누구를 대상으로 조사할 것인가에 있어 대개 정치인, 학계, 대졸 또는 고졸 이상 엘리트를 선정하기 때문에 전 국민의 60%를 차지하는 중졸 이하 계층은 소외되고 있다.

둘째, 사회 여론조사의 정확성 문제. 조사방법론의 기본 원칙을 무시하는 잘못된 경우가 비일비재하다. 선진국에서는 신뢰성이 의심되는 조사 결과는 보도하지 않는 것이 상례지만, 우리나라에서는 선별 과정 없이 여론조사라고 이름 붙인 것은 모두 보도하는 경향이 있다. 특히 정당 혹은 관련 단체가 조사한 것이나 조사 과정을 밝히지 않은 조사 결과도 보도하는 바람에 여론조사에 대한 국민의 불신을 양산하고 있다.

셋째, 규모 있는 조사기관이 거의 없다는 점도 문제다. 시장조사 회사인 ASI 등 몇 개가 있지만 대부분 영세해서 전국 규모의 조사를

한국일보 1980年3月18日 (火曜日)

輿論調査 얼마나 믿을수있나

設問紙·電話질문등 과오 例事로

교육수준 낮은계층 對象서 소외

1對1 면접이 誤差적어

박무익 인터뷰, 〈여론조사 얼마나 믿을 수 있나〉, 한국일보, 1980년 3월 18일

진행할 수 있는 역량을 갖추지 못한 상태다."

여론조사에 대한 언론과 대중의 관심이 유례없이 높아진 시기였다. 이제 한국에도 정치 여론조사를 할 수 있는 시대가 오는 듯했다. 그러나 정국은 전혀 다른 방향으로 흘러가고 있었다.

4월 사북(舍北) 탄광 노동자 파업, 5월 대학생 시위가 이어졌다. 초기 쟁점은 학내 문제였지만 점차 민주화 요구 등 정치 이슈로 옮겨갔다. '군부독재 타도, 비상계엄 철폐' 구호가 거리를 뒤덮었다. 5월 13일, 서울 광화문에서 벌어진 학생들의 야간 시위는 다음 날부터 전국 주요 도시로 이어졌다.

5월 16일, 박무익은 영국 런던에서 열리는 갤럽 인터내셔널 국제회의

조선일보 1980年5月16日 金曜日

전국大學生街頭시위 계속

일부선 激烈해져…가스車 불태워

市廳앞서 저지당해…밤10시 解散

5만명…高架도로까지 메워

서울驛에 35개大生

城北署 앞서 농성도

데모끼어든 靑年, 버스 몰아 警察隊 뒤로 덮쳐

戰警隊員 1명 사망

4명重傷

〈전국 대학생 가두시위 계속〉, 조선일보, 1980년 5월 16일

참석을 위해 비행기에 올랐다. 박무익의 기억이다.

"기내에서 펼쳐 본 신문엔 학생들 수만 명이 운집한 서울역 광장과 통행 차단으로 텅 빈 세종로 사거리 사진이 나란히 실려 있었다. 착잡했다. 이튿날 런던에 도착한 나는 한국에서 비상계엄령이 전국으로 확대됐다는 소식을 접했다. 40여 개 나라에서 온 갤럽 회원들은 나라에 큰일이 나서 어쩌나 하고 위로의 말을 건넸다."

5월 17일, 전국으로 확대된 비상계엄에 따라 정치 활동 금지령, 휴교령, 언론 보도 검열 강화 조치가 내려졌다. 김대중, 김영삼, 김종필 등 정치인과 재야인사들이 감금됐다. 5월 18일, 광주 시민들은 '김대중 석방', '전두환 퇴진', '비상계엄 해제' 등의 구호를 외치며 거리로 나섰다. 신군부는 강경 진압으로 맞섰다.

갤럽 인터내셔널 회의를 위해 런던에 머물던 박무익은 무거운 마음으로 국내 상황을 지켜볼 수밖에 없었다. 회의를 환영하는 만찬이 영국 국회의사당에서 열렸다. 영국 의회 의장은 만찬 연설에서 "민주주의의 진전 정도는 여론조사의 자유로움의 정도"라고 했다. 만찬이 끝난 후 의장은 갤럽의 각국 대표들과 일일이 악수했다. 각 나라의 여론조사 전문가들을 극진히 대접하는 영국에서 박무익은 계엄령 아래에 있는 한국의 현실을 돌아봤다. 그날 답답한 가슴만 타들어 가던 박무익을 일깨운 건 조지 갤럽 박사의 연설이었다.

"세계에는 여러 국가가 있지만, 공산주의 국가에는 여론조사가 없습니다. 여기 모인 갤럽 회원 여러분 중 어느 누구도 공산주의 국가에서 온 사람이 없는 것을 보면 알 수 있듯이 말입니다. 그러나 민주주의 국가라 해도 여론조사를 용납하지 않는 나라가 아직 많습니다. 여론조사가 존재하지 않는 곳은 이미 자유민주주의가 죽은 곳이라고 감히 말하고자 합니다. 여론조사는 자유민주주의의 가장 핵심적인 지표입니다."

1980년, 새 정치에 대한 희망으로 부풀었던 서울의 봄은 서둘러 가고 말았다. 박무익이 런던에 머물며 민주주의의 진전에 대해 논의하던 5월 18일부터 열흘간 광주에는 평생 지울 수 없는 상처가 될 폭풍이 지나갔다.

런던 회의를 마치고 돌아오던 밤 비행기, 창밖에는 산인지 들인지 바다인지조차 구분할 수 없는 끝이 보이지 않는 어둠이 가득했다. 몇 시간이나 지났을까? 몇 개의 불빛이 반짝이기 시작했다. 하나하나의 불빛이 모여 항구를 밝히고 길을 밝히고 도시를 만들고 삶을 만들고 있었다. 1980년 5월, 어둠에 묻힌 대한민국에도 하나둘 불을 밝히는 이들이 있으리라. 박무익의 가슴속에 하나의 문장이 되살아나 반짝이기 시작했다. "여론조사가 존재하지 않는 곳은 이미 자유민주주의가 죽은 곳"이라던 갤럽 박사의 목소리를 곱씹는 사이 비행기는 김포공항에 도착했다.

봄날은 간다

박무익은 〈봄날을 간다〉를 최애곡으로 쳤다. 그래서 틈만 나면 이 곡조를 흥얼거렸다. 내가 아는 한, 비록 1절이지만 가사를 유일하게 외우고 있는 노래가 〈봄날은 간다〉다. 문인들도 노래 〈봄날은 간다〉를 좋아한다. 시인 100명에게 애창곡을 물었더니 〈봄날은 간다〉가 단연 1위였다. 계간 《시인세계》 조사 결과다. 대중가요가 고상하기 그지없다는 시인들에게 최고의 노래로 인정받은 셈이 된다. 사람들은 말한다. 이 노래만 부르면 까닭 없이 "목이 메고 눈시울이 뜨거워진다"고. 철의 심장을 가진 냉혈한도 '연분홍 치마가 봄바람에 휘날리더라'까지는 그런대로 견딘다. 그러나 '꽃이 피면 같이 웃고 꽃이 지면 같이 울던/ 알뜰한 그 맹세에 봄날은 간다'가 끝날 때쯤이면 얼굴은 젖은 물빛을 띠게 된다. 〈봄날은 간다〉는 그런 노래다.

1953년 발표한 손로원(시원) 작사, 박시춘 작곡의 〈봄날은 간다〉는 많은 가수가 불렀다. 불후의 명곡이란 이름값을 하는 노래 중 단연 최고의 노래가 아닐까. 백설희에서 시작해 조용필, 장사익, 최백호, 한영애, 심수봉, 이동원, 김도향 등등 한국 가요사를 관통하는 명가수들은 모두 자기만의 음색으로 불렀다. 심지어 전제덕은 하모니카로 구성지게 불렀고 바이올린, 가야금, 색소폰 등등 수많은 연주곡도 있다. 모든 연령대의 가수들이 불렀다. 서로 다른 음색으로 부르지만 〈봄날은 간다〉는 기가 막히게 한결같은 정서를 준다. 필자는 그중에서 '장사익' 버전을 가장 좋아한다. 폐부에서 솟구치는 절절한 서러움을 꺾는 창법에 가슴이 아련해 온다. 꽃처럼 지고 만 짧은 봄의 아쉬움, 곧 다시 오지 않는 청춘에 대한 절

봄날은 간다

손로원 작사
박시춘 작곡

연분홍 치마가 봄바람에 휘날리더라
오늘도 옷고름 씹어가며 산제비 넘나드는
성황당 길에 꽃이 피면 같이 웃고 꽃이 지면
같이 울던 알뜰한 그 맹세에 봄날은 간다.

〈봄날은 간다〉 가사. 소리꾼 장사익의 낯익은 글씨다.

망감과 한이 고스란히 표출되는 노래다. 그래서 남녀노소를 막론하고 불렀고, 불렀다 하면 모두 노래 속에 첨벙 빠지게 되는 묘한 노래다.

그러나 필자가 〈봄날은 간다〉를 좋아하게 된 것은 누구나 그랬겠지만 폭풍 같은 청춘기를 지내고 인생의 신산함을 알게 된 중년이 되고 난 이후다. 노래가 안기는 깊고 유장한 의미를, 아서라, 청춘들은 모른다. 구성진 멜로디에 깊은 페이소스가 녹아 있는 노랫말에 이 땅의 중년들은 '사오정' 인생의 고비마다 맘이 괴로울 때 폭탄주에 취해 귀갓길에 훌쩍이며 불렀다. 젊은 날 들었던 그 모든 노래들을 위압하며 다가온 노래가 바로 〈봄날은 간다〉다.

〈봄날은 간다〉는 1953년 한국전쟁 막바지 대구 동성로 유니버셜 레코드사가 제작한 유성기 음반으로 발표됐다. 화가이자 작사가인 손로원(1911~1973)이 지은 노랫말에 박시춘(1913~1996)이 곡을 붙였다. 비장미 넘치는 노랫말은 작사가 손로원이 부산 용두산 판자촌에 살 당시 화재로 인하여 연분홍 치마를 입은 어머니의 사진이 불에 타는 모습을 보고

가사를 써두었다고 한다. 젊은 나이에 남편과 사별한 어머니가 타계하기 전에 장롱 속에 고이 간직한 연분홍 치마의 한복을 아들인 자신의 결혼식장에서 입겠다고 입버릇처럼 말했던 사실을 당시 시대 상황과 함께 떠올리며 지었다는 것. 그래서 얼핏 화사한 봄날에 어울리는 밝은 봄노래 같지만 오히려 노래 저편에는 처연한 슬픈 봄날의 역설이 가득하다. 시인 김영랑이 이야기한 '찬란한 슬픔의 봄'에 버금가는 대목이다. 발표되자마자 전쟁에 시달린 가난한 한국인들의 한 맺힌 내면 풍경을 대변하며 폭발적인 인기를 끌게 된다.

노래 〈봄날은 간다〉는 이 땅에서는 하나의 신드롬이다. 고상하기 그지없는 시가 대중가요를 따른다는 게 조금은 이상하지만 〈봄날은 간다〉라는 제목을 단 시도 있다. '이렇게 다 주어버려라/ 꽃들 지고 있다 … 지상에 더 많은 천벌이 있어야겠다/ 봄날은 간다.' 시인 고은은 봄날의 자조 섞인 탄식으로 봄날의 정한을 노래했다. '가는 봄날'이라는 순간성과 맞물리면서 허무의 극치를 느끼게 한다. 한마디로 허무 속에서 퇴폐와 탐미를 찾았다. 안도현은 '꽃잎과 꽃잎 사이 아무도 모르게/ 봄날은 가고 있었다'고 탄식했다. 29세에 요절한 기형도는 '봄날이 가면 그뿐/ 숙취는 몇 장 지전(紙錢) 속에서 구겨지는데'라는 시를 남기고 서른 즈음 생의 봄날에 떠났다. "라면 먹고 갈래요?", "내가 라면으로 보여?", "어떻게 사랑이 변하니?"라는 유행어를 탄생시키며 '사랑의 영원함'을 찬미해 한동안 회자되던 같은 이름의 영화도 있고 인기 TV 드라마도 있었다. 이 노래가 얼마나 대단한지를 알게 해주는 대목이다. 곡조가 처연하고 가사의 울림이 그만큼 한국인에게 깊고 크게 작용하기 때문이다.

그러나 이름값 하는 국민가요쯤으로 인정되는 〈봄날은 간다〉의 흔적을 찾는 길은 지난하다. 봄날만 간 게 아니라 세상 변화가 워낙 빠르다 보니 그 시절 그 노래의 풍경은 전설이 되고 신화가 되고 말았다. 전쟁의 포화 속에서도 대중가요의 명맥을 이어갔던 1950년대 초 유니버셜 레코드사가 있던 대구 동성로와 교동은 이제 대구의 구시가지로 남아 조악한 영세 상점들이 널려 있을 뿐 그 흔적을 찾기 어렵다. 조그만 표지석이라도 하나 있었으면 하는 바람은 지나는 행인들의 왁자지껄한 소리에 잦아든다. 피난민들의 애환이 서려 있었던, 손로원이 살던 부산 용두산 기슭의 판자촌은 옛말이고 재개발 바람에 아파트와 상가가 빼곡하다. 봄이면 온 국민들을 들었다 놓았다 하는 노래치고는 그 대접이 영 시원찮다.

기실 〈봄날은 간다〉만큼 대중의 심금을 울린 노래는 많지 않고 그만큼 우리 정서에 실체적인 영향을 끼친 대중가요는 드물 것이다. 그렇지만 정작 세대를 아우르는 노래에 대한 우리의 시선은 여전히 이중적이다. 클래식에 대한 태도와는 상대적으로 정작 자신의 슬픔을 달래주는 대중가요에 대해서는 내려다보는 이른바 미적 야만주의(aesthetic barbarism)는 여전하다. 실제로 〈봄날은 간다〉에 대한 우리의 대접은 너무나 남루하다. 오래전 테너 박인수 서울대 음대 교수가 대중가요를 불렀다는 이유로 국립오페라단에서 축출당했던 황당한 옛 역사가 생각나는 대목이다.

노래를 최초로 부른 고 백설희 선생은 경기도 광주 삼성공원묘지에 잠들어 있다. "인생은 짧고 예술은 길다." 플라스틱 조화 옆에 위치한 작은 표지석이 안개비에 젖어 있다. 노래 〈봄날은 간다〉를 구체적으로 보여주는 유일한 기념비는 남이섬에 있다. 요즈음 말로 썸을 탔던 이 땅의 중년들이 젊은 날 한때 단골로 찾던 추억의 공간이다. 서울과의 지정학적인 거리 탓에 잘만 하면 기차가 끊어진 것을 핑계로 여자 친구와 어떻게 하룻밤을 같이 보낼 수도 있었던 가슴 떨리던 가능성의 장소이자 사연 많은 유원지. 남녘 지방에서 올라온 할머니들이 아픈 다리를 주무르며 쉬는 모습이 가끔씩 눈에 띈다. 검푸른 강물을 뒤로하고 양산을 든 할머니는 몇 번이나 떨어지는 봄꽃을 돌아보고 또 돌아다본다. 할머니는 또 그 얼마나 많은 세월 동안 아지랑이 같은 봄을 기다리며 살았고 봄날을 보냈을까.

1980년 5월 18일, 광주의 봄을 지나온 후 이 노래는 더욱 짙은 슬픔과 아련함으로 우리의 가슴에 새겨진다. 인생도, 청춘도, 꿈도 봄날처럼 간다. 잡으려 할수록 더 빨리 간다. 그래서 아쉽다. 소월의 시구처럼 '실버들을 천만사 늘여놓고도 가는 봄을 잡지도 못한'다. 기껏 우리가 할 수 있는 것이라곤 노래를 핑계 삼아 속절없이 가버린 청춘을 그리워하며 술잔을 기울이는 일이다.

유난히 봄을 좋아했던 박무익의 노래방 애창곡도 당연히 〈봄날은 간다〉였다. 노래방에 가면 일단 제일 먼저 선곡해 불렀다. 박자, 음정은 완전 무시다. 그래도 따라 부르기 어렵지 않은 노래라 그런대로 들을 만했다. 평소에도 자주 이 노래를 흥얼거렸다. "열아홉 시절은 황혼 속에 슬퍼지더라 … 얄궂은 그 노래에 봄날은 간다." 박무익이 부르는 나지막한 노랫소리가 귓전에 들리는 듯하다.

'꽃은 피기는 힘들어도 지는 것은 순간'이라던 시인 최영미의 시구가 벼락처럼 다가왔던 봄날이 가고 있다.

사직동을 걷다

사직동은 서울의 한양 도성 서쪽, 경복궁과 돈의문 사이에 있는 고즈넉한 동네다. 조선의 건국 시기부터 이어져 온 유서 깊은 마을이다. 태조 3년에 이곳에 제단을 두어 나라와 백성의 평안을 빌고 풍년을 기원했는데 토지의 신 사(社)와 곡식의 신 직(稷)을 모신다고 하여 사직단(社稷壇)이라고 했다. 이는 그대로 마을의 이름이 되었다. 동쪽의 종묘와 함께 국가의 정신적 축이 되는 장소였다.

지금은 재개발로 사라졌지만 2000년대 초까지만 해도 사직단 건너편에는 눈에 띄는 벽돌 건물이 있었다. 3층 붉은 벽돌 건물 상단에 걸린 흰색 Gallup 간판이 단아했고 또 단호했다. 근처에 더 높은 건물이 없었고 뒤쪽 지대가 낮아 오가는 행인들 기억에 존재감이 또렷했다. 지금도 필자의 기억 속 한국갤럽의 이미지는 인왕산 기슭 아래 사직단을 바라보며 서 있던 그 단정한 건물의 모습이다.

깊은 상처로 남은 1980년 5월 광주민주화운동이 지나고 8월 27일 전두환은 통일주체국민회의의 대의원 간접선거로 제11대 대통령이 되었다. 정국은 다시 얼어붙었다. 보도 검열 비협조자 등으로 분류된 언론인들이 해직되고 검열 철폐 투쟁을 선언한 한국기자협회의 주요 인물들이 강제 연행되어 구속됐다. 언론 통폐합도 단행됐다. 신민당 총재 김영삼은 가택 연금되었고 김대중은 사형 선고를 받았다.

10월 27일 제5공화국 헌법이 공포됐다. 1인 장기 집권을 막기 위해 대통령 임기를 7년으로 하고 중임을 금지한 헌법은 직전에 비하면 진일보한 것이었으나 대통령 간선제를 고수하고 유신 잔재 청산에 미흡한 부분은 미완성으로 남았다. 그해 개정된 헌법에 따라 치러진 1981년 2월 선거인단 간접선거에서 전두환은 제12대 대통령으로 선출되었고 제5공화국이 정식 출범했다.

한국갤럽은 한국일보, 매일경제 등 언론사와 문화공보부, 정당, 현대사회연구소 등의 의뢰로 정기적인 정치와 경제 의식 조사를 시작했다. 민주주의, 자유와 평등, 국가와 역사, 법 인식 등 다양한 주제를 다뤘다. 조사 결과는 민주화에 대한 국민의 열망이 얼마나 간절한지를 보여주었다. 하지만 거기까지였다. 대통령 직무수행평가, 즉 현직 대통령의 잘잘못을 조사해 공표할 수 있는 분위기는 아니었다.

그럼에도 1980년대 한국 사회는 상당히 역동적이었다. 1982년 프로야구 출범, 1986년 서울 아시안게임, 1988년 서울 올림픽, 1989년 해외여행 자유화 등이 예가 된다. 한국갤럽도 이 기간 크게 성장했다. 박무익은 우수한 연구 인력이 많을수록 과학적인 여론조사가 더 탄탄하게 전개될 거라 믿었다. 새로운 분야에 대한 호기심과 학구열 넘치는 젊은이를 만나면 행여나 놓칠세라 언제든 꼭 함께 일해보자고 제안했다. 그렇게 직원이 늘었고 일도 늘었다. 1981년 5월, 박무익은 창업부터 7년간 머물렀던 종로 2가 경영빌딩을 떠났다. 종로구 사직동 221번지 고려빌딩이 한국갤럽의 새로운 터가 되었다.

종로 거리의 인파와 고속버스 매연, 소음으로 둘러싸인 경영빌딩 시절이 좌충우돌 한국갤럽의 태동기였다면, 사직동 고려빌딩 시절은 늠름한 청년기, 성장기였다. 느릿느릿 움직이는 옛 동네의 정취와 어우러진 정적인 풍경이 있었고, 밤을 하얗게 새우고 만나는 사직공원의 안개 낀 희뿌연 새벽이 있었다.

한국갤럽을 추억하는 이들의 기록 속에 유난히 많이 등장하는 이름 사직동. 1985년에 입사한 장훈 연구원은 한국갤럽과의 첫 만남을 이렇게 기록했다.

"1985년 5월 어느 날, 사직공원 건너편 빨간 3층 건물, 그 건물 3층 외벽에 매우 단순하게 'Gallup'이라는 하얀 영문 로고가 보였다. 공원 신록을 배경으로 이따금 차량 소리만 날 뿐 사직동은 조용하고 아늑했다. 들어선 3층 사무실 또한 이런 분위기의 연장이다. 특징이라면 약간 명상적이라 할까. 처음 뵈는 박무익 소장도 이 분위기 그대로다. 사무실에는 소수의 사람들이 정말 조용히 정물처럼 있었다. 박 소장은 시구절 혹은 유행가에서 간혹 사용되는 2인칭 대명사 '그대'를 시작으로 나직이 몇 가지 질문을 하고 《갤럽의 여론조사》

종로구 사직동 221번지 고려빌딩. 1981년부터 1994년까지 한국갤럽조사연구소가 있던 곳이다.

와 두 권의《한국인의 의식구조》시리즈를 주면서 어떤 종류의 필기시험이라는 언급도 없이 일주일 후 필기시험을 보자고 하신다. … 일주일 후 다시 방문한 한국갤럽 입사 필기시험 두 문제 중 하나는《갤럽의 여론조사》영어 원서 일부분을 번역하는 것이었고, 나머지는 '아버지'라는 주제의 작문이었다."

한 풋풋한 청년이 풋풋한 한 회사에 첫발을 내딛고 입사 시험을 치르는 이 짧은 글을 옮기면서 필자는 이상하게 마음이 나른해지는 기분이 들었다. 바쁘게 성장하면서도 맨손으로 하나하나 서툴게 이뤄가던 1980년대의 풍경, 미처 만나보지 못했던 그 시절 젊은 창업자 박무익이 훅 다가온 듯한 기분이다.

박무익은 평소 조사업계에서는 사람에 대한 투자가 가장 중요하다고 했다. 잘못된 조사통계를 바탕으로 국가가 잘못된 정책을 추진할 때, 기업이 그릇된 경영 판단을 내릴 때 초래할 비극에 대해 조사인은 무거운 책임감을 가져야 함을 강조했다. 함께 일할 직원을 뽑을 때면 국어와 인식론, 인문학적인 소양을 가장 중요하게 생각했다. 경영학이나 통계학 전공 지식은 입사 후에도 공부해서 따라갈 수 있지만 인문학적 소양은 하루아침에 담을 수 없기 때문이다. 박무익은 직원들에게 질문지를 제대로 만들려면 신문 사설을 읽고 TV 토론 프로그램을 많이 보라고 강조했다. 조사인이라면 찬반 논쟁을 제대로 이해할 줄 알아야 하고, 사물을 객관적으로 볼 줄 알아야 하며, 무엇보다 오직 진실만을 추구하는 진지한 역사 인식을 갖춰야 한다는 것이 그의 지론이었다. 다음은 1988년에 입사한 김상희 전 한국갤럽 부소장의 기억이다.

"내가 한국갤럽에 들어온 그해 4월, 인왕산 기슭의 봄은 유난히 밝고 화창했다. 한국갤럽 앞에서 사직공원을 끼고 팔각정으로 오르는 길가엔 어디라 할 것 없이 진달래와 개나리가 찬란한 색깔을 토해내고 있었다. … 나는 또 기억한다. 구사옥 2층 실사실에서 첫 입사 소감을 말하던 그날, 내 앞에 모여 앉은 티 없이 맑고 젊은 눈망울들을. 나는 아마 진실과 젊음, 그리고 용기에 대해 말했을 것이다. 여론조사의 초년생이면서도 사실(fact)들의 조각을 맞춰 진실을 밝히는 것이 젊은 한국갤럽의 할 일이라고 말했을 것이다.

… 당시 한국갤럽 사옥 1층에서 2층으로 오르는 벽면에는 한국갤럽의 진실(truth)을 암시하는 인상적인 영문 글귀가 커다란 판화처럼 걸려 있었다. "Welcome to the land of truth. We are happy in Gallup, too"였던가."

박무익은 사직동을 사랑했다. 조사인의 무거운 걸음이 한 번씩 돌부리에 걸릴 때면 사직동, 행촌동, 교문동 일대를 걸었다고 했다. 걷다 보면

사직동 221번지 박무익의 사무실. 그는 인왕산이 보이는 자신의 일터가 청와대보다 뛰어나다고 자랑했다.

이 길을 지나온 역사와 사유가 그에게 답을 건넸다. 30여 년 전 박무익의 걸음을 따라 필자도 느리게 걷는다.

경희궁을 지나 강북삼성병원으로 들어서면 아치형 창이 아름다운 일본식 양옥이 보인다. 대한민국 임시정부의 마지막 청사이자 김구 선생이 저격당한 경교장이다. 조금 더 걸어 경기대까지 가면 한국갤럽 건물과 비슷한 붉은 벽돌 저택이 나온다. 캐나다 선교사가 살던 맨스필드 주택이다. 한국전쟁 당시엔 미군정청의 군무원 숙소로, 세브란스 병원의 임시 진료소로 쓰였다. 유신 시절에는 진보적 개신교계 학자들의 민주화 운동 근거지였다.

서울시 교육청을 지나면 홍난파 옛집이 나온다. 가을볕에 반짝이는 아주 작은 집, 그러나 제법 운치가 있다. 홍난파는 동요 〈고향의 봄〉을 작곡했다. 필자처럼 유년 시절을 시골에서 보낸 사람은 안다. '나의 살던 고향은 꽃피는 산골'로 시작되는 이 노래를 부르거나 들으면 맘이 저 밑바닥부터 뭉클해져 온다. 가끔은 눈시울을 적시기도 한다. 늦깎이 유학 시

서울 종로구 홍파동 홍난파 가옥. 작곡가 홍난파 선생이 6년간 말년을 보낸 집이다.

절, 늦은 귀갓길에 혼자 많이 불렀다. 홍난파 선생은 〈고향의 봄〉을 작사한 이원수 선생과 더불어 친일로 찍혔다. 노래는 초등 교과서에서 사라졌다고 한다. 우리 아이들도 모르는 노래가 됐다. 이제 노래 〈고향의 봄〉은 사라지고, 고향을 못 잊는 세대도 사라지고, 마침내 정든 고향도 없어질 것이다.

1981년부터 1994년까지 박무익은 사직동을 걸으며 대한민국 여론조사 역사의 서막을 썼다. 그 주인공은 자기가 아니라고 했다. 제대로 된 조사 한번 해보자며 물불 가리지 않고 덤벼들었던 그 시절 한국갤럽의 청춘들에게 공을 돌렸다. 푸른 잎들이 낙엽이 되고 스산한 가지를 드러내다 다시 꽃을 피우는 사직동의 사계절을 지나며 갤럽인의 추억 속에 가장 많이 등장하는 단어가 '야근'과 '철야'다. 업무 특성상 늘 마감을 붙잡고 일하다 보니 한국갤럽의 창은 어두워질 새가 없었다. 최선화 연구원은 "당시 생존하기 위해 몸부림쳤던 한국갤럽은 회사라기보다는 살이 만져지고 피가 돌아가는, 그리고 가까이서 입김이 느껴지던 곳"이라고 회고했다.

여론조사라는 단어조차 생경하던 땅에 뿌리 내린 씨앗이 이제 단단한 한 그루 나무로 성장했다. 세찬 비바람에 시달렸음에도 곧고 반듯하다. 해가 긴 여름과 쓸쓸해진 가을날, 바쁘지 않은 날이면 퇴근 후 소장과 직원이 모두 사직공원으로 향했다. 공원 매점 벤치에 앉아 비둘기들과 함께 맥주를 마시던 날들을 박무익은 두고두고 이야기했다.

> "그곳에서 나는 40대의 대부분을 보냈다. 수없이 무모한 도전을 했고, 그만큼 많은 실패와 성취를 동시에 이루었다. 사업상 더 큰 성공은 나중에 찾아왔지만, 어느 때보다 젊고 건강하고 패기만만했던 '사직동 221번지' 시절이 내겐 가장 그리운 전성기다."

인류를 사랑한 세계인

여론조사의 선구자, 조지 H. 갤럽이 82세의 나이로 사망하다
George H. Gallup Is Dead at 82; Pioneer in Public Opinion Polling

여론조사 그 자체를 만들어낸 사람
The Man Who Made Polling What It Is

1984년 7월 28일 자 뉴욕 타임스에 실린 기사의 헤드라인이다. 이틀 전인 7월 26일, 조지 갤럽 박사는 스위스 호수 근교의 여름 별장에서 갑작스럽게 생을 마감했다. 사인은 심장마비였다.

박무익의 삶을 따라가다 1984년에 멈춘 필자는 구글에서 희미한 신문 사진과 기사 일부를 찾았다. 첫 페이지 일부와 두 번째 페이지 거의 전면에 걸쳐 그의 부고 기사가 실려 있다. 부고 기사는 생(生)을 어떻게 살아내야 할지, 죽은 자가 산 자에게 의미와 방향을 던져주는 지침서다. 뉴욕 타임스는 첫 문단을 이렇게 시작했다.

George H. Gallup did not invent public opinion polling, but, more than anyone else, he made it a serious force in American society and in the world.

조지 H. 갤럽이 여론조사를 발명한 건 아니다. 그러나 그는 그 누구

보다 여론조사가 미국 사회와 세계에서 진지한 영향력을 행사하도록 만들었다.

같은 날 워싱턴 포스트는 이렇게 썼다.

Mr. Gallup's name has so dominated the field of scientific public opinion polling since its inception about 50 years ago, that in some nations survey research findings are referred to not as polls but as "Gallups."

갤럽의 이름은 약 50년 전에 시작된 이래 과학적인 여론조사 분야를 지배해 왔다. 일부 국가에서는 조사 결과를 '여론조사'가 아닌 '갤럽'이라고 부른다.

갤럽 박사는 영국의 정치학자 제임스 브라이스(James Bryce)의 영향을 받아 스위스 민주주의 모델을 경외했다. 더 나아가 그 나라 자체를 사랑했다. 그래서 스위스 툰 호수 근처 마을에 별장을 마련했고 여름의 대부분을 그곳에서 보냈다. 나머지 기간에는 뉴저지주 프린스턴에 살면서 거의 매일 사무실에 출근했다. 생전 그는 "나는 결코 은퇴하지 않을 것"이라고 했다. 사망 당시 그는 Gallup Organization 이사회의 의장이었다.

1979년 호주 시드니 회의 이후 박무익은 매년 나라를 바꿔가며 개최되는 정기총회에 참석하며 조지 갤럽 박사와 회원사 대표들을 만났다. 회의가 열려 서로를 부를 때는 성을 뺀 이름만으로 통했다. 국적과 나이를 떠나 같은 길을 걷는다는 동질감으로 모두가 친구였다.

갤럽 박사와의 우정은 더욱 특별했다. 하루는 박무익이 다른 회원과

The New York Times

COMMON MARKET REOPENS DISPUTE ON BUDGET SHARES

SOVIET SAYS TALKS ON SPACE WEAPONS ARE 'IMPOSSIBLE'

Olympic Games to Open With Hollywood Hoopla

Recovery Making New York City of Haves and Have-Nots

Hinckley Tells Court 'I Am Ready Now' To Press for Release

F-18 Builder Says Test Missed Design Flaws

George H. Gallup Is Dead at 82; Pioneer in Public Opinion Polling

조지 갤럽 박사 부고, 1984년 7월 28일. © The New York Times Archives

함께 테니스를 치느라 오후 회의에 불참한 적이 있었다. 이튿날 아침 갤럽 박사는 박무익의 자리에 건너와 "어제 자료가 필요하겠지"라며 자료를 건네주었다. 박무익이 갤럽 위원으로 피선되었을 때 박무익의 어깨를 두드리며 했던 박사의 격려도 잊을 수 없다.

> "이제 우리 갤럽도 세대교체가 이루어지는 것 같아 기쁘군. 그러나 한편 큰 짐이지. 행운을 비네."

1984년 회의는 6월 초 아일랜드 더블린에서 열렸다. 암스테르담 경유 20시간이 넘는 비행시간 동안 박무익은 제임스 조이스(James Joyce)의 《더블린 사람들(Dubliners)》을 읽었다. 20세기 초 패배주의의 어둠이 드리워진 도시 더블린에서 끊임없이 탈출하려 했던 더블린 사람들을 보며 그는 한국의 지난날을 떠올렸다.

더블린에 도착하자 조이스의 소설과는 전혀 다른 느낌의 더블린이 기다리고 있었다. 아일랜드 국기의 선명한 초록색처럼 대지가 온통 푸르렀다. 아일랜드의 6월은 아직 차가웠다. 정신이 번쩍 들었다. 1년 만에 만난 조지 갤럽 박사에 대한 기억은 그날 더블린의 푸른 공기 내음과 함께 남아 있다. 갤럽 박사와의 시간은 그때가 마지막이었다. 박무익의 회고다.

"푸근한 미소와 함께 커다란 손으로 내 손을 감싸듯 악수 청했던 그의 모습이 아직도 생생하고, 약간 딱딱한 손바닥에서 전해지던 온기가 채 가시기 전에 날아든 비보(悲報)였다."

더블린에서 있었던 박무익과 갤럽 박사의 만남은 갤럽 박사가 세상을 떠나기 불과 한 달 전의 일이다. 82세였던 갤럽 박사는 걸음이 약간 불편하게 보였지만 여전한 위엄과 부드러운 카리스마로 회의를 주도했다. 회의가 열리는 5일 동안 맨 앞자리에 앉아 각국 대표가 발표하는 내용을 일일이 메모하며 질의했다.

회의 마지막 날 갤럽 박사의 발표 제목은 '세계 평화에 이바지하는 여론조사'였다. 그는 "현재 미소(美蘇)는 군비 경쟁, 핵전쟁으로 치닫고 UN은 세계 평화 유지 역할을 상실하고 있다. 이러한 상황에서 우리 조사인은 각국 국민이 느끼는 전쟁 위험의 정도, 군비 축소에 대한 여론, UN이 나아가야 할 방향 등에 대한 질문을 마련할 필요가 있다"라고 했다. 그는 이러한 인식을 널리 알리는 것이 여론조사로 세계 평화에 이바지하는 길이라고 역설했다. 덧붙여 올림픽의 정치 오염을 막기 위해 그리스를 영구 개최지로 해야 한다는 일부 주장에 대한 각국의 여론조사를 제안했다. 한국을 포함한 열아홉 개 나라가 조사에 참여했다. 결과는 1984년 7월 25일, 그의 임종 하루 전날, 전 세계에 동시에 발표됐다. 갤럽 박사의 마지막 작품이다.

"그는 흔히 여론조사의 창시자로 불린다. 내가 보기에 갤럽 박사는 한 조사인이라기보다 인류를 사랑했던 세계인이었다. 이 글을 쓰면서 오랜만에 당시 언론 보도용으로 작성했던 문서를 찾아봤다. 빛바랜 종이를 바라보고 있자니 어디선가 그의 목소리가 아련하게 들려오는 듯하다."

앞서 밝혔듯이 박무익이 조지 갤럽 박사의 책을 처음 접하고 그에게 편지를 보내 번역 허락을 받은 해가 1977년이다. 이듬해 번역서를 출간

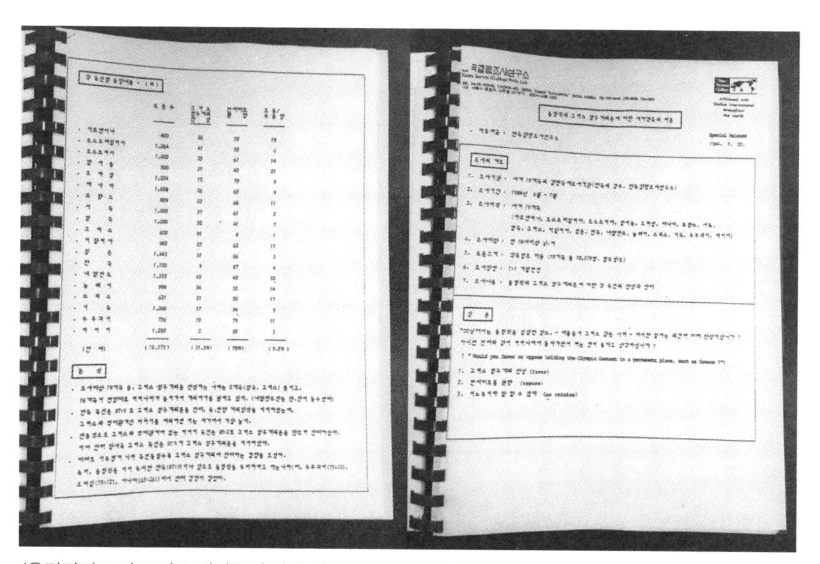
Special Release
1984. 7. 25.
(favor)
(oppose)
(no opinion)

〈올림픽의 그리스 영구 개최론에 대한 세계 각국의 여론〉, 1984년

했고 그다음 해에는 시드니에서 갤럽 박사를 처음 만나 갤럽 인터내셔널 회원이 되었다. 이후 '한국갤럽'이라는 이름이 박무익의 삶을 대표하게 된다.

인연의 시작점인 1977년, 박무익은 여론조사의 불모지에서 고군분투하던 서른넷의 가난한 청년 기업가였다. 조사업계에 몸담은 지 겨우 4년째 되던 해, 박무익의 표현을 빌리면 '조사라는 일을 잘 모르고 덤비던 애송이 시절'이었다. 조지 갤럽 박사는 이미 세계적인 네트워크를 갖춘 일흔여섯 여론조사 업계의 제왕이었다. 나이로 따지면 부자지간을 넘어선다. 그런 두 사람이 마치 영화나 소설처럼 아름다운 인연과 우정을 나눌 수 있었던 건 두 사람의 내면을 관통하는 철학이 같았기 때문이다.

조지 갤럽 박사는 대통령에 대한 국민의 평가를 집계하고, 대통령과 국가 정치에 대해 다음과 같은 기본적인 질문을 던진 최초의 조사인이었다.

"당신이 지지하는 정당이 어떤 후보를 지명하기를 원합니까?
오늘 선거를 치른다면 누구에게 투표하시겠습니까?
현재 국가가 직면한 가장 중요한 문제는 무엇입니까?"

대한민국에서 박무익의 역할 또한 그러했다. 다음은 척 헤이글 전 미국 국방부 장관의 말이다.

"Gallup is truly an island of independence. It possesses a credibility and trust that hardly any institution has. A reputation for impartial, fair, honest and superb work.

Gallup은 하나의 독립적인 섬이다. 어떤 기관도 가질 수 없는 신뢰와 믿음을 갖고 있다. 공정하고 타당하며 정직한, 최상의 작업으로 명성이 높다."

박무익은 평생 '한국의 갤럽'이 되기를 소망하며 살았다. 그리고 세상은 언젠가부터 그를 기꺼이 '한국의 갤럽'이라고 칭했다.

여론전쟁의 서막

1987년 6월 10일 한낮, 지금은 역사 속으로 사라진 33-1번 버스가 역시 과거로 사라진 청계고가로 입구에 멈춰 섰다. 쫓기던 시위 학생이 버스에 급히 뛰어들었고 악명 높던 10여 명의 백골단이 버스를 에워쌌다. 무술 경찰이 버스 문에 오르려 하자 이를 급히 밀쳐낸 승객과 운전기사는 창문을 잠근 채 학생을 보호하고 있었다. 자욱한 최루탄 속에서 백골단이 하나둘 몰려오자 시민 중 누군가가 절박하게 소리쳤다. "버스 창을 부수고 학생을 끌고 가기 전에 빨리 기자를 불러야 막을 수 있다"고.

우연히 가까이 있었던 필자는 보도 완장과 취재 수첩(유학 가기 전 필자는 주요 일간지 기자였다)을 방패로 경찰의 접근을 필사적으로 막았다. 잠시 뒤 시경(현 서울경찰청) 최고위급 간부가 다가왔다. 필자와 낯이 익은 그는 심상치 않은 분위기를 파악하고는 포위망을 풀고 버스를 보낼 것을 지시했다. 겁에 질린 버스는 슬금슬금 움직여 청계고가 위로 사라졌고, 버스를 에워싸고 있던 시민들은 시위 학생을 살려냈다는 안도감에 "동해물과 백두산이 마르고 닳도록"을 부르며 뜨거운 눈물을 회색 아스팔트 위에 쏟아부었다. 필자가 겪은 6·10 민중항쟁의 한 단면이다.

그해 6월은 뜨거웠다. 5월, 범국민적 반정부 시위를 예고하는 사건이 잇따라 터졌다. 서울대생 박종철을 물고문해 죽인 사건의 수사가 조작됐고 진범이 따로 있다는 메가톤급 폭로가 나왔으며, 이어 민주 세력 2,000여 명이 '민주헌법쟁취국민운동본부'를 결성해 거리로 나섰다. 6월 10일, 드디어 넥타이부대까지 합세한 수백만 명의 시민이 거리를 휩쓸었다. 거대한 민주화 요구 물결은 결국 당시 전두환 정권이 대통령 직선제를 수용하는 '6·29 선언'으로 대단원의 막을 내렸다. 공화국 수립 이후 30년간에 걸친 권위주의 체제를 마감하고 우리 역사에 기록될 민주주의를 가능케 했던 1987년의 6월 민주항쟁은 이렇게 이뤄졌다.

그로부터 사반세기가 흘렀다. 그리고 그 뜨거웠던 6월의 여름이 또다시 우리 곁에 와 있다. 25년 전의 거칠고 가혹했던 독재에 비한다면 지금 우리가 향유하고 있는 민주주의는 격세지감을 느끼게 한다. 과거의 독재 경험과 가슴 떨렸던 6월 민주항쟁을 겪지 못한 지금의 세대에게 민주주의는 당연히 주어진 것으로 특별한 감동을 주지 못할 것이다. 하지만 독재의 험악한 세월과 6월 민주항쟁을 피눈물로 겪은 기성세대는 그날의 감격과 의미를 결코 잊지 못한다.

2012년 6월 11일 자 세계일보에 실린 필자의 칼럼 중 일부다. 6월 항쟁의 의미를 잊고 국민의 신뢰를 저버리고 있는 일부 민주화 세력의 모습에 분노하며 썼다. 〈뜨거운 노래는 땅에 묻는다〉라는 제목을 붙였다. 글은 이렇게 끝난다.

'어리석게도 무엇인가를 위해서 살리라 믿었던 우리는/ 사랑과 아르바이트와 병역 문제 때문에 때 묻지 않은 고민을 했던 우리는/ 아무도 귀 기울이지 않는 노래를 저마다 목청껏 불렀던 우리는/ 아무도 이젠 노래를 부르지 않는다.' 김광규의 시 〈희미한 옛사랑의 그림자〉 중 일부다. 부끄럽지 않은가? 아니다. 몹시 부끄럽다.

시위를 위해 서울 명동성당에 모인 시민들, 1987년 6월.
© 6·10민주항쟁 공식 홈페이지

미국의 16대 대통령, 에이브러햄 링컨은 다양한 여론을 접할 수 있는 창구를 '여론 목욕(Public Opinion Bath)'이라고 불렀다. 취임 후 링컨은 경호상의 우려를 물리치고 백악관의 문을 활짝 열었다. 측근과 학자들, 여론조사 등의 전문가뿐 아니라 일반 국민이나 친구들과 자주 만나기 위해서였다. 이 '여론 목욕'은 링컨을 성공한 대통령으로 만들었다. 이제 대한민국에도 정치인이 스스럼없이 대중을 만나 여론 목욕을 하는 시대가 올 것인가. 1987년 6월, 아스팔트 위에 뿌려진 뜨거운 눈물은 가을바람과 함께 부푼 희망으로 떠올랐다.

최초로 여야가 원만한 합의를 이룬 헌법이 만들어졌다. 투표자 93.1%가 찬성한 국민투표를 거쳐 1987년 10월 29일 확정되고 공포된 제6공화국 헌법이다. 국민의 기본권 조항을 대폭 개선하여 2024년 현재에 이른다. 벌써 서른일곱 해가 지났다. 그때 쓰인 헌법 전문(前文)을 한 줄 한 줄 짚어가며 읽어본다.

> 유구한 역사와 전통에 빛나는 우리 대한국민은 3·1 운동으로 건립된 대한민국임시정부의 법통과 불의에 항거한 4·19민주이념을 계승하고, 조국의 민주개혁과 평화적 통일의 사명에 입각하여 정의·인도와 동포애로써 민족의 단결을 공고히 하고, 모든 사회적 폐습과 불의를 타파하며, 자율과 조화를 바탕으로 자유민주적 기본질서를 더욱 확고히 하여 정치·경제·사회·문화의 모든 영역에 있어서 각인의 기회를 균등히 하고, 능력을 최고도로 발휘하게 하며, 자유와 권리에 따르는 책임과 의무를 완수하게 하여, 안으로는 국민생활의 균등한 향상을 기하고 밖으로는 항구적인 세계평화와 인류공영에 이바지함으로써 우리들과 우리들의 자손의 안전과 자유와 행복을 영원히 확보할 것을 다짐하면서 1948년 7월 12일에 제정되고 8차에 걸쳐 개정된 헌법을 이제 국회의 의결을 거쳐 국민투표에 의하여 개정한다.
>
> 1987년 10월 29일

전문은 '유구한'부터 '개정한다'까지의 긴 내용을 단 한 문장으로 구사한 만연체로 쓰였다. 주어는 '대한국민'이고 술어는 '개정한다'다. 헌법을 만들고 개정하는 주체가 바로 국민이란 뜻이다.

개정 헌법은 '대한민국 대통령은 국민의 보통·평등·직접·비밀선거에 의하여 선출한다'라고 규정했다. '직접'에 방점이 찍힌다. 노태우를 후계자로 지명하여 선거인단에 의한 간접선거로 차기 대통령을 선출하려고 단행한 전두환의 4·13 호헌 조치는 이렇게 무너졌다. 제13대 대통령 선거일은 12월 16일로 정해졌다.

집권당인 민주정의당의 대통령 후보는 6·29 선언을 한 노태우였다. 과거 공화당 총재를 역임한 김종필도 출마를 선언했다. 오랫동안 반정부 투쟁을 해온 김영삼과 김대중, 두 사람은 야권의 유력한 후보였다.

너무나 많은 이들의 피와 눈물로 되찾은 직선제였다. 군부가 아닌 문민정부를 세워보겠다는 의지가 뜨거웠기에 김영삼과 김대중 두 사람의 단일화에 국민의 관심이 집중됐다. 두 사람 중 누가 양보할 것인지가 관건이었다. 야권 지지자들은 두 사람의 대의명분과 약속을 믿었다. 단일화는 시간문제로 여겨졌다. 그러나 영남과 호남이라는 강력한 기반 위에 높은 대중적 지지를 얻고 있던 두 정치 거물의 협상은 시간이 갈수록 싸늘해졌다.

김영삼은 수개월 전 김대중이 발표한 "직선제가 수용되면 불출마할 것"이라는 발언을 내세워 양보를 요구했다. 김대중은 김영삼이 서독 방문 당시 했던 "김대중 씨가 사면·복권되면 후보로 지지할 것"이라는 약속을 상기시켰다. 김대중 측의 '4자 필승론'도 등장했다. 노태우(대구·경북), 김영삼(부산·경남), 김대중(호남), 김종필(충청)이 모두 출마해 각자 자기 지역을 가져가면 수도권 지지율이 높은 김대중 후보가 당선될 수 있다는 이론이었다. 각 후보 진영은 서로의 양보만 외치며 시간을 보냈다. 단일화 촉구 100만인 서명 운동까지 벌어졌으나 9월 29일 단일화 회담은 최종 결렬됐다.

당시 민주당 홍사덕 의원이 단일화를 강력히 주장하며 한국갤럽에 단일화 여론조사를 의뢰하는 방안을 제시했다는 말이 있었다. 하지만 실행되지 못했다. 그때 그 여론조사를 했다면 역사는 어떻게 바뀌었을까? 여론조사로 대선 후보 단일화를 이룬 첫 사례는 이로부터 15년 뒤인

2002년, 노무현과 정몽준이다.

1987년 12월 16일 제13대 대통령 선거는 민주정의당 노태우, 통일민주당 김영삼, 평화민주당 김대중, 신민주공화당 김종필의 4파전으로 치러졌다. 이른바 1노(盧) 3김(金)의 대선이다. 대한민국 선거 역사에 있어 여론전쟁의 서막이 열렸다. 박무익에게 생애 최고의 순간이 다가오고 있었다.

"한 신문사가 개설한 자서전 쓰기 강좌에 참석한 적이 있다. 혼자 가긴 멋쩍어 회사에서 오랫동안 나의 구술을 기록해 온 정지연 이사와 함께 수강 신청했다. 첫 시간에 생애 최고의 순간을 그 자리에서 간단히 써보라는 과제가 주어졌다. '회장님은 그런 순간이 너무 많아서 고르기 어려우시죠?' 정지연이 내게 귀엣말로 물었다. 아니, 그렇지 않았다. 나는 바로 1987년 12월 16일을 떠올렸다."

최초의 선거 예측 도전

1980년 '서울의 봄'은 너무 짧게 서럽게 스러진 가짜 봄이다. 6·29 선언 이후 찾아온 1987년의 여름과 가을과 겨울이야말로 진정한 봄날이었다. 언론 통제와 각종 정치 활동 금지법 등이 일거에 허물어지며 표현의 자유가 움트기 시작했다. 정치 비평이 쏟아지고 모의 투표가 유행했다. 기업들도 분주했다. 어느 후보에게 보험금 성격의 후원금을 내는 것이 더 유리할 것인가는 당시 재벌기업들의 최대 관심사였다. 누가 대통령이 되느냐에 따라 기업의 운명이 좌우될 수도 있던 시대였다. 문제는 '여론조사'란 이름만 빌린 주먹구구식 집계가 난립했다는 것이다.

한국갤럽은 6·29 선언 다음 날부터 출마 예상 후보자들에 대한 여론조사를 시작해 그 결과를 7월 초 언론에 발표했다. 당시로서는 선거 여론조사 결과를 발표하는 유일한 조사회사였다. 그러나 학교와 직장, 동창회나 향우회 등지에서 모의 투표에 참여해 본 사람들은 저마다의 결과를 더 신뢰했다. 정확한 설문 구축과 표본추출, 검증, 오차 범위와 신뢰도는 여론조사의 기본 중의 기본이지만 아랑곳없었다. 수준 낮은 여론조사가 난무하면서 여론을 호도하고 갈등을 부추겼다. 박무익은 표현의 자유가 표현의 만용으로 날뛰기 전에 올바른 정치 여론조사의 방향을 제시하는 것이야말로 자신의 사명이라고 다짐했다.

조지 갤럽 박사는 1940년 《민주주의의 맥(The Pulse of Democracy)》이라는 책을 냈다. 그의 표현대로 여론이 민주주의의 맥이라면 여론조사는 민주주의의 맥을 측정하는 맥박계다. 선거 여론조사는 선거의 과정을 보여주는 유일한 도구다. 박무익은 회복된 직선제와 문민정부에 대한 열망에 힘입어 선거 예측에 도전하기로 결심했다.

> "어떻게 하면 정확히 맞출 것인가에 대한 정답은 없었다. 만일 틀린다면 큰 망신일뿐더러 1974년부터 13년간 쌓아온 마케팅조사에 대한 신뢰마저 잃을 위험이 있었다. 게다가 나의 첫 시도가 실패할 경우 한국 정치 민주화 과정에 제대로 된 여론조사 도입을 가로막는 장애물이 될 수도 있었다."

선거 예측조사는 그때까지 한국갤럽이 주로 해온 마케팅조사와는 위험부담의 측면에서 차원이 달랐다. 마케팅조사는 명료하게 비교할 수 있는 기준치가 없다. 그러나 선거 예측 결과는 선거 종료와 동시에 발표해야 하고, 바로 다음 날 아침이면 실제 선거 결과와 비교가 된다. 대충 맞아서는 안 된다. 갤럽 인터내셔널을 통해 조사 선진국들의 여러 선거 예측 사례를 접했지만 서로 다른 정치적 배경, 사회문화적 상황 때문에 외국의 성공한 접근법이 한국에서 유효할 것인가도 의문이었다.

9월 중순, 박무익은 사내 선거조사팀을 조직했다. 대학원에서 실험심리학을 전공하고 조사 실무를 하면서도 늘 과학적인 방법론을 고심하던 이흥철이 팀장을 맡았다. 박사 과정에 진학하기로 마음을 굳히고 사표를 낸 상태였던 이흥철은 박무익의 설득에 대선 이후로 퇴사를 미뤘다. 여기에 마동훈(현 고려대 교수), 김준한, 이영미 연구원과 문서 작성을 담당할 이정란, 이연희가 합세했다.

1987년 당시 전국 가구의 전화 보유율은 70% 수준이었다. 서울도 80%가 채 되지 않았기 때문에 기본 자료 수집 방법으로 가구 방문 면접조사를 채택했다. 전국 면접조사를 신속하게 완료하기 위해 다섯 개 도시 실사 조직망을 보완했다. 실사 과정에서는 무엇보다 표본의 왜곡을 가장 경계했다. 무작위 표본추출로 선정된 조사 지점과 응답자 선정 원칙을 엄격하게 준수하는 것이 최우선 과제였다. 대도시를 중심으로 전화조사도 병행했다. 돌발 사건이 발생할 때 더 빨리 민심의 변화를 파악할 수 있으리란 생각에서다. 외국에서 활용 중인 출구조사도 시험해 보기로 했다.

대한민국 정치 민주화 과정에 초석이 될 최초의 선거 예측에 박무익은 할 수 있는 모든 걸 다했다. 보안 유지가 생명이라고 판단하여 광화문에 별도의 오피스텔을 마련해 선거조사팀을 입주시켰다. 출입자도 대선조사팀 외에는 연락을 담당하던 기사, 펀칭된 자료를 전해주던 전산요원 정도로 엄격하게 제한했다.

40평 크기의 오피스텔 거실에 전산 처리와 제작을 위한 시스템을 갖추고 방 두 개 중 하나는 연구원들 작업실, 다른 방은 밤샘 작업에 대비해 이불과 침구를 갖춘 휴식실로 남겨뒀다. 전산 시스템은 당시 가장 값비싼 PC였던 IBM PS2-80(286기종) 두 대, 고속의 Epson 라인프린터 한 대, 고속의 복사기와 전동타자기 두 대 등 당시로서는 호사스럽게 느껴질 정도로 최첨단 고가 장비들로 완비했다. 이러한 시스템으로도 자료 수집 후 최종 보고서 완성까지는 대략 열흘 정도가 소요됐다. 타자기로 원고를 치고 수정하고 그래프를 손으로 그려 넣으며 버그투성이의 워드프로세서와 매번 종이가 걸려 중단되는 프린터와 씨름하던 수개월의 시간. 팀장이었던 이흥철은 이렇게 기억한다.

> "당시 한 팀원에 따르면 자신은 3개월 동안 30일 이상을 밤새웠다고 한다. 그 기록이 아니더라도 팀원들은 밤샘을 밥 먹듯이 했었다. 그렇게 힘들기는 했어도 국내 최초의 본격적인 선거 조사이고 최초의 선거 예측조사에 참여하고 있다는 생각에 모두들 신이 나서 일

을 했고, 그런 고생을 공유한다는 동료 의식으로 개인 간 갈등을 서로가 잘 참아주었고 서로를 많이도 격려해 주었다.

당시 조사업계를 포함해서 온 사회가 노조 문제로 열병을 앓고 있을 때, 동시에 대선이 막바지로 치달으며 이전투구의 혼탁함에 온 국민이 혼란스러워할 때, 우리는 도심의 고도(孤島)에 조용히 갇혀 또 다른 치열함으로 작업하며 누구도 예상하지 못했지만 태풍의 중심부로 조금씩 다가가고 있었다."

1987년 당시에는 모의 투표, 인기 투표를 포함한 모든 선거 여론조사 결과 발표와 언론 보도가 법으로 금지되어 있었다. 유권자들은 어느 후보가 얼마나 앞섰는지, 그 이유는 무엇인지 전혀 알 수 없었다. 선거 과정이 여론조사 공표 금지라는 암막에 가려 유권자들은 어둠 속에서 후보들이 외치는 소리만 들어야 했다. 모든 후보가 본인의 당선을 확신하는 주장을 펼쳤다. 주장의 근거는 자체적으로 한 주먹구구식 여론조사 결과였다. 법적으로 구체적인 조사 방법이나 수치를 공개할 수 없었고, 또 그럴 필요도 없었기에 실체를 알 수 없는 여론조사는 이용하기 좋은 소재였다. 엉터리 자(尺) 위에서 언론과 여론은 춤추고 있었다. 저마다 선두라는 억지 주장은 얼마 지나지 않아 여러 후보가 우열을 가리기 힘든 백중세(伯仲勢)라는 식으로 바뀌었다.

선거를 몇 주 앞두고 변수가 될 만한 사건들이 일어났다. 11월 10일에는 12·12 군사 반란 당시 신군부에 의해 체포되고 강제 전역당했던 정승화 전 육군참모총장이 김영삼 후보 측에 서면서 군 출신인 노태우 후보를 당혹스럽게 했다. 11월 29일에는 대한항공 858기 폭파 사건이 터졌다. 승객과 승무원 115명을 태우고 바그다드에서 출발한 여객기가 미얀마 안다만 해역 상공에서 폭발한 이 사건은 곧 북한공작원 김현희 등이 범인으로 밝혀졌다. 김정일의 사주로 88 서울 올림픽 방해, 선거 혼란 야기, 남한 내 계급투쟁 촉발 등을 목적으로 자행된 테러였다. 대선을 앞두고 안보 불안을 자극하기 위해 여당 측이 꾸민 음모라는 소문이 돌 만큼 모두가 대선 흐름에 바짝 곤두서 있던 시기였다.

광장정치의 현장에서

전라남도 해남 땅끝항에서 배를 타고 40여 분을 더 가야 닿는 작은 섬 보길도가 있다. 일찍이 고산 윤선도가 배를 타고 제주도로 가던 중 심한 태풍을 피해 들렀다가 수려한 산수에 매료되어 머물렀던 곳이다. 어부의 사계절을 노래한 그의 시조 〈어부사시사(漁父四時詞)〉가 이곳에서 태어났다. 조선 숙종 때 우암 송시열의 글씨가 새겨진 바위도 있다. 그는 멸망한 명나라를 죽도록 섬긴 지독한 사대주의자이다.

1995년 여름, 박무익은 이곳에서 가족과 함께 여름휴가를 보냈다. 상록수림과 어우러진 자갈 해변에서 더위를 식히고 윤선도의 유적지를 둘러보고 돌아오던 길에 있었던 일이다. 식당에 자리를 잡고 앉아 주문한 붕장어회를 푸짐하게 담아 들고 오는 주인장을 보던 중 그의 뒤편에 시선이 닿았다. 활짝 열려 있는 안방 벽면에 달력만 한 DJ 사진이 걸려 있었다. 그 모습이 신기하게 보여 박무익이 물었다.

"저 사진은 어디서 구하셨소?"

"나가 1년 전에 동교동에 갔다 왔는디, 거기 함이 있지 않겠소. 함에 돈을 넣었더니만 저 사진을 주드랑께. 그려서 가져왔지라."

주인장의 목소리에 전라도인의 열망이 담겨 있었다. 박무익은 그 이면의 사무친 그 무엇을 읽었다. 그날 박무익은 수년 전 보라매공원의 기억을 떠올렸다고 했다.

1987년 12월 13일 서울 보라매공원. 한파를 무릅쓰고 몰려드는 인파로 공원이 터져나갈 듯했다. 김대중 후보의 유세 현장이다. 평민당을 상징하는 노란색 대형 연단을 중심으로 수천 개의 노란색 삼각 깃발들이 대회장에 뻗어나가 청중이 흔드는 태극기의 물결과 만나는 장관을 이루고 있었다. 김대중은 본인의 자서전에서 "250만 명 정도가 모였다"며 "연단에서 바라본 유세장의 인파는 도대체 그 끝이 보이지 않았다"고 회고했다. 그날 박무익도 그 자리에 있었다. 박무익이 기억하는 그날의 모습이다.

> "'이제 군사 독재자의 심판은 끝났다!' '옳소!' '이제 노가리는 비행기 타고 하와이로 도망가야 해!' '도망가게 내버려 두다니, 당장 재판장에 세워 사형해야 해!' 노점에서 소주를 팔던 장사꾼도 함께 격분했다. 유세 중간에 사람들을 헤치며 빠져나오는데 등 뒤 연단에서 이런 외침이 들려왔다. '12월 17일 저녁 7시, 개표가 완료된 후 여기 있는 여러분 모두 서울역에 모입시다! DJ의 당선을 축하합시다! 만일 떨어진다면 그것은 부정 선거입니다. 부정 선거를 규탄합시다!' 다리가 후들거렸다. 그들이 지지하는 후보가 당선되지 않을 것이라는 선거 예측 결과를 발표하면 나는 맞아 죽을지도 모르겠다는 생각마저 들었다."

선거일이 가까워지자 대권 후보들은 본인이 얼마나 많은 국민의 지지를 받고 있는지를 과시하는 데 힘을 기울였고, 그 결과는 '광장정치'로 나타났다. 1987년 11월 29일, 서울 여의도광장에서 열린 DJ의 유세에는 130만 명의 청중이 몰려들었다. 이는 대한민국 정치사 최초로 '100만 명'이라는 인파를 동원한 사건으로 기록돼 있다. 이어 12월 5일 김영삼 후보, 12월 12일 노태우 후보가 같은 곳에서 유세를 펼치며 세

"한票라도 더"

함성으로 演說 수차례중단-"격려에 幸福"

人波에 喜色-"日當도 못드렸는데 고맙다"

제13대 대통령 선거 이틀 전 기사 〈한 표라도 더〉, 동아일보, 1987년 12월 14일

를 과시했다.

언론은 모여든 군중의 숫자를 강조하며 보도 경쟁을 벌였다. 숫자가 곧 후보에 대한 지지도라는 식이었다. 12월 13일, 박무익이 찾아간 보라매공원 유세는 선거일 사흘 전, 김대중 후보의 마지막 대규모 유세였다. 첫 선거 예측을 앞두고 긴장의 나날을 보내던 중, 연일 언론을 통해 전해지는 유세장의 열기를 눈으로 직접 확인하고 싶어 찾아간 것이다. 이날 모여든 군중의 숫자는 여의도 유세를 압도했다.

유세장은 당선 축하연인가 싶을 정도로 큰 환호성과 박수 소리로 떠나갈 듯했다. 분위기에 짓눌려 후보의 연설은 들리지도 않았다. 연신 김대중 후보의 이름을 연호하는 인파 속에 선 박무익의 가슴이 조여왔다. 저마다 본인이 가장 많은 지지를 받고 있다고 주장하던 후보들의 생각과 달리 한국갤럽 선거 예측조사팀의 자료에는 각 후보의 순위가 일찌감치

제13대 대통령 선거 사흘 전 김대중 유세, 서울 보라매공원, 1987년 12월 13일. © 김대중도서관

정해진 양상을 보였다. 매 조사의 추세는 상당히 안정적이고 일관성 있었다. 특히 10월부터 선거일까지 1위와 4위는 한 번도 바뀌지 않았다.

"누가 이길 것 같소?"

선거 예측 준비에 바쁘던 어느 날, 박무익은 평소 친분이 있던 당시 럭키금성 그룹의 지인으로부터 전화를 받았다.

"현재까지는 노(盧)가 앞서고요, 그런 추세가 계속될 것 같은데요."
"정신 나갔소? 우리 그룹에서 직원 4,000명이 모의 투표를 했는데 YS가 50%, DJ가 25%, 노가 25%인데 어찌 그렇소?"

그는 불신하는 투로 전화를 와락 끊어버렸다.

실제 한국갤럽의 선거 예측조사에서도 서울의 20대, 30대 젊은이들은 60%가 YS를 지지했다. 그러니 럭키금성그룹, 여의도 트윈타워에 근무하는 직원들을 대상으로 한 결과가 그렇게 나온 것이다. 그러나 서울에 사는 젊은 대기업 직장인만을 대상으로 대선을 치를 건 아니지 않는가. 대부분 사람들은 응답자 수, 즉 표본 규모가 클수록 조사가 더 정확할 거라는 오류에 빠진다. 4,000명이 아니라 수만 명을 대상으로 했어도 전국의 유권자를 대표하는 표본 설계 없이 얻어진 결과는 무의미함을 보통 사람들은 받아들이지 못했고, 그들을 설득하는 것이 박무익의 역할이었다.

언론이 여러 후보의 대규모 유세를 백중세로 보도하던 즈음에도 한국갤럽 조사 결과 각 후보의 지지도는 유세 전과 거의 변동이 없었다. 유세장 인파는 당원이거나 동원된 사람들이 대부분으로 기존 지지자들의 잔치인 것으로 파악됐다. 대규모 유세가 실제로 효과가 있었다면 부동층에서 어떤 변화가 나타나야 할 텐데 부동층의 어떤 변화도 감지되지 않았다. 선두는 노태우, 2위 김영삼, 3위 김대중, 4위 김종필. 이들의 순위는 좀처럼 바뀌지 않을 것 같았다.

고된 유세 싸움을 벌이고 있는 후보들과 함께 한국갤럽의 선거 예측팀도 피 말리는 하루하루를 보내며 데이터의 미세한 변화를 추적했다. 그런데 12월 4일 조사에서 변화가 감지됐다. 1위 노태우와 2위 김영삼의 지지도 격차가 4%포인트대로 줄어든 것이다. 막바지에 이 둘은 역전될 것인가? 표본오차 이내의 차이를 보인다면 발표하지 말아야 하나? 표본오차 이내의 차이라면 예측이 틀릴 수도 있는데 선거 예측과 표본오차 개념에 익숙하지 않은 한국 사회가 이를 어떻게 받아들일까? 박무익은 머릿속이 복잡했다. 예측이 맞지 않을 경우, 선거에 패한 쪽이 부정 선거를 주장하며 그 증거로 한국갤럽의 예측 결과를 내세울 가능성도 있었다. 박무익의 기억이다.

“투표일이 가까워질수록 유세장마다 흑색선전이 난무했고 믿거나 말거나 식의 유인물이 나돌았다. 야당 후보들은 ‘선거 당일 투표, 개표 때 여러분의 표를 지켜달라’라고 호소했다. 과거 선거에 있었던 투표함 바꿔치기 같은 부정행위를 막아야 한다는 말이었지만, 한편으로는 근소한 표 차이로 질 경우 순순히 승복하지 않겠다는 경고이기도 했다.”

역사가 스포일러(Spoiler)이기에 우리는 이 선거 드라마의 결말을 이미 알고 있다. 그날 보라매공원을 채웠던 많은 이들이 며칠 뒤 쓰디쓴 패배의 눈물을 삼켜야 했던 것도, 5년 뒤 재차 좌절했던 것도, 다시 5년 뒤 결국 꿈꾸던 드라마의 결말을 만들었던 것도. 훗날 밝혀진 건 1987년 당시 DJ 선거 캠프에서도 상황을 낙관하지만은 않았다는 것이다. 자체 조사를 통해 판세를 계속 추적하고 있었고 그 결과는 대체로 두 김씨가 노태우 후보에 밀리는 것으로 나왔다. 그래서 투표일 며칠 전에 양김 중 한 사람이 사퇴해 후보를 단일화하는 시나리오가 준비되어 있었다고 한다. 하지만 광장을 가득 메운 군중의 열기는 마지막 판단을 할 수 있는 절호의 기회를 앗아가고 말았다. 이러한 사실은 이희호 여사의 자서전 《동행》에 나온다. 단일화 실패를 알 수 있는 대단히 중요한 증거가 된다.

“투표 이틀 전 후보 단일화 결단을 내릴 수 있는 마지막 기회가 있었지만 ‘4자 필승론’, ‘승리는 필연’이라고 끝까지 주장한 사람들이 있었다. 전날 보라매공원의 흥분이 오히려 독이 되었던 것이다. … 나 역시 국민 앞에 큰 죄를 지은 느낌이었다.”

아름다운 숫자

> "소장님, 우리 회사가 지금도 잘나가고 있는데 구태여 이렇게 엄청난 모험을 할 필요가 있을까요?"

투표일 아침, 극도의 긴장으로 얼굴이 하얗게 질린 직원들이 박무익만 쳐다보고 있었다. 박무익의 머릿속도 복잡했다. 그날 아침 회사에 도착했을 때 건물을 뒤덮은 매캐한 연기부터가 시작이었다. 가뜩이나 긴장된 상황, 혹시나 어느 열성적인 후보 진영에서 예측 결과 발표를 막으려고 불을 질렀나 하는 생각에 심장이 덜컥 내려앉았다. 알고 보니 건물 옆 쓰레기통에서 불이 나 끄는 중이었다.

이날 오후 6시 정각 기자회견을 통해 후보별 예측 결과를 발표하겠노라고 각 언론사에 연락해 둔 상황이었다. 박무익의 책상 위에는 두 달 전부터 이틀 전까지의 조사를 바탕으로 산출한 예측치가 놓여 있었다. 기호 1번 노태우 34.4%, 기호 2번 김영삼 28.7%, 기호 3번 김대중 28.0%, 기호 4번 김종필 8.4%.

그런데 당일 변수가 생겼다. 예측 결과를 검증하는 차원에서 오전에 출구조사를 했다. 당시 출구조사는 선거법 위반이었지만 선거일이 아니면 얻을 수 없는 귀한 경험이란 판단하에 강행했다. 박무익은 원칙을 준수하기만 하면 출구조사에서도 당연히 순위에 큰 변화가 없을 것이라고 생각했다. 다만 오차 범위 내에 안정적으로 들어오는지가 관심사였다. 전국 245개 투표소 출구조사 집계 결과를 손에 넣은 것은 낮 12시 10분 경. 김영삼 28%, 김대중 24%, 노태우 21%, 기타 3%, 무응답 24%였다.

전날까지의 예측치와 순위가 완전히 뒤바뀐 결과였다.

진땀이 흘렀다. 한 연구원이 서울만 전화조사를 해서 예측치를 검증하자는 의견을 냈다. 예정했던 건 아니지만 이 또한 선거일이 아니면 해볼 수 없는 경험이라고 판단하여 박무익은 전화조사를 지시했다. 결과는 오후 4시 무렵 나왔다. 이번엔 김대중 후보가 선두였다. 출구조사에 이어 투표자 전화조사 결과도 최종 예측치와 달랐다.

언론에 발표를 공언했지만 없던 일로 한다고 해서 누구 하나 질책할 사람은 없었다. 지금도 잘나가고 있는데 구태여 모험할 필요가 있겠느냐는 의견도 일리가 있었다. 하지만 잠깐의 침묵 후 연구원들이 한 명 두 명 의견을 밝히기 시작했다. 모두가 충분히 노력했고 그게 아까워서라도 끝까지 가봐야 한다는 것이다. 박무익의 마음 역시 후자였다.

> "어차피 누구든 한 번은 처음을 겪어야 한다. 성공과 실패는 첫 시도 후에 알 수 있는 것이다. 조지 갤럽 박사의 말이 머릿속을 맴돌았다. '무익, 네 몸을 던져보렴. 그 뒤에 한국의 민주주의가 꽃필 수 있다면 말일세.'"

발표까지 채 두 시간도 남지 않은 시각, 엇갈린 결과에 대한 분석이 긴박하게 이뤄졌다. 출구조사에서는 무작위(random) 표본추출에 오류가 있었다. 245개 투표소를 랜덤으로 추출하다 보니, 새벽에 버스를 타더라도 서너 시간이 걸리는 오지도 포함되어 있었다. 일부 조사원들이 제때 도착하지 못해 임의로 인근 지역 투표소에서 진행했다는 사실이 밝혀졌다. 오히려 마음이 홀가분해졌다. 랜덤을 지키지 못한 자료는 모두 폐기하는 것이 박무익의 원칙이다.

여론조사에 대해 설명할 기회가 있을 때마다 박무익이 거듭 강조한 것이 있다. 랜덤 샘플링(random sampling)을 지킨다는 것이야말로 과학적인 여론조사의 시작과 끝이라는 것이다. 무작위 표본추출을 간단하게 설명하면 이렇다. 가령, 해당 지역 가구들을 방문할 때 첫 번째 집에서는 '만 18세 이상의 남자 중 조사 시점으로부터 생일이 가장 빨리 돌아오는 사람'을 대상으로 하고 그다음 집에서는 같은 방식으로 하되 '여자'를 대상으로 하는 식이다. 이러한 응답자 선정 규칙을 무시하고 방문한 집에 있는 사람을 아무나 만나 면접하게 되면 응답자 특성이 대부분 주부와 무직자이기 때문에 결국 편중된 집단의 의견만 모은 엉터리 조사가 된다.

투표자 전화조사에서도 같은 맥락의 문제점이 발견됐다. 선거 당일 시간대별 투표자의 성향 차이를 간과한 것이다. 자료 처리와 분석 시간 확보를 위해 출구조사는 아침부터 오전 11시까지, 투표자 전화조사는 점심부터 오후 3시 반까지만 진행했다. 오전 출구조사에는 아침 일찍 투표소에 가는 열성 유권자와 투표 후 출근하거나 놀러 가는 사람들이, 오후 전화조사에는 투표 후 바로 집으로 돌아간 사람들이 응답했다. 가구 전화 보유율이 70% 선이었기 때문에 전화조사에서는 저소득 계층도 제외됐다. 박무익은 출구조사와 전화조사를 모두 무시하고 이틀 전까지 진행한 가구 방문 면접조사에 승부를 걸기로 했다.

"시간이 더디게 흘렀다. 2,600만 유권자 중 일부는 지금 이 순간에도 투표를 하고 있을 것이다. 내 손에 그 투표 결과 예상치가 들려 있다는 상황이 묘하게 느껴졌다."

'숫자는 바람, 통계는 돛, 판단은 배'라는 말이 있다. 스웨덴의 물리학자 한네스 알벤(Hannes Olof Gösta Alfvén)의 비유다. 바람이 돛을 타고 배를 움직이듯 숫자는 통계를 거쳐 시대를 움직일 판단을 이끌어낸다. 박무익은 바람을 다룰 줄 아는 유능한 선장이었다.

오후 5시, 일본 방송사 NHK 기자가 찾아왔다. 그는 방송 사정을 설명하며 예측 결과를 1시간만 미리 알려달라고 부탁했다. 박무익은 다른 언론사와의 형평성을 들어 기자의 부탁을 정중히 거절했다. 오후 6시, 회사에 온 기자는 모두 8명이었다. 박무익은 기자들 앞에 서서 예측 결과를 소리 내어 읽었다.

"第13대 대통령 선거 예측 결과를 발표합니다. 기호 1번 민정당의 노태우 후보가 34.4%의 득표율을 기록해 1위가 될 것으로 예상됩니다. 2위는 민주당의 김영삼 후보로 28.7%, 3위는 평민당의 김대중 후보로 28.0%, 4위는 공화당의 김종필 후보로 8.4%를 득표할 것으로 예상합니다. 표본오차는 95% 신뢰수준에 ±2%포인트입니다."

발표를 들은 기자들은 고개를 갸웃거렸다. 못 믿겠다는 표정이 역력했다. 일부 기자들은 실망하는 표정도 보였다. 한국 최초의 대통령 선거 예측 발표는 이렇게 이뤄졌다. 필자가 책의 앞에서 밝혔듯이 일본 NHK 뉴스 외에 국내 언론사는 어느 곳도 박무익의 선거 예측 관련 기사를 다루지 않았다. KBS 9시 뉴스 박성범 앵커가 잠깐 언급했는데, "이런 예측이 있었는데 두고 봅시다"라는 말과 함께 처리된 10초도 안 되는 단신이었다. 박무익의 회고다.

"밤 12시가 지나면서 개표 결과는 우리 예측치에 가까워졌다. 1위 노태우 후보, 2위 김영삼 후보, 3위 김대중 후보, 4위 김종필 후보. 더구나 7개 지역별 득표율도 예측치와 비슷해졌다. 마치 숫자들이

朝鮮日報

盧泰愚 13대大統領 당선

약 2백만票 差… 8백2만여票 얻어

2위 金泳三후보 6백6만票

3위 金大中후보 5백84만票

"安定바라는 国民의 勝利"

盧泰愚당선자 民主和合추진本部 구성

필요하면 野후보와 会同

선거無効化 투쟁' 野圈

〈노태우 13대 대통령 당선〉, 조선일보, 1987년 12월 18일

경주마처럼 레이스를 하며 우리가 예측한 결승 지점을 향해 달려가는 것 같았다. TV 화면에 나타나는 숫자 하나하나가 아름답게 보였다."

반신반의했던 국내 언론들은 개표가 한참 진행되고 박무익의 예측이 적중했음을 확인한 다음에야 한국 최초의 선거 예측을 대서특필했다. 일본 요미우리신문도 한국갤럽의 선거 예측 결과를 4단 기사로 보도했다.

최종 투표 결과는 12월 17일 저녁이 되어서야 나왔다. 1위 노태우 36.6%(예측치 34.4%), 2위 김영삼 28.0%(예측치 28.7%), 3위 김대중 27.1%(28.0%), 4위 김종필 8.4%(8.7%).

조선일보는 12월 18일과 19일 이틀에 걸쳐 한국갤럽의 선거 예측 관련 특집 기사를 실었다. 18일에는 한국갤럽과 조선일보가 공동으로 진행한 여섯 차례의 여론조사 결과를 보여주는 그래프가 공개됐다. 다음 날에는 박무익의 인터뷰가 실렸다. '투표 직후인 16일 오후 6시 1분에 네 후보의 득표율을 거의 오차 없이 예측해 화제가 된 인물'이란 소개와 함께. 박무익의 사진 옆으로 〈여론조사는 민주정치의 핵심〉이란 헤드라인이 보인다.

박무익은 야당의 패배 원인이 후보 단일화 실패였음을 강조하며 그들이 여론조사 등을 통해 국민의 소리에 더 귀 기울이지 않았기에 안정을 추구하는 세력의 크기를 과소평가했고, 우리나라 경제발전의 의미를 과소평가해 선거에 패했다고 풀이했다. 이어 여러 해 동안 목청껏 소리 내

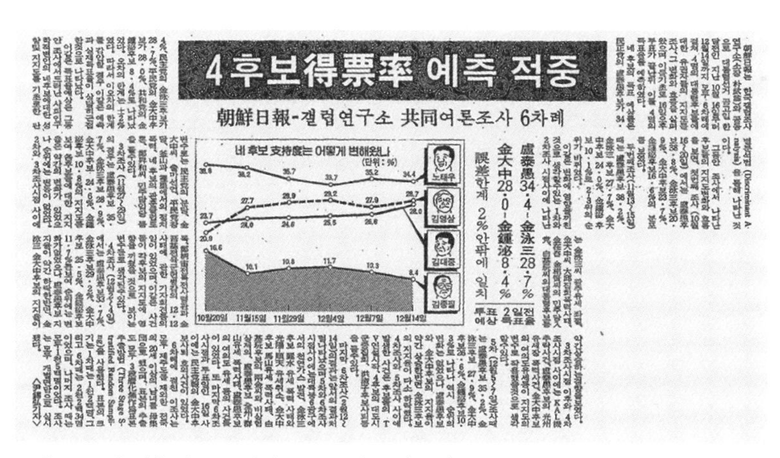
4후보得票率 예측 적중

朝鮮日報-갤럽연구소 共同여론조사 6차례

盧泰愚34·4-金泳三28·7%
金大中28·0-金鍾泌8·4%
誤差한계 2%안팎에 일치
투표 2일전 예상 득표율

〈4 후보 득표율 예측 적중〉, 조선일보, 1987년 12월 18일

第20526號 조선

"여론조사는 民主정치의 핵심"

朴武益 한국갤럽硏소장 인터뷰

"民心동향 파악, 효과적 대응 가능 후보별 支持度 공개못한건 유감"

여성, 盧후보지지 많았다

韓国갤럽硏 「어느 후보 찍나」 여론조사

농어민, 부채 분할상환選好 46% 넘어

20代는 金泳三, 40代이상 盧泰愚 편에

내일이 대통령 선거날이면 누구에게 투표하겠는가?

(단위: %)

		盧泰愚	金泳三	金大中	金鍾泌
연령별	20대	20.5	37.4	31.2	10.3
	30대	27.7	33.2	30.3	8.6
	40대	41.0	24.4	25.6	8.7
	50세이상	55.3	15.4	23.4	5.5
교육수준	국졸이하	49.6	14.1	28.5	7.6
	중졸	34.6	24.3	31.1	9.9
	고졸	29.5	36.2	26.0	7.9
	대재이상	15.1	47.0	27.4	9.0

직업별	盧泰愚	金泳三	金大中	金鍾泌
농·임·어업	46.9	17.7	25.6	8.5
자영상공업	33.3	29.3	30.5	6.9
블루칼라	29.2	28.8	33.7	8.2
화이트칼라	22.2	45.4	24.4	5.8
주부	39.6	24.8	26.4	9.3
학생	6.1	43.1	34.3	15.3
무직/기타	35.9	31.7	27.1	5.0

〈여론조사는 민주정치의 핵심〉, 조선일보, 1987년 12월 19일

지 못했던 여론조사에 대한 신념을 인터뷰에 쏟아냈다.

"민주정치란 과정이 투명하게 밝혀져야 합니다. 올바른 여론조사를 통해 왜곡되지 않은 정치 과정이 낱낱이 공개된다면 국민의 합

리적인 선택이 가능해질 것이고, 정당과 정책 입안자들에게 정확한 민심을 전달할 수 있을 것입니다. 또한 선거를 정책 대결로 만들어 국민의 정치 수준을 높일 수 있습니다."

인터뷰는 "앞으로 각종 선거에 여론조사가 폭넓게 활용되기를 바랄 뿐입니다. 그것이 사회 조사 분야에 종사하는 저희로서는 한국의 민주화에 도움이 되는 길이라고 믿습니다"란 말로 끝냈다.

선거에 패한 후보 진영과 그들을 지지하는 유권자들은 선거 결과에 반발했다. 민주당은 "이번 선거는 권력의 제도권 기관이 총동원되어 치러진 구조적이고 원천적인 부정 선거"라는 성명을 발표했다. 김영삼 총재는 "생명을 바쳐서라도 정권 타도 투쟁을 하겠다"라고 선언했다. 평민당의 김대중 후보 진영도 '부정 선거' 사례 수집에 몰두했다. 후보 단일화 실패에 대한 책임론이 불거지자 "후보 단일화가 되었어도 부정은 있었을 것"이라고 주장했고, 몇 달 뒤 조작된 선거를 고발한다며《부정선거백서》를 발간했다. 천주교 정의구현사제단은 "이번 선거는 컴퓨터 부정 선거"라고 외쳤다.

평전을 집필하기 위해 1987년 12월 신문을 뒤적이다 필자의 눈에 들어온 건 12월 18일 자 조선일보 11면 기사였다. 대통령 선거 분석 기사로 꽉꽉 채운 한 면에 〈KAL 잔해 어제 도착〉이란 단신이 있었고 그 아래 더 작은 폰트의 제목이 보였다. 30대 분신(焚身) 중태.

제13대 대통령 선거일 다음 날 오후, 서울 구로구 가리봉동에서 30대 남성이 옥상에서 분신을 시도했다는 기사였다. 그는 "내가 죽어서라도 부정 선거는 없어져야 한다"라며 몸에 석유를 끼얹고 라이터 불을 붙였다. 주민들에 의해 구조되었으나 얼굴과 몸에 3도 화상을 입고 중태에 빠졌다. 한 개인의 삶을 송두리째 뒤흔든 끔찍한 비극이지만 단신 한 칸

KAL잔해 어제 도착

30대 焚身 중태

〈30대 분신 중태〉, 조선일보, 1987년 12월 18일

에 단 하루 머물다 사라진 사건을 서른일곱 해가 지난 2024년 필자가 보고 있다. 정확하고 객관적인 여론조사가 필요한 이유가 된다.

영국의 실험심리학자 스튜어트 서덜랜드(Stuart Sutherland)에 따르면 인간은 자신의 신념을 지키기 위해 무의식적으로 두 가지 방법을 사용한다. 하나는 자신의 신념과 다른 증거를 찾지 않는 것이고, 다른 하나는 그 증거가 내 주의를 끌더라도 이를 믿거나 그에 따라 행동하지 않는 것이다. 일단 어떤 신념에 강하게 경도되면 그 신념과 상반되는 논증조차 신념을 더욱 굳게 다지는 역할을 하게 된다. 신념이 도전받으면 오히려 자신이 더 옳다고 확신한다. 이러한 심리적 반발을 '부메랑 효과(boomerang effect)'라고 한다.

노태우 대통령은 36.6%라는 낮은 득표율로 당선됐다. 이는 그 당시 시점으로 대한민국 헌정사상 국민 직선제로 뽑힌 대통령 중 가장 낮은 득표율이다. 함께 출마한 김영삼 후보(28.0%)와 김대중 후보(27.1%)의 득표율을 합한 것(55.1%)보다 20%포인트 가까이 낮았다. 많은 이들이 군사독재의 그림자를 지우기 위해 애썼지만, 패인이 '후보 단일화 실패'임은 자명했다. 이듬해 총선에서 국회 의석은 여소야대(與小野大)가 됐다. 유권자들은 후보 단일화 실패가 제13대 대선 결과였음을 투표로 입증했다. 여소야대 국회는 컴퓨터 부정 선거에 관한 국정조사를 했지만 관련 증거는 찾을 수 없었다.

가리봉동 옥상의 비극은 누가 어떻게 책임졌을까? 한 남자의 머릿속에 자신의 목숨을 내던질 만한 신념의 씨앗을 심은 건 특정 정치인의 목소리일 수도, 판도라 상자에서 튀어나온 인간의 거짓과 편견과 증오와 오해 따위의 온갖 악(惡)의 장난일 수도 있다. 중요한 건 그 모든 원인의 배경에 사회를 뒤덮은 불신의 그림자가 있었다는 것이다. 불신을 잉태한 건 불투명한 선거 과정이었다. 박무익은 여론조사 공표를 통한 선거 과정의 투명성 확보야말로 과정을 합리적으로 이끌고 결과에 승복하게 한다고 믿었던 것이다.

1987년 대선의 후유증은 가리봉동 옥상의 비극을 넘어 더 큰 혼란으로 치닫지 않고 차츰 마무리됐다. 당시 부정 선거 시비가 더 이상 확대되지 않은 것은 전적으로 박무익의 힘이다. 패배한 대선 후보는 물론 천주교 정의구현사제단도 부정 선거라고 아우성쳤으나, 선거 기간 내내 발표하지 못했지만 꾸준히 진행해 온 데이터가 공개되자 모두가 꿀 먹은 벙어리가 된 것이다. 그날 이후 부정 선거 시비가 사라졌다. 우리나라 최초로 투표 종료 직후 선거 여론조사 결과 발표를 실행한 박무익의 용기와 신념 덕이라고 봐야 한다. 박무익의 노력으로 이후 선거 기간 중 여론의 추이가 꾸준히 발표되었고, 개표 직후 예측이 결과로 이어지면서 낙선한 후보와 지지자들도 더 이상 막무가내로 선거 결과를 부정하기 힘들어졌다. 이는 이후 일곱 차례에 이르는 대선에 있어 결과에 승복하는 문화를 한국 사회에 정착시켰다.

제13대 대통령 선거에서 요란스러웠던 '보통 사람', '민중의 시대'란 단어는 단순한 구호에 머물지 않았다. 노태우 정부는 공보처 등을 통해 정책 방향 수립을 위한 여론조사를 정기적으로 하는 등 여론 수렴 행정의 첫발을 내디뎠다. 국민 한 사람 한 사람이 던진 한 표가 연출한 힘이었다. 또한 한국갤럽의 힘이었다.

마부작침(磨斧作針)이란 말이 있다. 도끼를 갈아 바늘을 만든다는 뜻이다. 당나라 때 시선(詩仙)으로 불린 이태백(李太白)의 일화에서 유래한다. 공부에 싫증이 난 이백(이태백의 본명)이 산에서 내려오는 길에 물가 바위에 도끼를 가는 노인을 만났다. 가만히 보니 그 모양새가 이상하다. "도끼날을 세우려면 날 쪽만 갈아야지요. 왜 이렇게 양쪽 전부를 가시는지요?" 이에 노파가 답했다. "이렇게 양쪽 다 갈아야 바늘을 만들지." 뭔 소린가 싶어 이백이 웃는데 노인이 이어 말했다. "이리 갈다 보면 언젠가는 도끼도 바늘이 되겠지. 중도에 그만두지만 않는다면." 이백은 이 말에 큰 깨달음을 얻고 그 길로 다시 산으로 들어가 배움에 정진했다고 한다. 《당서(唐書)》에 나오는 이야기다.

1987년 대선 당시 박무익이 투표 마감 직후 선거 예측을 발표한 건 일대 도박이었다. 개표 결과 정확했음이 드러났지만, 자칫 조사회사로 쌓아온 14년간의 공든 탑을 무너뜨릴 수도 있었다. 12월 22일, 매일경제에 실린 박무익의 말이다.

> "반드시 한국갤럽 조사의 공신력을 과시하기 위한 것만은 아니었습니다. 그동안의 여론 전개 과정을 밝혀 선거 후 새 정부에 정당성을 부여해 주기 위한 목적이 더 컸지요. 부정 시비 등 후유증이 예상되는 선거 후의 정치 국면에 새 정부가 국민의 지지를 받고 있었음을 객관적으로 입증할 수 있는 단체는 전문 조사기관인 한국갤럽밖에 없다고 생각했기 때문입니다."

인터뷰 기자는 "박무익에게서 여론조사 결과가 자유롭게 공개되고 또 이것이 정책 수립에 반영되는 정치적 선진화에 대한 희구가 엿보였다"라고 썼다.

고사 속의 노인이 그랬고 시인 이태백이 그랬듯이 박무익은 도끼를 갈아 바늘을 만들 수 있으리라 믿었다. 국민의 생각과 목소리를 가로막던 어둠을 갈아내고 이 땅에 민주주의라는 반짝이는 바늘을 연마해 낼 수 있기를 바랐다. 이는 주변의 냉소나 우려의 목소리에도 멈추지 않았다. 도끼를 갈아 바늘을 만들기에는 한 인간의 생이 짧다 하더라도 상관없었다. 누군가는 계속 그 연마를 이어갈 테니까.

빅브라더의 그림자

영국 소설가 조지 오웰(George Orwell)의 〈당신과 원자탄(You and the Atom Bomb)〉은 1945년 10월, 시카고 트리뷴에 게재된 글이다. 히로시마와 나가사키에 원자폭탄이 투하된 지 두 달 뒤의 일이다. 오웰이 주목한 건 이 가공할 위력의 무기가 터무니없이 비싼 무기라는 점이었다. 그는 '문명의 역사는 대체로 무기의 역사'라고 했다. 원자폭탄을 만들 수 있는 곳은 세계적으로 서너 국가밖에 없을 것이며 이것이 힘의 불균형을 더 강화할 것이라고 진단했다.

> "여러 조짐으로 추측건대, 러시아는 아직 원자탄 제조의 비밀을 보유하지 못한 것 같다. 하지만 수년 안에는 보유하게 될 것이라는 게 일치된 견해인 듯하다. 그렇다면 우리 앞에는 몇 초 만에 수백만 명을 없애버릴 수 있는 무기를 보유한 가공할 초강대국 두셋이 세계를 나눠 가질 전망이 펼쳐져 있는 것이다."

원자폭탄이 인류에 미칠 영향을 성찰한 이 글은 제2차 세계대전 종전 후 시작된 냉전 체제, 즉 미국의 자본주의 체제에 포함되는 국가들과 소련의 공산주의 체제에 포함되는 국가들 사이의 총성 없는 전쟁을 예견했다. 냉전(Cold War)은 1991년 소비에트 연방이 해체될 때까지 약 50년간 지속됐다. 한반도는 냉전 체제의 최전선에 있었다.

그 기간 중 한국갤럽에 의미 있는 사건이 있었다. 1987년 12월 말 조선일보가 창간 68주년 특집으로 미국, 영국, 프랑스, 일본, 소련, 중공 등 세계 6개국 국제 비교 조사를 한국갤럽에 의뢰한 것이다. 이 조사는 냉전 시대에 소련과 중공을 포함한 6개국 국민이 과연 한국과 한국인을 어떻게 보고 있는지를 알려주는 진귀한 자료가 될 터였다.

한국갤럽은 1979년 12월부터 갤럽 인터내셔널을 통해 다양한 국제 비교 조사에 참여해 왔다. 1980년에 시작한 가치관 조사 역시 국제 비교 조사였다. 하지만 주관국은 모두 다른 나라였다. 1987년 조선일보의 의뢰를 받은 이 조사는 한국갤럽이 주관하는 최초의 국제 비교 조사라는 점에서 큰 의미가 있었다. 드디어 한국도 언론사가 여론조사의 중요성을 인식하고 엄청난 예산이 드는 국제 조사를 기획하고 지원한다는 사실에 박무익은 뿌듯함을 느꼈다.

문제는 소련과 중공에서 여론조사가 가능한지였다. 조지 오웰이 1948년에 완성한 디스토피아 소설 《1984》의 세계는 허구적 인물인 '빅브라더'를 내세워 독재 권력의 극대화를 꾀하고 당원들의 사생활을 감시하며 그들의 사상을 통제한다. 냉전 시대 소련과 중공의 모습이 그러했다. 다만 1987년은 그 통제력에 조금씩 틈이 벌어지던 시기였다.

그 무렵 소련과 중공에서도 여론조사가 부분적으로 허용되기 시작했다. 6월에 일본에서 열린 갤럽 인터내셔널 회의 마지막 날 저녁, 박무익은 일본리서치센터(NRC) 사장의 초대로 당시 옵서버 자격으로 참석하고 있던 중국 대표와 만남을 가진 적이 있다. 한국, 일본, 중국 아시아 3국 대표들이 일본 요리 스키야키를 먹으면서 3자 회동을 가졌다. 당시만 해도 중국(중공)과 공식적으로 대면할 수 있는 기회가 극히 드물었기에 갤럽의 국제적인 네트워크와 영향력을 실감했다고 박무익은 회고했다. 죽(竹)의 장막이라 불리던 곳에서 여론조사 전문회사가 출현했다는 사실부터가 여러모로 놀라운 일이었다.

소련에서는 고르바초프 공산당 서기장이 행정 개혁을 위해 여론조사를 활용하겠다고 공언한 이후 정치적으로 민감한 이슈만 아니면 조사가 가능해졌다는 소문이 돌았다. 실제로 갤럽 인터내셔널의 1987년 'End of Year Poll'에 처음으로 소련이 참여했고, 결과가 국내에도 보도됐기에 박무익은 희망을 품고 프로젝트를 시작했다.

박무익은 갤럽 인터내셔널의 노먼 웹 사무총장에게 도움을 청했다. 왜냐하면 웹 총장이 1985년에 진행한 세계 25개국 비교 '인간 가치관 조사'에도 소련이 참여하도록 유도한 적이 있었기 때문이다. 웹 총장은 "어렵겠지만 가능성은 있으니 우선 질문지를 보내달라"고 했다. 질문지를 보내고 초조하게 회신을 기다렸다. 그런데 돌아온 답변은 '조사 불가' 결정이었다. 정치색이라고는 거의 없는 질문지라고 항변했으나 소용없었다. 동토의 냉기는 여전히 차갑고 매서웠다.

베이징에도 사전 허가를 받기 위한 질문지를 보냈다. 베이징 당국의 응답 역시 '조사 불가'였다. 다행히 베이징보다 더 개방된 지역인 광저우는 일부 질문 삭제와 수정을 조건으로 조사를 허가했다. 삭제를 요구한 질문 중에는 '한국이 얼마나 살기 좋은 나라인가'가 있었다. 만약 '살기 좋은 나라'라는 답변이 많을 경우 중국 자체뿐 아니라 북한과의 관계로 난처해진다는 것이 이유였다. 비슷한 이유로 남북한 통일 가능성을 묻는 질문도 삭제됐다. 박무익은 조선일보와 협의하여 질문 몇 개를 빼고라도 조사하는 것이 낫다고 판단해 요구에 따라 조사를 시작했다.

어렵게 조사가 진행되고 자료를 받기로 한 기한이 임박했던 어느 날이다. 청천벽력 같은 소식이 들려왔다. 광저우에 파견된 실무자가 조사 완료된 질문지 500부 뭉치를 들고 기차를 타려다가 공안 당국에게 빼앗겼다는 것이다. 중국 측 응답자 중 한 명이 당국에 신고한 모양이었다. 광둥성 당국 허가를 받은 조사라는 점을 아무리 설명해도 막무가내였다고 했다. 질문지를 되돌려받기 위해 백방으로 노력했으나 소용없었다. 한국 최초로 시도했던 소련과 중공 조사는 실패로 끝났다.

미국, 프랑스 등 4개국 조사는 순조롭게 진행되었다. 조사 결과는 1988년 3월 5일 조선일보 창간 기념 특집호 1면부터 여러 면에 걸쳐 실렸다. 조선일보는 애초에 기획했던 소련과 중공 조사가 좌절된 점을 안타깝게 여겨 자초지종이라도 알리자고 했다. 그 내용은 〈국제 여론조사 뒷이야기〉라는 제목으로 박무익의 사진과 함께 별도의 지면에 실렸다.

소련과 중공을 제외한 미국, 영국, 프랑스, 일본 4개국 비교 조사 결과는 〈한국 국제 이미지 너무 나쁘다〉라는 헤드라인으로 1면에 공개됐다. 한국을 생각할 때 그들이 먼저 떠올리는 단어는 '한국전쟁', '저개발', '군부독재', '분단국' 등 부정적인 것들이 많았다. 또 '한국은 살기 좋은 나라인가'라는 질문에 네 나라 국민 중 55%가 '좋지 않다'라고 답했다. '좋다'는 응답은 15%에 그쳤고 나머지는 '모르겠다'라고 답했다.

기사가 나간 후 한국갤럽은 항의 전화에 시달렸다. 잘못된 조사로 한국인의 자존심을 훼손하고 국격을 떨어뜨렸다며 비난받았다. 주관사인 한국갤럽뿐 아니라 조사를 기획하고 발표한 조선일보 역시 기사가 나간 이후 많은 저항에 부딪혔다. 사실 발표 전 조사 결과를 본 조선일보 간부들 역시 당혹스러워했고 일부는 공개하기 어렵지 않나 하는 의견도 있었다고 한다. 하지만 조사 결과는 그대로 기사화됐다. 조선일보의 용기가 돋보이는 대목이다.

박무익은 냉정하게 1980년대를 돌아보면 수긍할 수밖에 없다고 했다. 당시 해외 언론에 한국이 주요 토픽으로 올라오는 사건은 5·18 광주민주화운동, KAL기 추락, 아웅산 테러 등 위험하고 부정적인 사건들이 대부분이었다. 하지만 당시 언론은 어쩌다 외국 언론이 한국을 좋게 다룬 기사 하나가 나오면 앞다투어 인용 보도하며 국민의 눈과 귀를 가리기 일쑤였다. 요즘 말로 국뽕 기사인 셈이다. 세계 속 한국의 보잘것없는 위

朝鮮日報 창간68주년 특집

美·英·佛·日人 45%가 "韓国상품 써봤다"

国際여론조사

서울올림픽 성공 70%가 "確信"

西方 4国 국민의 「韓国이미지」

蘇·中共조사 좌절 가슴아파

設問紙 보고선 「不可」 폐쇄사회 実感

우리나라 첫 시도 「多国조사」에 보람

南北統一 가능성 대체로 비관적

21C 有望国-日(46%)-中共(30%)-韓国(8%)

가고싶은 나라 日 26%-中共 25%-韓国 2%

〈국제 여론조사 뒷이야기〉, 조선일보 25면, 1988년 3월 5일

朝鮮日報

韓国 国際이미지 너무 나쁘다

本社, 한국最初로 美·英·佛·日 국제여론조사

"살기좋은 나라 못된다" 55.3%

6·25·低開発·올림픽·独裁연상

紐帶희망 66% "經済·올림픽·장래성 때문"

4월 1일부터 増面 단행 〈매일 16면 発行〉

次官級 28명 대폭人事

小선거구제 8일 国会처리

朝鮮日報 新館 준공

朝鮮日報미술관 開館

오늘 創刊68周… 32面발행

〈한국 국제 이미지 너무 나쁘다〉, 조선일보 1면, 1988년 3월 5일

상이 적나라하게 드러난 조사 결과에 박무익의 마음 역시 씁쓸했다. 하지만 당장은 아프고 쓰라리더라도 곪은 상처를 들춰내 정확한 치료를 받을 수 있도록 하는 게 언론인과 조사인의 역할이 아니던가.

한국관광공사의 문의도 있었다. 그들의 조사에 따르면 '원더풀 코리아'인데 한국갤럽의 조사 결과가 이해되지 않는다는 문의였다. 박무익은 즉시 한국관광공사의 조사 방법을 알아봤다. 우리나라를 찾아온 외국인에게 공항이나 호텔에서 '한국에 대한 인상 한마디'를 묻는 식이었다. 1988년 서울 올림픽 개최 전, 알려지지 않은 동양의 작은 분단국가 한국을 방문하는 외국인이 당시의 세계인을 대표할 수는 없는 노릇이었다.

박무익은 관광공사에 조사의 문제점을 지적했다. 정확한 자료를 토대로 정책을 세워야만 외국에서의 한국 이미지도 높일 수 있다고 설명했다. 공사는 박무익의 의견을 경청했고 이 내용을 모든 직원이 공유할 수 있도록 사보에 실을 기고문을 요청했다. 1988년 5월 한국관광공사 사보에 올라온 박무익의 글 〈동그란 하늘〉이 그것이다. 글은 이렇게 시작한다.

> "우물 안에서 본 하늘은 동그랗다. 때로는 파랗고, 희고, 회색이거나 심지어 붉기도 하며 때로는 칠흑이다. 그 하늘에서 비가 오고, 우박이 떨어지고, 눈이 내린다. 항상 똑같은 해보다 매일 조금씩 사위어가는 달이 있는 밤이 더 좋다. 반짝이는 별들 사이로 흐르는 은하수를 보여주고, 그에 얽힌 낭만적인 신화를 들려주며 예쁜 상상을 권하는 하늘은 더더욱 좋을 것만 같다.
>
> 그러나 우리가 매일 보는 하늘은 동그란 하늘이 아니다. 산과 들, 고층 건물이 만드는 스카이라인 등 모든 사람들은 각각 다른 하늘을 보고 있다. 그럼에도 불구하고 하늘은 동그랗다는 누군가의 끊임없는 속삭임 탓에 어느덧 우리는 하늘이 동그랗다고 믿었던 시절

이 있었다.

이데올로기나 종교의 속성이 대부분 그러하듯 나치즘, 파시즘, 마르크시즘 신봉자들이 했던 첫 번째 일은 하늘이 동그랗다고 믿게 하는 일이었다. 원래 의도가 그랬든 아니든 간에 사람들을 어리석게 만들어 일시적 환희나 환각 속에 가두곤 했다. 하지만 그런 눈가림이 결코 오래가지 못함을 역사는 말해주고 있다."

박무익은 글에서 "올림픽은 세계인에게 한국의 좋은 이미지를 각인할 절호의 기회이며, 그런 이미지 전환은 우리가 기존의 환상에서 깨어나 현실을 냉철하게 직시해야만 가능하다"라는 취지를 피력했다.

이 일을 계기로 한국갤럽은 한국관광공사의 의뢰를 받아 국내 장기 체류 외국인의 여행과 여가 실태 조사를 시작했다. 오늘날 한국관광공사가 외래 관광객의 한국 여행 실태와 우리 국민의 국내외 여행 실태를 매년 조사하고, 각종 출입국·관광 수입 통계를 매월 단위로 공개하게 된 계기가 된다.

조지 오웰이 소설의 제목을 《1984》로 한 건 그가 소설을 탈고한 해인 1948년의 마지막 두 자릿수를 바꾸어 쓴 것이다. 당시 뉴욕 타임스는 서평에서 "압도적으로 감동적"이지만 "그 박수갈채 너머로 공포의 외침이 일어나고 있다"라고 평했다.

36년 후를 상상하던 조지 오웰은 불과 2년 후인 1950년 세상을 떠났다. 그는 미처 보지 못했지만, 전후 시대는 그의 예견대로 흘러갔다. 여론조사 설문지를 강제로 압수하던 중국과 설문조사 자체를 막던 소련보다는 나았지만, 우물 안에서 동그란 하늘만 바라보던 1980년대 대한민국 역시 빅브라더의 그림자 안에서 자유롭지 못했다.

AD-Score와 TV미터 개발

1987년 대선 예측이 화제가 되고 1988년부터 정치지표 조사를 하면서 한국갤럽은 주로 정치 조사를 하는 회사로 알려졌다. 하지만 실제 매출에서 정치 조사가 차지하는 비중은 크지 않았다. 회사 설립 초기부터 줄곧 한국갤럽의 주 업무는 연구자들이 의뢰하는 학술 연구 목적의 조사와 일반 기업의 마케팅조사였다. 클라이언트 중에는 국내에 진출했거나 진출하려는 외국계 회사가 많다. 박무익 역시 마케팅 분야, 특히 전직 카피라이터로서 광고와 관련된 조사에 관심이 많았다.

> "광고는 예술(art)인가, 과학(science)인가? 창의적 표현을 중시하는 디자이너나 카피라이터는 광고를 독창적인 예술이라고 보는 경향이 있다. 그러나 오랜 조사 경험에 비추어 볼 때 나는 광고를 예술보다는 과학에 가깝다고 생각한다. 광고는 측정 가능하고, 경쟁사와 상호 비교함으로써 콘셉트와 표현에 대한 의사 결정을 내릴 수 있기 때문이다."

1987년 박무익은 국내 최초로 TV 광고에 대한 소비자의 반응을 초 단위로 측정하는 AD-Score 시스템을 개발했다. 실내에 모인 30명에게 TV 광고를 보여주며 매 순간 마음에 들면 측정기의 플러스 키를, 마음에 들지 않으면 마이너스 키를 누르도록 해 반응을 실시간 측정하는 기계식 장비다. 경쟁사의 광고와도 손쉽게 비교가 됐다. 광고 시안의 미흡한 부분이 어디인지도 명확하게 알 수 있었다. 이 시스템은 미국과 일본에서

TV 광고 효과 측정 프로그램 AD-Score 시스템 발표회, 1987년

도 갓 도입했을 정도로 당시로서는 최신의 방식이었다.

박무익은 그동안 오랜 기간 광고 효과 측정을 의뢰받으면서 엄청난 광고비를 쏟아 넣고도 실패하는 케이스들을 보며 몹시 안타까워했다. AD-Score 시스템을 통해 기업들이 사전에 광고 효과를 측정함으로써 전략을 수정하고 대행사를 교체하는 등의 합리적인 의사 결정을 할 수 있기를 바랐던 것이다. 그러나 광고주, 즉 기업의 광고 부서와 광고대행사는 AD-Score 이용을 꺼렸다. 평가가 낮게 나올 경우 광고를 다시 제작해야 하는 번거로움과 추가 경비 소요 등이 그 이유였다. 결국 꽤 많은 투자로 개발한 AD-Score 시스템은 국내 최초의 시도라는 의미만 남기고 흐지부지 사라졌다. 손실만 남긴 경영 판단이었지만 박무익은 개의치 않았다. 시스템 자체의 개발 의도와 결과가 옳았기 때문이다. AD-Score 개발 경험은 이후 효율적인 TV 광고 집행 시간대를 파악하는 데 필요한 TV미터, 즉 시청률 측정 시스템 개발로 이어졌다.

1988년, 올림픽 개최를 앞두고 국내 컬러 TV 가구 보급률은 82%에 달했고, 흑백 TV를 포함하면 거의 모든 가구가 TV를 보유하고 있었다. 광고 시장 규모는 1조 원에 달했다. 그러나 여전히 제대로 참고할 만한 TV 시청률 데이터가 없었다. 박무익은 국내 최초의 일일 시청률(daily TV rating) 제공을 목표로 준비를 시작했다.

당시 해외 시청률 조사회사로는 미국의 A.C. Nielsen, 영국의 AGB, 스위스 TV, 일본 비디오 리서치 등이 있었다. 그들은 주로 TV에 TV미터(피플미터)라는 장치를 부착해 시청률을 측정하는 시스템을 운영했다. 박무익은 여러 차례 스위스, 일본 출장을 다니며 기계식 시청률 조사에 관한 기술 자문을 받았다. 검토 결과 외국 시스템을 그대로 도입하지 않고 국내에서 개발할 수 있겠다는 결론을 내렸다.

그즈음 조선일보 프랑스 특파원을 마치고 돌아온 윤호미 문화부장의 제안이 있었다. 프랑스에서는 매일 시청률을 조사해 다음 날 조간신문에 보도하는데, 조선일보도 한국갤럽의 시청률 조사 결과를 매일 독점 보도하고 싶다고 했다. 기계식 시청률 조사 방식을 도입하기까지는 시간이 더 필요했기에 우선은 시간대별로 일정 수의 가구에 전화를 걸어 현재 어느 채널을 시청하고 있는지를 집계하기로 했다. 조선일보와 MBC를 잠재고객으로 확보한 상태에서 TV미터 개발도 병행했다.

4월 1일, 한국 최초로 발표된 일일 TV 시청률은 큰 화제가 되었다. 독자들의 호응도 높았다. 그러나 MBC에 비해 시청률이 낮게 나온 KBS는 불만을 토로하며 조사 지역과 자료 수집 방법에 이의를 제기했다. KBS 뿐 아니라 방송사 대부분이 부정적으로 반응했다. 결국 조선일보는 4월 1일부터 5일까지의 발표를 끝으로 일일 시청률 게재를 중단했다.

시청률 게재는 닷새 만에 중단됐지만 박무익은 시대의 물결을 되돌릴 수는 없다고 판단했다. 기계식 시청률 조사 시스템 개발에 더욱 박차를 가했다. 1989년 봄, 1차 개발 완료한 TV미터의 시험 가동에 들어갔다.

西紀 1988年 4月 1日 金曜日 15版 (16)

TV시청률 매일밤 조사

本社-한국갤럽, 서울1,500가구 대상

채널-프로선호도 한눈에 파악

오늘부터 한국 최초로 TV시청률이 게재된다. 표에 나타난 수치는 그동안 어림짐작으로 추정돼 왔던 시청자들의 채널 선호도와 프로그램별기호를 한눈에 보여준다. 朝鮮日報가 파격적으로 TV 시청률을 싣는가장 큰 목적은 과학적 근거를 통한 「방송문화의 창달」과 「유익하고 흥미있는 정보제공」에 있다. 시청률은 곧장 방송사의 이미지를 나타내고 그것은 또 광고수입과 직결된다는 점에서 매우 예민한 측면을 갖고 있는 것이 사실이지만, 거시적으로 볼때 공신력 있는 조사기관의 시청률정보를 공개함으로써 방송사의 프로그램제작에 시청자의 의견을 좀더 감도있게 반영하고, 광고관리에 효율화를 기할 수 있으며 시청자에게도 흥미를 높일 수 있다는 장점이 있다.

한국 갤럽조사연구소 (소장朴武益)조사로 1일부터 게재되는 T.V시청률은전날밤(일부 지방 전전날밤)의 주요시간대 TV 시청행태를 서울시 전화번호부(인명부)에서 무작위 추출한 연 1천5백가구를 대상으로 현재 보고 있는 TV채널과 프로그램을 전화로 묻는 방식으로 조사된다.

시청인구가 가장 많은 오후 7시부터 밤 10시 30분까지 시청률을 조사, 채널간 주요 프로그램의 시청률 비교가 가능한 시간대의 데이타를 게재한다. 시청률 1% 미만의 경우는 빈칸으로 처리했다.

T.V시청에 관한 조사방법에는 TV를 보고있는 인구를 1백으로 잡고 채널별 시청비율을 상대적으로 살피는 「점유율」개념도 있으나, TV를 꺼놓고 있는 인구의 비율 또한 무시할 수 없는 의미를 갖고 있다는관점에서 전체를 포괄하여산출하는 「시청률」개념을채택했다. 「동시조사 (Concurrent Survey)」방식을 이용한 시간당전화 면접수는 5백가구로 3시간동안 총 1천5백가구를 대상으로 조사했으며, 이 조사결과의 최대 오차한계는 ±6.3%(95%신뢰도)이다.

전화가 없는 가정이 제외된 점을 고려한다면, 이 조사의 응답자는 다소 중산층에 편중된 것으로 보아야 할 것이다.

欧美에서는 이미 유명 신문매체가 전문여론조사기관과 제휴, 매일시청률을 공개하는 것이 일반화되어있다.

조선일보는 오는8월 한국갤럽이 최첨단TV시청조사기를 도입, 가동하면 보다정확한 자료를 제공할 예정이다.

31일 밤 TV視聽率

朝鮮日報-한국갤럽조사 <서울지역1500가구대상>

	KBS1	KBS2	KBS3	MBC	안본가정
저녁 7시대	7시 뉴스 16.8%	스타 데이트 15.6%	영어듣기	유쾌한 스튜디오 35.2%	38.4%
8시대	캘거리 올림픽 12.5%	환상특급 24.5%	세계의다큐멘터리 1.3%	프로야구특집 25.6%	37.5%
9시대	9시 뉴스 22.2%	스포츠쇼 12.4%	불어회화	뉴스데스크 36.8%	30.5%
10시대	새크라멘토우정 12.5%	아리랑별곡 15.0%	TV공개대학	멀고먼낙원 30.9%	40.3%

※조사 사례수가 프로그램에 따라 다르므로 시청률의 합계가 100%보다 크거나 작을 수 있음.

<날씨 14면에>

〈TV 시청률 매일 밤 조사〉, 조선일보, 1988년 4월 1일

쉽지 않은 도전이었다. 계속 나타나는 오류에 고군분투하며 해를 넘겼고 빚까지 끌어들여 7억여 원을 투자했다.

개발 착수 2년 만인 1990년 6월, 드디어 자체 기술로 개발한 '갤럽 TV 미터 시스템(GTV)'을 완성했다. 매일 새벽 2시, 본사 컴퓨터가 자동으로 각 가구의 GTV 초 단위 기록 자료를 수집했다. 아침이면 전날의 가구별, 개인별 TV 시청률을 파악할 수 있었다. 기자들과 전문가들을 초청해 '국내 최초 TV-Meter기에 의한 TV 시청률 조사 설명회'를 열면서 박무익은 뜨거운 성취감으로 기뻤다.

하지만 얼마 후 당혹스러운 소식이 들려왔다. 한국리서치와 미디어리서치가 합작해 영국 AGB의 TV미터를 도입한다는 소식이다. 박무익이 이미 시청률 조사를 위한 TV미터 개발 착수 사실을 공표한 상황에서, 동종업계에서 외국 시스템을 가져오겠다고 나선 것이다. 두 회사는 1991년 10월 '미디어서비스코리아(MSK)'를 설립했다. 시청률 조사 경쟁

TV-Meter기에 의한 TV 시청률 조사 설명회, 1990년 6월 13일

TV-Meter기에 의한 TV 시청률 조사 설명회에서 시스템을 소개하며 기뻐하는 박무익, 1990년 6월 13일

에 있어 한국갤럽과 미디어서비스, 둘 중 하나는 쓰러질 게 뻔했다.

1992년 방송위원회가 공식적인 시청률 조사 대행업체 1개 사를 선정하기로 한 데서 갈등은 최고조에 달했다. 당시 국내 시청률 조사 시장 규모는 연간 15억 원, 방송위가 요구한 자격에 맞는 회사는 한국갤럽과 미디어서비스 두 곳뿐이었다. 박무익은 미디어서비스가 시청률 조사를 독점할 경우 외국 기술에 시장을 내주는 결과가 된다고 주장하며 맞섰지만 끝내 입찰에 실패했다. 기존 고객이던 MBC와 조선일보도 잃었다.

결국 박무익은 1993년 말 시청률 사업을 접었다. 그때까지 들어간 돈은 요즘 시세로 50억 원에 육박했다. 각종 장비와 시스템은 모두 폐기했다. 협소한 시장이라 달리 매각할 곳도 없었다. 무엇보다 시스템 개발 인력 대부분과 생이별할 수밖에 없었음을 박무익은 인생에서 가장 아픈 상처로 꼽는다.

한 장의 사진

한 장의 사진이 있다. 1927년 10월 브뤼셀에서 열린 다섯 번째 솔베이 회의 사진이다. 솔베이 회의(Conseils Solvay)는 벨기에 기업가 에르네스트 솔베이의 후원으로 시작된 세계 최초의 물리학 학회다. 1911년부터 3년 주기로 개최되며 현재까지 이어지고 있다. 사진이 찍힌 1927년 회의의 뜨거운 이슈는 양자역학(quantum physics)이었다. 토론의 주축은 아인슈타인과 닐스 보어. 양자역학을 인정하지 않았던 아인슈타인은 "신은 주사위를 던지지 않는다(God does not play dice)"라는 말을 남겼다. 양자역학의 수장 격이었던 닐스 보어는 "아인슈타인, 신에게 명령하지 마시오(Einstein, stop telling God what to do)"라고 답했다. 회의에는 아인슈타인과 닐스 보어 외에도 마리 퀴리, 하이젠베르크, 슈뢰딩거 등 전설 같은

제5차 솔베이 회의, 벨기에 브뤼셀, 1927년 10월

물리학자들이 대거 참석했다. 사진 속 29명 중 노벨상 수상자가 17명이다. 사진에는 '역사상 가장 똑똑한 사진'이라는 별칭이 붙어 있다.

이 사진을 보다 한 장의 사진이 떠올랐다. 1982년 미국 샌프란시스코에서 열린 갤럽 인터내셔널 연례 회의 사진이다. 솔베이 회의 속 인물들만큼 유명하진 않지만, 세계 여론조사의 역사에 있어 모두가 굵직한 몫을 해낸 인물들이다. 조지 갤럽 박사를 주축으로 각 나라를 대표하는 조사인들이 모두 모여 있다.

'갤럽 인터내셔널'의 기본 정신은 다음 네 가지로 요약된다.

첫째, 1개국에 1개 조사회사만 가입할 수 있다.

둘째, 회원의 위치는 UN처럼 상호 독립적일 것. 즉, 어느 한 회사의 자본에 의해 지배되는 것이 아니라 상호 독립성을 인정한다.

셋째, 연례 회의는 해마다 각국을 돌아가며 개최하고 새롭게 개발

갤럽 인터내셔널 회의, 앞줄 왼쪽부터 차례대로 조지 갤럽 Jr, 노먼 웹 박사, 박무익, 조지 갤럽 박사 부부, 미국 샌프란시스코, 1982년 5월

된 조사 기법 소개 및 각국의 성공과 실패 사례를 발표하여 조사 방법의 발전을 이룩함을 목적으로 삼는다.

넷째, 조사를 통해 인류에 기여하는 사명감을 잊지 않는다.

갤럽 인터내셔널은 이 네 가지 기본 정신을 바탕으로 매년 'End of Year Poll'이라는 공동 조사를 해왔다. 각국 회원사가 연말에 자국민을 대상으로 새해 경기, 노사 관계, 세계 평화 전망 등을 조사해 전 세계 언론에 발표하는 것이다. 매해 같은 질문을 사용하기 때문에 국가별 비교뿐 아니라 장기 추세 비교 자료로도 활용 가치가 높다. 한국갤럽은 1979년부터 이 조사에 참여하고 있으며, 매년 자체 제작하는 연하장에도 'End of Year Poll' 조사 결과를 싣고 있다.

박무익은 1979년부터 매년 해외에서 열리는 회의에 참석했다. 그는 성실한 회원으로 존경받았고 다른 회원들과의 활발한 교류로 우정을 쌓아나갔다. 그리고 16년이 지난 1995년, 드디어 주최국의 수장으로서 회의를 주관하게 된다. 제48회 갤럽 인터내셔널 회의는 세계 50여 개국의 대표와 그들의 동반자들이 일주일 동안 서울에 머물며 진행되었다. 다음은 1995년 1월에 입사해 6월 회의의 준비와 책임을 맡게 된 강일경 본부장의 기록이다.

"갤럽 인터내셔널의 정기총회가 한국에서 최초로 열릴 것이고 그 행사 준비 및 진행의 책임을 맡으라는 말씀을 들었다. 과거 해외 주재원으로 있었던 3년여 생활 등 외국인과의 비즈니스에 큰 어려움은 없다고 생각하고 있었지만, 국제회의 준비 및 진행 경험은 전무했던 터였고 더구나 그 행사 규모의 방대함과 다양함을 듣고는 아연실색하지 않을 수 없었다.

… 주 행사장으로 결정된 워커힐과의 지속적인 준비 회의, 관광공사에 대한 한국 안내 협조 요청, 무역협회와의 공동 세션 협조 요청, 공보처와의 환영 축사 문제, 여행사와의 관광 일정 협의 등과 동시에 물밀듯 밀려드는 갤럽 인터내셔널 사무국과 각 참가국으로부터의 요청 사항들, 어느 것 하나 쉽게 마무리된 것이 없었던 것 같다. … 그렇게 그해 봄날들이 지나갔고, 그 봄날들이 얼마나 화창했는지 전혀 기억나지 않는다."

1995년 6월 4일. 회의는 간단한 환영 행사와 함께 시작되었다. 미국, 영국, 독일, 프랑스 등 서방 국가뿐 아니라 러시아를 비롯한 동구의 대표들, 중동과 남미, 동남아시아, 오세아니아, 아프리카 참가자들까지, 전 세계 내로라하는 조사의 장인(匠人)들이 한때 여론조사의 불모지였던 대한민국 서울에 모인 순간이었다. 갤럽 인터내셔널 의장 레일라 로티(Leila Lotti)의 개회 선언, 문화공보부 차관의 환영사, 박무익 소장의 환영사가

서울에서 주최한 제48회 갤럽 인터내셔널 연례 회의에서 박무익이 환영사를 하고 있다. 서울 워커힐호텔, 1995년 6월

있었고, 회의 진행을 준비한 강일경 본부장의 '한국인과 한국갤럽(Korean and Korea Gallup)' 발표와 함께 공식적인 회의가 시작되었다.

전 세계 30여 개국의 자발적인 참여로 서울 총회를 기념하는 특집 조사 '한국 및 한국 제품에 대한 이미지 조사'도 무역센터에서 발표되었다. 닷새 동안의 일정이 무사히 끝나고 참가자들은 서울과 경주 등지를 여행하며 한국을 더 느낀 후 본국으로 돌아갔다. 며칠 후 박무익 앞으로 갤럽 인터내셔널 사무총장 메릴 제임스(Meril James)의 편지가 도착했다. 편지에는 "서울 총회가 지금까지 열린 총회 중 가장 성공적이었다"라는 내용이 담겨 있었다. 메릴 제임스 총장의 글이다.

> "총회는 매우 성공적이었다. 기술적인 면을 포함한 모든 업무가 효율적으로 진행되어서 바쁜 일정들이 모두 매끄럽게 마무리되었다. 그들은 전문적인 기술을 갖춘 뛰어난 인력인 동시에 회사와 나라를 대표하는 사절단으로서의 역할을 훌륭하게 해내는 유쾌한 사람들이다.
>
> 그날 나는 처음으로 박무익 소장이 국내에서 자료를 발표하는 것을 보았는데 그 자리에 모인 청중들이 모두 그의 설명과 그가 지적하는 수치 등을 매우 주의 깊게 듣고 있음을 알 수 있었다. 이 일로 나는 박무익 소장이 국내외 동료들과 고객들에게 존경받고 있음을 확신할 수 있었다.
>
> 모든 회원들은 주최 측인 한국갤럽의 환대를 결코 잊지 못할 것이다. '고요한 아침의 나라'는 '환대의 나라'라는 확신이 들 정도로 우리 일행은 매일 밤 정성스럽게 마련된 칵테일파티와 저녁 식사에 초대되었다. 이러한 일련의 행사들은 아낌없이 제공되었으며 유쾌한 기억으로 남았기 때문에 아직도 많은 회원들이 한국 총회에서

서울에서 열린 제48회 갤럽 인터내셔널 회의, 중앙에 주최자 박무익, 서울 워커힐호텔, 1995년 6월

겪은 그들의 경험담에 대해 이야기 나누고 있다."

다시 한 장의 사진을 보자. 박무익을 주축으로 각 나라 50여 명의 여론조사 대표들이 Seoul, Korea에 모였다. 사진은 그의 발자취를 따라 여기까지 온 필자의 가슴을 순간 뭉클하게 했다. 이제는 전할 수 없는 말을 마음에 담는다. "여기까지 오느라 참 수고 많으셨습니다."

청와대에 불려 가다

"무익, 한국에서도 정치 여론조사가 가능할까?"

1979년 시드니에서 박무익을 무척 당황하게 했던 질문이다. 질문을 던졌던 갤럽 박사는 이미 세상을 떠났다. 하지만 박무익은 이제 한 치의 망설임도 없이 "yes"라 답할 수 있다. 여기까지 오는 데 8년이 걸렸다. 박무익은 1987년 직선제로 치러진 제13대 대통령 선거 예측조사를 통해 한국에서도 정치 여론조사가 가능함을 보여줬다. 이제 한 걸음 더 내디뎠다. 정치지표(Political Index) 조사다.

정치는 생물이다. 정치 지형은 끊임없이 변화한다. 여론의 바다는 넓고 출렁이는 물결은 어지러워서 갈피를 잡기 어렵다. 해방 이후 역대 정권이 비극적인 결말을 맞이했던 것도 위정자와 국민 사이에 짙은 운무(雲霧)가 덮여 있었기 때문이었다. 선거철에만 반짝 등장하는 여론조사가 아니라 꾸준히 유권자들의 정치적 견해를 파악할 수 있는 정치지표 조사가 필요했다. 여기에는 대통령 직무수행평가, 정당 지지도, 시급히 해결해야 할 국정과제, 주요 정책에 대한 찬반 등이 담긴다. 박무익은 다음과 같은 이유를 들어 최소 연 4회, 정치지표 조사를 할 것을 주요 언론사들에 제안했다.

"첫째, 역대 대통령은 당선 직후부터 개인의 의지대로 정책을 추진하는 경향이 많으므로 이런 움직임에 제동을 걸 필요가 있다. 정기적으로 대통령 직무평가를 공개하면 그 결과가 부정적일 때 집권자가 이를 만회하기 위한 '대안(代案) 정책'을 강구하게 될 것이다. 이는 우리 정치에 필수 불가결한 시스템으로 의미가 있다.

둘째, 현재 우리 언론은 정치적 이슈에 대해 형용사나 부사를 동원하여 지면을 꾸미고 있으며 사설이나 칼럼 등을 통해 당위론(當爲論) 위주의 편집으로 일관하고 있다. 이는 이른바 '정밀 저널리즘(precision journalism)'과 거리가 멀다. 만일 정부가 국민의 여론과 거리가 먼 정책을 밀고 나가면 형용사나 부사 위주로 비판하기보다는 '이를 반대하는 국민이 70%'라는 식의 계량화된 여론조사 수치를 제시하는 것이 정부를 설득하는 데 훨씬 합리적일 것이다. 정확한 여론조사 수치를 인용한 정부 비판 기사는 종래의 선동형 비판 기사와 질적으로 다른 면모를 가져다줄 것이다."

제안을 받아들인 곳은 조선일보였다. 1988년 7월, 한국 최초로 조선일보와 한국갤럽 공동 정치지표 조사가 시작됐다. 대통령 직무수행평가와 함께 정당 지지도, 3김 등 주요 정치인 호감도 등을 조사했다. 이후 몇 년간 한국갤럽은 평온한 날이 없었다. 결과가 발표될 때마다 1위 정당은 한국갤럽에 찬사를 보냈고, 2위와 3위 정당은 여론조사 자체에 문제를 제기하며 비난했다. 열혈 당원들이 다짜고짜 전화로 욕설과 폭언을 퍼붓는 일도 다반사였다.

1991년 11월의 일이다. 9차 정치지표 조사 결과 '노태우 대통령이 잘하고 있다'라는 응답이 15.2%, 취임 후 최저 수준으로 나왔다. '잘못하고 있다'라는 부정적인 평가는 41.2%였다. 조선일보가 결과를 보도하고 며칠 뒤 〈국민과 따로 노는 정치〉라는 제목의 사설로 거듭 강조한 것이 문제가 됐다. 청와대 분위기가 심상치 않다는 소식이 들렸다.

"처음에는 어떤 후폭풍이 몰아칠까 노심초사했다. 혹시라도 직원들이 동요할까 봐 누구에게 털어놓을 수도 없었다. 혼자 지나온 과정을 곰곰이 되새겨 봤다. 나는 결코 잘못한 것도 없고, 후회할 일도 하지 않았다. 시간이 흐르면서 나의 마음은 담담해졌다."

(1) 16版 第21799號 (1945. 12. 21. 第3種郵便物(가)級認可 1964. 1. 1. 登錄番號가―9호)

民主党지지 24.5%로 상승…民自와 同率

本社-한국갤럽 제9회 정치지표 조사

시급한 해결과제 「物価불안」 1위

盧泰愚대통령에 대한 긍정적인 평가가 크게 하락한 것으로 나타났다.

朝鮮日報가 한국갤럽조사연구소와 공동으로 실시한 제9회定期정치지표조사결과에 따르면 盧대통령이 대통령으로서의 역할을 「잘하고 있다」는 긍정적인 평가가 15.2%에 불과한 반면, 「잘못하고 있다」는 비판은 41.2%나 됐다.

盧대통령에 대한 이같은 지지율은 朝鮮日報가 정치지표를 조사한 3년이래 최저이며, 지난 1월의 조사때 보다 10.2%포인트나 하락한 것이다.

한편 이번 조사에서 나타난 각정당별 지지율은 民自 24.5%인 반면, 民主 24.5%로 똑같은 비율을 보여 야당인 民主党지지가 크게 늘어났음을 보여주었다. 민자당지지율은 지난 1월보다 7.7% 포인트 상승했다. 이번조사는 야당합당이후 최초의 조사이므로 민주당지지율의 시차별 비교는 할수 없으나 합당전인 지난1월에는 평민 18.5%, 민주 11.2%의 지지율을 보였었다.

이번 조사에서도 「지지하는 정당이없다」는 응답이 33.6%로 나타나 기존정당에대한 불신은 줄어들지 않고 있음을 보여주고있다.

「지지하는 정당이 없다」는 응답은 30대(36.2%)와 大在이상의 고학력층(41.3%)에서 높은 분포를 보였다. 지역별로는 강원이 68.6%로 가장많았고, 그다음이 경남41.1%, 경기 38.8%, 서울31.5%, 충청30.4%, 경북28.6%, 전라17.8%순으로 나타났다.

민자당에 대한 지지율은 나이가 많을 수록(20대17.0%, 30대23.0%, 40대 25.8%, 50대이상36.7%) 높은데 반해 민주당지지율은 젊을수록(20대31.1%, 30대27.2%, 40대 21.8%, 50대이상13.5%)높았다. 지역별로 나타난 민자당지지율은 충청이 39.3%로 가장많았고, 그다음이 경북33.0%, 경기 28.2%, 경남25.0%, 서울23.9%, 전라8.9%, 강원4.7%순을 보였다.

민주당은 전라지역에서 56.3%로 가장 많았고, 그 다음이 서울22.8%, 경기 22.4%, 경남19.3%, 경북15.4%, 강원14.0%, 충청13.3%의 분포로 나타났다.

한편 시급히 해결해야할 과제(중복응답)로는 盧대통령이 잘못하고 있는것으로 가장 많이 지적된 물가불안(51.7%)을 1위로 꼽았고, 그 다음이 주택문제(27.5%), 환경오염(11.7%), 교통문제(8.1%), 정치안정(7.4%), 과소비(7.3%)등을 지적했다.

시급히 해결할 과제에대한 이같은 조사결과는 지난1월의 조사때와 상당한차이를 보이고있다. 지난1월의 조사에서는 물가불안 다음으로 민생치안, 정치안정, 농어촌문제가 높은 순위로 지적됐었다.

이번 조사도 앞서의 정치지표조사때와 똑같은 질문지를 사용하였으며 제주도를 제외한 전국의 20세이상남녀를 母集團으로했다. 표본도 三段層化無作爲추출방법을 사용, 남자7백46명, 여자7백54명을 뽑았다. 이가운데 20대5백38명, 30대3백67명, 40대2백43명, 50대이상3백52명을, 학력별로는 국졸이하 3백72명, 중졸2백53명, 고졸5백78명, 大在이상 2백97명을, 그리고 지역별로는 서울3백93명, 경기2백49명, 강원61명, 충청1백39명, 전라2백6명, 경북1백89명, 경남2백63명을 각각 추출했다.

조사는 지난11일부터 18일까지 8일간 면접원이 직접 가구를 방문하여 개별면담을 통해 실시했다.

조사결과에 대한 오차의 한계는 95%의 신뢰수준에서 ±2.5%이다.

〈[illegible]부장〉

노태우 대통령에 대한 긍정적 평가가 취임 후 최저치인 15.2%로 나왔다. 조선일보, 1991년 11월 1일 그러나 현실은 그리 녹록지 않았다. 얼마 후 밝혀진 실상은 이렇다. 9차 정치지표 기사가 보도된 직후 노태우 대통령이 직접 수석비서관을 불러 화를 내며 질책했다고 한다. 그 자리에서 한국갤럽에 대한 '조치'까지 검토되었다고 했다. 그런데 그때 참모 중 한 사람이 이렇게 말한 덕분에 위기를 모면할 수 있었다.

"한국갤럽은 각하의 당선을 예측했던 조사회사입니다. 악의적으로 수치를 낮게 조작하지는 않았을 겁니다."

며칠 뒤 염홍철 당시 대통령 정무비서관이 조선일보에 기고문 형식으로 글을 실었다. 그는 대통령 직무평가 조사에서 '보통이다, 어느 쪽도 아니다, 무어라 이야기할 수 없다'라는 유보적인 응답도 긍정으로 해석해야 한다는 요지의 반론을 개진했다. 이에 대해 한국갤럽 연구원들이 조선일보 독자란에 반박문을 투고하는 등 지면(紙面) 설전이 벌어지기도 했다. 우려와는 달리 정치적 보복이라 생각되는 일은 없었다. 이후로도 공보처 등 정부 의뢰 조사는 계속됐다.

박무익의 회고에 따르면 이전 정부들이 강성(剛性)이었다면, 노태우 정부는 상대적으로 연성(軟性)이었다. 이 사건 역시 청와대의 반박이 있긴 했지만, 국민의 불만의 목소리가 대통령의 귀에 직접 들어가는 시대가 열렸다는 증거였다. 정치지표 조사는 칠흑같이 어두웠던 정치 현장을 밝힌 거대한 조명탄이었다. 국민의 답답한 마음을 끄집어냈고, 정치인에게는 정책의 목표 지점을 비췄다. 그런데 몇 달 뒤 청와대와 또 한 번 문제가 터졌다.

"어찌 이런 일이 있을 수 있습니까? 각하가 극도로 노하셨소."

박무익이 청와대에 급히 소환되었다. 1992년 봄에 있었던 일이다. 당시 제5공화국의 후신인 민주정의당은 6월 항쟁이라는 정치적 위기 속에서도 정권 재창출에 성공했다. 하지만 진보세력으로부터는 군정의 잔재, 보수세력으로부터는 유약한 정부라는 공격에 시달렸다. 국회의원 선거에서는 과반수 의석 확보에 실패하며 여소야대 정국을 맞았다. 이에 노태우 정부는 '보수대연합'을 추진했고 집권당인 민정당과 김영삼 대표의 통일민주당, 김종필 대표의 신민주공화당이 통합하여 민주자유당이 출범하는 이른바 '3당 합당'이 이루어졌다.

이런 상황에서 1992년 12월 제14대 대통령 선거를 앞두고 대한민국은 또다시 선거 열풍에 휩싸였다. 출마가 유력시되는 후보는 네 사람이었다. 지난 대선에서 낙선한 김영삼, 김대중 후보와 흙수저 신화를 써온 현대그룹 정주영 회장, '무균질 정치인'임을 내세우며 신선한 이미지를 쌓은 박찬종 의원이다. 1960년대 이후 여권의 축을 이루던 군 출신 후보가 사라지고 순수 민간인 후보끼리 벌이는 첫 대결이었다.

그 무렵 한국갤럽은 사직동 221번지 붉은 벽돌 건물에 있었다. 시내 주요 관공서와 기업들이 밀집해 있는 곳이면서 차 한잔 즐기기 좋은 고즈넉한 공간이라 오가며 들르는 사람들이 많았다. 사람 좋아하고 이야기 좋아하는 박무익의 성품이 더욱 사람들을 끌었다. 그들 중 안기부 직원이라고 자신을 소개한 K가 있었다. 그가 어느 날 사고를 쳤다. 박무익이 잠시 자리를 비운 사이 소장실을 기웃거리다가 자료 하나를 훔쳐 간 것이다. 14대 대선을 앞두고 매월 대선 후보 지지도를 청와대에 보고하던 대외비 조사 자료였다. K가 가져간 건 김영삼의 지지도가 가장 높게 나온 결과지였다.

"호랑이를 잡으려면 호랑이 굴에 들어가야 한다"라며 3당 합당의 주요 축이 되었던 김영삼은 당시 옛 민정당 세력의 견제 속에 분투 중이었다. 지역을 순회하며 대통령 후보를 요구하는 시위를 이어가던 상황이었다. K에 의해 유출된 조사 결과는 김영삼의 차남인 김현철에게 흘러갔고 4월 7일 조선일보 기사로 세상에 공개됐다. '정부 기관이 한국갤럽에 의뢰해 조사한 결과, 대선 출마 시 김영삼, 김대중, 정주영 순으로 지지받을 것'이라는 기사였다. 비밀리에 조사한 사안이 클라이언트에게 보내지기도 전에 언론에 공개된 것이다.

박무익은 곧 청와대로 소환됐다. 조사의 클라이언트가 청와대였기 때문이다. 밤 10시, 염홍철 정무비서관을 그의 사무실에서 만났다. 박무익은 이 일만큼은 어떤 변명의 여지도 없다고 생각했다.

> "민망함은 물론이고 모가지가 날아가도 할 말이 없었다. 보안에 허술했던 내 잘못이다. 백배사죄할 수밖에 없었다. 긴 질책과 사죄의 말이 오간 끝에 염홍철 비서관은 마지막으로 이 한마디를 남겼다. '각하께서 87년 대선 때 정확한 여론조사를 제공한 것 때문에 이번은 용서하신다고 하셨습니다.'"

그날 이후 안기부 직원이라던 K는 발길을 끊었다. 진짜 안기부 요원인지는 확인할 바 없었다. K가 본명이 아닐 가능성도 있었다. 박무익은 이를 전화위복으로 생각한다고 했다. 모든 자료에 대한 보안 유지의 중요성을 크게 깨닫게 되었다. 이 사건 이후 한국갤럽에서 더 이상의 자료 유출은 없었다.

두 번의 사건으로 박무익과 얼굴을 붉히며 만났던 염홍철 정무비서관은 이후 박무익과 소주 대작을 나누는 친구가 되었다. 그는 1993년 임명직으로 대전시장을 역임한 후 임기 중 좋은 평가를 받아 2002년, 2010년 두 번의 선출직 대전시장직을 수행했다. 2018년에는 지방선거 불출마를 선언했다. "시민들의 과분한 사랑으로 세 번의 시장직을 수행했는데 더는 욕심"이라고 생각한다며. 하루에 활동하는 시간을 3·3·3·3으로 나누어 세 시간 책을 읽고, 세 시간 글을 쓰고, 세 시간 걷고, 세 시간은 지인들과 점심이나 저녁을 즐긴다는 그의 칼럼을 읽고 필자는 그에게 연락했다. 그의 소중한 세 시간은 박무익과의 추억 이야기로 채워졌다.

여론조사 공표 금지 기간에 생긴 일

사람들은 자수성가 스토리를 좋아한다. 입지전적이면 더 좋다. 현대그룹 정주영 회장이 대표적인 인물이다. 가출한 시골 청년이 잡역부와 쌀가게 배달원으로 시작해 쌀가게 주인이 된다. 그뿐이 아니다. 자동차수리업에서 토건 사업으로 영역을 넓히고, 500원짜리 지폐 속 거북선을 흔들며 거대한 조선업 등등을 일궈낸 신화는 한국인의 심장을 뛰게 한다. 지난 2019년 한국갤럽의 '한국인이 좋아하는 기업인' 조사에도 정주영 회장이 1위였다. 2001년 작고한 정주영 회장에 대한 선호도는 2004년 15%, 2014년 20%, 2019년 24%로 계속 상승했다. 이런 정주영 회장이 생전 가장 큰 질시(疾視)와 비난에 직면했던 시기는 1992년이었다.

존경받던 인사가 정치권에 발을 디딘 후 진흙탕 싸움에 휘말리는 모습을 볼 때마다 필자는 안타까운 마음이 든다. 제14대 대통령 선거에 뛰어든 정주영 회장 또한 그러했다. 박무익과도 비슷한 이야기를 나눈 기억이 있다. 30여 년 전에 있었던 일이라고 했다. 정재은 신세계 명예회장이 삼성석유화학 대표 시절 박무익을 찾아왔다. 선거 출마를 고민하며 한국갤럽에 사전 여론조사를 의뢰했다. 지지율을 확인해 본 결과 당선이 어렵다고 판단한 박무익은 그에게 불출마를 권했고, 정재은 회장은 이를 흔쾌히 받아들였다. 이처럼 여론조사를 거치면 더 신중하게 합리적으로 판단할 수 있다. 그런데도 많은 이들이 주변인의 박수와 격려에만 취해 선불리 출마를 선언하고 명예를 잃는다며 박무익은 안타까워했다.

1992년 1월 8일, 정주영은 돌연 정계 입문을 선언했다. 2월에는 통일국민당을 창당해 당 총재를 맡았다. 그는 노태우 정부를 비롯해 박정희,

전두환 정권에 자신이 낸 비자금을 공개하면서 레임덕이 시작된 노태우 정권을 곤경에 빠뜨렸고, "나는 돈이 많다. 남의 돈으로 정치 안 하고 내 돈으로 하겠다"라며 대선 출마를 선언했다. 이 말은 기존 정권의 부패에 대한 일침이었지만, 말 그대로 돈으로 선거를 치르는 '금권선거'로 변질됐다. 현대그룹 계열사 직원들이 선거운동에 동원됐고 도처에서 돈 봉투가 발견됐다.

정주영은 여론조사에 대해 노골적으로 불신을 드러내 학계와 업계의 반발을 샀다. 시작은 그해 6월 15일 중앙일보 보도였다. 〈차기 대선, 두 김 씨 대결 구도 전망〉이란 제목으로 출마 예상 후보들에 대한 지지도 조사 결과가 실렸다. 김영삼 33.2%, 김대중 21.3%, 박찬종 15.2%, 정주영 10.2%였다. 이 보도가 정주영의 심기를 거슬린 모양이었다. 정주영 캠프는 '누구든지 선거에 관하여 당선되거나 되지 아니함을 예상하는 인기 투표나 모의 투표를 할 수 없다'라는 당시 선거법 규정을 들어 위반 여부를 중앙선거관리위원회에 질의했다. 선관위는 중앙일보 보도가 선거법에 위반된다는 유권해석을 내렸다.

선관위의 결정에 많은 언론인이 분노했다. 한국 신문편집인협회는 관련 법 조항의 위헌 심판청구를 헌법재판소에 제소했다. 그러나 헌재 판결까지는 오랜 시간이 필요했다. 결국 대통령 선거를 얼마 앞두고 국회는 선거 공고일부터 선거 기간, 즉 제14대 대선의 경우 28일 동안 선거 여론조사의 발표를 금지하는 법률을 통과시켰다. 전면 금지보다는 진일보한 것이었으나 선거 열기가 고조되기 시작할 무렵부터 두 눈이 가려지는 깜깜이 선거임은 매한가지였다. 가장 정보를 많이 얻어야 할 시점에 오히려 정보가 차단되는 것이다.

1987년 대선 당시에도 각 후보에 대한 여론조사 결과를 공표할 수 없었기에 가짜 여론이 득세했고 후보자와 유권자 모두 길을 잃었었다. 이는 단일화 투표 운동을 좌절시켰고 선거 과정을 정책과 공약 대결이 아닌 흑색선전, 폭력, 지역감정 자극 등으로 타락시켰다. 박무익은 선거 기간 여론조사 공표를 통해 국민에게 과정과 절차를 투명하게 공개해야 한다는 주장을 꾸준히 했다. 하지만 변화는 쉽지 않았다. 그 사이 후보들은 저마다 본인이 우세하다는 선전물을 배포했다. 여론조사 공표 금지법은 오히려 엉터리 여론조사 결과를 부추겼다.

박무익은 5년 전과 마찬가지로 대선 예측조사팀을 조직했다. 선거법 때문에 선거 기간 중 수치를 보도할 수는 없었지만, 자료를 모아 투표 종료 직후 발표할 계획이었다. 광화문에 오피스텔을 임대하여 팀을 입주시켰고 조사의 기본 틀은 1987년 형식을 유지했다. 검증된 면접조사를 기본으로 하되, 전화조사를 보완하기로 했다.

팀장은 1989년에 입사한 지용근 연구원에게 맡겼다. 그는 "선거 조사가 어떤 조사인데 경력도 짧은 나에게 이런 막중한 임무를 맡겼는지 그저 기가 막힐 노릇"이었다고 회고한다. 박무익은 그런 사람이었다. 허를 찌르는 판단력이 있었고 결과적으로 그것이 옳았다. 다음은 지용근의 기록이다.

"별동대식으로 광화문에 나가 있는 동안 처음 한두 달가량은 서점, 국회도서관 등을 찾아가 선거 관련 책자, 논문, 기사 등을 닥치는 대로 확보하여 읽으면서 이론적인 지식을 넓혀갔으며, 가상의 데이터를 가지고 여러 가지 분석기법을 사용하면서 준비 기간을 가졌다. 전국 1,500명 가구 방문 면접조사를 약 10일 만에 실사를 마치고 선거 팀에게 데이터가 넘어오면 우리는 자료 처리, 분석, 보고서 작성을 2~3일 만에 끝내는 작업을 매우 신속하게 해야 했다. 시간 싸움이기에 자료가 넘어오면 초긴장 상태에서 작업을 하곤 했던 기억이 난다.

당시 소장님에 대한 기억이 몇 가지 있다. 우리가 밤을 새우고 일할 때면 소장님께서 한밤중에 과일을 사 들고 와서 직접 깎아주시며 격려하시곤 했다. 그때마다 소장님의 자상한 면에 내심 놀라기도 했다. 그 외에도 소장님께선 조사 데이터의 분석과 그에 따른 전략 설정에 있어 매우 뛰어난 감각을 보이셔서 우리를 놀라게 했는데, 조사 데이터를 정확하게 읽어나가는 그 모습이란 조사회사 사장 이전에 선거 판세를 읽는 한 사람의 Pollster로 보였다."

1987년 대선 당시 박무익은 선거법을 위반하더라도 투표 종료 직후 예측 결과를 발표한다는 소신을 실행에 옮긴 바 있다. 발표 즉시 언론화되지는 못했지만 6시 정각, 사무실에 기자들을 불러 예측 결과를 발표했다. 선거의 전 과정을 투명하게 밝히는 것이 민주주의의 핵심이라는 신념에 따른 것이었다. 1992년 대선 예측도 언론과 상관없이 발표할 예정이었다. 그런데 MBC에서 연락이 왔다. 한국 최초의 실시간 개표 방송을 진행할 테니 예측 발표를 맡아달라는 제안이었다. 계약에 앞서 MBC의 한 임원이 선거 예측이 틀렸을 경우 발생할 파장에 대해 설명한 뒤 박무익에게 이렇게 물었다. "틀리면 어떻게 합니까?" 박무익의 답이다.

"우리 회사의 명예를 걸고 1987년에 이어 기록에 도전해 보죠. 혹시 틀리면 모든 걸 한국갤럽 쪽의 잘못이라고 떠넘겨도 좋습니다."

아무리 제대로 조사를 한다고 해도 선거 때마다 적중하기란 어려운 일이다. 선거일 전 마지막 조사가 끝난 뒤 불과 10시간 만에 판세를 뒤집을 만한 사건이 발생하지 말란 법은 없기 때문이다. 하지만 이런 위험 요소

때문에 선거 예측을 포기할 수는 없었다고 박무익은 말했다.

역사는 밤에 이뤄진다는 말이 있다. 혹자는 말한다. '선거에 관한 역사는 여론조사 공표 금지 기간에 이뤄진다'라고. 우려했던 일이 벌어졌다. 선거일을 사흘 앞둔 12월 15일, 정주영 후보의 통일국민당 관계자들이 부산 기관장들의 12월 11일 모임을 도청한 대화록과 녹음테이프를 언론에 공개한 것이다. 모임 참석자는 김기춘 전 법무부 장관을 비롯해 부산시장, 안기부 부산지부장, 부산경찰청장, 부산지방검찰청 검사장 등이었다. 이들은 관권을 동원해서라도 여당의 김영삼 후보를 밀어야 한다며 대놓고 지역감정을 부추기는 발언을 했다. 경북, 경남 가리지 말고 뭉치자는 "우리가 남이가?"란 씁쓸한 어록을 남겼다. 이른바 '초원복집 사건'이다.

이 사건은 선거일 1주일 전에 끝낸 마지막 면접조사를 토대로 예측을 준비하고 있던 박무익은 당황하게 했다. 여론조사 1위를 달리던 김영삼 후보에게는 불리하게, 2위인 김대중 후보에게는 유리하게 작용할 것으로 보였다. 12월 7일 조선일보-한국갤럽 조사에서 김영삼 후보 37.7%, 김대중 후보 29.5%로 겨우 8% 차이였다. 이 사건으로 1위와 2위의 순위가 바뀔 수도 있었다.

"선거일 이틀 전인 12월 16일, 긴급회의를 거쳐 1,000명을 대상으로 자체 전화조사를 했다. 그런데 결과는 예상과 달랐다. 정주영, 박찬종 후보의 지지도는 소폭 감소했고 1, 2위에는 큰 변화가 없었다. 오히려 1위인 김영삼 후보의 낙선을 우려한 유권자들이 더 집결할 것이란 분위기가 감지됐다."

사실 대한민국 역대 선거마다 선거일을 며칠 앞두고 여론을 뒤흔들 만한 사건이 터졌다. 13대 대선 대한항공 858편 폭파 사건, 14대 대선 초원복집 사건, 15대 대선 DJ 비자금 조성 의혹, 16대 대선 정몽준의 노무현 지지 철회 선언, 17대 대선 BBK 동영상 등 모두 여론조사 공표 금지 기간에 발생한 일이다. 그때마다 박무익과 한국갤럽 연구원들은 시시각각 변화하는 여론을 추적하며 피 말리는 싸움을 했다. 언론과 정치관계자들도 자체 여론조사를 통해 동향을 파악했다. 하지만 일반 국민은 암막에 가려 적절한 대응을 할 수 없었다. 권력층과 국민 사이 정보의 불균형이 존재했다.

"여론조사 결과의 보도 금지는 국민에 대한 모독이다." 1998년 캐나다 대법원 판결문의 일부다. 당시 캐나다 연방법은 선거일 전 72시간 내 여론조사 공표를 금지했는데 대법원이 폐지를 판결한 것이다. 2024년 현재 대한민국에는 '선거일 6일 전부터 투표 마감 시간까지'라는 여론조사 공표 금지 규정이 여전히 살아 있다. 선거일이 임박할수록 유권자의 진의를 왜곡할 수 있는 여론조사의 부정적인 효과를 막을 필요가 있고, 불공정한 여론조사에 대한 반박 및 시정이 어렵다는 이유에서다. 관련 학계와 조사업계는 이러한 제한의 철폐를 주장하고 있다.

1992년 12월 18일 오후 6시 정각, 박무익은 대한민국 선거 개표 방송 사상 조사인으로는 최초로 방송 화면에 얼굴을 드러냈다. 한국갤럽조사연구소 박무익 소장이라는 소개와 함께 모두가 선거 결과 예측을 기대하고 있을 때 박무익의 묵직한 발언은 참으로 도발적이었다.

"시청자 여러분, 오늘 선거 결과가 궁금하시지요? 선거 결과를 예측한 자료가 지금 제 손에 들린 이 노란 봉투 안에 있습니다. 그런데 현행 선거법 때문에 오늘 밤 12시에 발표하게 됨을 유감스럽게 생각합니다. 다음 선거 때에는 이런 후진적 선거법이 개정되기를 바랍니다. 자, 그럼 밤 12시 정각에 발표되는 한국갤럽의 선거 예측까지만 보시고 잠자리에 드십시오."

두 시간 전인 오후 4시경으로 돌아가 보자. 박무익은 최종 선거 예측 자료를 MBC에 전달했다. MBC는 이때 오후 6시 정각으로 계획했던 발표를 보류한다는 통보를 해왔다. 황당한 일이었다. MBC는 바로 전날 예고 방송까지 한 터였다. 이유는 두 가지였다. 선관위가 '현 선거법에 따르면 선거일 당일까지 선거 예측 발표가 금지되기 때문에 밤 12시 이후에 발표해야 한다'라고 권고했다는 것이다. 또 방송 3사가 예측이 틀릴 경우의 위험을 감수하지 말고 자정을 넘겨 발표하자고 합의했다는 것이다. 예측 결과 발표는 미뤄졌지만, 방송은 계획대로 진행한다고 했다. 박무익의 회고다.

"이럴 줄 알았더라면 MBC와 계약하지 말 것을…. 후회가 밀려왔다. 하루 전까지만 해도 MBC 담당자와 오후 6시 선거 예측 결과를 발표하기로 하지 않았는가. 그러나 선거 당일 오후, 그는 안팎으로 강력한 반대에 부딪혀 자기로서는 도저히 어쩔 수 없다고 했다. 몸에서 힘이 쭉 빠졌다. 개표가 1%라도 진행된 상태에서 발표하는 선거 예측은 이미 진정한 선거 예측이 아니다. 열심히 공부한 학생이 자신만만하게 시험장엘 갔는데 시험이 취소됐다는 소식을 접한 상황이나 마찬가지였다."

오후 4시 30분, 박무익은 방송 출연을 위해 MBC로 출발했다. 손에 든 자료를 발표할 수 없음에 분개한 그의 굳은 표정과 서늘한 목소리는 오후 6시 정각, 생방송을 통해 고스란히 세상에 전달됐다. 박무익은 선거 전 여론조사 공표 금지법은 유권자들의 알 권리를 제약하고 후보자의 정치적 표현의 자유를 침해한다고 생각했으며 이에 분노했다.

그날 밤, 막 자정을 넘겨서야 비로소 박무익은 손에 든 노란 봉투를 열 수 있었다. 한국갤럽 예측치는 김영삼 후보 39.5%, 김대중 후보 31.1%, 정주영 후보 15.7%, 박찬종 후보 12.4%였다. 실제 결과는 김영삼 후보 42.0%, 김대중 후보 33.8%, 정주영 후보 16.3%, 박찬종 후보 6.4%이다. 예측대로 민주자유당 김영삼 후보의 당선이었다. 당선자 기준으로 2.5% 포인트의 오차를 기록했다. 언론은 선거 예측의 정확성에 대한 이슈를 크게 다뤘고 한국갤럽의 여론조사 수준에 신뢰를 표했다.

1987년 대선과 달리 이번에는 한국갤럽뿐 아니라 다른 여론조사 회사들도 개표가 끝난 19일 각각 예측치를 내놓고 정확함을 주장했다. 그러나 개표 시작 후 발표하는 선거 예측은 이미 예측이라 할 수 없다. 박무익의 표현을 빌리자면 다이아몬드도 평가 기준에 따라 어떤 것은 최고의 보석으로 고가에 거래되고 어떤 것은 공업용으로 낮은 가치로 거래된다. 여론조사도 마찬가지다. 수많은 여론조사가 난립하지만 분명 옥석(玉石)은 존재한다. 다음은 14대 대선 예측팀장을 맡았던 지용근의 글이다.

"나는 당시 6개월간 그 시대 최대 사건의 한복판에 서서 진단하고 예측하는 사회적인 기능을 담당했다. 선거 다음 날 아침 9시에 김영삼 후보의 당선 소감이 TV로 전국에 생중계됐다. 나도 모르게 눈물이 흘러나왔다. 만감이 교차했다. 수개월 동안이었지만 내 인생을 걸 정도로 나를 던지고 일한 결과를 본 것이다. 선거는 끝이 났다. 바람이 어디서 불고 어디로 가는지 모르지만 그 흔적은 남는다는 이야기처럼, 이 선거 조사 경험이 나에게는 더욱 성숙한 조사인으로 성장하는 데 큰 발판이 됐으며 조사인으로서 이 사회에 책임과 의무를 다해야 한다는 강한 소명 의식을 가지게 했다."

제13대 대통령 선거에서 한국갤럽이 최초로 예측조사를 발표한 것이 한국 선거 여론조사의 효시로 불린다. 제14대 대선에서도 한국갤럽은 예측조사를 발표했고, 불가피하게 6시간이나 발표가 지연된 탓에 박무익은 크게 실망스러워했지만 두 번의 대선을 모두 적중했다. 한국 정치사에 여론조사 전성시대를 연 일대 사건이었다.

강단 있는 박무익은 그러나 목소리가 크지 않다. 짙은 경상도 억양이 남아 있으나 어지간해서는 톤을 높이지 않는다. 얼핏 어눌하게도 들린다. 그러나 그의 입에서 나오는 말의 내용은 결코 조용하거나 어눌하지 않다. 띄엄띄엄 던지는 말에 정곡을 찌르는 날렵한 촉(鏃)이 살아 있다. 세상의 눈치를 보지 않고 거침없이 할 말을 한다. 그는 태생적으로 '반항하는 인간'이다. 그의 말과 행동에는 일평생 치열하게 '반항'을 성찰했고 그 결과 생을 긍정했던 알베르 카뮈(Albert Camus)의 영혼이 깃들어 있다. 카뮈는 "세계의 침묵과 대결하라"라고 했다.

박무익이 생방송을 통해 '이런 후진적 선거법'이라고 성토했던 법은 그날 이후 1년이 더 지나서야 개정됐다. 1994년 3월 16일, 대통령 선거법과 국회의원 선거법, 지방자치 선거법이 '공직선거 및 선거부정방지법'으로 통합되면서 '선거 기간 개시일부터 선거일 투표 마감 시각까지' 여론조사를 공표할 수 없도록 다소 완화됐다. 자정이 아닌 투표 마감 6시 정각 발표가 법적으로 허용된 것이다.

6시 정각 TV 깜짝쇼

1950년대 박무익의 기억 속 시골 국민학교에서는 운동회나 졸업식이 열릴 때면 으레 맨 앞줄 유지석에 읍장 자리가 마련되어 있었다. 치사의 순서도 읍장이 제일 먼저였다. 주위 사람들은 읍장을 극진히 대접했다. 어린 마음에 박무익은 읍장이 교장보다 더 위대한 사람인가 의아했다고 한다.

이런 이야기를 마중물로 그는 강연이나 기고 기회가 있을 때마다 자치제 논의를 주장했다. 지방자치와 함께 체계적이고 과학적인 주민 여론 수렴 절차를 마련해 행정에 반영해야 한다고 했다. 당시 우리나라 지방단체장은 주민 선거를 통해서가 아니라 위로부터 임명되고 있었다. 그러다 보니 재임 중 주민은 뒷전이고 윗사람 눈치 살피기에만 급급했다. 지방자치를 실현한다고 해서 반드시 좋은 행정이 되리란 보장은 없었지만 적어도 과거보다는 주민 목소리를 더 귀담아들으리라 기대했다. 박무익의 글이다.

> "기관장들은 달동네를 방문하거나 현대식 고층 빌딩을 배경으로, 때로는 시청 앞 광장에서 주민의 소리를 듣는 것처럼 홍보 사진을 찍는 것이 우선이었다. 실제 경청하는 일은 뒷전이었다. 시장이 가끔 어떤 지역에 들러 주민들과 이야기하다가 그 지역 숙원 사업이 해결됐다거나 기자의 카메라 고발로 TV에 비친 일이 얼마 후 시정됐다는 이야기가 마치 미담인 양 회자했다. 바꿔 생각해 보면 다수의 시민은 묵묵히 불편함을 감수하고 있다는 말이나 마찬가지였다.

바쁜 시장이 가보지 않은 지역은 얼마나 많을 것이며, 소수에 불과한 기자들이 보지 못했거나 다루지 않고 그냥 지나친 문제들은 또 얼마나 많을 것인가?"

대한민국 지방자치는 1948년 헌법에서부터 명시되어 있다. 지방의회 선거만으로 제한되었지만 1952년에는 최초의 지방선거도 치렀다. 이후 1960년 4·19 혁명이 일어나고 개헌을 통해 제2공화국이 수립되면서 지방선거 대상이 자치단체장까지 확대됐다. 그러나 이듬해인 1961년, 5·16 군사 정변으로 지방의회가 해산되면서 지방자치는 실질적인 폐지를 맞았다. 이때부터 시장, 도지사, 군수 등 각급 행정구역의 장을 모두 중앙정부에서 직접 임명했다. '풀뿌리 민주주의'를 기치로 지방자치제 논의가 다시 시작된 건 1987년 대통령 직선제가 부활한 이후다. 이듬해 지방자치법이 개정되었지만 제1회 지방자치단체장 선거가 치러진 1995년을 실질적인 지방자치 원년으로 본다.

한편 1995년 6월에 있을 제1회 전국동시지방선거를 앞두고 MBC는 다시 한국갤럽에 선거 예측조사를 의뢰했다. 대통령 선거는 당선자 한 사람만 맞추면 되지만, 지방선거는 전국 15개 광역단체장을 맞춰야 한다. 대선 예측 15번을 동시에 하는 것과 마찬가지다. 조사 예산은 대선만큼 넉넉지 않았다. 하지만 박무익은 포기할 수 없었다. 그는 선거 예측이야말로 조사회사의 역량을 보여줄 수 있는 최전선이라고 했다. 심장을 짓누르던 부담감은 곧 두근거리는 승부욕이 대신했다. 제한된 예산과 인력과 자원으로 출마한 모든 후보의 득표율을 정확하게 예측한다는 건 과욕이었다. 박무익은 득표율은 차치하고 각 지역 당선자를 맞추는 것을 목표로 했다. 방법은 전화조사로 결정했다. 1가구 2전화 시대를 넘어 휴대전화 보유 100만 명을 돌파한 시기였다.

선거일 20일 전, 전화 250회선을 설치하고 매일 유효표본 4,000명 정도를 인터뷰했다. 임시로 마련한 100여 평의 공간에 150명 남짓한 전화 조사원들이 앉아 길어야 5분 정도 되는 인터뷰를 끊임없이 반복했다. 유권자들은 선거 관련 전화를 받으면 50% 이상이 전화를 끊는다. 또 응답자의 40%는 여전히 '아직 모르겠다', '말할 수 없다'라고 답한다.

표본오차가 모집단에서 표본을 선정할 때 생기는 오차라면, 비표본오차는 그 외의 원인에 의해 생기는 오차를 말한다. 표본 수가 많아질수록 표본오차는 작아지지만 비표본오차가 커질 확률은 높아진다. 설문조사에 응하는 답변자가 솔직하게 답하지 않거나 거짓말을 함으로써 생기는 응답자 오차, 조사원들이 제대로 된 답을 끌어내지 못해 생기는 조사원 오차, 질문지를 잘못 작성해 답변자의 정확한 생각을 끌어내지 못하는 질문지 오차, 집계 과정에서 생길 수 있는 오차 등이다. 문제는 이런 여러 가지 비표본오차가 표본오차보다 훨씬 더 치명적일 수 있다는 사실이다. 하지만 이런 제약 때문에 선거 예측이 빗나갔다고 말하는 것은 프로페셔널의 자세가 아니다. 선거팀 사무실 벽에는 박무익의 지시로 큼직한 문구가 붙었다. '조사에서 아마추어리즘(amateurism)은 용납되지 않는다'라고.

1995년 6월 27일, D-day가 되었다. 전국 15개 시도 중 선거 당일까지 7개 지역이 박빙이었다. MBC에 최종 예측 결과를 전달해야 할 시한은 오후 4시 30분. 지난 대선 때처럼 박무익은 TV 출연을 위해 오후 5시 30분까지 MBC에 도착해야 했다. 그런데 오후 2시가 지날 무렵, 지역별 데이터를 검토하던 허진재 연구원이 다급하게 외쳤다. "이게 뭐야! 제주도 순위가 바뀌었잖아!"

당일 투표자 순위에서 제주도지사 1, 2위 예측 순위가 뒤바뀐 것이다. 제주도에서 막판 돌발 사건이 있었는지 알아봤지만 그런 일은 없었다.

당황한 나머지 침묵이 흘렀다. 발표가 두 시간여 남은 시각, 면접 카드를 샅샅이 훑기 시작했다. 잠시 후, 아래층에 내려간 허진재 연구원이 종이 뭉치를 들고 뛰어 올라오며 외쳤다. "소장님! 이런 일도 다 있네요. 제주 담당 조사원 한 명이 20명 응답을 모두 1번으로 해놨어요." 1번은 민자당 후보였다. 한 조사원의 거짓 응답지를 찾아낸 것이다.

비슷한 에피소드는 이전에도 있었다. 1987년 대선 당일에는 한 언론사로부터 "지금 한국갤럽 명의로 김대중 후보가 1위라는 최종 선거 예측 자료가 팩스로 들어왔다"라며 사실 여부를 확인해 달라는 문의가 있었다. 누군가 한국갤럽을 사칭해 언론에 거짓 정보를 흘렸던 것이다. 어차피 언론 보도는 투표 종료 후에나 가능한데 왜 그런 일을 벌였는지 참으로 이해할 수 없는 선거운동도 다 있다고 박무익은 회고했다. 격랑 속 생존을 위해 작은 널빤지라도 붙잡고 의지하듯, 보고 싶고 듣고 싶은 수치만을 맹신하다 못해 원하는 수치를 만들어내려는 열망에까지 사로잡힌 걸까.

이런 일은 또 있었다. 1997년 대선 당시 모처에 출입하는 정치부 취재기자가 입수한 문건이라던 한 자료에는 한국갤럽 이름과 함께 박무익도 모르는 수치가 천연덕스럽게 적혀 있었다. 각 후보의 지지율뿐 아니라 지난 조사와 대비한 증감까지 친절하게 기록되어 있었다. 박무익은 누군가 조작한 그 '작품'을 두고 선거운동 기간 중 여론조사 공표를 막은 탓에 탄생한, 어둠 속을 활개 치는 괴물이라고 표현했다.

오후 5시, 박무익은 최종 예측치를 담은 디스켓과 보고서를 들고 MBC로 향했다. 방송 담당자에게 "투표가 끝난 6시 정각에 확실히 발표할 수 있는가"를 거듭 확인했다. 1992년 대선처럼 자정을 기다려 발표하는 악몽은 되풀이하고 싶지 않았기 때문이다. 물론 이번에도 선관위는 여전히 방송사들에 선거 예측 발표를 하지 말라는 강력한 경고를 보내고 있었다.

당일 투표자 전화조사를 통해 선거 예측을 발표하는 것은 선거법 위반이었다. 당시 공직선거 및 선거부정방지법은 '선거인은 투표한 후보자의 성명이나 정당명을 누구에게도 또한 어떠한 경우에도 진술할 의무가 없으며, 누구든지 선거일의 투표 마감 시각까지 이를 질문하거나 그 진술을 요구할 수 없다. 이를 위반할 경우, 3년 이하의 징역 또는 600만 원 이하의 벌금에 처한다'라고 명시했다. 그러나 조사업계와 방송업계, 선거 전문가들은 모두 이 법 조항이 비합리적이며 비민주적이라고 생각했다. 박무익은 투명한 민주주의 정치 과정을 정착시키기 위해서는 법을 뛰어넘어야 한다고 생각했다.

오후 5시 50분, MBC 개표 방송 스튜디오에 도착했다. 엄기영, 정동영 두 앵커가 나란히 앉아 있었다. 카메라 앞에 앉아 숨을 고르기가 무섭게 큐 사인이 들어왔다. "시청자 여러분들이 일찍 주무실 수 있게 하겠습니다." 엄기영 앵커의 오프닝에 이어 박무익은 조사의 개요와 한계에 대해 설명한 후 곧바로 결과를 발표했다.

"민자당 5석, 민주당 4석, 자민련 4석, 무소속 2석"

우리나라 선거 역사상 처음으로 TV 개표 방송에서 투표 마감 즉시 선거 예측 결과를 발표하는 순간이었다.

투표함 1개를 개봉하기도 전에 TV가 전하는 선거 예측은 세상을 놀라게 했다. 당시 선거 예측 보도는 위법이었기에 MBC는 예고 방송을 하지 않았다. MBC의 지방계열사들도 본사의 계획을 전혀 몰랐다. 엄기영, 정동영 앵커조차 방송 1시간 전 큐시트를 받고서야 알게 됐다. 한마디로 깜짝쇼가 연출된 것이다.

실제 개표 결과로 착각한 일부 시청자들이 선관위와 언론사에 전화해

MBC 선거 개표 방송, 왼쪽부터 차례대로 박무익, 엄기영, 정동영, 1995년 6월 27일

항의하는 소동이 벌어지기도 했다. 여당인 민자당은 초상집 분위기가 됐다. 민주당과 동석으로 예측된 자민련은 환호성을 터뜨렸다. 일본 후지TV는 MBC 개표 방송을 일본 전역에 생중계했다. 지역별 개표 상황은 밤 10시 무렵부터 한국갤럽의 예측과 점점 더 가까워졌다. 최종 개표 결과, 한국갤럽의 15개 광역단체장 당선자와 후보자 순위 예측이 모두 적중했다.

한국 사회와 언론은 한국갤럽의 선거 예측의 정확성에 다시 한번 주목했다. 한편으로는 적법성을 두고 공방을 벌였다. 이후 여러 차례의 선거법 개정 끝에 투표자 조사와 출구조사가 합법화됐다. 2005년부터는 여론조사 공표 금지 기간이 선거운동 기간 전체에서 선거일 전 6일로 단축됐다. 역사는 박무익의 결단이 옳았음을 입증했다.

"이런 갑론을박(甲論乙駁)의 한가운데에서 나는 1987년과 1992년 불발된 '투표 종료 직후 선거 예측 발표'라는 오랜 염원 실현이란 기쁨을 만끽했다. 조지 갤럽 박사가 생존해 있다면 내가 드디어 해냈음을 달려가 자랑하고 싶었다. 벼랑 끝으로 떨어질 수도 있었던 아찔한 순간들을 떠올리며 나에게 온 행운에 감사했다."

한반도의 밤을 찍은 위성사진을 보면 남한은 빛의 바다처럼 반짝이는 반면, 북한은 깊은 바다의 밑바닥처럼 어둡다. 해안선조차 드러나지 않아 동해와 서해의 어둠에 함께 침몰해 있다. 빛의 차이는 휴전선 위 북한만을 어둠의 섬으로 고립시킨 듯 보인다. 두 지역의 에너지 사용 격차, 경제 규모의 격차를 보여주는 사진이다. 박무익의 여정을 따라가다 문득 떠오른 이 사진 속 불빛은 국민 한 사람 한 사람의 목소리라는 생각이 들었다. 대한민국도 한때 저 짙은 어둠 속에 침잠해 있던 때가 있었다. 하나하나의 불빛을 밝히기까지 얼마나 많은 이들의 용기와 희생이 필요했던가.

박무익은 이 선거를 통해 '여론조사 없이는 민주주의도 없다'라는 명제와 더불어 '여론조사 과정의 명확한 공개 없이는 여론조사와 민주주의 발전도 없다'라는 확신을 얻었다. 힘들게 얻은 자료를 공개 기록으로 남겨야겠다고 마음먹었다. 여론조사 결과는 시대의 기록이며 역사의 일부다. 박무익은 이 자료가 정치·사회학자들이 선거 결과를 객관적으로 해석하고 역사학자들이 올바른 역사를 쓰는 데 보탬이 되기를 바랐다.

1996년 1월, 박무익은 제1회 지방선거 여론조사 자료집《한국인의 투표 행동》을 출간했다. 한국 최초의 선거 여론조사 자료집이다. 잘 팔릴 거라 예상하지도 않았고 실제로도 잘 팔리지 않았다. 그럼에도 이후 총 11권의 선거 여론조사 자료집을 출간했다. 조성겸 충남대 언론정보학과 교수는 이렇게 평한다.

"한국갤럽은 선거가 끝날 때마다 관련 여론조사 자료를 자료집으

한국 최초의 선거 여론조사 자료집 《한국인의 투표 행동》, 1996년

로 묶어낸다. 기업에서 발간하는 자료집이니만큼 잘한 면을 좀 더 부각시킬 만도 한데 한국갤럽 자료집을 보면 그렇지 않다. 제삼자가 작성한 것처럼 담담하게 사실 중심으로 기록하고 있다. 이러한 점이 조사회사로서 한국갤럽이 갖는 매력 중 하나다. 또 한국갤럽은 선거 때마다 자체 기획조사를 실시하고 이에 대한 자료를 공개하고 있다. 시민으로서도 유용한 정보겠지만 연구자로서는 더없이 고마운 자료다."

쉬울 때만 예측하는 건 선거 예측이 아니다

"시청자 여러분, 정부가 결국 국제통화기금 IMF에 구제금융을 신청하기로 했습니다. 경제우등생 한국의 신화를 뒤로한 채 사실상의 국가부도를 인정하고, 국제기관의 품 안에서 회생을 도모해야 하는 뼈 아픈 처지가 된 겁니다."

1997년 11월 21일 저녁 9시, MBC 뉴스데스크는 이인용 앵커의 무거운 목소리로 시작했다. 다음 날 아침, 김영삼 대통령은 굳은 표정으로 청와대 본관 1층에 마련된 단상에 섰다. 10시가 되자 전국 TV와 라디오에 생중계되는 담화문을 읽어 내려갔다.

"시급한 외환 확보를 위해 국제통화기금의 자금 지원체제를 활용하겠습니다. 이에 따른 다방면에 걸친 경제 구조조정 부담도 능동적으로 감내해 나가도록 최선을 다할 것입니다. … 지금은 누구를 탓하고 책임을 묻기보다 우리 모두가 다시 한번 허리띠를 졸라매고 고통을 분담하여 위기 극복에 나서야 할 때입니다."

12월 18일로 예정된 제15대 대통령 선거는 외환 위기와 대기업 연쇄부도라는 초유의 사태 속에서 치러지게 됐다. 대구 지하철 가스폭발 참사와 성수대교와 삼풍백화점 붕괴 사고, 현직 대통령 아들 김현철 구속 사태에 IMF까지 터지며 문민정부는 완전히 레임덕에 빠진 상황이었다. 출마 후보는 7명이었으나 신한국당 이회창, 새정치국민회의 김대중, 그리고 신한국당 후보 경선에서 낙마하자 국민신당을 창당해 독자 출마한 이인제, 세 사람의 3자 대결 구도였다.

한국갤럽은 연초부터 각 후보에 대한 지지도를 꾸준히 트래킹했다. 5월 조사에선 김대중, 이인제, 이회창 순이었다. 11월 15일에는 김대중 34.0%, 이회창 24.4%, 이인제 23.7%로 2위와 3위가 뒤집혔다. 이때까지만 해도 김대중 후보의 선두는 상대적으로 견고해 보였다.

선거법에 따라 11월 26일 이후에는 여론조사 결과 발표가 금지된다. 공표 금지 기간 전 마지막이라는 데 의미를 두고 한국갤럽은 MBC, 조선일보와 함께 대대적으로 표본 수를 키운 조사를 진행했다. 11월 20일부터 사흘간 전국 유권자 5,262명을 대상으로 한 조사였다. 결과는 김대중 33.1%, 이회창 28.9%, 이인제 20.5%, 무응답 16.7%. 8월 말 자녀 병역 문제로 추락했던 이회창 후보의 지지도가 상승세로 돌아섰다. 조선일보는 11월 24일 4개 지면을 할애해 그 결과를 상세히 실었다. 7면에는 〈결과에 일희일비 말자〉라는 제목으로 박무익의 기고문이 실렸다. 아래는 기고문 전문이다.

결과에 일희일비 말자

이번 대선만큼 언론에 여론조사 결과가 자주 보도된 적이 없었다. 또한 이번만큼 여론조사가 선거 과정에 영향을 끼친 적도 없을 듯하다. 지지도가 낮은 후보들의 사퇴와 합종연횡(合從連橫)을 몰고 왔고 정치인들의 이합집산(離合集散)을 가속시킨 것 같다. 이의 장단점에 관한 논의는 다음에 하기로 하고, 여론조사가 선거 과정의 흐름을 있는 그대로 보여주었다는 점에서 긍정적인 면이 많았다고 생각한다.

지난 87년, 92년 대선 때 우리 언론이 백중지세(伯仲之勢) 등의 수사를 동원한 가십성 혹은 억측 보도를 하여 결과적으로 유권자를 혼란에 빠뜨리게 하고 선거 과정을 왜곡시켰던 경험에 비하면, 이번 선거가 얼마나 그때보다 산뜻하고 공명하게 진행되고 있는지 알 수 있다.

한편으로 여론조사의 정확성과 공정성에 대한 시비도 꼬리를 물고 있다. 비슷한 시기에 발표된 여론조사 결과가 서로 다르고 2, 3위 후보의 격차와 순위가 뒤바뀌는 등 혼란이 일었다. 보다 정확한 조사를 위해 무응답 비율을 10% 이하로 줄였다고 하는 상식 이하의 조사기관도 있었고, 무응답 비율이 앞의 조사에서는 30%, 그다음 조사에서는 5% 선으로 나오는 조사기관도 있었다.

여론조사 결과를 보도하는 언론 쪽에도 문제가 있다고 본다. 표본오차를 고려하지 않고 1%포인트라도 앞서면 역전이라는 헤드라인을 달기도 하고, 표본 수 50명 이하인 지역의 지지도 변화를 도별로 시계열 비교하는 등의 기사들도 많았다. 여하간 이번 조선일보와 MBC가 공동으로 마지막 여론조사 발표 시한을 앞두고 대규모의 조사(표본 수 5,000여 명)를 행한 것은 15개 시도별로 여론의 흐름을 보여줄 수 있는 기획이었다는 점에서 사기(史記)적 의미가 있고, 학자들에게도 유용한 선거 분석 자료를 제공한다고 본다.

독자들이 여론조사 결과를 잘 해석하기 위해 이번 여론조사의 다음과 같은 한계를 유념해 주었으면 한다.

첫째, 이 조사는 11월 20일부터 22일까지 사흘간에 이뤄져서 투표일 26일 전의 상황을 나타낸다는 점이다. 여권 후보가 분열되고 3개월 전부터 각 후보의 지지도가 뒤바뀌고 있는 혼란스러운 이번 선거의 경우 현재의 지지도가 투표일까지 이어지기 어려워 보인다.

둘째, 이번 조사의 표본 총수는 5,000명으로 이때까지의 대선 관련 여론조사 중 가장 규모가 크다고 할 수 있으나, 시도별 최소 표본은 300명(호남 지역 제외)이므로 지역별로는 표본오차가 크다는 점이다. 셋째, 투표일 26일 전인 현재 지지 후보 질문에 '말할 수 없다', '모르겠다'라는 응답이 20%에 이르고 원천적으로 전화를 끊어 응답을 거절하는 비율이 45%로 상당히 높기 때문에 이 '무응답'과 '응답

7 정치 42版 第23891號

결과에 一喜一悲 말자

"여론조사는 현시점의 스냅사진일 뿐 현재 지지도 투표일까지 계속 변할것"

朴武益 한국갤럽조사연구소 소장

〈결과에 일희일비 말자〉, 조선일보, 1997년 11월 24일

거절'의 향방이 큰 변수가 되고 있다는 점이다.

위에서 필자가 지적한 여론조사의 한계를 인식한다면 후보자들은 조사 결과에 그렇게 일희일비(一喜一悲)할 필요가 없다. 자기가 느끼는 감(感)과 너무 거리가 멀다며 여론조사 결과를 믿을 수 없다고 단정적으로 판단하지 말기를 부탁드리고 싶다. 여론조사란 선거의 판세를 바꾸는 바람이 아니라, 조사 시점의 온도를 보여주는 온도계에 불과하며 그 당시 상황을 기록한 스냅(snap) 사진일 뿐임을 기억하길 바란다.

현행 선거법에 따르면 26일 이후에는 여론조사 결과 발표가 금지된다. 따라서 앞으로는 온도계와 스냅 사진을 볼 수 없는 암흑 속에서, 각종 유언비어와 엉터리 여론조사 결과가 난무하리라 예상되므로 이런 뜬소문들은 믿지 말자.

이제 유권자들도 필자가 앞에서 지적한 여론조사 감상법을 되새겨, 믿을 수 있는 여론조사와 믿을 수 없는 여론조사를 구분하고 믿을 수 있는 여론조사를 활용한 언론기관이 어디인지를 기억하여 양(羊)과 산양(山羊)을 식별할 수 있을 때에만 한국의 민주주의가 성공할 수 있으리라 본다.

1987년 이후 한국갤럽의 선거 예측조사가 빛을 발하면서 선거철이 되면 박무익을 향한 정치권과 언론의 질문이 많았다. 개별 정치인의 정치적 행보와 비전과 관련한 질문도 단골 주제였다. 그때마다 박무익은 말했다.

"나는 정치 바람을 일으키는 사람이 아니다. 여론은 한자리에 머물러 있지 않고 항상 변한다. 여론조사는 여론의 온도를 측정하는 온

도계이자 그 변화의 순간을 스냅사진으로 찍어서 기록할 뿐이다. 매 시점 촬영한 스냅사진을 시간순으로 연속 배열하고 멀리서 보면 그 속의 움직임이 드러나는 것이다."

11월 24일 보도를 끝으로 선거판에는 다시 암막이 드리워졌다. 선거법 때문에 공개 보도는 할 수 없었지만, 판세가 궁금한 곳들은 비공개 조사를 계속했다. 그사이 견고해 보였던 순위에 균열이 찾아왔다. 12월 14일 한국갤럽의 조사 결과는 김대중 32.2%, 이회창 27.1%, 이인제 16.6%였는데 무응답이 22.7%로 무척 높았다. 무응답을 판별분석하자 수치는 김대중과 이회창 두 사람 모두 38.1%로 동률이다. 선거를 이틀 앞둔 12월 16일에는 무응답 판별분석 결과 김대중 37.2%, 이회창 37.1%가 되었다. 격차는 겨우 0.1%포인트. 실상 격차라고 할 수조차 없는 수치다. 박무익의 회고다.

"기가 막혔다. 이번 선거 결과는 하늘만 알지 투표함 뚜껑이 모두 열리기 전에는 누구도 모르겠다 싶었다. 그만큼 경쟁이 치열함을 의미했다. 이제 성패는 선거 당일 투표율과 부재자 투표 추정치를 어떻게 반영하는가에 달렸다."

MBC-한국갤럽뿐 아니라 KBS-코리아리서치, SBS-리서치앤리서치가 선거 예측 방송을 준비하고 있었다. 문제는 1, 2위 후보의 예상 득표율이 표본오차 범위 이내로 좁혀졌다는 것. 1, 2위의 순위와 격차가 엎치락뒤치락하며 혼전이 계속되자 선거일 1주일 전, KBS, SBS와 준비 중이었던 조사회사들이 박무익에게 연락했다. 조사 결과를 공유하자는 제안이었다. 어쩌면 당선자를 맞추는 일이 동전을 던져 베팅하는 것이나 마찬가지인 상황에서 구체적인 수치는 차치하더라도 각 후보의 순위라도 공유하자는 것이다. 최소한 서로 뒤바뀐 순위를 내보내는 낭패는 막아야 한다는 것이 그들의 변(辨)이었다.

"오차 범위를 벗어나 10%, 20% 차이가 있을 때만 예측 발표를 하고 박빙이면 예측 발표를 포기하시오? 쉬울 때만 예측하는 것은 선거 예측이 아니라고 나는 생각하는데. 그대들은 어떻게 생각하시나?"

박무익의 말에 침묵하던 상대는 말없이 전화를 끊었다. 그들은 박무익의 오랜 업계 동료이며 평소 술자리를 함께하는 지인이었지만 여론조사에 있어서만큼은 박무익에게 타협이란 없었다.

박무익을 아는 이들이 그를 이야기할 때 첫손에 꼽는 건 그의 남다른 배포다. 오차 범위 내 박빙이라는 결과에 연구원들의 얼굴이 하얗게 질리고 선거 방송 파트너인 MBC 임직원들의 문의가 빗발치는 상황에서 박무익은 생각했다. 예측치가 오차 범위 내에 있다면 순위가 틀려도 문제 될 것이 없다고. 하지만 이론과 현실은 다르다. 표본오차에는 대부분 주의를 기울이지 않는다. 예측 순위가 맞느냐 틀리느냐에 따른 혼란과 비난만이 있을 뿐이다. 박무익이 오롯이 홀로 감내할 수밖에 없는 현실이었다. 다음은 선거 5일 전 허진재 차장의 기록이다.

"해가 저물 즈음 소장님께서 처음으로 소주 한잔하자고 우리 사무실에 들르셨다. 소장님께서는 이번 선거 조사에 대해서는 선거팀에 많은 것을 맡겨주셨다. 자신의 의견을 밝히기보다는 현재 판세에 대한 우리의 견해를 귀담아들으셨다. 아마 결정적인 순간에 승부사로서의 기질을 발휘하시려고 힘을 아끼시는 것 같다.

소장님은 참 여유가 많으시다. 불과 5일밖에 남지 않아 우리 팀원들끼리는 맑은 정신을 유지하고자 금주를 약속했는데 소장님의 제안은 거절키 어려웠다. 현재 판세와 경제 위기에 대한 서로의 견해를 안주 삼아 늦은 시간까지 소주잔을 기울였다. 경제 위기로 한산해진 인사동 주점에서…."

허진재 차장은 타 조사회사와의 결과 공유를 단호하게 거절한 박무익의 결단이 실무진에 대한 그의 믿음이라고 생각했고 고마움으로 기억하고 있다. 그는 그 내용이 실린 신문을 통째로 들고 가 조사원 교육 시간에 큰 소리로 읽었다. 긴박하게 돌아가고 있는 현재 상황에 우리가 이런 결정을 한 것은 조사원 여러분을 믿기 때문이라는 당부와 함께.

한편 각 방송사 선거팀도 고민에 휩싸였다. 적지 않은 비용을 투입하고도 예측 방송 여부를 고심하지 않을 수 없었다. 선거를 나흘 앞둔 12월 14일, 방송 3사 사장단이 만났다. 예측과 다른 결과가 나올 경우 감당하기 힘들다는 결론이 내려졌고 결국 예측 보도를 자제하자고 합의했다. 이튿날에는 3사 보도 이사들이 만났다. 국민에게 혼란을 주지 않기 위해 예측 보도를 당일 밤 자정 이후로 미루는 데 합의했다. 5년 전, 1992년 대선 당시 상황으로 퇴보한 것이다. 자정이면 최소한 개표가 절반가량 진행된 시점인데 그때 예측이 무슨 의미가 있다는 말인가. 수많은 우여곡절을 겪으며 한국 선거 방송을 여기까지 끌고 온 박무익으로서는 기운이 빠지는 노릇이었다.

KBS와 SBS는 합의 사실을 뉴스에 발표했다. 그러나 MBC는 발표를 미룬 채 고심을 거듭했다. 박무익도 설득을 포기하지 않았다. MBC 선거기획단의 젊은 기자들 역시 박무익과 같은 생각이었다. 기획대로 방송해야 한다고 사장님에게 읍소(泣訴)했고, 한 기자는 예측 방송이 나가지 않을 경우 사표를 내겠다는 강경한 입장까지 취했다. 용기와 확신 없이는 있을 수 없는 일이었다. 결국 반가운 소식이 들렸다. 16일 저녁, MBC는 방송 3사 사장단 합의를 깨고 예측 발표를 강행하기로 결정했다. 당락이 바뀌지 않을 것이라는 자신감, 시청자에 대한 약속 이행, 선거 예측 방송의 선진화 등이 결단의 이유였다. 그 바탕에는 그동안 함께해 온 한국갤럽과 박무익에 대한 믿음이 깔려 있었다.

1%의 승부사

1997년 12월 18일 새벽 0시 20분, 박무익의 집 전화벨이 요란하게 울렸다. "박 소장, 이거 너무 박빙이군요. 내일 발표하기엔…." MBC 이득렬 사장의 목소리다. 박무익은 선거 전날 밤 모든 준비를 끝내고 연구원들과 소주 몇 잔을 걸치고 막 집에 들어선 터였다.

그 시각 이득렬 사장 집에는 MBC 임원들이 모여 있었다. 이 사장의 집은 박무익의 집 바로 뒤에 있다. 담장 사이가 불과 5미터도 되지 않는다. 그들이 베란다 창으로 박무익의 집을 바라보며 전화한 것이다. 박빙의 승부를 놓고 예측 방송 진행으로 결단은 내렸지만 몰려오는 불안에 모두가 잠 못 드는 깊은 밤이었다.

전화를 끊고 취기를 빌려 잠이 든 박무익은 다음 날 오전 10시쯤 회사에 출근했다. 투표자 조사를 진행 중인 조사원들과 시시각각 전해지는 데이터를 분석하는 연구원들 모두 긴박하게 움직이고 있었다. 이날 예측에서 가장 중요한 건 투표율이었다. 선거 분석팀은 투표율 70%, 75%, 80%를 가정해 적용할 분석 모형을 준비했는데, 시간이 지남에 따라 투표율은 예상보다 높아졌다. 오후 2시, 투표자 2,500명 전화조사를 종료했다. 투표율이 80%가량 된다면 약 2,500만 명이 투표하게 되는데 그 2,500만 명의 투표 경향을 단 2,500명으로 맞춰야 한다.

마침 한 연구원으로부터 보고가 올라왔다. 모 일간지 조사팀이 오후 1시까지 조사를 진행하고 결과를 산출한 결과 이회창 후보가 앞섰다는 정보다. 한국갤럽의 조사 결과와는 반대였다. 박무익에게 결과를 공유하자던 두 조사회사는 서로 다른 결과가 나오는 바람에 현재 조율 중이라고 했다. 김대중, 이회창 두 후보의 치열한 선두 다툼에 조사업계도 분주하게 움직이고 있었다. 박무익은 그 어느 때보다 정신이 명료해진 기분이었다.

'조사 결과를 조율해? 그럼 왜 그 많은 비용과 시간을 들여 따로 조사를 하는가?' 언제나 조사 진행 과정을 검토하고 발견한 문제점을 개선할 여지는 있지만, 일단 얻어진 조사 결과는 조율하고 타협할 수 있는 것이 아니라고 박무익은 생각했다.

오후 4시 30분, 정밀한 분석 작업을 거친 끝에 한국갤럽에서도 자체 결과를 도출했다. 김대중 39.9%, 이회창 38.9%, 이인제 19.7%. 95% 신뢰수준에서 표본오차는 ±2%포인트. 1위 김대중과 2위 이회창의 차이는 단 1%포인트였다. 허진재 연구원의 기억이다.

> "MBC 쪽에서는 몸이 달았다. 그들은 우리보다도 더 큰 도박을 하고 있었기 때문이다. 지난 며칠간 우리가 심혈을 기울였던 것은 정확한 조사와 함께 보안 유지였다. 전화상으로 그 수치를 그대로 불러줄 수는 없었다. '그 사람이 100원 더 많다.' '그 사람'이란 김대중 후보를 말한다. 그때까지 계속 선두를 유지했기 때문에 뒤바뀌지 않았다는 의미이며 100원은 1%를 지칭한 것이었다."

1997년 12월 18일 오후 6시, 박무익은 여의도 MBC 선거 방송 스튜디오에 앉았다. 스튜디오 안은 긴장감으로 팽팽했다. 일본 후지TV는 MBC 개표 방송을 생중계했다. NHK, CNN 등도 취재했다. 카메라에 빨간불이 켜지고 박무익은 담담하게 결과를 발표했다.

> "지금부터 제15대 대통령 선거 예측 결과를 말씀드리겠습니다. 김

대중 후보가 예측에서 1%포인트 차이로 이회창 후보를 앞섭니다. 1위는 민주당 김대중 후보로 39.9% 득표를 할 것으로 예상되며, 2위는 한나라당의 이회창 후보로 38.9%를…."

발표를 끝낸 뒤 카메라는 미끄러지듯 자리를 옮겨갔다. 박무익의 회고다.

"나는 그곳을 떠나 화장실로 향했다. 분장실에서 얼굴에 발랐던 파

제15대 대통령 선거 MBC 개표 방송, 1997년 12월 18일

우더를 씻어내며 거울을 들여다보았다. 선거 예측을 한 조사인은 전 세계 앞에 벌거숭이로 선 것이라던 조지 갤럽 박사의 말이 떠올랐다."

오후 7시, 개표가 시작됐다. MBC 사장과 임원진이 개표 방송을 함께 보자며 박무익을 초대했다. 초반부터 이회창 후보가 압도적인 표 차이로 앞서기 시작했다. 과거 경험에 의하면 2~3% 정도 개표했을 때의 추세가 큰 변화 없이 지속된다. 어느덧 4% 이상 투표함을 열었는데도 이회창 후보가 계속 선두다. 오후 8시엔 이회창 후보 46%, 김대중 후보 38%가 됐다. 예측이 완전히 빗나가고 있었다.

"박 소장, 저건 왜 저래요?"

미간을 잔뜩 찌푸린 이득렬 사장이 박무익에게 물었다. 담배 연기 자욱한 사장실, 모두가 사장과 박무익의 얼굴만 번갈아 쳐다보며 안절부절못하고 있었다. 박무익이 대답했다.

"이회창 후보 우세 지역이 먼저 개표돼서 그럴 겁니다. 어디 가서 소주 한잔하시고 방송을 지켜보시는 게 어떨지요."

말없이 화면만 응시하는 이 사장을 뒤로하고 박무익은 조용히 일어섰다. 침울한 선거팀을 이끌고 한강 다리를 건너 마포의 어느 음식점으로 들어갔다. 조지 갤럽 박사의 말이 떠올랐다. "선거 예측은 호랑이 등 위에 탄 것과 같다"라는. 박무익의 회고가 이어진다.

"그때까지 우리 일행은 굳게 입을 다물고 있었다. 서로 할 말이 없었다. 음식점 주인은 좀 전에 TV에서 나를 봤다며 반겼다. 김대중 후보를 지지하는지 그는 우리의 예측이 맞을 것 같다며 들떠 말했다. TV를 볼 수 있게 해달라고 부탁하자 그는 거실에 있던 TV를 아예 방으로 옮겨주었다."

10% 넘는 개표 상황에도 여전히 이회창 후보의 우세가 이어지고 있었다.

"술은 즐겁게 마셔야 하는 거야. 철학자들이 진리를 끝까지 추구하다 잘 모르면 에포케(epochē, 판단 중지)를 선언하는 것처럼. 이제 나쁜 일에 관한 생각은 끊어버려. TV에서 흘러나오는 개표 숫자의 의미만을 냉엄하게 헤아려보자고. 자, 술이나 마시자!"

박무익은 이런 말로 직원들을 위로했다. 박무익의 승부사적 기질에는 이런 생태적인 낭만과 낙관적인 기질이 깔려 있었다.

같은 시각, 두 후보의 진영에서도 희비가 교차되고 있었다. 예측 발표 후 침울했던 이회창 진영은 개표가 진행되면서 기대감을 드러냈고, 김대중 선거 사무실은 예측과 달리 승패가 바뀔 수도 있다는 일말의 불안감에 바싹 긴장한 채 개표 방송에서 눈을 떼지 못했다. 팽팽한 긴장감 속에 개표가 계속됐다.

불안을 삭이는 소주잔이 몇 바퀴 더 돌았다. 애꿎은 담배꽁초만 쌓여갔다. 그렇게 한두 시간쯤 더 지났을까? TV 속 아나운서의 목소리가 빨라지고 톤이 높아졌다. 김대중 후보가 격차를 좁히며 이회창 후보를 바짝 추격하기 시작한 것이다. 개표율 20%를 넘어서자 두 후보는 몇 번씩 선두를 주고받았고, 개표율 25%에 이르자 김대중 후보의 상승세가 가팔라졌다. 그리고 순간, 득표율을 2%포인트가량 벌리며 김대중 후보가 선두에 올라섰다.

> "휴대전화 벨이 울렸다. MBC 선거기획단 기자였다. 그는 흥분한 목소리로 우리의 예측이 맞아가고 있다며 인터뷰할 기자들이 기다리고 있으니 빨리 방송국으로 돌아오라고 했다. 두어 시간 만에 돌아온 방송국 분위기는 확 바뀌어 있었다. 소리 내어 웃는 사람도 보였다. 이 무렵 개표 상황은 김대중 후보가 이회창 후보를 1.5%포인트 내외로 일정하게 앞서가고 있었다."

인터뷰를 마친 후 그날의 축하는 자정을 넘겨서까지 이어졌다. 한국갤럽 선거팀은 날뛰는 호랑이 등 위에서 결국 살아남았고 수개월 동안 흘린 땀은 결코 헛되지 않았다. 박무익은 몇 달간 고생한 선거팀을 모두 이끌고 자택으로 옮겨 소주에서 양주로 바꿔가며 밤새도록 기쁨을 나눴다.

이날 함께했던 홍승우 연구원은 극한의 오차에 도전하는 마지막 단계에 박무익 소장의 통찰력이 있었기에 가능했던 역전 드라마였다고 회고한다. 판별분석 등 통계 기법의 고급화와 다양화도 중요하다. 하지만 유권자들이 속마음을 잘 밝히지 않는 우리나라의 상황에서 그들의 의중을 꿰뚫는 박무익의 혜안이 이런 결과를 낳았다. 치열한 실전 경험에 기반한 판단력이야말로 수치화할 수 없는 한국갤럽의 자산이라는 것이다. 홍승우는 박무익에게 배운 사회 조사 리서처의 길을 고려청자 빚는 기술의 전수에 비유하며 이렇게 말했다.

> "한국갤럽에서 선거 조사를 담당하다 다른 조사회사로 옮기신 대

선배들이 한국갤럽에 있을 때만큼 빛을 발하지 못하는 것은 왜일까? 이유는 간단하다. 자기를 구울 때 같은 연료와 기술을 사용해도 어느 가마에 굽느냐에 따라 그릇의 질이 달라지듯 선거 조사 또한 한국갤럽에서 행해질 때 더욱 진품 자기로 빛을 발할 수 있다."

12월 19일 새벽 3시, 아직 개표는 진행 중이었다. 1위와 2위의 차이는 38만여 표, 1%포인트 차이였다. TV 화면이 한나라당 선거 상황실을 비췄다. 기자들 앞에 선 이회창 후보가 말했다. "국민의 뜻을 담담하게 받아들여 깨끗이 승복합니다. 김대중 당선자에게 아낌없는 축하를 보냅니다."

박무익은 그 모습에 크게 감동했다고 기억했다. 우리나라에서도 이런 장면을 볼 수 있다니. 이회창 후보가 페어플레이가 무엇인지 보여줬다고

한겨레 방송

6시 전격 승부수…4시간뒤 "됐어"

방송 3사 합의 깬 MBC 예측보도 '개가' 1%이내 적중률 돋보여

문화방송이 18일 밤 11시40분께 예측 프로그램인 윈-윈시스템을 처음 가동해 각 후보의 예측득표율(중간)과 실제 득표율(맨위), 한국갤럽의 투표자전화조사 결과를 서로 비교한 화면.

18일 밤 10시 문화방송 1층 개표방송 스튜디오. 문화방송 선거기획단 실무자들은 초조한 기색을 감추지 못했다. 개표방송이 시작된 지 3시간이 지났지만 이회창 후보의 우세가 계속됐기 때문이다. 이날 투표 마감 직후인 오후 6시1분께 김대중 후보가 이회창 후보보다 1% 포인트 앞선다는 투표자 전화조사 결과를 전격 발표한 선거기획단 실무자들로서는 이런 추세가 지속돼 1,2위의 실제 득표결과가 바뀌질 경우 엄청난 파문을 피할 수 없게 된 것이다.

투표자 전화조사의 1,2위 지지도 차이가 오차한계인 ±2% 범위안에 있다는 점을 방송을 통해 누누이 강조했다고 하지만 결과에 쏠린 이목을 생각하면 이런 오차조차 면피가 되기 힘든 상황이었다. 10시15분, 선거기획단 실무자 한사람은 결국 조바심을 이기지 못하고 각 선거구별 개표상황 확인에 나섰다. 그리고 안도의 한숨을 내쉴 수 있었다.

전날 방송협회의 예측보도 자제 결의에 배치되는 전화조사 결과 방송 강행을 강력하게 주장했던 이 실무자는 그때까지 미개표 선거구 27개 중 김대중 후보 우세지역 16개 지역의 투표함이 열리지 않은 것을 확인한 것이다. 2분 뒤 '예정된 대역전 드라마'는 막이 올랐다. 순위뿐 아니라 1,2,3위간 득표율까지 거의 정확하게 예측한 문화방송 개표방송의 개가는 야당후보의 당선을 주저없이 예고했다는 점에서 더욱 극적이다. 실제 김대중 39.9%, 이회창 38.9%, 이인제 19.6%의 예측치는 세후보의 실제 득표율과 비교해 모두 1%포인트 이내의 정확성을 자랑했다. 그것은 "선거방송에서 앞서는 게 향후 시청률에 엄청나게 영향을 미친다"는 경쟁력 확보 차원에서 비롯됐든, 혹은 "시청자와의 약속이 방송사간 합의사항보다 중요했다"는 시청자 알권리 차원에서 단행됐든, 여·야당을 가리지 않고 어떤 결과에도 기꺼워한 도전정신이 없었다면 불가능했을 것이다.

또한 이번 대선기간 중 다른 방송사에 비해 비교적 공정보도태도를 견지한 문화방송 직원들의 자발적인 분위기도 과감한 승부수를 선택할 수 있었던 밑바탕이 됐다. 여기에다 철저한 면접원관리와 교육, 한국적 질문방식 개발 등 앞서가는 조사기법을 동원해 조사의 정확성을 기한 한국갤럽의 장인정신이 한판 통계학의 예술을 빚어낸 것이다. 김대중 후보가 이회창 후보보다 2.9%포인트 앞선다는 자체 투표자 전화조사결과를 보도하는데 주저했던 방송공사 경영진의 태도와 비교하면 이런 점은 더욱 도드라진다. 평소 방송사 안팎의 변화에 발빠른 대응을 했던 방송공사 경영진들은 결정적인 순간에 정치적 판단의 벽을 넘지 못했다.

그러나 방송공사는 개표집계상황을 다른 방송사보다 한발 앞서 보도하는 신속성을 보였으며, 화면 내용도 일목요연하고 깔끔한 그래픽 구성으로 처리해 눈길을 끌었다.

특히 화면 아랫 부분에 넣은 전국 개표집계 수치는 주유소 미터기 돌아가 듯 득표수와 득표율이 순간적으로 바뀌는 이색방식을 사용해 박진감이 돋보였다는 평가를 받았다. 김도형 기자

'통계학의 예술' 갤럽 여론조사 비결

39.9% 대 40.3%(김대중 후보), 38.9% 대 38.7%(이회창 후보), 19.6% 대 19.2%(이인제 후보). 앞의 수치는 여론조사 결과이고 뒤는 각 후보의 실제 득표율이다. 한국갤럽은 어떻게 대선결과를 미리 안 것처럼 정확한 예측결과를 내놓을 수 있었을까.

18일 오후 6시1분 문화방송을 통해 발표된 한국갤럽의 여론조사 결과는 실제 득표율과 비교해 세 후보 모두 0.5% 포인트 미만의 오차율을 기록하는 정확성을 보였다. 이 조사의 허용표준 오차가 ±2%인 점을 감안하면 한국갤럽의 여론조사 결과는 대구 대전 등 몇몇 지역별 예측률이 허용오차를 넘은 것을 제외하고 거의 완벽에 가까운 것으로 평가된다.

면접원 철저한 교육 한국적 설문 100% 예측률 도전

한국갤럽쪽은 여론조사의 정확성에 대한 비결로 면접원에 대한 철저한 관리와 교육, 한국적인 설문방식 채택, 산술적인 오차한계를 뛰어넘으려는 장인정신을 꼽았다. 예컨대 누구를 찍는 게 좋겠느냐고 물으면 즉답을 피하는 한국인의 특성을 고려해 누가 되는 게 우리나라를 위해 좋겠느냐는 식의 간접질문 방식을 도입했다. 그렇다 할지라도 1,2위 후보간 지지도가 1% 포인트 밖에 차이나지 않은 결과를 발표하자고 방송사쪽에 과감하게 주장할 정도의 배짱은 어디에서 나온 것인가. 박무익 한국갤럽 소장은 "이번 여론조사 결과는 운도 따랐지만, 기본적으로 1,2위의 득표율은 다소 차이가 날지 몰라도 순위는 바뀌지 않을 것이라는 확신을 가지고 있었기 때문이었다"고 말했다. 실제 그는 선거 사흘전 이득렬 문화방송 사장에게도 순위가 바뀌는 일은 없을 것이라며 투표 당일 여론조사 결과 발표를 강력히 건의한 것으로 알려졌다.

원성연 〈한겨레〉 여론조사팀장은 "공식선거운동 이후 한국갤럽과 〈한겨레〉 여론조사 결과는 1,2위간 순위가 뒤바뀐 적이 한번도 없었다"면서 "한국갤럽은 기본적으로 실제조사 과정의 과학성과 분석기법도 뛰어나지만, 특히 정치여론조사에서 풍부한 자료와 경험을 바탕으로 한 정확한 판세분석 능력을 보유하고 있다"고 평가했다.

김도형 기자

박무익 한국갤럽 소장

〈통계학의 예술, 갤럽 여론조사 비결〉, 한겨레신문, 1997년 12월 20일

했다. 불과 10년 전인 1987년 당시, 1위와 무려 8%포인트나 벌어진 결과를 놓고도 야권 후보가 부정 선거라며 불복하고 투쟁을 선언했던 것과 얼마나 달라진 모습인가! 정치 문화의 성숙은 여론조사의 성숙과 비례하고, 후보자의 자질과도 비례한다는 말을 입증한 셈이다.

김대중 후보의 당선은 새벽 4시 12분에 확정되었다. 최종 개표 결과는 김대중 후보 40.3%, 이회창 후보 38.7%, 이인제 후보 19.2%였다. 한국갤럽의 예측치는 김대중 후보 39.9%, 이회창 후보 38.9%, 이인제 후보 19.7%. 당선자의 실제 득표율과 예측치의 차이는 0.4%포인트였다.

다음 날 언론은 〈통계학의 예술, 갤럽 여론조사 비결〉 등의 제목으로 한국갤럽의 예측 적중률에 놀라움을 표했다. CNN, NHK 등도 한국갤럽 예측의 정확성을 일제히 보도했다. 갤럽 인터내셔널의 여러 회원사들도 축하와 함께 조사 방법에 대한 문의를 해왔다.

전라도 사람, 경상도 사람

박무익이 태어난 곳은 경상북도 경산이다. 포항에 있는 구룡포중학교와 대구에 있는 경북대 사범대학 부속 고등학교를 나왔다. 그렇다면 박무익은 경상도 사람인가? 말투에는 여전히 경상도 억양이 남아 있지만, 그는 필자가 아는 이들 중 가장 지역색과는 거리가 먼 인물이다. 그는 태생적으로 자유로운 사람, 경계가 없는 사람이다. 그가 사랑한 앙드레 말로의 소설《인간의 조건》의 인물들이 국적을 거추장스러운 외투인 양 벗어던지고 오직 신념만을 좇아 세계인으로 살았듯이.

박무익은 남녀노소를 구분하지 않고 '그대'라는 호칭을 즐겼고 지위고하를 막론하고 일관된 태도로 대했다. "경상도 사람인가?"라는 질문에는 뜬금없다는 표정을 짓는다. 특별히 동향 친구들과 어울리지 않았고, 직원을 채용할 때 출신지를 따져본 적도 없고, 대학 시절부터 지금까지 50년 넘게 서울에서만 살아왔다며 질문에 고민한다. 그렇다면 서울 사람, 혹은 경상도 출신 서울 사람이라고 해야 하냐고 되묻는다.

한국갤럽은 1987년 대선을 앞두고 노태우 후보가 속한 민정당이 의뢰한 조사를 했다. 1992년에는 YS가 소속된 민자당의 의뢰를 받았다. 그러다 보니 그가 정치권과 특수 관계에 있으며 경상도 출신인 그가 경상도인의 당선에 직간접적으로 기여했다는 눈총을 받았다. 그러나 이는 사실이 아니다.

1992년 대선에서 DJ가 낙마한 후 국회의원 한화갑과 정치학 박사 라종일이 박무익을 만나자고 했다. 누구에게나 상대가 불편할 법도 한 일침을 던지는 건 박무익의 특기다. 박무익이 말했다.

"호남의 내로라하는 분들이 어떻게 지금까지 제대로 된 여론조사도 하지 않고 DJ의 선거 참모라 할 수 있습니까? 그 식견에 정말 실망했습니다."

정확한 여론조사로 선거 과정을 진단하는 것이 얼마나 중요한지에 대한 박무익의 일장 연설로 그 만남이 채워졌다는 후문이다.

1995년에는 국민회의 지도위원을 맡고 있던 라종일의 주선으로 DJ를 직접 대면하게 됐다. DJ와 박무익, 라종일 세 사람이 호텔에서 만나 식사했다. 죽엽청주를 시켰는데 DJ도 라종일도 술을 하지 않아서 혼자 다 마셔버렸다는 그의 회고에 그의 애주 이력을 잘 아는 필자의 고개가 끄덕여진다. 박무익은 그 자리에서 DJ에게 여론조사를 이해하는 방법, 선거에서 여론조사의 의미 등을 설명했다. DJ는 남의 말을 듣는 데도, 자신의 말을 하는 데도 모두 적극적이었다고 기억했다.

이 만남은 1997년 대선을 앞두고 다시 이어졌다. 대선 6개월 전 라종일이 한국갤럽에 조사를 의뢰했고 박무익은 15주간 매주 새로운 조사 결과를 갖고 전략 회의에 참석했다. 그런데 당시 박무익이 몰랐던 일이 있다. 1, 2위가 박빙이라는 그의 리포트에 당시 DJ가 매우 언짢아했다는 사실이다. 김대중 정부 시절 안기부장, 국정원장을 지낸 이종찬의 회고다.

"대선이 가까워지면서 이해찬 의원이 내게 매일 여론조사를 하고 그 결과를 후보에게 보내야 한다고 강조했다. 그렇게 해서 한국갤럽에 조사를 맡기게 되었다. 선거팀은 거의 매일 아침 한국갤럽 여론조사 결과를 놓고 그 의미를 해석했다. 한국갤럽은 매우 신중했다. 1~2%포인트 우위라고 하면서도 '이는 오차 범위 내'라고 여지를 두었다.

이 결과를 다음 날 DJ에게 보고하면 DJ는 탐탁지 않은 표정으로 다른 조사 보고서를 내밀었다. 그 보고서는 언제나 5~6%포인트 차이로 선두에 있었다. 노련한 정치 100단도 자신에게 유리한 말, 듣기 좋은 말에 더 솔깃했던 모양이다. 나는 단호하게 말했다. '이 결과는 한국갤럽에서 나온 권위 있는 조사 결과입니다.' DJ도 양보하지 않았다. '이 조사도 권위가 있어요. 미국의 통계학 박사가 조사한 겁니다.'"

DJ가 한국갤럽보다 더 믿었던 통계학 박사는 그의 처조카 이영작 박사다. 그는 미국 연방정부 공무원을 지낸 통계학자다. 13년간 고모부의 대선을 돕기 위해 직접 뛰었다. 그의 선거전략은 필리핀에서 코라손 아키노를 대통령으로 당선시킨 미국의 선거전략가 데이비드 모리(David Morey)를 기반으로 한다. 이영작 박사가 걸핏하면 미국식 사례를 들어 논리를 폈기에 토착형 책사인 이해찬, 김한길 등과 자주 격론을 벌이곤 했다고 한다.

이를테면 빌 클린턴 대통령을 만든 딕 모리스(Dick Morris)는 '확장'형이다. 그는 표만 된다면 모두 끌어들이는 전략을 택했다. 필요하면 철학도 공약도 변형해 가면서 접근한다. 조지 W. 부시 대통령을 만든 칼 로브(Karl Christian Rove)는 '표 다지기'형이다. 보수적이고 결집력 있는 공화당 지지표를 다져 투표장까지 끌고 오는 데 승부를 걸었다.

DJ는 호남과 진보세력이라는 확고한 지지층이 있다. 이를 다지기 위해서는 칼 로브의 전략이 필요했다. 그러나 그것만으로는 부족하다. 과감하게 충청과 영남의 온건 보수를 향하는 딕 모리스의 확장이 필요했다. 이 두 전략의 혼합으로 'New DJ Plan'이 나왔다. 닉슨 대통령이 재선 때 사용한 'New Nixon Strategy'를 본뜬 것이다. 결과적으로 이는 적중했다. '준비된 후보'를 캐치프레이즈로 내건 것도 이영작이었다.

다만 여론조사를 끝까지 불신한 건 이영작의 실책이었다. 이종찬의 증언에 따르면 그는 선거 기간 내내 "밖에서 남이 해놓은 여론조사는 믿지 마시라"고 DJ에게 당부했다. 대선 이틀 뒤인 12월 20일, DJ는 인사차 들른 이영작에게 이렇게 물었다. "자네는 18일 아침에 내가 6.7%포인트 차이로 이길 것이라고 했네. 그런데 결과는 불과 1.6%포인트 승리 아닌가. 무엇이 어떻게 된 건가?"

선거가 끝난 후 김대중 당선자는 한국갤럽에 축하 난(蘭)을 보내왔다. 박무익은 하루가 지나고 나서 비서에게 '김대중'이란 이름이 적힌 리본을 떼라고 지시했다. 박무익은 철저히 중립적이어야 하는 조사회사 사무실에 특정 정치인, 특히 대통령 당선인의 이름이 전시되는 것은 옳지 않다고 했다.

화환 리본은 거침없이 떼어냈지만, 박무익은 김대중의 당선을 두고 전에 없이 기뻐했다. 특별히 그를 지지해서가 아니다. 박무익은 1987년 선거 이래로 직접 투표에 참여한 적이 없다. 조사인은 철저히 객관적이고 중립적이어야 한다는 소신 때문이다. 다만, 조사인 입장에서 선거 예측이 전례 없이 적중해서 기뻤다고 했다. 또 DJ 캠프의 의뢰로 조사를 진행하고 전략 회의에 참석해 여론에 대한 의견을 개진했기에 조사인으로서의 보람도 컸다고 회고했다.

> "그해 대선에서 DJ가 당선되고 3개월 후 국민회의 임채정 의원의 출판기념회에 초대받았다. 200~300명 정도의 인파가 몰렸는데 대부분 전라도 사람 같았다. 그 자리에 모인 사람들은 하나같이 진심으로 기뻐하는 듯했다. 그들의 모습에서 안도감마저 느껴졌다. DJ의 당선에 1987년 보라매공원 유세장에 모여들었던 사람들,

1995년 보길도 주막의 주인장도 지금 이들처럼 기뻐했겠구나 싶었다. DJ의 당선은 곧 전라도의 꿈이 실현된 것이나 마찬가지였다. 내 비록 전라도 사람은 아니지만, DJ 당선을 예측했던 입장에서 그 기쁨을 함께했다."

MBC TV 박무익의 성공시대

"안녕하십니까? 다큐멘터리 성공시대의 변창립입니다. 여러분 혹시 기억하십니까? 숨 가빴던 1997년 대선과 개표 방송 그리고, 과감히 1%의 차이로 당락을 예측해서 온 나라를 긴장의 도가니로 몰아넣었던 한국갤럽의 박무익 소장. 박무익 소장은 당시를 쿠데타를 하는 심정이었다고 회상하고 있습니다. 목숨을 내걸고 한다는 쿠데타. 도대체 예측 과정이 어떠했기에 그러한 말이 나왔을까요? 자, 그 극적인 순간을 함께 보시겠습니다."

2000년 3월 19일, MBC 〈성공시대〉 111회의 주인공은 박무익이었다. 방송은 박무익을 "한계에 도전하는 1%의 승부사"라고 소개한다. 선두 후보였던 김대중, 이회창의 차이가 워낙 근소해서 여타 방송사들은 예측

MBC 변창립 아나운서가 박무익을 소개하고 있다. MBC 〈성공시대〉 스틸컷, 2000년 3월

방송을 포기했던 상황, 김대중 후보가 1%포인트 차이로 당선될 것이라고 박무익이 과감하게 발표했고 그것이 적중했기 때문이다. 방송은 제15대 대선 개표 당시 긴박했던 분위기를 한인수 등 배우들의 재연으로 생생하게 담고 있다.

모두가 포기한 예측 보도를 강행한 한국갤럽과 MBC, 모두 사활을 걸고 하는 방송이었다. 그러나 개표 초반, 이회창이 김대중을 큰 차이로 앞섰고 분위기는 험악했다. 당시 MBC 선거 방송 기획단에 있었던 황헌 기자의 인터뷰다.

> "극한의 오차에 도전하는 건데 만약에 이 결과가 틀린다면… 글쎄, 과연 우리가 직장을 계속 다닐 수 있을 것인가? 하는 긴장 속에 있었다."

예측 발표를 준비한 한국갤럽 연구원들은 더욱더 살얼음판이었다. 당시 한국갤럽 김덕구 상무의 인터뷰다.

> "위경련이 일어나는 거 아닌가 싶을 정도로 속이 뒤틀려 오고 아주 고통스러웠습니다. 저야 부하직원이지만 한 회사를 이끌고 한국갤럽의 대표를 하시는 분인데 소장님 입장에서는 오죽했겠습니까?"

그러나 박무익은 대범했다.

> "이미 주사위는 던져졌는데 내가 어떻게 한들 이 상황을 바꿀 수 있는 것도 아니지 않습니까?"

박무익의 말이다. 박무익은 움츠러든 직원들을 데리고 나와 소주잔을 건넸고 심각할 것 없다며 오히려 그들을 다독였다. 실무를 담당했던 허진재 차장의 말이다.

> "만일 거기서 '야, 허 차장 어떻게 된 거냐? 우리 예측이 잘못된 거 아니냐?' 하고 닦달하셨다면 너무 힘들고 괴로웠을 거예요. 그랬다면 지금 이 자리에 없을지도 모르는데…."

2000년 인터뷰 당시 차장이었던 허진재는 2024년 현재 한국갤럽의 이사다. 박무익이 믿고 아꼈던 부하직원이었으며 박무익이 떠난 지금도 한국갤럽을 지키고 있다.

방송은 할아버지의 한약방에서 감초, 당귀 등 한약재 이름을 줄줄 외는 총명한 소년 박무익부터, 절에 들어가 신춘문예에 응모하겠다며 소설과 씨름하던 청년의 모습, 패기 만만했던 금성사 카피라이터 시절의 박무익을 차례로 보여준다. 잘나가던 대기업을 그만두고 한국 최초의 조사회사 KSP를 차린 박무익. 일 없이 보내던 어느 날 "소장님, 일거리 따오셔야죠" 하는 여직원의 이야기에 결연한 의지로 추운 겨울에 코트 깃을 세우며 걸었던 기억이 난다는 박무익의 인터뷰가 인상 깊다. 동료 김진국은 박무익이 결혼식에 늦게 와 한참 기다렸는데, 알고 보니 축의금을 꾸러 다니다가 늦게 왔더라는 에피소드를 전한다. 그는 "그렇다고 큰돈을 축의금으로 낸 것도 아니에요"라며 웃었다.

카메라는 2000년 당시 한국갤럽 사무실을 찾는다. "박무익 소장을 한마디로 표현하자면?"이란 질문이 이어진다.

> 직원1 촌놈이죠. 촌놈인데요. (정용문)

직원2 고독한 휴머니스트라고 할까요. (나선미)

직원3 항상 자유로우세요. (김연출)

직원4 인생을 자기만의 방식으로 즐길 줄 아시는 분 같아. (김민영)

직원5 사고방식이나 생각하시는 게 남들하고 참 많이 다르세요. (김애향)

직원6 대책 없는 낭만주의자라고 평을 하거든요. 소장님을. (백경현)

직원7 처음 만났을 때 1%만 알아도 소장님을 많이 아는 거라고 생각합니다. (박찬미)

직원들의 증언대로 박무익에겐 0.1%의 오차와 싸우는 사람답지 않은 의외의 모습이 많다. 방송은 그를 아들딸 같은 직원들과 소주잔을 기울이고 당구를 치는 사람, 아울러 '1%의 승부사'란 이름을 가진 남자라고 표현했다.

저녁 6시 퇴근 시간. 어슬렁어슬렁 사냥감을 찾는 호랑이처럼 박무익

직원들과 당구 치는 박무익. 집중하는 눈빛이 강렬하다. MBC 〈성공시대〉 스틸컷

은 사무실을 돌아다닌다. 술 동무를 찾는 중이다. 7층부터 각 층을 돌아다니며 오늘 잡은 술친구는 3명. 말단 직원, 간부 가리지 않는다. 회사 옆 허름한 식당에 앉아 직원에게 묻는다. 박무익의 상징과도 같은 질문이다.

"요즘 어느 정도 행복해? How happy are you?"

"오늘도 무익은 유쾌하게 취하고 있다." 방송의 마지막 멘트다.

나의 사직동

새문안교회 옆 골목길로 접어들어
십 분쯤 걸으면 나오는 동네.
자그마한 한옥들이 오밀조밀 모여 있는 사직동에서
나는 태어나 자랐고 학교에 다녔습니다.
학교가 끝나고 육교 건너 돌아올 때,
붕붕거리는 자동차 소리가 문득 그치고
우리 진돌이 짖는 소리가 컹컹 들리면
거기서부터 우리 동네는 시작되었습니다.

한성옥, 김서정 작가의 책 《나의 사직동》의 첫 문단이다. 봄이면 라일락이 향기롭고 가을이면 은행나무가 황금빛으로 빛나던, 동네 할머니들이 소쿠리에 나물을 말리고, 팽이 돌리는 남자애들과 인형 놀이 하는 여자애들이 자리다툼을 벌이던 작은 동네, 그 골목골목의 풍경이 하나둘 사라지고 원주민이 떠나고 아파트촌으로 변하는 모습을 아름다운 삽화와 동화 같은 서술로 그린 책이다. 박무익의 책상 위에는 이따금 이 그림책이 펼쳐져 있었다.

사직동 221번지 한국갤럽의 붉은 벽돌 건물도 그 풍경 안에 있었다. 인왕산의 늠름한 전경이 조용히 감싸 안았으나 한편으론 사직터널을 오가는 차들로 분주했다. 회사 뒷골목으로 멋진 주택과 대사관이 있으면서도 작은 골목엔 영화에나 나올 법한 1960년대풍의 가옥들이 모여 있었다.

1990년대 초 사직동과 인근 지역의 재개발이 시작되었다. 재개발 난민 중에는 한국갤럽도 있었다. 개발붐에 건물주가 바뀌면서 나가라는 통보를 받았다. 박무익은 직원 80여 명을 이끌고 사직동을 떠나야 했다. 지인의 소개로 1994년 강남구 신사동의 두원빌딩 5층과 6층을 빌려 입주했다. 창업 20년 만에 처음으로 종로구를 떠났다. 지하철 3호선 신사역 근처, 구내식당과 강당까지 갖춰진 번듯한 건물이었다.

신사동에 있는 동안 한국갤럽은 크게 성장했다. 1995년 갤럽 인터내셔널 서울 회의를 성공적으로 개최했고, 제1회 지방선거 결과 예측도 적중했다. 당시 선관위가 선거법 위반으로 규정했던 한국갤럽의 선거 당일 투표자 전화조사 방법은 이듬해 국회의원 선거에서 정식으로 채택됐다. 한국갤럽은 다섯 개 조사회사가 컨소시엄으로 참여한 1996년 국회의원 선거 예측조사에서 가장 높은 적중률을 기록했다. 하지만 박무익은 2년 만에 신사동을 떠났다. 이런저런 불편을 내세웠지만 가장 큰 이유는 그가 사랑한 '사직동' 때문이었다. 그는 분주한 강남에 좀처럼 익숙해지지 않는 사람이었다. 북악산의 봄과 인왕산의 운무, 사직동의 안개 낀 새벽을 늘 그리워했다.

1996년 11월 마지막 날, 한국갤럽은 다시 사직동으로 돌아왔다. 221번지 고려빌딩에서 사직터널 쪽으로 30미터쯤 떨어져 있는 208번지, 뉴퍼시픽빌딩을 1층에서 6층까지 임대했다. 새 건물이긴 했지만 날림으로 지었는지 온수 배관이 없었다. 보일러는 한파 때마다 고장이 났다. 어느 겨울엔 사무실 안 수도가 얼어 터져 전 직원이 조기 퇴근한 적도 있다. 건물주에게 직접 고용된 관리인의 갑질도 문제였다.

그런 중에도 사운(社運)은 일취월장 만개했다. 1997년 12월, 제15대 대통령 선거 예측 적중은 해외에까지 화제가 되며 명성을 높였다. 1987년, 1992년, 1997년 연이은 대선 적중의 강렬한 인상은 마케팅 등 다른 분야 클라이언트들의 높은 신뢰로 이어졌다. 한국 경제를 패닉으로 몰고 간 IMF 구제금융 신청 사태 속에서도 꿋꿋이 버텼다. 기업 마케팅 비용 축소라는 타격을 맞았지만 마침 인터넷과 이동통신 사업을 필두로 일어난 벤처 열풍은 새로운 개척지였다. IMF 기간 동안 '전 직원 연봉 인상 동결'로 막아낸 불황은 2000년, 업계 최고 수준의 연봉 인상으로 끝냈다.

미국 신용평가기관 스탠더드 앤드 푸어스(Standard & Poor's) 직원들도 서울에 오면 한국갤럽을 찾았다. 신용 등급을 정확히 측정하려면 한국 사회의 안정성이나 국민의 현 정부 지지도 등이 중요한 요소이기 때문이다. IMF 외환 위기 이후 한국의 신용 등급을 올리는 데 한국갤럽이 기여할 수 있는 길이기에 박무익도 이 조사에 심혈을 기울였다.

박무익은 국내보다 대외적인 면에서 한국갤럽의 영향력을 더 실감할 때가 많다고 했다. 당시 미국 정부는 대외 공보원(USIA)을 통해 보통 1년에 4번 한국갤럽에 여론조사를 의뢰하고 결과를 미국 대통령에게 보고했다. 한국인의 반미 감정이 어느 정도 되는지, 대한(對韓) 무역에 대한 미국 정부의 조치에 대해 한국인이 어떤 생각을 하고 있는지 등 미국과 직간접적으로 관련된 사항은 물론 국내 각 정당의 지지도 등의 조사를 의뢰한다.

한국갤럽은 그렇게 IMF를 잘 버텨냈지만, 뉴퍼시픽빌딩의 건물주는 부도를 냈다. 건물이 법원 경매에 부쳐졌다. 다른 사람에게 낙찰되면 또 쫓겨날 수도 있었다. 박무익은 2001년 1월 9일 경매를 통해 건물을 낙찰받았다. 건물 상태가 부실해 망설여졌지만 인왕산, 북한산, 북악산의 사계절을 떠나고 싶지 않았기 때문이다. 건물을 정비하는 3년 동안은 여러 부서가 본관의 일부와 두 개의 별관에 분산되어 있었다. 인근 고려빌딩 옥탑방의 더위와 혹한과 싸우고 엘리베이터도 없는 현리빌딩 4층 계단을 수없이 오르내리며 몇 번의 피 말리는 오차와의 전쟁을 더했다.

그사이 좁은 골목길 조그만 가옥들이 하나둘 헐리기 시작했다. 곧 경희궁의 아침 등 주상복합 아파트들이 속속 들어섰다. 건설 현장 소음과 분진으로 어수선한 몇 년이 더 지났고 이윽고 다시 고요가 찾아왔다. 그 요란에도 묵묵히 사직동을 지키던 사직단을 바라보며 우뚝 서 있는 한국갤럽은 어느새 장년의 모습이 되었다.

"1981년부터 1994년까지, 그리고 1996년 말부터 지금까지 내가 이곳 사직동에서 보낸 세월만 30년이 훌쩍 넘는다. 오래전 사직동의 정취가 그리울 때면 그림책 작가 한성옥의 《나의 사직동》이라는 책을 꺼내본다. 사직동 129번지에서 자랐다는 그는 사라지기 전 이웃의 모습을 사진과 그림으로 기록했다. 신기하기도 하고 고맙기도 하여 출판사를 통해 초대했는데 그는 흔쾌히 우리 회사를 방문해 주었다. 책에 등장하는 일부 장면이 유난히 익숙하다 싶었는데, 한 작가가 우리 건물 계단에서 사진을 찍었다고 하여 더욱 반가웠다. 그날 함께 밥을 먹으며 사직동의 옛 모습과 동네를 떠난 주민들의

서울 종로구 사직동 사직단. 뒤에 보이는 파란 건물이 현재 한국갤럽조사연구소 사옥이다. 2023년 10월

한국갤럽조사연구소 사옥, 서울 종로구 사직로, 2023년 10월

근황을 오래도록 이야기했다."

여기까지가 박무익의 책상 위에 커다란 그림책《나의 사직동》이 자주 펼쳐져 있었던 사연이다.

조사는 결코 화려하거나 스스로 빛나는 업(業)이 아니다

"한국갤럽 25주년. 빼놓을 수 없는 분이 있다. 박무익 소장님. '소장님! 감회가 깊으시지요?' 하면 아마도 아무 관심 없으신 듯한 표정으로 '루틴(routine)한 일이야'라고 하실 것이다."

박찬미 연구원의 회고다. 1999년 6월, 한국갤럽은 창사 25주년을 맞았다. 이를 기념하여 발간된 《한국갤럽의 어제와 오늘》에 있는 글이다. 무심한 듯 섬세하고, 드라이한 듯하면서도 로맨틱했던 박무익 소장. 박찬미는 그를 1950년대 고뇌하는 지식인, 혹은 노벨문학상을 꿈꾸는 무모한(?) 청년 같다고 했다.

10주년, 15주년, 20주년을 계속 기념해 오긴 했지만 25주년은 더욱 특별했다. 쟁쟁한 기업들이 연달아 무너지는 기업 생태계의 아포칼립스 속에 살아남아 한국인의 71%가 이름을 아는 회사가 되었고 '믿을 수 있는 조사회사'로 첫손가락에 꼽는 회사로 발돋움했다. 무덤덤하고 시니컬한 박무익이라 해도 결코 루틴한 일은 아니었을 것이다. 그 안에는 박무익의 표현대로 '척박했던 땅 한국에 여론조사의 꽃을 피워보자고 용감하게 막장에 뛰어들어 청춘을 불살랐던 젊음들'이 있었다. 박무익은 책의 서문에 이렇게 썼다.

"나에게 이 길을 걷도록 이끌어주신 스승 – 조지 갤럽 옹에게 이 책을 바칩니다. Ted!(Gallup International 회원들은 평소에 애칭으로 갤럽 옹을 Ted라고 부릅니다.) 이 책에는 지난 25년간 한국에서 조사쟁이들이 겪었던 희로애락이 기록되어 있습니다. 피와 땀, 눈물, 번민과 회의 그리고 영광…. 국어사전 속의 모든 단어를 동원해도 모자랄 한국의 조사 역사를 말입니다. 그리고 또 다른 25년의 조사 역사를 쓰기 위해 이곳에 모여 있는 식구들은 조사인이 해야 할 일이 얼마나 크고 높은지를 자각하고 있으며 당신께서 저에게 말씀하신 '우리의 우정을 잊지 말게. 그리고 우리가 왜 이 길을 가야 하는가'를 명심하며 일하고 있습니다. 당신의 책장에 이 책이 함께 꽂히기를 빕니다."

박무익이 서문에 쓴, 또 다른 25년이 되는 해는 2024년이다. 필자는 그가 없는 한국갤럽 50주년을 몇 달 앞두고 이 글을 쓰고 있다.

1999년, 박무익은 IMF를 무사히 이겨낸 기쁨과 함께 25주년 행사를 치렀고, 다른 회사들보다 빠른 경영 정상화로 새천년을 맞았다. 그러나 조사인의 길 위에 피와 땀, 눈물과 번민과 회의는 숙명 같은 것이었다. 2000년 초반 박무익에게는 시련이 많았다. 2000년과 2002년, 박무익은 두 차례의 쓰라린 실패를 겪는다. 2000년의 아픔은 제16대 국회의원 선거다. 발단은 MBC의 무리한 제안이었다.

선거를 두 달여 앞둔 2월, MBC는 한국갤럽에 227개 전 선거구 예측을 의뢰했다. KBS와 SBS가 제안한 공동 여론조사 컨소시엄 구성을 거절하고 한국갤럽에 단독 조사를 요청한 것이다. MBC는 과거 여러 차례 선거 예측에서 뛰어난 적중률을 보인 한국갤럽에 가장 큰 신뢰를 보였다. 그 정도로 신뢰받는다는 사실은 분명 기쁜 일이었다. 그러나 한 개 회사가 227개 선거구를 단독으로 예측한다는 것은 역량을 넘어서는 것이었다. 게다가 MBC는 박빙이 예상되는 80개 선거구에 대한 출구조사를 강력하게 요청했다. 박무익은 제안을 거절했다.

1년 전인 1999년, 한국갤럽은 보궐선거에서 출구조사를 시도해 좋은 결과를 얻었다. 단 두 개의 선거구에만 집중할 수 있었기에 가능했다. 80개 선거구 출구조사는 성공보다는 실패 가능성이 더 컸다. 필요 인력만 해도 수천 명을 넘어선다. 랜덤을 지키려면 투표소에서 나오는 사람 수를 세어 일정 간격으로 대상자를 선정해야 하기에 투표소 출입구가 잘 보이는 곳에 조사원들이 대기해야 한다. 그런데 당시 선거법은 조사원이 투표소 300미터 이내로 접근하는 것을 금지했다(현재는 50미터다). 엄격한 규정 때문에 선관위 직원과의 마찰이 불가피했다. 그러나 박무익은 결국 MBC를 설득하는 데 실패했다. 훗날 뒤돌아볼수록, 두고두고 후회되는 순간이라고 기억한다.

최초의 227개 전 선거구 단독 예측과 80개 선거구 출구조사를 동시에 준비했다. 전화 500회선 가동, 매일 1만여 명 전화조사, 20일간 연인원 1만여 명의 전화 조사원을 동원했다. 선거일이 가까워지면서 판세를 흔드는 이슈들이 터져 나왔다. 특히 선거 사흘 전인 4월 10일에는 남북정상회담 개최 합의가 발표돼 정치권의 셈법이 복잡해졌다. 총선 직전 신중론이 우세해 "총선 이후 발표하는 게 어떻겠느냐?"라는 의견이 있었지만, 당시 실세였던 박지원 문광부 장관이 "이것으로 총선은 끝난 것이나 다름없다"라고 간접적으로 발표를 종용했다고 한다. 야당인 한나라당에선 '총선용 신북풍이자 대국민 사기극'이라고 반발했다.

이런 가운데 선거일이 다가왔다. 선거 전날까지 227개 선거구 사전 전화조사 결과를 토대로 한 예측은 한나라당 105석, 민주당 99석, 자민련 14석, 기타 3석, 무소속 6석으로 여소야대(與小野大)였다. 이제 관건은 출구조사다. 2000년 당시 휴대전화 이용률은 50% 내외였다. 무선데이터 송수신은 매우 느리고 불안정했다. 하지만 80개 선거구 출구조사를 동시에 진행하기 위해서는 휴대전화에 의지할 수밖에 없었다. 출구 조사원들의 휴대전화 데이터 입력 미숙으로 입력한 데이터를 모두 날리고 처음부터 다시 입력하는 해프닝도 있었다. 오후 1시 정각, 출구조사와 전화조사 간 결과 차이가 나는 선거구가 30개에 달했다. 전화조사와 출구조사, 어느 쪽을 더 신뢰해야 하는가. 고민하는 사이 개표 방송 시간이 다가왔다.

오후 6시. 박무익이 개표 방송 스튜디오에 앉았다. 정각을 알리는 시보와 함께 박무익이 발표한 최종 예측 숫자의 자막이 화면에 선명하게 박혔다. 민주당 107석, 한나라당 100석, 자민련 12석, 기타 3석, 무소속 5석. 전날까지의 전화조사 예측과 달리 제1당이 바뀌었다. 선거 당일 출구조사 결과를 반영했기 때문이다.

"다음 날 아침, 나는 초췌한 패잔병이었다."

최종 개표 결과는 한나라당 112석, 민주당 96석, 자민련 12석 등이었다. 1표의 중요성을 뼈저리게 보여준 초박빙 선거였다. 한나라당이 승리한 경기도 광주군에서는 단 3표 차이로 당락이 갈렸다. 이때 3표 차이로 패배한 새천년민주당 문학진 전 의원은 문세표라는 별명이 붙었다. 서울 동대문을 11표 차이, 충북 청원군 16표 차이, 경북 봉화군 19표 차이로 한나라당 후보가 기적 같은 승리를 거뒀다. 한나라당의 신승(辛勝)은 박무익의 고배(苦杯)로 돌아왔다. 아직 시스템이 완전하지 못한 출구조사를 믿은 건 패인이었다.

4개 조사회사가 공동 참여한 KBS-SBS 예측은 206개 선거구 적중, 한국갤럽이 단독으로 조사한 MBC 예측은 204개 선거구 적중에 그쳤다. 방송사들은 '개표 방송 당시 투표자 합동 조사가 정확하지 못해 혼란을 야기한 점에 대해 사과한다'라는 요지의 공동 사과문을 발표했다. 방송위원회는 방송사에 대해 '시청자에 대한 사과'와 '제작책임자에 대한 중

징계' 명령을 내렸다. 박무익의 회고다.

> "선거 예측은 어떤 상황에서도 당락이 맞아야 하는 것, 틀리면 뭇매의 대상이 되는 우리 풍토에서는 이유 여하를 막론하고 실패한 것이다. 한국갤럽을 비롯한 모든 조사회사들은 '엉터리 여론조사'라는 비난을 묵묵히 견디는 수밖에 없었다. … 솔직히 고백하자면 나의 자만도 한몫했다. 오차 범위 내에서는 얼마든지 순위가 뒤바뀔 수도 있음을 알면서도 그간의 운에 기대어 호기(豪氣)를 부린 탓에 얻은 참패였다."

2002년, 한일 월드컵의 열기와 제2연평해전의 분노로 뜨거웠던 여름이 지나고 다시 선거철이 찾아왔다. 12월 19일로 예정된 제16대 대통령 선거다. 선거일이 가까워지자 각 방송사는 파트너를 선정하기 위해 조사회사들을 접촉했다. KBS는 한국갤럽에 미디어리서치와 공동으로 조사할 것을 제안했다. 공동 조사 방법에 대한 설왕설래 끝에 한국갤럽과 미디어리서치가 각각 독립적으로 조사하고 예측한 결과를 KBS에 제공하기로 했다.

지난 대선에 이어 출마를 결심한 한나라당 이회창 후보와 민주당 전당대회에서 혜성처럼 나타나 이인제를 물리치고 대통령 후보가 된 노무현 후보, 2002 한일 월드컵 유치와 4강 신화를 이끌며 인기가 치솟은 정몽준 후보의 대결 구도였다. 대선 3자 구도가 형성되는 듯했으나 11월 26일 노무현과 정몽준의 단일화로 노무현 돌풍이 불기 시작했다. 단일화는 최초로 여론조사를 활용했다. 박무익은 정몽준이 여론조사로 후보를 결정하자고 했을 때 자신이 떨어질 수도 있지만 위험을 무릅쓰고 베팅을 한 점에 대해 노무현을 높게 평가했다.

선거 전 16일간 한국갤럽 조사의 단순 집계(무응답 포함) 결과에서는 노무현 후보가 이회창 후보를 꾸준히 5~6%포인트 앞섰다. 무응답 판별 후 결과 역시 노 후보가 2~3%포인트 차이로 선두였다. 선거 하루 전인 12월 18일, 오후 9시 무렵 박무익의 책상에 올라온 데이터 역시 48.2% 대 46.4%로 1.8%포인트 차이로 노무현 승이었다. 박무익은 큰 변수가 없다면 당락은 정해졌다고 생각했다. 10시에 그 결과를 KBS에 보냈다.

밤 10시 30분, 돌발 상황이 발생했다. 정몽준 대표가 노무현 후보 지지 철회 성명을 발표하고 자택에 칩거해 버린 것이다. 철회 이유로는 외교 정책상의 이견 등이 거론되었으나 대선 하루 전날 극단적인 성명을 발표한 건 감정 문제가 컸다. 당시 정몽준을 돕던 김민석의 증언에 따르면 기존 단일화 합의는 모든 유세장에 단일후보 둘만 오르는 것으로 되어 있었다고 한다. 그러나 명동 유세에 이어 종로에서도 노 후보 진영 인물 대다수가 단상에 오르면서 정몽준을 소외시켰다는 분석이다. 게다가 정몽준 진영에서 '차기는 정몽준'이라는 피켓을 보이자 노무현 후보가 '속도위반하지 말자. 정동영, 추미애 최고위원도 있다'라고 한 것이 결정적으로 정몽준의 심기를 건드렸다는 평이다.

미디어 한 컷의 힘은 크다. 때로는 역사의 물길을 바꾼다. 차가운 겨울밤, 창백한 얼굴로 정몽준 대표의 자택을 찾아가 굳게 닫힌 문 앞에 망연자실 서 있다 발걸음을 돌리는 노무현의 모습은 국민에게 강한 인상을 남겼다. 그 한 컷에 마음이 흔들린 이들 중에는 박무익도 있었다.

박무익은 어떤 형태로든 판세에 변화가 생길 것으로 생각했다. 그때까지의 조사 결과에 대한 확신이 흔들렸다. 선거 당일 오전에 진행된 투표자 전화조사 결과와 평소보다 낮은 투표율이 이회창 후보에게 유리한 상황으로 보였다. 다만 전날까지의 조사 추세와는 상반된 결과란 점이 마음에 걸렸다. 오후 4시 10분, 다른 조사회사에서 전화가 걸려 왔다.

"어떻게 돼 가죠? 우리는 이회창인데요."

"우리도 그런데…."

"그렇죠? 다른 곳도 마찬가지로 이회창이네요."

오후 4시 40분쯤 또 전화가 왔다. 이번엔 다른 회사 대표의 전화였다.

"한국갤럽도 이회창이죠?"

"그런 것 같은데?"

"다들 그렇군요. 그럼 수고하세요."

일단 얻어진 조사 결과는 조율하고 타협할 수 있는 것이 아니라는 신념을 지켜온 박무익이었지만 혼돈 속에서 두 회사와의 통화는 그를 안도하게 했다.

예측 결과를 봉인한 봉투를 들고 KBS로 출발했다. 그리고 오후 6시, TV를 켰다. 앵커의 음성과 함께 화면에 각 조사회사들이 예측한 결과가 발표됐다. 이회창 후보의 당선을 예측한 한국갤럽의 결과가 자막으로 떴다. 그런데 다른 조사회사들의 예측 당선자는 모두 노무현 후보가 아닌가.

"믿었던 모든 것들이 갑자기 나를 버리고 돌아서는 듯한 느낌, 심지어 두 발 딛고 선 땅마저 아래로 꺼져버려 실로 아찔한 느낌, 평생 다시 체험하고 싶지 않은 불쾌한 느낌이 나를 엄습했다. 아득한 순간이 지나자 오후에 걸려 온 두 통의 전화는 무슨 의미였나 하는 생각이 들었다."

한국갤럽은 노무현 대 이회창 후보의 득표율을 46.2% 대 48.5%로 예측했으나, 실제 결과는 48.9 대 46.6%로 당선자 기준 오차 범위 2.2%포인트를 벗어났다. 박무익은 처음으로 대선 예측에 실패했다.

박무익은 실패 원인을 크게 두 가지로 이야기했다. 첫째는 지지 철회 선언 영향을 과대평가하여 당일 투표자 전화조사에 더 큰 의미를 두었다는 것이다. 결과적으로 선거 전날 KBS에 전달한 예측치가 최종 득표율에 가까웠다. 둘째는 투표자 전화조사 이후 종반부의 변화를 감지하지 못했다는 것이다. 그날 오후 정몽준의 갑작스러운 지지 철회에 반발한 젊은 유권자들은 인터넷과 휴대폰 문자 투표 독려로 전세를 뒤집었다. 영국 언론 가디언은 이에 주목해 한국의 대선 결과를 전하며 "World's first internet president logs on(세계 최초의 인터넷 대통령이 로그인했다)"을 헤드라인으로 뽑았다.

"조사는 결코 화려하거나 스스로 빛나는 업(業)이 아니다."

박무익이 한 말이다. 때로는 관행과 시류에 맞서야 하고, 때로는 비난과 질시를 묵묵히 견뎌야 한다. 도전과 인고의 세월은 박무익의 얼굴에 깊게 팬 주름으로 남았다. 박무익은 희미하게 웃으며 덧붙였다. 어렵지만 누군가는 반드시 해야 할 일, 힘들지만 그만큼 보람된 일이라고.

누가 그들을 '밋치게' 만들고 있는가?

1984년, 한국갤럽 창립 10주년을 몇 달 앞둔 봄이었다. 한 시각장애인 청년이 박무익의 사무실 문을 두드렸다. 갓 스무 살이나 넘었을까? 용건을 묻자 그는 여론조사를 위한 설문지 작성법을 가르쳐달라고 했다.

> "제 나이 또래의 장애인들과 직업 훈련을 받고 있습니다만, 그 속에서 생활해 보니 너무나 찌들고 왜곡된 우리 장애인의 모습에 화가 나서 밋치겠어요. 얼마만큼 그런지를 조사해 그 결과를 신문, 방송 같은 곳에 폭로하고 싶어요."

그날, 남루한 옷차림의 청년이 성난 음성으로 털어놓던 이야기, 특히 '밋치겠어요'라던 그 억양이 박무익의 뇌리에 박혀 한동안 떠나질 않았다. 마침 창립 10주년 기념행사에 대해 논의하던 중이었다. 연구원들을 불렀다. "창립 10주년 잔치 대신 장애인 인식 조사연구를 해보는 건 어떨까요?" 모두가 기꺼이 동의했다. 40년 전의 일이다. 그 시절 사회적 약자에 대한 미흡한 인권 의식 수준을 생각하면 중요한 첫걸음이었다. 당시 조사원으로 참여했던 박찬미 실장의 회고다.

> "지금이야 우리나라 국민의 71.1%가 한국갤럽을 인지하고 있지만 그때만 해도 갤럽을 제대로 발음하는 사람조차 몇 되지 않았다. '갤럽에서 조사하러 나왔는데요. 응답 좀 해주시겠어요?' 하면 '뭐라고? 갤럭?' '아니요. 갤럽이요.' '뭐? 캘럽?' '아니요. 갤럽이요.' 이

런 대화가 한참 오가고서야 응답자는 마지못해 '아… 갤럭시' 하면서 응답해 주었다."

이듬해인 1985년 7월, 한국갤럽은 《한국 장애자와 일반인의 의식》이란 제목의 보고서를 완성했고 이를 단행본으로 펴냈다. 장애인에 대한 일반 국민의 의식 조사는 이 책이 최초였다.

박무익은 이 조사를 기획하고 책을 펴내면서 정부와 학계, 공공단체에서 이를 유용하게 활용해 올바른 장애인 정책 수립에 도움이 되기를 바랐다. 또 무엇보다 장애인에 대한 사회의 오해와 편견이 조금이라도 없어지기를 기대했다. 박무익은 한 기업을 훌륭하게 일궈낸 경영인이었지만 경영의 우선순위는 수익 구조에 앞서 '이 프로젝트가 사회에 어떻게 기여하는가?'에 있었다. 한국조사연구학회 회장을 맡았던 충남대 신방과 조성겸 교수의 기록이다.

"직업의 특성상 어쩌하다 보니 한국갤럽뿐만 아니라 한국의 다른 많은 조사회사도 알게 되었다. 그런데 한국갤럽은 다른 조사회사와는 다른 그 무엇을 뚜렷하게 가지고 있었다. 사기업임에도 불구하고 영리만을 추구하는 것이 아니라 일종의 사회적 소명 의식 아니면 책임감과 같은 기업문화를 가지고 있었다. … 아마도 사회 조사에 종사하는 대부분의 사람은 이러한 사명 의식을 갖고 있을 것이라 생각한다. 그렇지만 치열한 경쟁 환경에서 이를 실제로 실천하기란 쉽지 않다. 이런 쉽지 않은 일을 토종 기업인 한국갤럽이 해내고 있다는 점에서 참으로 특별하다는 생각이 든다."

1999년, 한국갤럽 창립 25주년을 맞아 박무익은 별다른 행사를 하지

박무익과 조성겸 충남대 교수, 2012년 6월

않았다. 과거 한국갤럽에 근무했던 직원들을 초청해 현재 근무하는 직원들과 함께한 조촐한 저녁 식사가 전부였다. 창립 행사 비용 대신 그는 그 비용으로 다시 한번 장애인에 대한 의식 조사를 기획했다. 15년 전에 만났던 한 청년의 "밋치겠어요"란 말이 여전히 그의 귓가에 울리고 있었기 때문이다. 장애인과 일반인 2,114명을 1:1 개별면접했다. 15년 전 조사와 동일한 접근 방법과 설문으로 조사하여 지난 15년간의 변화를 추적하고 비교하는 귀한 자료다. 그 결과로 출판된 단행본이 《한국 장애인과 일반인의 의식》이다.

눈에 띄는 것은 15년 사이 '장애자'라는 용어가 '장애인'으로 수정됐다는 것이다. 1990년대 들어 자(者)라는 단어에 낮춤의 뜻이 있다는 지적에 따른 것이다. 그 논리대로라면 '과학자', '지도자' 등도 비하 명칭이 되는 셈이니 오류가 있다. 다만 '장애자'라는 단어 자체에 오랜 기간 축적되어 온 부정적인 인식에 대해, 호칭을 한 번 바꿔줌으로써 환기해 보자는 취지이다.

2차 조사 결과 장애인의 직업 중 안마·침술·역학이 크게 줄고 사무·전문·자유직이 늘어났다. 장애인이 함께 일하는 직장이 증가한 부분도 긍정적인 변화다. 장애인과 비장애인 간의 결혼 문턱이 낮아졌고, 자원봉사자나 종교단체의 도움은 서너 배 증가했다. 다만 일반인의 장애인 도움 정도는 여전히 낮았다. 지난 1년간 장애인을 도운 경험을 물어본 결과 '아무것도 없다'는 답변이 42.4%였다. 직장 내 차별은 거의 변하지 않았다. 장애인 문제에 관심을 두는 일반인은 오히려 줄었다.

박무익이 적지 않은 비용이 드는 자체 조사를 꾸준히 진행하고 이를 단행본으로 남긴 이유는 오늘을 사는 보통 사람들의 생각이야말로 생생한 시대상의 반영이란 믿음에서다. 한국갤럽은 다른 회사들이 흔히 하는 이미지 제고용 광고나 홍보를 거의 하지 않았다. 한국갤럽의 조사 결과가 사람들의 일상 대화 속에 자연스레 인용되는 날이 오기를 바랐다.

15년에 걸쳐 만들어진 두 권의 책에 담긴 설문 하나하나와 두툼한 결과로 남아 있는 리포트에는 의로운 의무를 지키며 살아온 박무익의 뜻과 의지가 담겨 있다. 책의 서문을 거듭 읽으며 필자는 무심한 듯, 그러나 누구보다 따뜻했던 그의 마음을 읽는다.

> 이런 오도된 인식과 행태는 '인간은 누구나 장애인'이라는 사실, 그리고 '누구나 장애인이 될 수 있다'라는 사실을 망각한 우리의 부끄러운 초상임을 절감합니다. 우리는 누구나 장애인입니다. 신체가 아니더라도 정신적인 혹은 심리적인 상처를 누구나 어느 정도씩은 갖고 있습니다. 그럼에도 겉으로 보이는 장애인에게 배타성을 견지함으로써 스스로를 특별한 존재로 착각하고 사는 것은 아닌지 되돌아보게 됩니다.

… 2001년 4월 20일은 제21회 장애인의 날입니다. 예전처럼 이날 하루는 매스컴과 정치인들이 장애인보다 더 바쁜 하루가 될 것입니다. 그리고 나머지 364일간 우리는 그들의 삶을 망각 속에 가둬놓고 지내겠지요.

… 17년 전 제 사무실을 방문한 이름도 모르는 그 젊은 시각장애인은 지금쯤 30대 후반이 되어 있을 것입니다. 그가 하얀 칠이 여기저기 벗겨진 그 지팡이로 제 사무실 문을 두드린 것이 17년 전입니다. 이제 그의 얼굴에 행복한 미소가 피어나길 바라면서 이 책을 바칩니다.

2001년 4월

한국갤럽조사연구소

소장 박무익

필자는 이 대목에서 박무익에게 성직자의 오라를 느낀다.

'NO'라고 말하는 용기

박무익은 여론조사 기관의 최고 책임자로서 공익에 기여하고 있지만 한편으로는 성공한 사업가이기도 했다. 하지만 그는 기업 회장이라고 하면 떠오르는 전형적인 이미지와는 정반대의 모습을 한 사람이었다. 전 한국갤럽 부소장 김상희의 기억을 빌려보자.

> "옷차림: 어허, 계절이 없다. 늘 그 모양새다. 진한 색은 없고, 언제나 집어내기 어려운 흐릿한 색상. 넥타이도 out of date. 걸치는 대로 입으니 편하긴 할 게다.
> 두발: 자택에 세면대가 있는지 의심스럽다. 곱슬머리에 늘 부엌방석. 장마루촌의 이발사라도 폐업했을 게다."

김상희는 그를 두고 서울역 지하철에서 외로운 사람들과 같이 방황하는 철학자 계통이라고 했다. 천상병 시인을 연상해도 좋다고. 말은 어눌하지만 펜을 들면 예리하게 사물의 핵심에 접근하는 인물. 고집은 세지만 정에 약하고 소박했던 사람.

> "말씨: 가장 결정적인 상황에서 존칭과 경어가 사라진다. 습관적으로 반말이다. 이 때문에 손해를 보는데 딱하게도 본인은 모른다.
> 행동: 영 대책이 서지 않는 부분. 한마디로 예측불허다. 그러나 몇 가지 점에서는 단호하게 저항한다. 특히 거짓에 대해. 속임수와 위장에 대해."

2007년은 박무익이 선거 여론조사를 시작한 지 만 20년, 대통령 선거로는 다섯 번째 해였다. 그해 한국갤럽은 여론조사 결과로 특정 후보를 깎아내리거나 띄우려 한다는 명예롭지 못한 오해를 혹독하게 겪었다. 모든 일에는 양면이 있고 빛이 있으면 그림자가 있는 법, 조지 갤럽 박사는 그러한 비판을 묵묵히 견디는 것 또한 조사인의 숙명이라고 했다. 박무익은 처음에는 몹시 억울했지만 시간이 흐르면서 덤덤해졌다고 했다. 사건의 발단은 인터넷포털 야후(Yahoo)와의 제휴에서 시작됐다.

2006년 12월, 야후가 1년 뒤 치러질 제17대 대선 관련 사이트를 구축할 계획이라며 그중 여론조사 부분을 한국갤럽과 공동 운영하자고 제안해 왔다. 패널 모집과 비용은 야후가 부담하고 한국갤럽이 조사 기획과 결과 분석을 담당하는 조건이었다. 야후의 목적은 이 사이트를 통해 방문자 수와 조회 수를 늘리는 것이었다. 한국갤럽의 목적은 대규모 패널에서 정교한 데이터를 얻는 것이었다. 한국갤럽 연구원들은 최대 32만 명에 이르는 대규모 인터넷 조사로 전례 없는 분석을 할 수 있을 것이라는 기대에 부풀었다. 사실 이 제휴에서 한국갤럽이 얻을 것은 데이터뿐이었고 금전적인 이익은 전혀 없었다. 중견급 이상의 연구원 두어 명을 일 년간 오롯이 투입해야 하는 부담은 덤이었다. 인터넷 조사에 대한 일종의 투자라고 생각하고 업무 제휴에 동의했다.

2007년 2월 초, 야후는 한국갤럽과 독점 제휴로 총 32만 명의 패널을 모집한다는 보도자료를 냈다. 그리고 일정에 따라 3월 14일 첫 조사를 시작했다. 조사는 16일까지 진행했으나 결과는 세상에 공개되지 않았다. 이에 인터넷에는 온갖 억측이 떠돌기 시작했다. 그러나 야후가 공식 입장을 낸 3월 28일 저녁까지 양 사는 침묵했다. 이때에도 한국갤럽은 아무런 입장을 밝히지 않았다. 여기까지가 세상에 알려진 사실의 전부다.

1997년 한국 시장에 진출하여 한때 포털사이트 최강자로 군림했던 야

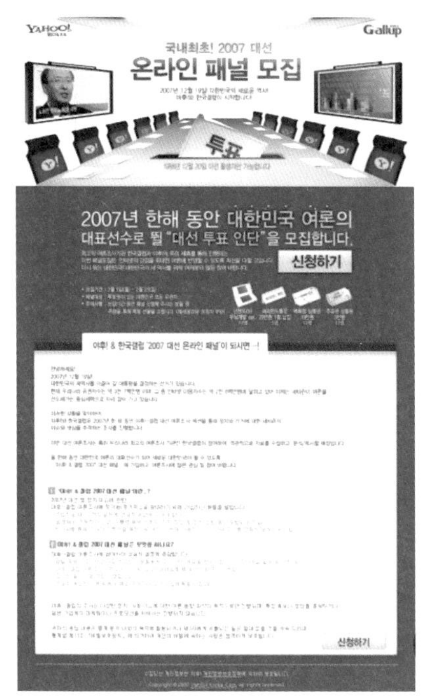

야후-한국갤럽 제17대 대통령 선거 온라인 패널 모집 배너 광고, 2007년 2월

후는 2012년 12월 31일 국내 서비스를 종료하고 철수했다. 이 사건과 관련한 비난과 오해에 내내 가슴 아파하면서도 침묵을 지켰던 박무익은 사건이 있은 지 10년, 야후코리아가 떠난 지 5년이 지난 후에야 그 내막을 밝혔다.

조사가 파행으로 치닫게 된 가장 큰 문제는 2월 중 모집한 패널 수가 목표 규모에 턱없이 부족했다는 사실이다. 준비가 부족하다고 판단한 한국갤럽은 야후에 대선 사이트 오픈 시기를 연기해 달라고 요청했다. 그러나 야후는 부족하더라도 1차 조사를 계획대로 해야 한다고 주장했다. 양 사가 의견 차이를 좁히지 못한 가운데 야후는 한국갤럽의 승인 없이 3월 14일 첫 조사를 시작했다. 조사가 시작된 후 한국갤럽은 해당 사이트의 조사 대상 선정, 참여 방식, 조사 제목 표기, 질문지 등 여러 부분에서 원래의 기획 의도와 어긋남을 알게 됐다.

그사이 여러 인터넷 커뮤니티에 야후-한국갤럽 대선 조사 참여를 독려하는 글들이 올라왔다. 특정 후보 지지자로 보이는 사람들의 행동이었다. 특정 인터넷 커뮤니티에서 패널 가입과 조사 참여를 독려한다면 그 조사 데이터는 이미 오염된 것이다. 세세한 질문의 내용도 노출됐다. 3월 16일 조사 종료. 32만 명의 패널을 모집한다는 홍보와 달리 응답 완료자 수는 겨우 5,700여 명이었다.

한국갤럽 연구원들은 그 숫자에 망연자실했다. 야후가 왜 그토록 패널 모집 현황이나 조사 진행에 대한 자료를 공개하려 하지 않았는지 그제야 알게 됐다. 응답자의 성별, 연령별, 지역별 분포가 고르다면 어떻게든 분석을 시도했을지도 모르겠지만 수집된 데이터의 상태는 그럴 의욕조차 일지 않을 정도였다. 한국갤럽은 자체 논의 끝에 1차 조사의 데이터 처리와 분석이 불가함을 야후에 통보했다. 그리고 3월 20일, 양 사는 대선 관련 제휴 관계를 파기하는 데 합의했다.

조사 결과의 발표가 늦어지자 사실을 확인하려는 기자들과 일반인의 문의가 빗발쳤고 의혹이 난무했다. 가장 악의적인 루머는 박근혜 후보가 앞서는 결과가 나와 이를 은폐하기 위해 결과를 발표하지 않는다는 것이었다. 특정 후보를 위한 여론몰이용 기획이라는 비난도 있었다. 박무익의 회고다.

> "실상 여론은 진리가 아니다. 그러나 거짓도 아니다. 다만 의도적으로 작위된 것을 여론이라고 호도하려는 세력이 있다는 점이 큰 문제다. 여론은 어떤 그릇에 담느냐에 따라 둥글게, 또 모나게도 된다. 물은 한없이 잔잔하다가도 바람을 타면 이쪽저쪽으로 흔들린

다. 성난 야수처럼 높은 파랑을 일으키다가도 단숨에 가라앉기도 한다. 우리 정치사를 되돌아보면 일부 정치학자나 '정치 기술자'들이 겉으로는 여론을 존중하는 듯하지만 철저하게 여론을 무시하고 조작하려 든 경우가 없지 않았다. 여론조사에 대해서도 마찬가지다. 결과가 자신들에게 유리하면 치켜세우고, 불리하면 엉터리라고 깎아내리기 일쑤다. 언론은 여론조사의 품질을 따지지 않고, 자극적인 헤드라인이 될 만한 결과만 좇는다. 지켜보는 국민은 혼란스럽다. 조사인 입장에서는 허탈할 때가 많다."

1등에게 표가 쏠리는 현상을 '밴드왜건 효과(Band wagon effect)'라고 한다. 악대가 나팔을 불면 동네 아이들이 따라간다는 의미로 1등을 쫓아가는 편승 효과를 말한다. 반대로 2등을 응원하는 경향은 '언더독 효과(Underdog effect)'라고 한다. 개싸움에서 유래한 이 말은 결과가 뻔한 강자와 약자의 싸움에서 약자에 대한 연민이 커지는 현상을 의미한다. 선거철이 되면 밴드왜건 효과나 언더독 효과를 거론하며 여론조사 결과나 언론 보도에 예민하게 반응하는 이들이 있다. 그러나 미국 갤럽의 조사 결과에 의하면 어느 쪽도 선거 결과에 영향을 주지 않는 것으로 나타났다. 1위가 유리하다면 1위는 계속 상승해야 하는데 그렇지 않고, 2위에 대한 동정표가 모인다면 2위가 올라가야 하는데 그 또한 반드시 그렇지 않기 때문이다. 그러나 결과 발표에 따라 특정 후보를 띄우려 한다거나 깎아내리려 한다는 일부의 공격에 박무익은 오랫동안 시달렸다. 야후와의 제휴 파기 사건은 그 정점이었다.

미국의 저널리스트이자 사회학자인 월터 리프먼은 저서 《여론(Public Opinion)》에서 이렇게 말했다. "사람들은 대부분 정의를 내리기 위해서 무엇을 읽는 것이 아니라, 정의를 먼저 내린 다음에 읽는다." 여론의 이러한 속성에 맞서 박무익은 오랜 시간을 싸워야 했다.

한국갤럽은 늘 다양한 조사 문의를 받는다. 조사를 가장해 개인정보를 수집하거나 상품을 홍보하거나 판매하려는 경우, 조사의 내용이 응답자에게 불쾌감이나 해악을 끼칠 우려가 있는 경우는 정중히 거절한다. 그런 경우만 아니라면 의뢰자가 정치·사회적으로 대립하는 진영 중 어느 쪽에 속하는가는 중요하지 않다. 여론조사의 역할은 어느 편에 서서 그 쪽에 유리한 결과를 끌어내는 것이 아니라 있는 그대로의 여론을 파악해서 전달하는 데 있기 때문이다. 결과는 편향되게 보일 수도 있다. 그러나 한두 해 존속하고 사라질 조사회사가 아니라면 언제까지 지속할지 알 수 없는 특정 권력 편에 설 이유가 전혀 없다는 것이 박무익의 지론이었다.

3월 28일 저녁, 야후는 조사 종료 12일 만에 사이트를 통해 입장을 표명하고 사과문을 게시했다. 한국갤럽도 비슷한 문건을 준비했지만 끝내 공개하지는 않았다. 응답자 수와 조사 진행상 노출된 문제점들은 당시 야후의 자존심과 위상이 걸린 부분이었기에 이를 공개한다면 양 사 간 다툼으로 비화할 우려가 있었다. 그렇다고 야후의 입장을 고려해 사실을 모두 제외한다면 어떤 해명도 석연치 않을 것이 명백했다. 오히려 의혹을 확대하거나 논란에 더 큰 불을 붙이는 형국이 될 수도 있었다. 박무익은 고민 끝에 침묵을 택했다.

야후-한국갤럽 제휴는 새로운 조사 방법과 분석에 관심이 많던 젊은 연구원들이 추진했다. 처참한 실패로 끝났지만 박무익은 이를 주도한 연구원들을 질책하지 않았다. 조사의 원칙을 지키지 못할 상황에서 'NO'라고 말하는 용기는, 조사인에게 꼭 필요한 것이라 생각했기 때문이다.

2007년 제17대 대통령 선거는 1위 후보의 독주가 선거 종반까지 이어지면서 다소 싱겁게 마무리됐다. 선거 하루 전날 한국갤럽의 예측치는 이명박 49.1%, 정동영 24.4%, 이회창 15.9%였다. 당일 전화조사 결과는 이명박 51.3%, 정동영 25.1%, 이회창 13.5%로 드러났다. 실제 득표율은 이명박 48.7%, 정동영 26.1%, 이회창 15.1%. 이변 없이 이명박 후보가 제17대 대통령으로 당선되었다. 이명박, 정동영 후보의 차이는 22.53% 포인트, 약 530만 표 차이로 민주화 이래 최대 득표율 격차였다. 투표율은 63.03%로 역대 대통령 선거 최저 투표율을 기록했다.

당선자와 후보의 순위는 맞췄지만 제17대 대선은 인터넷 시대의 도래와 함께 조사업계에도 분열과 혼란을 남겼던 선거였다. 박무익은 인터넷 여론조사가 시기상조임을 절실하게 깨달았다. 이후 언론사와 조사회사들이 흥미 위주로 꾸미는 인터넷 여론조사 게재에 대해 단호하게 거부했다. 다음은 2009년 7월, 경제 전문 케이블 채널 비즈니스앤(Business&)의 〈강인선 LIVE〉에 출연한 박무익의 인터뷰다.

> "저는 기본적으로 선거 여론조사, 혹은 정치적 이슈에 관한 여론조사는 인터넷으로 해서는 안 된다고 생각하고 있습니다. 현재 인터넷으로 응답하는 대상은 20~30대가 70%를 차지하고 있습니다.

조선일보 경제 전문 케이블 채널 비즈니스앤의 〈강인선 LIVE〉에 출연한 박무익, 2009년 7월 3일

50~60대가 응답할 확률은 10% 미만입니다. 이런 조사를 가지고 전 국민 대상의 정치 여론조사라 할 수 있겠습니까? 이 같은 상황에서 그렇게 한다는 것은 국민을 오도하는 일이고 잘못된 일이라고 생각하고 있습니다. 요즘 신문마다 인터넷 여론조사 코너를 두고 있는데 상당히 장난스러운 여론조사죠. 결과적으로 여론조사를 불신하게 만든다는 점에서 결코 바람직하지 않다고 봅니다."

한국인의 생각을 보존합니다

조선의 10대 왕 연산군은 "임금이 두려워하는 것은 역사뿐이다"라고 했다. 조선왕조실록《연산군일기》의 기록이다. 그는 "아예 역사가 없는 것이 더욱 낫다. 임금의 행사는 역사에 구애될 수 없다"라고 했지만 사관(史官)은 이마저도 기록으로 남겼고 그의 이름은 조선의 대표적인 폭군으로 남았다. 박무익이 걸어온 길은 어쩌면 그 사관(史官)과도 같다고 하겠다.

한국갤럽은 조사를 명분으로 매년 수백만 명을 접촉한다. 수백여 차례의 국제 비교 조사에도 참여했다. 조사인 입장에서 놓치고 싶지 않은 기록이 있을 때마다 수익과 상관없이 독자적인 조사도 계속했다. 박무익은 그 과정에서 쌓아온 데이터들이야말로 그때 그 시절 한국인의 생각을 기록한 유일한 자료들이라 생각했다. 그 한 사람 한 사람의 생각이 시대의 기록이며 역사의 일부였다. 조사 결과가 때로는 그 시대의 상황을 보여주는 유일무이한 기록이 될 수 있음을, 그렇기에 조사인이 세상에 내놓는 조사 결과에는 언제나 무거운 책임이 뒤따름을 가슴에 품고 살았다.

> "역사는 '승자의 기록'이란 말이 있을 정도로 누가 어떤 방식으로 기록하고 전달하는가에 따라 달라질 수 있다. 조사 결과는 당시를 살았던 보통 사람들의 생각을 보여주며, 조사 방법이나 질문 등 측정 도구도 함께 기록된다는 점에서 사료(史料)로서의 가치가 있다고 본다."

박무익은 회사 설립 초기부터 여론조사 자료를 정리하고 기록하는 데 많은 공을 들였다. 당장 찾는 이가 없더라도 언젠가는 유용한 자료가 되리란 생각에서다. 독재가 종말을 고하고 민주화의 물결이 일렁였던 1980년대에는 국제 비교 조사를 통해 한국인의 사회의식과 라이프스타일을 반추하는 단행본들을 펴냈다.

1978년 펴낸 번역서《갤럽의 여론조사》이후 박무익이 한국갤럽의 이름으로 펴낸 책은 서른일곱 권에 이른다. 1980년부터 진행한 아동, 청소년, 주부, 노인 등에 대한 다국가 비교 조사, 18개국 인간 가치관 비교 조사, 장애인과 일반인 의식 조사 등을 모두 단행본으로 펴냈다. 1980년《한국의 아동과 어머니》에서부터 시작된 '한국인의 여론(The Korean Index of Public Opinion) 시리즈'를 위해 1983년 1월에는 '한국 여론조사 연구소(Korea Institute of Public Opinion)'를 설립했다. 연구소는 조사방법론을 연구하고 각종 조사 결과의 발간 사업을 전담했다. 또 유용하다 싶은 조사 관련 외국 서적을 번역하여 출간하고, 선거 연구와 마케팅조사 연구에 도움이 되는 단행본도 펴냈다. 사업 초기 어렵게 회사를 꾸려나가던 시절에도, 경영 위기에 한 번씩 휘청일 때도 절대 놓지 않고 이어온 작업이다.

책들은 단 한 권도 손익 분기를 넘지 못했다. 박무익은 사업 초기에 잠깐 '우리나라 연구자들이 모두 책을 한 권씩만 사준다면 조사 전문 출판사로도 승부를 볼 수 있지 않을까?' 생각한 적이 있다고 했다. 하지만 그는 싱긋 웃으며 덧붙였다. "순진한 생각이었지. 출판계는 결코 호락호락하지 않았어"라고. 책으로 수익을 내겠다는 기대는 곧 접었다. 그래도 출판은 계속했다. 책으로 엮지 않은 기록이 흩어지고 사라지는 게 안타까웠기 때문이다. 박무익은 애써 얻은 조사 결과를 사장시키는 것은 조사인의 사회적 책임을 방기하는 것이라고 했다. 자료를 널리 알려 유용하게 쓰이도록

하는 것이 정확한 조사만큼이나 중요하다고 생각했기 때문이다.

그렇게 세상에 내보낸 책 중 박무익이 가장 애착을 갖는 것은《한국인의 종교》다. 1983년 서울대 종교학과 윤이흠 교수, 철학과 심재룡 교수와 의기투합한 프로젝트다. 1984년 1차 조사부터 1989년, 1998년, 2004년, 그리고 2014년 5차 조사까지 30년에 걸쳐 조사하고 기록한 대장정이다. 한국인의 종교 실태를 비롯해 종교관과 가치관을 종합적으로 파악하고, 종교 관련 이슈에 대한 여론을 수집하여 우리나라 종교계와 학계, 사회, 그리고 일반 국민이 활용할 수 있는 기초 자료를 제공하고자 했다. 이 종교 조사는 가장 오랜 기간 추적 조사했을 뿐 아니라 매 조사 결과를 모두 단행본으로 펴냈다는 점에서 박무익에게 각별한 의미로 남았다. 서울대 철학과 동창회장을 맡으면서 펴낸《한국인의 철학》또한 박무익이 특별하게 생각하는 기록이다.

두 책에는 상아탑과 현학적 담론에만 머물던 철학과 종교의 실태를 정확하게 파헤쳐서 현실과 접목하려 했던 박무익의 의지가 담겨 있다. 다음은 박무익의 철학과 동문이자 오랜 친구인 심재룡 교수의 기록이다.

"이미 1980년대 말 우리가 수행한 한국갤럽의 '한국인 종교의식'

《한국인의 종교와 종교의식》, 2004.《한국인의 철학》, 2011

조사는 성직자들의 문제점을 정확하게 진단하고 있었다. 지금도 그 진단은 정확하다. 시민들의 의식은 열린 사회, 공평한 사회를 지향하고 특히 불교도들은 천하에 열린 승가를 희구하는데 몇몇 권승(權僧)들은 승가를 마치 가족 연대적 폐쇄적 이익사회로 인식하고 있다. … 그래서 《한국인의 종교와 종교의식》은 내 강의에 약방의 감초로 등장한다. 철학자는 감히 이렇게 현실에 참여한다."

개인용 컴퓨터 보급이 확산되고 지식정보화 바람이 불었던 1992년에는 조사 전문 격월간지 《갤럽리포트》를 창간했다. 1996년에는 조사 결과 데이터베이스인 '갤럽DB'를 PC통신 천리안과 하이텔 유료 서비스로 선보였고, 2002년 인터넷으로 전환해 2005년부터는 한국갤럽 홈페이지를 통해 누구나 무료로 열람할 수 있도록 했다.

2010년 이후 정보통신, 미디어 환경은 급변했다. 스마트폰이 보편화되면서 등장한 소셜미디어는 이슈 생성과 확산에 속도를 더했다. 한국갤럽은 아침저녁으로 바뀌는 이슈를 따라잡기 위해 2012년 1월, 상시 조사

《갤럽리포트》

프로그램 운영을 시작했다. '한국갤럽 데일리 오피니언'이란 이름으로.

2010년대에 들어서면서 여론조사 업계는 혼돈기에 접어들었다. 크고 작은 여론조사 회사들이 난립했고 치열한 연구를 바탕으로 한 것과 그저 겉으로 흉내만 낸 것들이 혼재했다. 여기에 일부 언론의 무분별한 인용 보도 행태가 더해졌다. 이로 인한 질타를 박무익은 매우 가슴 아파했다. 여론조사에 대한 불신은 곧 한국갤럽에 대한 불신과 마찬가지라고 생각했다. 박무익은 우리 스스로, 업계 최고의, 대한민국을 대표하는 여론조사 프로그램을 만들 것을 다짐했다. '한국갤럽 데일리 오피니언'은 그렇게 탄생했다. 한 해 수억 원은 족히 드는 조사를 독자적으로 하게 된 배경이다. 프로그램의 핵심은 일상 속 다양한 의견의 청취에 있다. 주요 정치 이슈를 비롯해 경제, 사회, 생활, 문화 등 여러 방면으로 주제를 선정했다. 이 꾸준한 리포트를 자체 기획하고 비용을 부담하며 누구나 무료로 조사 결과를 활용할 수 있게 했다.

모든 조사 결과는 회사 홈페이지에 공개했다. 누구나 신청만 하면 받아볼 수 있는 이메일 뉴스레터 서비스도 시작했다. 언론인과 일반인 구분을 두지 않고 독자라면 가장 먼저 결과를 받아볼 수 있게 했다. 영향력 있는 소수 언론이나 기자의 성향에 좌우됨 없이 독자 스스로 여론의 흐름을 가늠할 수 있기를 바랐기 때문이다.

시작 초기에는 어려움이 많았다. 사내에서는 과도한 지출을 우려한 목소리가 컸다. 예상외로 언론의 반응도 냉담했다. 조사로 수익을 내야 하는 민간 회사가 많은 인력과 비용을 들인 조사 결과를 대가 없이 공개한다고 하니 반신반의하는 분위기였다. 이러다 몇 달 만에 중단되는 건 아닐지 담당 연구원들은 전전긍긍했지만, 박무익은 쿨했다고 한다. 박무익의 말이다. "우리는 우리 방식대로 하면 돼. 좀 더 기다려보자고." 정지연 이사의 기억이다.

1년여 노력 끝에 '데일리 오피니언'은 언론과 정치권, 사회과학 연구자들이 주요 레퍼런스에 활용하는 자료로 인정받았다. '한국갤럽 조사 결과는 보수적'이란 억울한 꼬리표도 사라졌다. 여야 정치권은 물론 보수와 진보 양극단에 있는 언론들도 모두 데일리 오피니언을 인용하게 되었다. 누구나 활용할 수 있는 공개 자료라고 명시했지만 조사 결과를 인용할 때 비용을 내야 하는가 하는 문의가 끊이지 않았다. 한 언론사는 매주 독점 보도를 전제로 비용을 지불하겠다고 제안했다. 또 다른 언론사는 월요일 신문이나 방송 프로그램 정규 코너로 편성할 테니 며칠 앞당겨 자료를 달라고 요청했다. 하지만 박무익은 그 모든 제안을 거절했다. '조사의 중립성'에 큰 의미를 부여하며 시작한 프로그램을 눈앞의 이익과 맞바꿀 수 없었기 때문이다.

2015년 10월, 또 다른 기쁜 소식이 들렸다. 유네스코 세계기록유산에 'KBS 특별생방송, 이산가족을 찾습니다'가 등재됐다는 것이다.

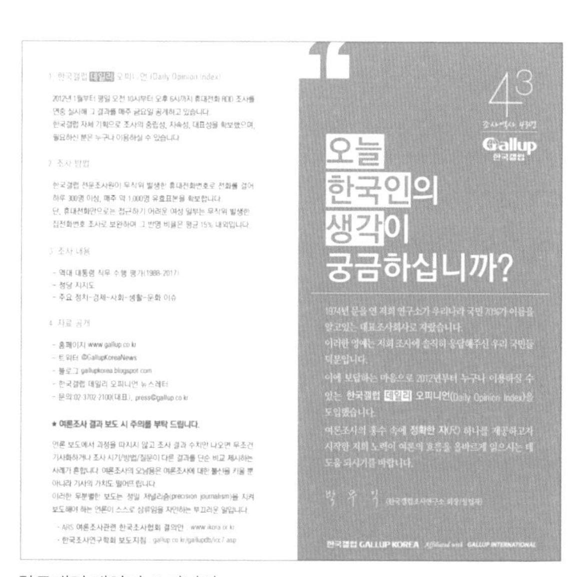

한국갤럽 데일리 오피니언

KBS 이산가족 찾기는 1983년 6월 30일부터 11월 14일까지 무려 138일에 걸쳐 453시간 45분 동안 생방송으로 진행한 세계 최장 생방송이다. 필자의 기억에도 이산가족을 찾겠다는 인파로 인산인해를 이룬 여의도광장의 오랜 한(恨)과 절절한 염원이 생생하다. 10만 952건이 신청됐고, 5만 3,536건의 사연이 방송에 소개됐으며, 총 1만 189건의 상봉이 이뤄졌다. 온 국민이 24시간 TV 앞에 앉아 함께 울고 웃었고 세계의 이목도 집중됐다. 25개국의 기자들이 상주하면서 상봉 소식을 실시간으로 전했다. 미국 ABC는 뉴스 프로그램 〈나이트라인〉을 통해 생중계했다. 냉전의 역사가 개인에게 얼마나 깊고 아픈 상처를 남긴 것인지, 미디어가 만들 수 있는 기적이 얼마나 놀라운 것인지를 전 세계에 알린 전무후

2024년 End of Year Poll 엽서. 연말마다 경제지표를 그림과 함께 연하장에 기록하고 있다.

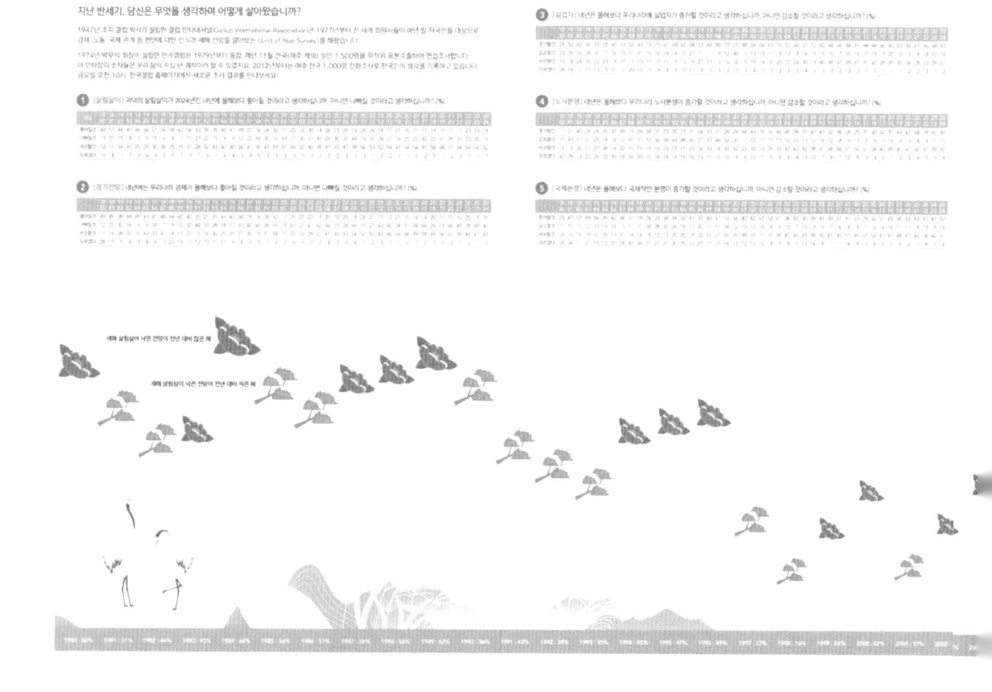

무한 기록이다. 박무익은 조사하고 기록해 온 본인의 삶이 이런 기록 하나하나에 남아 있다며 뿌듯해했다.

'둔필승총(鈍筆勝聰)'이란 말이 있다. '둔한 사람이 붓으로 기록하는 것이 총명한 사람의 기억보다 낫다'라는 뜻이다. 박무익은 필자가 평생 겪어온 이들 중 손에 꼽을 만큼 총명한 인물이다. 시대를 한발 앞서 꿰뚫어 보는 혜안과 세상의 원리를 직관하는 감각을 가진 천재였다. 그러나 그는 스스로 둔한 사람이기를 자처했다. 그렇게 그의 의지 하나로 반세기 한국인의 생각을 기록으로 남겼다.

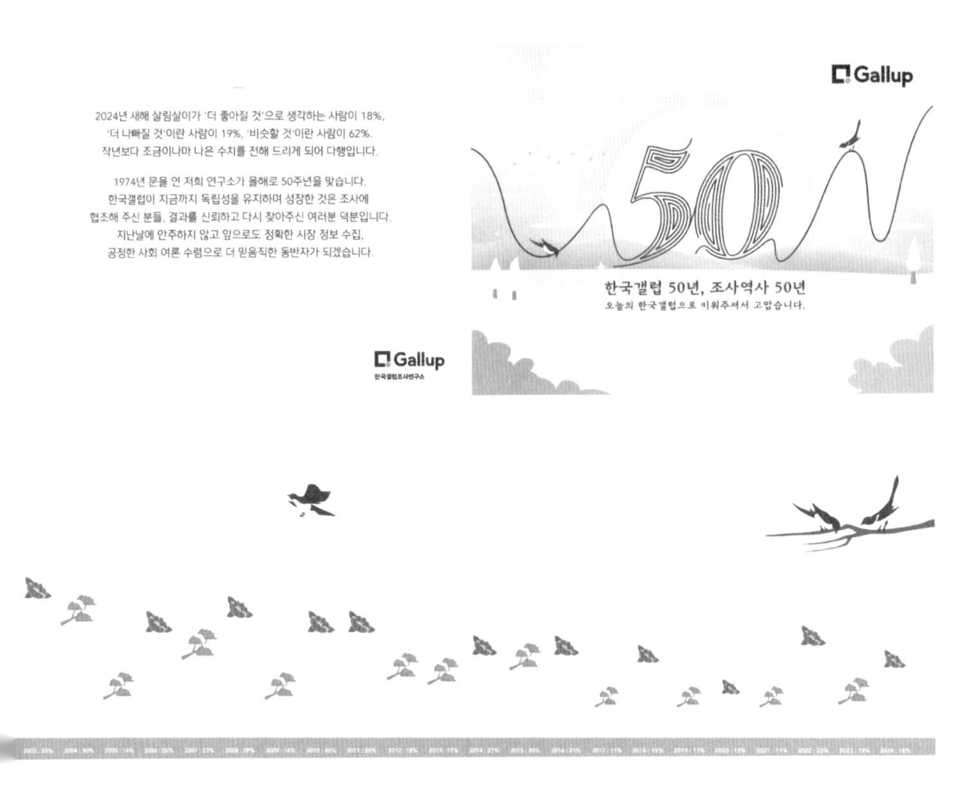

국민을 행복하게 해줬으면 좋겠다

"사실 나의 친인척 중엔 가난한 사람이 많습니다. 사업하다 망했거나 마지못해 장사를 합니다. 내 주변을 되돌아보면 장사를 시작한 10명 중 7명은 5년 안에 문을 닫은 것 같습니다. 가끔 그들로부터 '어떻게 장사하면 되느냐?'란 생존이 걸린 질문을 받을 때면 '먼저 시장조사를 해보고… 어쩌고저쩌고하면서' 어물쩍 넘기곤 했습니다. 그런데 이 책을 읽고 무릎을 탁 쳤습니다. 이 책이 그 해답을 제공해 주고 있으니까요. 혹시 가까이 어려움에 처한 분이 구원을 요청해 오면 이 책을 읽은 당신이 무언가 이야기해 줄 수 있지 않을까요?"

2012년 새해 아침, 박무익이 남긴 글이다. 철학과 후배의 소개로 《육일약국 갑시다》라는 책을 읽고 저자 김성오와 만난 후 쓴 글이다. 사회에 첫발을 내딛던 시절 김성오에게는 600만 원의 빚과 열정이 전부였다. 마산 변두리에 4.5평짜리 작은 약국을 열었고 택시만 타면 "육일약국 갑시다"를 외쳤다. 당시 호텔에나 있던 자동문을 달고 밤새 간판의 불을 환하게 밝혔다. 박카스 하나 사며 고급 수건을 받아 가도, 약국 전화기가 동네 공중전화로 쓰여도 개의치 않았다. 어떻게 하면 고객이 더 감동할까를 고민했다. 3년 후 육일약국은 전국적인 명소가 되었고 장학금을 주는 약국이 되었다. 사소한 시도라도 계속하면 가능성이 열린다. 암초가 무서워 배를 띄우질 못한다면 새로운 세상을 만날 수 없다. 이 책의 주제이고 또 박무익의 삶을 이끌어온 지혜다.

박무익은 1987년 대선 당시 언론사들도 외면하던 선거 예측조사를 자체적으로 시도하여 발표하고, 1997년 대선 때는 방송사들마저 포기를 선언할 만큼 간발의 차이를 보이던 1, 2위 순위를 정확히 맞춰 그 진가를 인정받았다. 엄청난 도박을 했다는 것이 업계의 평이며 일부에서는 "어떻게 저렇게 무모하냐"고까지 했다. 구태여 그런 위험을 감수(risk taking)한 이유가 있느냐고 한 언론인이 물었다. 박무익이 답했다. "위험을 감수하지 않으면 발전이 없어요. 한국의 사회과학 방법론 수준을 한 단계 높이고자 하는 의지의 표현이랄 수도 있지요. 비단 선거 여론조사에 국한된 이야기가 아닙니다."

책을 읽으며 가난한 친인척을 생각했듯 박무익은 주변 소상공인과 서민에 늘 시선을 두던 사람이었다. 그는 자가용을 타고 다니지 않았다. 조사업은 여론이 생명인 만큼 버스와 전철, 필요할 때는 택시를 타면서 대

《육일약국 갑시다》의 저자 김성오(메가스터디 부회장)와 박무익, 2011년 12월

중의 마음을 읽어야 한다고 고집했다. 조사인은 '서민의 냄새'에서 멀어지면 안 된다는 것이 그의 지론이었다.

2012년 4월 19일 박무익은 한국경영자총협회 주최로 열린 경총포럼 초청 강연에서 이렇게 말했다.

"얼마 전 대형할인점의 저가 쇠고기 광고를 보면서 '싸게 구입할 수 있는 소비자는 좋으나 이로 인해 무너지는 자영업자는 어떻게 할 것인가, 그런 행사를 하는 대기업을 향한 자영업자의 분노를 생각해 본 적이 있을까' 하는 의문을 품었습니다. 이런 현상은 자영업자의 궤멸과도 상관이 있다고 봅니다. 제가 사는 평창동, 효자동 인근의 작은 가게들을 보면, 그들은 가게 문을 닫는 순간 실업자가 된다는 두려움과 어려움 속에서 문을 닫지 못하고 가게를 근근이 이어가고 있습니다. 그에 반해 우리나라 대기업은 과도한 이익을 챙기

제176회 경총포럼 초청 강연 중인 박무익, 서울 조선호텔, 2012년 4월

여론조사의 代父
올 대선을 말하다

올해 대선이 궁금하십니까?
박무익

박무익 (철학 62)
- 한국갤럽조사연구소 회장
- 서울대학교 인문대학 총동창회 회장

〈여론조사의 대부, 올 대선을 말하다〉, 조선일보, 2012년 1월 21일

서울대 인문대 동창회보 〈문사철〉 6호, 2012년 7월

며 저 혼자만 성장하고 있다고 느끼는 사람들이 많아졌습니다."

박무익은 경영대학원 동창인 롯데쇼핑 이철우 대표에게 두 번이나 전화해 이런 광고에 대해 고민해 볼 것을 당부했다고 덧붙였다. 또 자리한 경영인들에게 단호하게 물었다. 쌓여가는 서민들의 분노와 고통에 대해 경총과 전경련이 무엇을 했는지.

2012년 1월 조선일보와 7월 서울대 인문대 동창회보 〈문사철〉에 실린 박무익의 인터뷰 또한 같은 맥락이다.

"예전에는 나의 가난이 나와 내 가족의 문제라고 인식했지만 지금은 한국 사회의 잘못 때문이라고 인식합니다. 부자들이 세금을 더 많이 내서 사회복지를 실현해야 한다고 생각하는 사람들이 많아졌다는 것입니다. … 박원순 후보가 서울시장에 당선된 지 얼마 되지 않아, 우연히 택시 기사와 대화를 나눈 적이 있습니다. 그는 이번 보궐선거에서 박원순 후보가 당선되어 기분이 좋다고 말했습니다. 기분이 어떻게 좋으냐고 물으니 "박 후보가 시장으로 당선되니 마음에 봄이 찾아와 얼음이 녹는 기분"이라고 하더군요. … 선거로 뽑힌 분은 자신을 뽑아준 서민들의 불만, 애환을 여론조사로 정확히 파악하는 일이 모든 행정의 출발임을 알아야 합니다."

박무익은 동문들에게 "본인이 속한 직업군, 연령대 등의 사람들과 이야기한 것만으로 추측하지 말고 다수의 서민이 겪는 빈곤과 고민, 분노를 헤아려 사회 변화를 조망하시라"라고 당부했다.

2012년 제18대 대통령 선거는 박무익이 예측에 참여한 마지막 대선이었다. 사전 조사가 가장 많은 선거였다. 한국갤럽과 리얼미터가 주간, 일일 단위 조사 결과를 발표했고 하반기에는 리서치앤리서치, 리서치뷰도 가세했다. 그 외에도 격주, 매월 단위 조사 결과를 내는 언론사와 조사회사들이 있었다. 선거 100일 전쯤부터는 한 주에 조사 결과가 10개 이상 발표되는 경우도 잦았다. 연일 쏟아지는 서로 다른 조사 결과의 홍수 속에 유권자들은 혼란스러웠다.

한국갤럽은 제18대 대선 후보에 대해 매일 조사하고 일일 지표도 집계하고 있었지만, 주 1회 주간 리포트 공개를 원칙으로 삼았다. 상시 조사의 이유는 여론의 장기적인 변화를 추적하기 위함이지, 하루 이틀 지표의 등락 폭을 재기 위한 것이 아닌 까닭이다. 박무익은 일일 지표의 소폭 변동에 대한 지나친 해석은 경계해야 한다고 강조했다. 오차를 변화로 해석하는 우(愚)를 범하지 않는 신중함이 필요하다고 했다. 어제와 오늘의 일일 지표가 다른 것이 실제 여론의 변화인지 아니면 단순한 표본조사의 오차에서 비롯한 것인지는 전후 1~2주간 흐름을 잘 살펴야만 판단할 수 있다. 특히 대선 관련 중요 사건이 발생한 직후에는 여러 언론과 조사회사가 조사 결과를 발표하기 마련이다. 그러나 해당 사건에 대한 여론이 형성되기까지는 어느 정도 시간이 필요하다. 여론의 반응이 사건 발생 당일 또는 익일보다 최소 사흘 이후에도 지속되는지가 중요하다고 그는 말했다.

조사 과정을 세심하게 관리해도 종종 오차 범위를 벗어나는 결과가 나올 수 있다. 조사업계에서는 그런 경우를 소위 '데이터가 튀었다'라고 한다. 만약 특별한 사건이 일어난 것도 아닌데 일일 지표가 5%포인트 이상 오르내린다면, 게다가 그런 일이 잦다면 그것은 조사 과정이 불안정한 데서 나타나는 비표본오차일 수 있다. 그럼에도 '튀는' 결과를 낸 조사회사는 여론을 민감하게 반영한 결과라고 주장하고, 일부 언론은 이를 특종으로 다루기도 한다. 결과를 접하는 유권자는 혼란스러울 수밖에 없다. 이런 상황은 결국 '들쑥날쑥 여론조사', '못 믿을 여론조사'라는 질타로 이어진다. 박무익은 매일 조사 결과를 공개해 달라는 언론사의 쇄도하는 요청을 단호하게 거절하고 주간 리포트를 고집하며 제18대 대선 예측을 준비했다. 하루하루 변동에 일희일비하지 말고 장기 추세를 보는 시각이 필요함을 당부하며.

12월 19일 선거일 일주일을 앞두고 선거 전 마지막으로 공표된 결과 중에는 문재인 후보가 박근혜 후보와 박빙이거나 앞선다는 결과도 있었다. 그러나 지방신문협회-한국갤럽, MBC 시선집중-한국갤럽, 그리고 한국갤럽 자체 조사에서는 모두 박근혜 후보가 3~5%포인트 앞섰다. 여의도연구소(현 여의도연구원)에서 한국갤럽에 의뢰한 조사 결과도 마찬가지였다.

선거 당일, 한국갤럽은 투표자와 투표예정자 2,000명을 조사해 단독으로 최종 예측치를 발표했다. 표본 수가 크지 않음에도 불구하고 정밀하게 설계된 무작위 표본추출로 타 기관 대비 가장 작은 오차를 기록하며 당선자 예측에 성공했다. 박무익은 1997년 12월 19일 늦은 밤 느꼈던, 희열과 안도가 동시에 차오르는 순간을 꼭 15년 만에 다시 경험했다고 회고했다.

제18대 대선 예측은 박무익에게 깊은 의미를 남겼다. 그는 과거에 비해 예측의 근거가 더욱 탄탄해졌음을 기뻐했다. 선거 전 몇 번의 조사가

매일경제 A28

매경이 만난 사람 WEEKEND

여론조사의 산증인 박무익 한국갤럽회장 18대 대선을 말하다

'원칙의 박근혜' 국민신뢰 얻었다
내세울 브랜드가 없었던 문재인
단일화 협상때 모든 걸 던졌어야

▶ 18대 대선 박근혜 당선 이유

인물론서 우위·이정희 역풍에 5060 대결집

▶ 文-安 단일화 불구 왜 패배했나

文, 국가비전 제시 못한채 安에게만 매달려

▶ 빗나간 여론조사 왜?

영세업체 난립…'랜덤 샘플링' 원칙 못지켜

美 조지갤럽 회장 직접 만나
갤럽명칭 한국내 사용권 따내

〈매경이 만난 사람 - 여론조사 산증인 박무익 한국갤럽회장〉, 매일경제, 2012년 12월 22일

아니라 1월부터 12월까지 매일 추적 조사하고 분석한 데이터를 바탕으로 했기 때문이다. 제대로 얼굴 보기 힘든 행운의 여신보다 매일 회사에서 동고동락하며 함께 땀 흘린 직원들과 조사원들, 그리고 조사에 성실히 응답해 준 국민들이 조사업계의 리더인 한국갤럽을 만들었고 1%의 승부사 박무익을 만들었다며 그는 옅은 웃음과 함께 답했다.

2012년 12월 22일 매일경제는 〈매경이 만난 사람 - 여론조사 산증인 박무익 한국갤럽회장〉이란 제목으로 박무익의 인터뷰를 크게 실었다. "박근혜 당선인에게 바람이나 주문이 있다면?"이라는 질문에 박무익은 답했다.

> "국민을 행복하게 해줬으면 좋겠습니다. 국민에게 약속한 대로 국민이 보다 더 잘 살도록 해주길 바랍니다."

인간, 사회, 국가를 위해

서울 어디 이런 곳이 있으랴.

북한산의 최고봉인 보현봉(普賢峰), 청와대를 품고 있는 북악산(北岳山), 호랑이가 살았다는 인왕산(仁王山)을 한눈에 볼 수 있는 곳, 인왕마루.

무엇보다 푸른 하늘, 하얀 구름, 신선한 공기가 가까이 있는 무릉도원(武陵桃源)이란 별천지, 샹그릴라보다 더 속 시원한 곳, 인왕마루.

답답할 때, 우울할 때 올라가 보자.
펀치 볼이라도 팡하고 한번 쳐보자.
우리의 青春도 얘기해 보자.
고뇌, 번민, 불면, 말 못 할 속사정, 苦痛까지도 털어놔 보자.

타 부서 사람들과도 어울려 섞이고 지지고 볶으면서
작은 因緣을 만들어 보자꾸나.
우리가 이곳에 살아가는 동안에.

2007년 11월, 박무익이 인트라넷에 올린 글이다. '인왕마루'는 한국갤럽 빌딩의 옥상이다. 누구나 이곳에 오르면 사방 경치에 탄성을 지른다. "전망이 기가 막히게 좋습니다. 행복하시겠습니다" 하는 인사말을 박무익은 제일 좋아했다. 애초엔 옥상 카페를 만들려고 했다고 한다. 하지만 고도 제한이 있는 동네라 증축이나 가건물 시공은 불가능했다. 그래서 담벼락에 벽화를 그리고 꽃나무를 심고 운동기구를 설치하여 정원과 쉼터로 꾸몄다. 정자(亭子)를 놓고 '인왕마루'라는 현판도 걸었다.

이후 해마다 첫 근무일이면 북한산, 북악산, 인왕산을 바라보며 이곳에서 시무식을 했다. 한파가 와도, 함박눈이 쏟아져도 전 직원이 모였다. "나를 세우자! 갤럽을 세우자! 나라를 세우자!" 박무익의 신년 건배 구호를 따라 외치며 막걸리 한 잔씩을 비운다. 모두가 돌아가며 손을 맞잡고 덕담을 나누면 다시 새해가 시작된다.

사옥을 보유한 후 박무익은 유형의 자산에서 무형의 유산에 눈을 돌렸다. 세상에 조사가 무엇인지를 알리고 회사 인지도를 높인 양적 성장은 어느 정도 결실을 거두었으니 다음 단계인 질적 성장을 도모하겠다는 의미였다. 조사는 과학적인 절차에 따른 것이기에 무엇보다 그 이론적인 배경이 탄탄하게 뒷받침되어야 한다. 우수한 연구 인력이 많을수록 조사 방법론 연구도 다양하게 전개될 것으로 생각했다.

> "조사인은 앞날을 내다보는 점쟁이가 아니다. 조사인의 임무는 지금까지 검증된 과학적 절차에 따라 여론을 측정해 보여주는 것임을 명확히 인식할 필요가 있다. 섣부른 비난에 휘둘리지 않고 오해에는 제대로 맞서기 위해, 어제보다 오늘 한 걸음 더 한계에 다가서기 위해 조사인은 조사 실무뿐 아니라 이론적으로도 단단히 무장해야 한다."

2002년 박무익은 공군사관학교에서 정년을 맞은 이계오 교수를 한국갤럽의 자문교수로 영입했다. 그는 표본 설계를 전공한 통계학자로, 일

한국갤럽 사옥 옥상. 인왕마루 시무식 중 폭설이 내렸다. 2010년 1월

인왕마루의 여름과 가을

찍부터 박무익과 안면이 있었다. 1990년대 초, 당시 한국조사통계연구회 회장으로 있던 이계오 교수는 '비표본오차 워크숍'을 열면서 박무익을 초청하기 위해 한국갤럽의 옛 건물인 고려빌딩에 찾아갔다. 그때의 기억이다.

"그때 받은 첫인상은 조사회사의 경영자답지 않은 매우 소탈하고 직설적인 분이란 느낌이었다. 보통은 조사회사든 문화사업을 하는 언론사나 출판사의 경영인들은 그들 나름의 사업 감각을 키운 덕분에 공통적인 인상을 갖고 있다고 생각했는데, 박무익 소장만은 그 범주에서 한참 떨어져 있었다. 조사회사를 세워 경영해 왔고 지난 1987년 대통령 선거 예측조사를 발표한 이래 우리나라 정치 여론조사의 막을 올린 주인공인데, 막상 만나보니 '아 저런 분도 계시구나' 하는 생각이 들었다. 서민적인 풍모에 유머러스한 표현을 즐기는, 무척 인간적이란 인상을 강하게 받았다. 상큼하다고나 할까, 하여간 그 사무실을 나올 때 마음이 아주 가벼웠던 기억이 아직까지 남아 있다."

두 사람의 만남이 다시 이어진 건 1999년 무렵이었다. 이계오 교수는 공군사관학교 교수부장으로 있으면서 서울대 홍두승 교수와 조사연구학회를 만들기 위해 동분서주하고 있었다. 이 와중에 서울에서 세미나를 개회할 때면 어김없이 박무익이 참석했다. 우리나라에서 가장 잘 알려진 조사회사의 경영자가 직접 나타나 세미나를 경청하고 뒤풀이 때면 학자들과 어울려 흥겨운 가무와 토론을 이끌며 다소 삭막했던 학회에 훈기를 불어넣었다. 거리감이 컸던 학계와 재계 간의 튼튼한 다리였다. 박무익은 흔쾌히 조사연구학회 이사 제의를 받아들였다. 그사이 박무익은 이론 연구와 조사 실무 모두에 능통한 이계오 교수의 모습을 눈여겨 보고 있었다.

"곧 정년퇴직하시지요? 축하드리고요. 혹시 다른 계획이 없으면 우리 한국갤럽에 오셔서 연구원들에게 전문적인 통계 지식을 전파해 주셨으면 합니다."

공사 생도 시절 전투기를 모는 파일럿의 꿈을 시력 문제로 접은 후 반평생을 통계학자로 살아온 이계오 교수는 박무익의 제의에 적이 기뻤다고 한다. 평생을 바쳐 공부한 것을 사회에 돌려줄 수 있는 기회였다. 오랜 인연이 이렇게 이어졌다. 이계오 교수는 "불교식으로 말하자면 나와

아이스크림을 든 박무익과 커피를 든 이계오 교수, 2010년

박무익 소장은 전생에 아주 가까웠던 사이가 아니었나 싶다"라고 했다.

평소 박무익의 지론은 "조사통계 연구의 발전을 위해서는 우수한 전문 인력의 양성과 창의적인 연구개발이 중요하다"는 것이었다. 박무익은 이를 덕담에 그치지 않았다. 그는 "사장이란 자리는 정해진 돈을 어떻게 하면 제대로 된 곳에 쓸 수 있는가를 고심해야 하는 자리"라고 했다. 박무익이 이계오 교수에게 맡긴 첫 번째 미션은 "한국갤럽이 학계 발전에 기여할 방안을 찾아달라"는 것이었다. 그렇게 해서 탄생한 것이 '한국갤럽 학술논문상'이다. 서울대 사회학과 홍두승 교수가 운영위원장을 맡았고 통계학, 경영학, 사회학, 심리학 등 분야별 저명한 교수들이 기꺼이 운영위원으로 참여했다.

2003년 7월, 한국갤럽은 한국조사연구학회에 운영기금으로 5억 원을

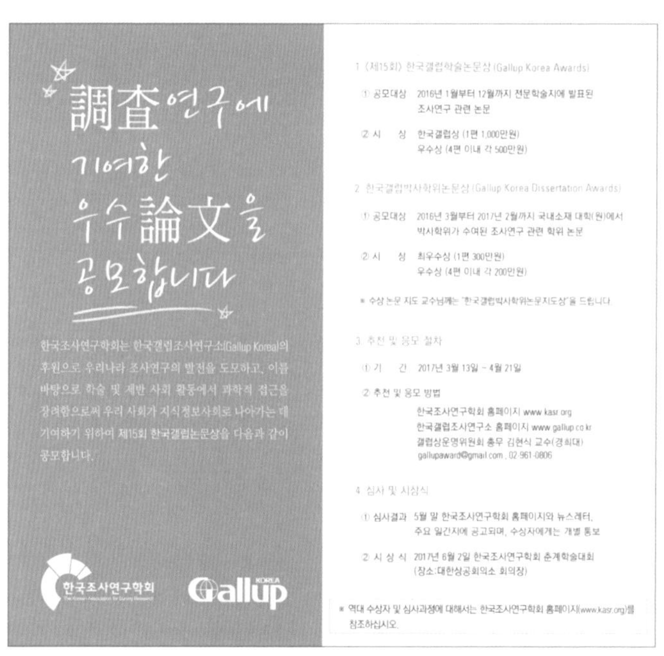

한국갤럽학술논문상 및 한국갤럽박사학위논문상 공모, 2017년

출연했고 이후 매년 1억 원씩 기부하고 있다. 이듬해 '박사학위논문상'이 추가로 제정되어 기부 규모는 더 커졌다. 같은 맥락으로 2006년부터는 한국통계학회를 후원하여 매년 통계학 분야에 크게 기여한 연구자에게 '한국갤럽학술상'을 시상하고 있다. 이계오 교수는 우리나라 조사 역사에 박무익 소장이 음양으로 끼친 영향은 이루 말할 수 없다고 했다. 그는 박무익을 조사연구학회의 은인(恩人)이라고 회고했다.

제1회 시상식은 2003년 9월 18일, 서울대 호암컨벤션센터에서 200여 명이 참석하여 최우수 논문의 발표와 만찬을 갖는 행사로 성황리에 열렸다. 시상은 박무익의 유지를 이어 현재까지도 계속되고 있다. 2023년 5월에는 대한상공회의소에서 열린 한국조사연구학회 춘계학술대회에서 스물한 번째 시상식이 있었다. 조사연구 관련 논문을 발표한 연구자라면 누구라도 응모할 수 있다. 심사 원칙은 논문의 완성도, 기여도, 창의성, 구성 및 표현력 등이다. 문헌 연구보다 국내 기관 소속 연구자들이 직접

왼쪽부터 차례대로 한국조사연구학회 회장직을 맡았던 이기종 국민대 명예교수, 박무익, 이만영 전 고려대 교수, 2011년

수집한 자료 연구와 분석 방법이 뛰어난 논문에 가중치를 부여한다.

심사 과정은 매우 엄정하다. 최우수상 수상작이 없는 해도 있다. 박무익이 “연구자들을 독려하기 위한 목적도 있는데 그렇게까지 깐깐하게 심사해야 하나 싶다”라고 말할 정도로 여러 사회과학 분야 전문가들로 구성된 운영위원들이 원칙을 고수하고 있다. 덕분에 학자들 사이에서 매우 권위 있는 상으로 자리 잡았다. 학계 주요 인물 동정 기사나 프로필 소개 중 ‘한국갤럽상 수상’ 이력이 심심치 않게 눈에 띈다.

한국갤럽 홈페이지에 들어가면 역대 수상작 리스트를 볼 수 있다. 〈기회와 불평등: 고등교육 기회에 있어서 사회 계층 간 불평등의 분석〉, 〈한국 노인의 당뇨병과 소년기 굶주림 경험〉, 〈끝나지 않은 고통: 원폭 피해자 2세의 건강 수준에 대한 연구〉와 같은 논문 제목들이 보인다. 차가운 숫자와 정밀한 분석 안에 인간에 대한 따뜻한 시선을 담기를 소원했던 박무익의 마음이 잘 담겨 있다. 그러면서도 그는 대단한 낙관론자였다.

2015년 한국갤럽학술논문상 시상식

인생철학이자 경영철학이 '오늘보다 내일이 잘될 것이다'였다.

2013년 8월 30일, 정부대전청사에서 열린 제19회 통계의 날 기념행사에서 박무익은 정부로부터 '동탑산업훈장'을 받았다. 한국 조사업계의 선구자로서 한국조사연구학회와 한국통계학회를 후원하여 한국갤럽학술논문상, 한국갤럽박사학위논문상, 한국갤럽학술상을 제정하는 등 한국의 조사방법론과 통계학 분야 발전에 기여한 점이 주요 공적이었다. 통계의 날 최고 영예인 동탑산업훈장을 받은 박무익은 다음과 같은 수훈 소감을 남겼다.

"이번 수훈의 영예는 지금까지 한국갤럽 조사에 솔직하게 응답해 주신 국민 여러분 덕분입니다. 정확한 통계가 될 수 있도록 협조해 주신 우리 국민들께 감사드립니다. 앞으로도 계속 협조를 당부드립니다. 저와 한국갤럽에서 일하는 한 사람 한 사람은 우리 국민 70%가 이름을 알고 있는 조사회사란 명예에 만족하지 않고 우리나라가 올바른 방향으로 나아가는 데 필수적인 통계 발전에 더욱 매진하겠습니다."

박무익은 늘 이런저런 상의 시상자로만 나서다가 상을 받는 입장에 서니 감회가 새로웠다며 쑥스러워했다. 박무익의 수훈 소감은 인트라넷을 통해 다음과 같이 이어졌다.

"우리는 해마다 더 많은 매출과 수익 신장을 통해 성장해야 하지만, 한편으로 좀 더 나은 조사 방법을 연구하고 사회가 올바른 방향으로 나아갈 수 있도록 정확한 여론 지표를 제공하는 데 가장 큰 가치를 두어야 할 것입니다.

'한국인이 가장 잘 아는 조사회사, 한국인을 가장 잘 아는 조사회사'라는 명예를 지키기 위해 우리는 매일 아침 다음을 자문자답해 보아야 하지 않을까요?

- 조사 윤리를 지키는가?
- 정확한가?
- 올바른 방향을 제시하는가?

끝으로, 무거운 이슈뿐 아니라 신선하고 흥미로운 토픽에 대해서도 자주 조사해서 한국인의 점심, 저녁 식탁의 대화를 보다 유쾌하고 활기차게 하는 데 일조해야 하지 않을까요?
이 역시 1등 조사회사가 해야 할 역할이라고 생각합니다. 여러분의 아이디어를 기대합니다.
우리의 존재 의미를 다시 한번 되새겨 봅시다.
인간, 사회, 국가를 위해."

2014년 6월, 한국갤럽은 한국에서 가장 오래된 조사회사라는 명예와 함께 40주년 생일을 맞았다. 25주년에 맞춰 발간한 책《갤럽의 어제와 오늘》도 내용을 보태어 다시 펴냈다. '2014년, 갤럽의 길을 함께 걷고 있는 사람들'이란 테마로 현재 한국갤럽에서 함께 일하고 있는 젊은 직원들의 이야기를 더하는 등 아래와 같은 여러 내용을 담았다.

새로 쓴 서문에서 박무익은 말했다. 어느새 40돌, 40년이란 그리 오랜 세월이 아니란 느낌이 든다고 했다. 한편으로는 여론조사의 불모지 그 척박한 땅 위에 뿌려진 씨앗 하나가 세찬 비바람과 살을 에는 듯한 추위 속에서 숨을 할딱거리며 살아남으려 발버둥 쳤던 순간들이 이제는 아주

정부로부터 동탑산업훈장을 받은 박무익, 정부대전청사, 2013년 8월 30일

까마득한 옛일로 느껴지기도 한다고 했다.

1970년대 유신 정권 시대, 갤럽 박사의 책을 번역본으로 펴내며 박무익은 언젠가 이 땅에도 민주주의의 싹이 틀 날이 오리라고 믿었다. 1979년 갤럽 인터내셔널 회원이 된 후 해마다 국제회의에 참석하며 해외의 앞선 조사 기법을 도입하여 한국의 조사 방법으로 정착시켰다. 1980년대 신군부 시대, '국민의 소리'를 담은 여론조사란 돌멩이로 독재

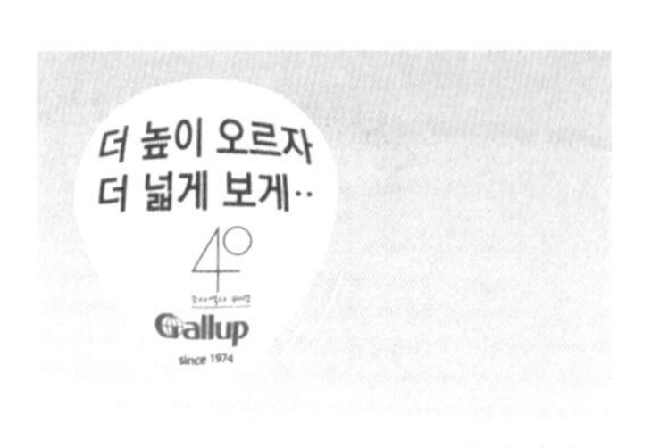

한국갤럽 40주년을 맞아 증보된《갤럽의 어제와 오늘》 표지. 사진은 지중해 풍경이다. 박무익이 직접 촬영했다.

의 껍질 이곳저곳을 때리며 석화(石化)를 막으려 했던 용감한 자(尺)쟁이로 살았다. 1987년 12월 17일 제13대 대통령 선거일 오후 6시, 박무익은 대한민국 최초로 선거 예측을 발표했고 그 예상이 적중하여 세상을 놀라게 했다. 박무익은 말했다. 이 일로 우리나라 여론조사의 고속도로가 개통되었으며, 무엇보다 우리 사회의 사고방식을 보다 합리적이고 건전하게 만드는 기반이 구축되었음이 기쁘다고. 마케팅조사로 기업의 올바른 의사 결정을 도왔기에 한국에서 탄생한 일류 상표들이 전 세계를 종횡무진하고 있음이 자랑스럽다고.

책 커버는 푸른 바다가 담긴 사진으로 교체했다. 2013년 박무익이 갤럽 인터내셔널 로마 회의 참석 후에 들른 카프리해다. 박무익이 직접 촬영했다. 둥실 떠오른 하얀 기구 위에 쓴 '더 높이 오르자. 더 넓게 보게…' 라는 문구도 그의 아이디어였다.

함춘원(含春苑)에서

"누군가 나에게 가장 멋스러운 지명(地名)을 묻는다면 서슴지 않고 함춘원(含春苑)을 꼽을 것이다. 창경궁 너머 인왕산까지, 피어나는 봄을 함빡 머금은 장면이 떠오른다. 꿈틀대는 생명의 기운이 충만한 이곳에 생사(生死)를 다루는 서울대병원이 자리한 것은 참 묘한 일이다. 나는 지금 함춘원에서 다섯 번째 계절을 보내고 있다."

2017년 박무익이 남긴 회고록《조사인으로 살다》는 이렇게 시작한다. 글의 시작이 참으로 멋스럽다. 다섯 계절을 보낸 차가운 병실도, 쇠약해진 육신을 찌르는 서글픈 고통도 거인(巨人)의 풍류(風流)를 이길 수 없다. 박무익은 2004년 만성폐쇄성폐질환(COPD) 진단을 받았다. 병증의 진행 속도를 늦추기 위해서라며 판소리와 가곡을 배워 노래했던 것도 그다운 멋스러운 싸움이었다. 노래를 부르는 건 그가 지켜오던 '동사형 삶'이었다. 〈심청가〉에 나오는 가사의 수사학이 셰익스피어 작품보다 더 위대하다고 웃으며 그는 갈라지는 목청에서 생의 깊이가 담긴 소리를 끌어내곤 했다.

하지만 몇십 년 흡연의 대가는 혹독했다. 제대로 숨을 쉴 수 없는 고통이다. 폐암보다 더 괴롭다는 병증이 깊어지던 2015년 말, 박무익은 서울대학병원에 입원했다. 갑작스러운 입원 후 가쁜 호흡만큼이나 절박했던 건 평생을 일궈온 회사 경영의 승계였다.

박무익은 굳은 신의의 조사인이었고 따뜻한 경영인이었으나 본인에 대한 잣대는 냉철하고 엄격했다. 조사인으로서는 부끄럽지 않았으나 경영인으로서는 과연 최선인가 되묻고 싶을 때가 많았다고 했다. 그는 2000년 즈음부터 자신의 뒤를 이어갈 사람을 찾기 시작했다. 한국갤럽의 성장 잠재력을 자신보다 더 잘 끌어낼 사람을. 그러나 조사와 경영 양쪽 모두를 충분히 이해하는 이를 찾기란 쉽지 않았다. 병상에서 일주일을 더 고민한 후 기존 임원 중 네 명을 최고임원으로 선임했다. 최고임원회를 조직하여 회사 전반에 걸친 주요 사안을 공동으로 논의하고 결정하도록 하고 나서야 그는 뻣뻣해진 허리를 누일 수 있었다. 2016년 한 해를 안식년으로 선언했다.

2015년 12월 31일, 함춘원에 피어나는 봄을 다시 마주하길 고대하며 박무익은 폐 이식 수술을 받았다. 5년 생존율 60%의 힘든 수술이었지만, 건강한 폐를 기증받을 수 있었던 건 한없이 감사한 일이었다. 마취에서 깨어난 날은 2016년 1월 2일이다. 박무익에게 새 생명을 준 사람은 새벽 교통사고로 유명을 달리한 30대 남성이었다.

> "꼭 다시 살겠노라 다짐하며 그의 명복을 빌었다. 미국 성악가 채리티 틸레만딕은 폐 이식 후 재기해 공연도 한다고 들었다. 나는 회사에서 도로 하나를 사이에 두고 바라보기만 했던 인왕산을 직원들과 함께 오르는 상상을 했다."

오페라 〈한여름 밤의 꿈〉의 요정을 노래하던 소프라노 틸레만딕은 스물한 살의 나이에 폐고혈압 진단을 받고 두 번의 폐 이식을 받았다. 성악에서 가장 중요한 발성기관인 폐를 타인의 것으로 이식한 상태에서 그녀는 깊은 호흡을 들이쉬고 내쉬며 유리알처럼 매끄러운 목소리로 노래했다. 그녀가 미국, 유럽, 아시아를 돌며 공연하는 모습은 같은 시련을 견디고 있는 많은 이들의 가슴을 감동과 희망으로 채웠다. 박무익의 입원실도 자주 그녀의 목소리로 채워졌다.

폐 이식 수술 후 집중 치료 기간 3개월은 가장 힘든 시기다. 인공호흡기에 의존하며 이식된 폐에 거부반응이 생기지 않도록 면역억제제를 쏟아부으며 버텼다. 박무익의 나이 73세. 회복 속도는 생각보다 더뎠다. 22년 만의 된더위로 끓어오르던 2016년 여름에는 몇 차례 생사의 고비도 넘겼다. 박무익은 낙담과 실의의 나날을 담담히 고백했다. 저만치 앞서 내달리기만 했던 마음과 한참 뒤처졌던 몸 상태가 병상 생활 열 달째 접어들고서야 비로소 현실적인 균형점을 찾았다고 했다. 병실을 찾은 지인들은 그의 목소리 대신 종이와 연필로 필담을 나누며 그를 만났다. 병마의 고초에 극심하게 야윈 손가락이었지만 그의 연필에서 튀어나오는 목소리만큼은 여전히 호기로웠고 눈빛은 형형했다.

> "거동은 불편하지만, 생각만큼은 어느 때보다 자유롭다. 큰 소리로 〈오 솔레 미오〉를 부를 수는 없어도 언제든지 감상할 수 있고, 또렷한 의식으로 사람들과 소통할 수 있음에 감사한다."

겨울, 봄, 여름, 가을, 또다시 겨울…. 그렇게 함춘원에서 다섯 계절을 보냈다. 퇴원하면 하고 싶은 일, 보고 싶은 것들이 많았지만 막연히 그때를 기다릴 수만은 없었다. 그 시간 박무익은 조사 인생 43년을 담은 회고록 《조사인으로 살다》를 완성했다. 긴 세월 인터뷰와 기고문, 틈틈이 남긴 구술 자료, 사내 인트라넷을 통해 공개한 내용을 정리했다. 살아오면서 만난 좋은 인연, 고맙고 그리운 이들이 그의 마지막 마음에 담겼다. 정신은 고요했다. 하지만 폐 이식 재활 과정에서 찾아온 신장 기능의 저하가 남은 시간을 조여왔다.

2017년 2월 18일, 박무익이 〈New Gallup을 기대하며: 갤럽인들에게〉

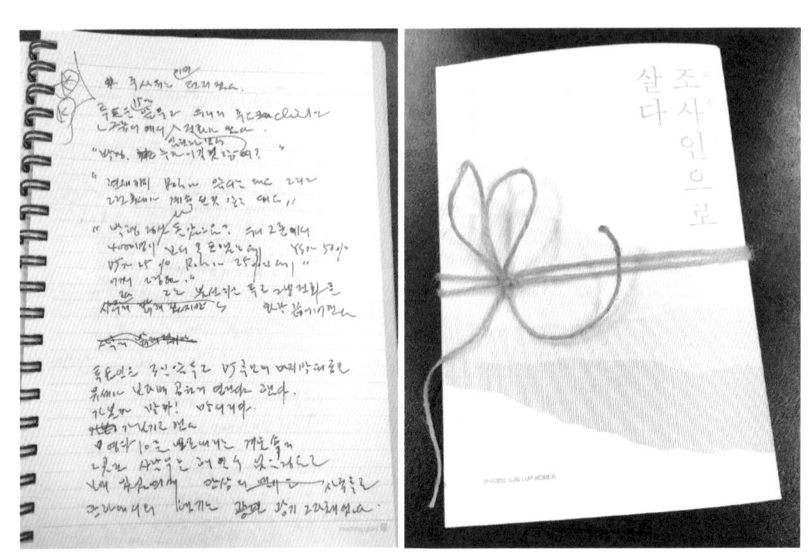

2017년 출간된 박무익 회고록《조사인으로 살다》의 원고 초안

라는 제목으로 남긴 글은 그의 일흔넷 생의 마지막 글이 되었다.

1년이 지났다. 국내외 정치·경제 상황은 어려웠지만, 한국갤럽은 작년 한 해 동안 과거 5년 평균 성장률을 뛰어넘는 성과를 냈다. 벌써 완공 20년이 된 사옥 안팎을 조금씩 새로 단장하고, 한동안 유명무실했던 사내 동호회 활동을 다시 장려하고, 복도에 만들어두었던 종이책 서가(書架) 대신 전자도서관을 열었다. 내가 있었더라면 과연 가능했을까 싶은 한 가지 변화는 매주 수요일 오후 4시 반 퇴근 제도다. 사내 호응이 아주 좋다고 들었다.

나를 대신할 사람, 아니 사람들은 멀리 있지 않았다. 한국갤럽이란 공간 속에 나와 함께했던 구성원들 모두 나를 대신할 자격이 충분함을 새삼 깨달았다. 이제 나는 언제라도 홀가분한 마음으로 은퇴할 수 있을 것 같다. 물론 아직은 그때가 아니다.

입원하던 날 오후에도 나는 그 주의 데일리 조사 질문지를 의논하자고 담당자들을 병원으로 불렀다. 지금도 깨어 있는 시간 대부분 뉴스 채널을 보면서 이런저런 질문을 해보면 어떨까 생각한다. 마음만은 여전히 현역(現役)이다.

작년 6월 17일, 창립 기념일을 처음으로 회사 밖에서 맞이했다. 그때 사내 인트라넷을 통해 전했던 세 가지를 다시 한번 강조하고 싶다.

첫째, 조사에는 아마추어리즘이 허용되지 않는다. 회사 설립 당시 내걸었던 이 모토는 여전히 유효하다. 평소 열심히 공부하고 클라이언트에게 올바른 방향을 제시하라.

둘째, 일류 리서처의 첫 번째 요건은 사람에 대한 관심과 흥미다. 동시대(同時代)를 사는 모든 이를 스승으로 삼아 존중하고 경청하라. 어떤 사람과도 대화를 이어갈 수 있는 '의도적 수다쟁이'가 되길 바란다.

셋째, 긍정적으로 노력하는 사람에게 미래는 언제나 호의적이다. 나는 항상 다 잘될 것이라고, 늘 행운이 따를 것이라고 믿었다. 실제로도 그러했다. 무엇보다 나의 부재에도 변함없이 회사를 지키고 성장하는 그대들이 있다는 사실이, 나에겐 가장 큰 행운이다.

오늘은 우수(雨水)다. 영어로 The first Rainfall of the Year. 눈이 녹아 비가 되어 겨울을 씻어 내리는 날이다. 우수에는 전화를 걸자. 미안하다, 사랑한다고.

개나리(forsythia), 벚꽃(cherry blossom), 철쭉(royal azalea), 목련(magnolia), 진달래(azalea)…. 언제 어디서 오는가 두리번거리지 않아도 어느 날 해사한 모습으로 봄은 우리를 찾아올 것이다.

2017년 2월 18일 박무익

2017년 4월 19일 새벽, 박무익의 삶이 끝났다. 1943년 일제 강점기 조선에서부터 21세기 대한민국까지, 거친 날들을 닦아내고 빛나는 날들을 빚어내며 굴곡과 영광의 현대사를 오롯이 살아낸 삶이다. 그 도전이 조금 더 완만했다면 그렇게 줄담배를 피우지 않아도 되었을 것이고, 그렇게 가쁜 호흡으로 생의 마지막을 보내지 않아도 되었을 것이다. 그러나 그 가파른 도전이 없었다면 그가 그토록 바라고 꿈꾸었던 오늘의 대한민국도 없었을 것이다. 그가 걸어온 길은 한 개인의 역사인 동시에 잿더미 속에서 경제발전과 자유민주주의의 꽃을 피워낸 한 세대의 치열한 기록이다.

1943년 7월 13일, 박무익이 태어났던 유난히 길고 뜨거웠던 여름을 기억하며 책의 앞에서 필자는 아메리칸 인디언을 언급했었다. 체로키족의 관습에 따르면 한 사람이 태어난 계절이 바로 그 사람의 계절이 된다고. 한여름에 태어난 박무익의 삶은 내내 뜨거운 도전과 열정을 머금고 있었다. 앙드레 말로처럼 행동으로 삶을 증명했다. 알베르 카뮈처럼 세상의 침묵과 대결했고 반항했다. 열다섯 살 소년의 손에, 스물다섯 살 청년의 손에 읽히던 그가 사랑한 철학책들은 고스란히 그의 삶이 되었다. 이제 그의 마지막을 쓰며 필자는 다시 체로키족의 격언을 떠올린다.

When you were born, you cried
그대가 태어났을 때, 그대는 울었고

and the world rejoiced.
세상 사람들은 기뻐했다.

Live your life so that when you die, the world cries
그대가 죽을 때, 세상 사람들은 울고

and you rejoice.

그대는 기뻐할 수 있는 삶을 살아라.

2017년 4월 21일 금요일 이른 아침, 박무익은 이제 자신이 묻힐 곳, 파주시 하늘묘원을 향한 마지막 여행길에 올랐다. 나풀거리던 벚꽃잎들이 길 위에 하얗게 내려앉고 있었다. 더 길었어야만 했을, 그래서 남겨진 우리에게 더 많은 용기와 가르침을 주었어야만 했을 그의 삶이 이렇게 끝났음에 필자의 눈시울이 뜨거워졌다. 고개를 들어 먼 산을 보다가 어느새 초록의 계절이 닿았음을 깨달으며 필자는 얼핏 보았다. 기다리던 해사한 봄이 왔다며 허허 웃고 있는 그의 모습을. 그렇게 우리는 우리 시대의 큰 어른을 떠나보냈다.

칠순 행사에서, 서울 웨스틴조선호텔, 2012년 7월

Ventus
세상을 감싸다

바람이 된 한 사람이 그리워서
그의 이야기를 전해줄 사람들을 만났다.

아무도 가지 않는 길 위로 첫 발자국을 내며 걸었던 사람
소탈이 지나쳐 오해를 받기도 했던 사람
세상 모두를 친구로 대했던 사람
앞뒤가 맞지 않는 농담과, 음정 박자를 무시한 노래와
유난히 사랑했던 봄의 정취로 남은 한 사람이
세상을 감싼다. 바람이 되어

세상 모든 사람을 친구로
– 나윤선, 재즈 뮤지션

한강 유람선에서 연 한국갤럽 30주년 기념행사에서 나윤선이 공연하고 있다. 2004년 6월

"고모부는 가까이하기에는 부담스러운 괴짜였습니다. 가족 모임 때에도 종종 분위기가 이상할 때도 있었습니다. 알려진 대로 장인, 장모에게도 반말을 하셨고, 아니, 대부분의 주위 사람에게 존댓말을 거의 쓰지 않았습니다. 그러나 항간에 알려진 것처럼 장인, 장모의 이름을 부르는 것은 아니었습니다. 그냥 어이 하며 말을 붙이는 정도였지요."

세계적인 재즈 보컬리스트인 나윤선의 회고다. 나윤선의 아버지는 나영수, 국립합창단장을 역임한 성악가다. 나영수의 손아래 동생이 나초란으로 바로 박무익의 부인이 된다. 나영수 선생은 서울대 음대를 졸업했으며 우리나라 성악계를 상징하는 인물이다. 어머니 김영자와 서울대 음대 동창생이다.

박무익이 비록 처갓집 식구들에게 반말을 했지만 그 동기의 순수성으로 화를 내는 사람은 없었다고 한다. 아니 장모는 박무익을 끔찍이 아꼈으며 오히려 사위(박무익) 오기를 기다렸다는 게 나윤선의 증언이다.

나윤선의 할아버지, 그러니까 박무익의 장인은 "에이 버르장머리가 없이" 정도로 씩 웃고 넘겼다고 했다. 박무익의 반말 습관에 대해 나윤선은 상당히 예리한 분석을 내놓았다. 세상의 모든 사람을 친구로 생각한 나머지 그런 행동이 나왔다는 것이다. 실제로 박무익을 아는 사람은 대개 나윤선의 이 같은 분석에 동의한다. 워낙 미소가 순진하고 격의가 없어 불쾌감을 느낄 만한 여지가 없었다는 게 대부분 지인들의 평가다.

박무익의 젊은 날 처갓집은 연희동에 있었다. 대부분 예고도 없이 불쑥 찾아와서 장인과 바둑을 서너 시간 두고 휑하니 돌아갔다. 그때도 마찬가지 늘 하는 질문 "요즘 재미있는 것 세 가지 함 얘기해 보라"를 던졌다. 심지어 당시 살아계시던 장모의 어머니 그러니까 나윤선의 증조할머니에게도 반말로 대했다. 상상할 수 없는 태도이자 행동이었는데 그 할머니조차 그런 박무익을 오히려 좋아해 오기를 기다렸다고 한다.

어린 시절 그런 모습을 목격했지만 집안에 아무런 분란은 없었다. 한마디로 작위적이지 않고 지극히 자연스러운 풍경이었으며 고모부는 경계가 없는 사람이었다고 나윤선은 회고한다. 그러면서도 누군가가 태도를 꼬집으면 "허, 그래 잘못이지" 하고 즉각 인정해 버려 더 이상 진전이 없게 되었다는 것이다.

박무익은 딜레탕트(dilettante)였다. 음악과 미술의 전문가는 아니지만, 열렬히 애호했고 평생 가까이했다. 한국갤럽 30주년 기념행사를 한강 유람선에서 했다. 박무익은 행사 중에 이탈자를 방지한다며 거금(?)을 들여 한강유람선을 통째로 빌렸다. 4인조 필리핀 밴드가 올드팝을 연주하는 가운데 유람선은 여의도 선착장에서 반포대교를 오가며 초여름의 밤을 수놓았다.

"고모부는 평생 음악, 미술을 좋아하고 사랑했죠. 초창기 어려웠던 시절, 아무런 대가 없이 상당한 금액을 저에게 슬쩍 안겨주었습니다. 그 당시 한국갤럽은 지금의 한국갤럽과는 비교도 되지 않는 영세업체였는데도 말이죠. 그래서 고모부를 생각하면 마음이 아픕니다. 1집 CD가 나왔을 때는 대거 구입해서 지인들에게 선물로 뿌려주었습니다. 한국갤럽 임직원들, 클라이언트들이 지금도 1집 CD를 가지고 계시며 저를 만날 때마다 꺼내 보여주는 경우가 종종 있어요."

그런데 나윤선은 고모부를 만나기가 영 부담스러웠다고 했다. 사람이

필자의 연구실에서 나윤선 인터뷰를 끝낸 뒤 한 컷, 2023년 6월

있건 말건 보기만 하면 노래를 불러보라고 강권했기 때문이다. 더 큰 문제는 재즈가 아니라 대중가요를 주문한다는 데 있었다. 〈봄날은 간다〉, 〈베사메 무초〉 등등 생각나는 대로 노래를 시켰고 나윤선은 인사만 끝나면 도망 다니기에 급급했다고.

"고모부 박무익은 한 시대를 앞서간 사람입니다. 그가 던지던 질문 '세 가지 행복한 일 또는 재미난 일이 무엇이냐?'라는 것을 가만 생각해 보면 그게 바로 삶의 전부라는 생각이 듭니다. 저의 재즈 음악도 그 선상에서 이뤄지고 있습니다. 천상에서 만나면 이제는 도망가지 않고 무슨 노래든 어떤 노래든 고모부를 위해 부르고 싶습니다."

● 나윤선은 건국대 불어불문학과를 졸업했고, 1994년 〈지하철 1호선〉의 옌벤 처녀 역으로 데뷔했다. 유럽 재즈 스쿨 CIM에서 Jazz Vocal Diplome를 취득했다. 이후 프랑스 보베 국립음악원 성악과를 수석으로 졸업하고, 동양인 최초로 CIM 교수를 맡았다. 2005년 문화관광부 오늘의 젊은 예술가상, 2009년 프랑스 문예공로훈장 슈발리에, 2013년 독일 골든디스크 등을 수상했으며 현재 대한민국을 대표하는 세계적인 재즈 뮤지션으로 활동 중이다. 아버지는 국립합창단 초대, 3대, 7대 단장 나영수이고, 어머니는 성악가 김미정이다.

사람을 당황하게 하는 묘한 성격

– 강현구 전 롯데홈쇼핑 대표이사

"철학과 출신들은 남과 어울리기를 조금 꺼립니다. 일종의 자격지심이지요. 철학을 하는 사람은 뭔가 달라도 달라야 한다는 얼마간의 강박도 작용한다고 봅니다. 그래서 정치학과, 언론학과 등에 비해 상대적으로 조직형 인간이 드뭅니다. 그런 면에서 박무익 회장은 남달랐습니다. 상당히 소탈하고 격의 없이 어울리는 분이죠. 기존의 철학과 출신들과는 다른 면모를 보였습니다."

강현구 대표의 말이다. 강 대표는 오랫동안 철기회의 총무 역할을 하면서 철기회 회장인 박무익을 도왔다. 철기회란 철학과 출신이면서 학계에 몸담지 않고 기업에 몸담은 사람들의 모임. 안기석 전 문광부 종무관, 홍선근 머니투데이 회장, 사업하는 김영화 등이 주 멤버였다. 이런 모임이 가능한 것은 순전히 박무익의 힘이다.

"철학과 출신들은 솔리데리티(solidarity)가 아주 약합니다. '우리가 남이가', '뭉치자' 등등의 한국 사회에서 통용되는 이 같은 구호들을 철학과 출신들에게는 찾아보기 어렵습니다. 그 흔한 선후배 모임도 없습니다. '도꼬다이' 스타일이죠. 대부분 단독 플레이어에 강한 사람들입니다."

그런 면에서 박무익은 상당히 예외적인 인물이었다는 게 강현구의 증언이다. 박무익은 서울대 철학과 출신인 고 이헌조 LG전자 회장에 이어 인문대학 동창회장을 오랫동안 역임했다. 그러면서 심혈을 기울였던 것은 문리대 동창회의 부활이다. 서울대의 본류라고 할 수 있는 문리대가 관악으로 옮기면서 자연대, 사회대, 인문대로 갈기갈기 찢긴 데 대해 아쉬움이 컸던 그는 문리대의 복원 등에 관심이 많았다고 했다.

철학과 동문들 사이에서도 박무익의 평가는 다양하다. 소탈하고 격의 없다는 평이 있는가 하면, 주관이 뚜렷하고 특히 처음 만나는 사람들을 당황하게 하는 독특한 면모를 보였다고 한다.

"한마디로 무안을 주는 경우가 많았습니다. 그래서 모르는 사람들로부터는 오해를 적잖이 받기도 했습니다. 처음 만난 사람은 '세상에 뭐 이런 사람이 다 있어' 하고 뜨악해합니다. 그런 분들이 몇 번 만나고 나면 박무익의 팬이 됩니다. 진솔한 인간성을 알게 되니까요.
의례적인 프로토콜을 깡그리 무시한다고 보면 됩니다. 게다가 촌철살인의 말로 사람들에게 강력한 인상을 주기도 하지요. 저도 처음 만났을 때 인사가 끝나자마자 졸업할 때 논문 주제가 뭐냐며 꼬치꼬치 질문을 해서 적잖이 당황한 적이 있습니다."

강현구의 기억이다. 그래도 박무익 덕분에 서울대 철학과 동문 모임이 활성화되었고 선후배들끼리 교류하게 되었음을 누구도 부인할 수 없다는 게 강현구의 말이다. 매년 철학과 신년하례회, 스승의 날 행사를 전폭 지원해 왔으며 철학과 행사가 있을 때마다 슬그머니 도와줬다고 한

서울대 철학과 신년하례회. 박무익은 서울대 철학과 동문 모임 활성화를 위해 애썼다. 한국 프레스센터, 2015년 1월

서울대 철학과 모임, 왼쪽부터 차례대로 박무익, 이영인 회계사, 안기석 기자, 홍선근 머니투데이 회장, 강현구 대표, 2011년

다. 지난 2018년 4월 19일 파주 천주교 공원묘지에서 열린 박무익의 작고 1주기 추모행사에 서울대 철학과 교수진, 철학과 동문들이 대거 참석했다. 서울대 철학과에 대한 박무익의 사랑을 짐작하게 하는 광경이 아닐 수 없겠다.

녹색 볼펜도 박무익의 상징쯤 된다. 빨강도 아니고 검정색, 파란색도 아니고 늘 녹색 펜으로 사인을 해 한동안 '그린 박'으로 불리기도 했다.

● 강현구는 1960년 경남 함양에서 태어났다. 마산고, 서울대 철학과를 졸업했고 고려대 경영대학원을 수료했다. 대홍기획 입사 후 롯데닷컴 대표이사 전무를 거쳐 롯데홈쇼핑 대표이사 사장, 동반성장위원회 위원을 역임했다.

기이한 선물을 하는 사람

- 김명신 명신특허법률사무소 대표변리사

"박 회장의 죽음에는 제 잘못이 큽니다."

김명신 소장의 충격적인 첫마디다. 그러나 그의 말은 상당히 설득력이 있다.

"종종 어울렸습니다. 한양CC에서 라운딩도 즐기고. 박 회장은 기침을 많이 했습니다. 기관지, 폐가 안 좋아 숨이 차다고 호소하기도 했고. 그때마다 제가 말했습니다. '한국갤럽은 누군가에게 맡기고 자넨 어서 강원도 깊은 산속, 그야말로 심산유곡에 가서 살아라. 그래야 산다. 모든 걸 내려놓고 빨리 보따리 싸라. 제발 내 말 좀 들어라'라고.

그렇게 강권했지만 조사인답게 리서치 업무에 애착과 미련이 많은 박 회장은 '아직 할 일이 많다'라며 제 충고를 받아들이지 않았습니다. 지금 와서 생각하면 후회가 듭니다. 그때 아주 세게 말하든가 아니면 가족들에게도 얘기해 공기 좋은 강원도 산골에 살게 했더라면 오늘 이런 평전을 쓰기 위한 대화가 필요 없었을 것입니다. 결국 리서치에 매달리다가 일찍 세상을 떠난 셈이 됩니다."

김명신의 회고다. 그는 박 회장과 경북대 사대부고 동기동창이다. 같은 반에서 공부했으며 졸업 후 박 회장은 서울대 철학과로 김명신은 고려대 법학과로 진학했다. 김명신은 박 회장의 지독한 독주 벌컥벌컥 마시기와 흡연에 대해 평생 잔소리꾼 역할을 했지만 막지는 못했다고 자책했다. 리서치에 대한 자부심과 그 분야 파이오니어로서의 소명 의식이 그의 명을 재촉했다는 게 김명신의 분석이다.

한국갤럽이 제법 이름을 날리자 미국 갤럽에서 명칭에 대한 이의 제기 움직임이 있었다. 박 회장이 이를 걱정해 김명신 특허사무소에 부탁했고 김명신이 온 힘을 기울여 한국갤럽이라는 브랜드를 미국 측으로부터 지켜낼 수 있었다.

"사실 어려웠습니다. 세계적인 거대 기업인 갤럽을 상대로 한 싸움이었지요. 한마디로 다윗과 골리앗의 싸움이었습니다. 박 회장에게 모든 자료를 내놓게 했습니다. 손편지, 기념품, 텔렉스 페이퍼, 녹취록 등등 몽땅 가져다 달라고 했지요. 지푸라기 잡은 시늉으로 그 속에서 적절한 증거를 찾기 위해서였습니다."

김명신이 기억하는 박무익은 특이한 사람, 세상사에 관심이 많은 사람, 기이한 선물을 하는 사람이다.

"어느 해 추석인가 한국갤럽에서 보낸 선물이 집으로 배달되었습니다. 아내가 들고 들어왔는데 놀랍게도 길이 2미터 정도 되는 목봉이었습니다. 소림사 스님들이 싸움할 때 곧잘 들고 있는 바로 그런 봉이었습니다. 집사람도 나도 할 말을 잃었습니다. 얼마 뒤 왜 그런 선물을 했느냐고 물어보니 박 회장이 태연하게 답했습니다. '이 사람아, 봉체조 함 해봐. 건강에 좋다는데….' 그것이 답변의 전부였습니다. 명절 선물로는 정말 상상을 초월하는 선물 아닙니까? 철학과 출신답게 몽상가의 기질이 많았습니다. 보통 사람보다 한발 앞서 생각하고 그러면서도 인간에 대해서는 늘 따스한 눈길을 보내는 사람이었지요. 노래도 좋아하고. 그러나 음정, 박자는 전혀 모르거나 대놓고 무시했습니다. 그래서 노래방에 가면 더 인기가 많았습니다. 그냥 제 기분대로 불러대면 모두가 배꼽을 쥐고 웃고 그랬습니다."

어느 해 박무익이 명절 선물로 지인들에게 보낸 대나무 안마. 받은 사람들이 뜨악해한 선물 중의 하나다.

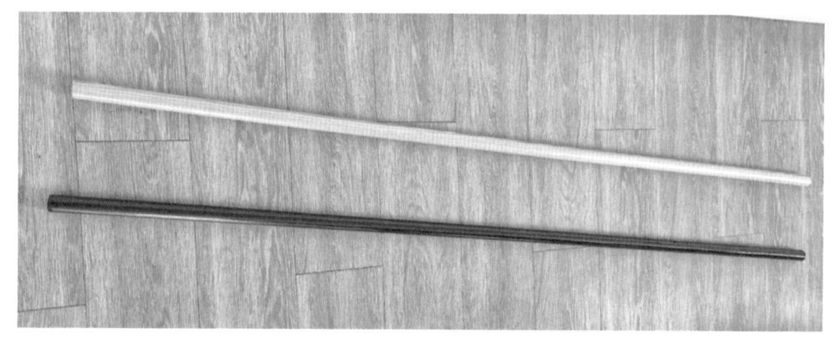

이 역시 박무익이 직접 고른 명절 선물이다. 스트레칭 봉, 받는 사람마다 오히려 이런 걸 왜 보냈느냐고 물어 왔다고 한다.

● 명신특허법률사무소 대표변리사 김명신은 경북대 사대부고 졸업 후 고려대와 동 대학원에서 법학과 학사 및 석사 학위를 받았다. 대한변리사회 회장, 한국지적재산권학회 회장, 아시아변리사회 회장, 지식재산포럼 회장, 국가지식재산위원회 위원 등을 역임했다.

세상의 깊이, 원리를 직관하고 있는 인물

– 노익상 한국리서치 회장

1977년, 박 소장이 창업 후 얼마 있다가 조인했다. 직원은 딱 세 명. 박 소장, 나, 그리고 경리와 총무를 담당하던 여직원이었다. 박 소장의 처제라고 기억한다. 서너 평짜리 사무실에 가구라고는 동양강철 제품이던 철제 책상 두 개가 전부였다.

일 년 조금 넘게 같이 일하다가 나왔다. 나는 박 소장과는 어떤 점에서는 너무 똑같았다. 민감하고 고집이 세고 특히 남의 밑에서는 죽어도 일하기 싫어하는 그런 타입이었다. 인간적으로 궁합이 맞았다. 술 마시기에는 최고의 조합이었다. 그러나 인간적인 것과 비즈니스적인 것은 다르다. 많은 고민 끝에 그만두겠다고 했더니 집에 찾아왔다. 나를 달래느라고 엄청나게 고생했다.

겉은 다르지만, 우리 둘은 지음(知音)이었다. 하여튼 술은 매일 마셨다.

시대가 시대인 만큼…. 주로 소주를 마셨고 어쩌다 양주가 생기면 좋아라 대낮부터 마셔댔다. 박 소장은 딜레탕트다. 예술가와도 교류가 꽤 있었다. 그래서 그들과도 자주 어울린 기억이 난다.

1978년 여름이다. 점심 때 낮술하고 들어오니 웬 사람들이 북쪽으로 난 창문을 모두 불투명으로 선팅을 하기 시작했다. 막무가내였다. 선팅이 끝나자 아예 나사못으로 북쪽 창을 열지 못하게 고정시켜 놓고 갔다. 경호실의 지시라고 했다. 청와대가 보이는 모든 창을 폐쇄하라는 지침이다. 둘이서 고래고래 욕을 했지만 방법은 없었다. 여름 찜통 같은 사무실에서 차지철(당시 대통령 경호실장) 욕만 해댔다.

박 소장은 복잡한 인물이다. 나보다 네 살 위여서 형이라고 불렀다. 한마디로 평하라면 나는 그냥 "박무익은 천재다"라고 말하겠다. 운명적으로 만났다. 나는 대학 졸업 후 서울대 정범모 교수가 운영하는 행동과학연구소 연구원으로 있었다. 정 교수는 나중에 장관을 역임하신 분이다. 거기 조사 업무를 하다가 우연히 박 소장을 만났고 의기투합해 박 소장 회사로 옮겼다.

박 소장은 철학을 전공하기도 했지만 인생 자체가 철학적인 사람이다. 그에게는 관념이나 허풍이 전혀 없다. 그저 직관이다. 사람 관계도 그렇고 세상의 깊이, 원리를 직관하고 있는 인물이다. 박무익은 시인이다. 그의 삶은 멀리서 보면 한 편의 시와 같다. 워낙 총명했다. 천재 끼가 있었다. 옆에서 지켜보면 박 소장은 어떤 사안에 대해 구구절절 설명을 잘하지 못한다. 그냥 툭 한마디 던진다. 그런데 그 한마디에 오묘한 진리가 담겨 있다. 그가 툭 던진 말이 시가 되고 광고 카피가 된다. 때로는 용감하고 무모하다.

지금의 LG전자인 금성사에 수석 입사했지만, 한 해를 못 버티고 나왔다. '안방의 태양' 등 전설적인 광고 카피는 그의 머리에서 나왔다. 한 해

동안 다른 직장 동료 10년치 보수를 받았다고 했다. 제일기획 창립 멤버로 조인했다. 제일기획 또한 반년을 견디지 못하고 그만뒀다. 한마디로 자유로운 영혼이다. 다른 사람 밑에서는 죽어도 일하지 못하는 사람이다. 깡도 있고 배짱도 남달랐다. 김대중 후보 당선 예측 같은 경우 당시 전화조사로는 어려웠다. 하지만 자신만의 감과 배짱으로 성공했다. 전혀 흔들림이나 떨림이 없는 사람이다. 그런 배짱은 그의 깊은 철학적 통찰에서 나왔다고 본다. 눈빛이 그야말로 형형하다. 특유의 미소가 있고 말투는 조금 시니컬하다. 세상의 이치를 모두 다 안다는 정도의 표정쯤 된다. 죽음을 눈앞에 두고 마지막으로 서울대병원에 면회를 갔다. 몸은 야위었지만 형형한 눈빛은 사십 년 전과 똑같았다. 평생 돈 이야기는 안 한다. 입에 올리지도 않는다. 그러나 늘 남들보다 두 배 정도 후하게 주위 사람들에게 대접한다.

냉정한 승부사이지만 대단히 낭만적인 사람이었다. 노래와 꽃을 아주 사랑했으며 서촌의 쓰러져가는 집, 인왕산의 운무, 북악산의 봄, 재래시장을 아주 좋아했다. 만년에 폐 기능을 잃어 목소리가 나오지 않자 칠십을 넘긴 나이에 판소리와 창을 배웠다. 폐활량을 키워보기 위해서다. 그때 그의 모습은 조금 처절했다. 안타까웠다. 그 당시 노래방에 자주 갔다. 창 덕분에 노래를 잘할 수 있게 됐다는 것이다. 박 소장의 노래 솜씨는 천하제일이다. 박자 무시, 곡조 무시, 그냥 부른다. 남의 눈치는 전혀 보지 않는다. 그래서 사람들을 박장대소케 하는 묘한 특기를 지니고 있다.

어느 날 조지 갤럽의 책에 필이 꽂혔다. 그래서 무모하고 용감하게 번역하고 싶다고 편지를 보냈다. 그래서 나온 책이 《갤럽의 여론조사》다. 한국갤럽의 모티베이션이 된다. 1978년 발간됐는데 그때 책의 서문에서 민주주의를 꿈꾼다. 1978년이면 험악했던 시절이다. 민주주의 꿈도 못 꾸던 시대에 한국의 민주주의에 대해 고민한 것이다. 그래서 민주주의

꽂은 여론에 있고 과학적인 조사가 필요하다고 주장했다.

젊은 시절 살림은 아주 곤궁했다. 서촌 방 두 칸짜리 아주 낡은 집에 살았다. 부엌 바닥은 맨땅 흙이었다. 여름날 술 마시다 찾아가면 부엌에서 찬물 등목을 했다. 그래서 그런지 박무익은 빈자에 대해 따뜻한 마음을 늘 가지고 있다. 돈에 대한 집착은 없지만 돈의 흐름에 대해서는 꿰뚫고 있었다. 사직공원 앞에 있는 멋진 한국갤럽 빌딩이 증거다. 부실 건물을 사들여 완전 멋진 사옥으로 변모시켰다.

그는 평생 앙드레 말로를 좋아했다. 실존에 대해 고민했다. 그래서 다니던 세검정 성당의 신부들과 종종 신의 존재에 대해 설전을 벌였다. 전혀 종교적이지 못한 박 소장이 성당에 나간 것은 전적으로 사모님의 영향이다.

잠시 한남대교 입구 신사동 두원빌딩에 사무실을 두고 있다가 곧바로

한국리서치 30주년 기념행사. 왼쪽부터 차례대로 피터 폴 베르헤겐 네덜란드 모티백션 이사, 노익상 한국리서치 사장, 정운찬 서울대 총장, 박무익 한국갤럽 소장, 펠릭스 조셉 오스트리아 트라이컨설트 대표다. 박무익의 노타이 차림이 눈에 띈다. 서울 신라호텔, 2008년 3월

사직동으로 옮겼다. 이사 비용, 계약 파기 등으로 엄청 손해를 봤지만 고집불통, 주위의 반대를 뿌리치고 이전했다. 아마 억 단위의 손해를 봤을 것이다. 그는 강북의 낭만을 사랑했다. 어떤 사람은 그를 두고 "끌리는 대로 사는 사람, 제멋대로 사는 사람"이라고 비판하지만 나는 안다. 그는 생각 깊은 철학자이자 이 시대에 몇 안 되는 진정한 로맨티스트라는 것을. 그리고 그는 어떤 경우든 둘러 말하지도 둘러 행동하지도 않았다. 한마디로 스트레이트맨이다.

● 노익상 한국리서치 회장은 경기중, 경기고, 고려대 사회학과 졸업 후 1977년 4월 한국갤럽에 입사했다. 1978년 한국리서치를 창립하기 전까지 약 1년 동안 한국갤럽에 몸담았다.

가지 않은 길

– 나선미 전 동아일보 여론조사 전문위원

1985년 12월에 석사 논문을 쓰면서 입사해 15년 근무하고 2000년 8월에 한국갤럽을 떠났다. 원래 교수가 꿈이었는데 한국갤럽에 취직되는 바람에 석사로 공부가 끝났다. 모집 광고를 보고 공채로 시험을 쳐서 입사했다. 면접을 여러 번 봤다. '보고 또 보고' 면접이었다. 그만큼 박 회장이 연구원 뽑는 데 엄청 공을 들였다. 1985년 입사하자마자 1987년 대선에 올인했다. 1987년 대선 예측 보도는 한국인에게 한국갤럽의 존재감과 함께 과학적인 조사의 엄청난 힘을 보여준 역사적인 사건이었다. 그 결정적인 순간을 같이해 지금도 많이 영광스럽다.

문제가 있어 그만둔 게 아니고 동아일보 여론조사 전문기자를 뽑는다는 광고를 보고 그리로 옮겼다. 6년간 동아일보 기자로 일하다가 그만두고 지금은 내 일을 한다. 주로 인문학 강의도 듣고. 내가 재경 전주여고 총동창회장이다. 무척 바쁘다. 100주년 기념행사 준비에 정신이 없다. 광주가 고향인데 광주가 뺑뺑이 고입이 되는 바람에 전주여고에 시험을 쳐서 졸업했다. 아버지의 교육열이 대단했다.

박무익 회장님은 일단 독특하다. 뭔가 딱 집어 말하기 어렵지만, 확실히 남과는 다른 무언가가 있다. 자기만의 생각과 철학이 있다. 철학과 출신 아닌가. 1970년대는 어려운 시대였다. 가난했고 권위주의 정부 아래 민주주의란 어디에도 없었다. 그 시절 여론조사를 들고나왔으니 대단한 선각자라고 본다. 아니, 그런 발상 자체가 놀랄 노 자. 로버트 프로스트의 〈가지 않은 길(The Road Not Taken)〉이 딱 맞아떨어진다. 아무도 가지 않은 길을 그는 걸었다. 당연히 고생이 많았다. 워낙 신념이 강하니 버텨냈다고 본다.

대화 기법이 독특하다. 그냥 무심한 듯 말을 툭툭 던진다. 그래도 엄청난 내공이 있다. 질문지에 '신속정확'이란 단어가 있으면 경을 친다. 신속과 정확은 엄연히 구분해 사용해야 한다는 것이다.

나는 박 회장의 사랑을 담뿍 받은 행운아다. 여직원이 거의 없던 시대였다. 완전 악필인 박 회장 글의 대필도 했다. 고생 좀 했다. 내 의료보험 번호가 박 회장 다음이다. 그러니 상당히 고참인 셈이다. 한국의 조사업은 박무익을 빼고는 이야기가 안 된다. 눈에 발자국 내면 그 길을 뒷사람이 따라간다는 말처럼 한국 조사업계는 박무익을 만난 게 엄청난 행운이다. 그야말로 패스파인더(pathfinder)인 셈이다.

당시 한국갤럽의 규모는 그저 십여 명 남짓해 모두가 가족 같았다. 야유회도 온 직원 가족까지 동원해 같이 갔다. 사직동 빨간 2층 작은 건물이 사옥이었다. 서촌에도 많이 다녔다. 노래방도 같이 가고. 하지만 일에는 엄격했다. 무협지의 스승처럼 지도받았다. 그는 어떻게 보면 요즘 말로 대단히 시크한 사람이다. 가끔 같이 골프 라운딩도 했는데 내 티샷이 박 회장 종아리를 강타해 넘어진 적이 있다. 지금 생각해도 아찔하다. 씩 웃고 넘어갔다.

상황을 잘 파악하고 대부분의 경우에는 대범했지만 어떤 경우에는 디테일에 아주 강했다. 가끔 OB들을 불러 라운딩도 하고 저녁도 초대하고 그랬다. 아주 낭만적인 분이다. 그는 사업가, 즉 비즈니스맨이 아니다. 오로지 리서치를 위해 태어난 사람 같았다. 사업은 리서치를 제대로 하기 위한 동력일 뿐 그는 돈 버는 것 자체에는 큰 관심이 없었다. 주로 정치·사회 조사에 심혈을 기울였다. 사업이 얼마간 궤도에 오르자 한국갤럽학술상을 제정해 매년 거액을 기부했다. 내부 직원들의 반대가 거셌지만 그는 밀어붙였다. 그게 박 회장이다.

노래 부르는 것을 좋아했다. 기분이 좋으면 늘 콧노래를 흥얼거렸다. 최신 댄스곡에도 관심이 많았다. 테크노 댄스 전사라고 불리는 이정현의 노래 〈와〉가 십팔번이다. 물론 음정, 박자는 무시다.

어려운 시대였다. 1박 2일로 동해안에 연수 겸 야유회를 갔다가도 청와대나 안기부 요청이 있으면 밤새 사무실로 달려오곤 했다. 그런 시대였다. 새벽 3시에 청와대 보고서를 제출하고 집에 가는 일도 잦았다. 나는 한국갤럽에서 인생을 배웠다. 동아일보에 오래 붙어 있지 못한 것은 한국갤럽 시절이 한몫했다. 한국갤럽 재직 시절이 참 좋았다. 동아일보에 다니면서 한국갤럽이 얼마나 좋은 회사인 줄 비로소 알았다.

The Road Not Taken

– Robert Frost

TWO roads diverged in a yellow wood,

And sorry I could not travel both
And be one traveler, long I stood
And looked down one as far as I could
To where it bent in the undergrowth;

Then took the other, as just as fair,
And having perhaps the better claim,
Because it was grassy and wanted wear;
Though as for that the passing there
Had worn them really about the same,

And both that morning equally lay
In leaves no step had trodden black.
Oh, I kept the first for another day!
Yet knowing how way leads on to way,
I doubted if I should ever come back.

I shall be telling this with a sigh
Somewhere ages and ages hence:
Two roads diverged in a wood, and I—
I took the one less traveled by,
And that has made all the difference

가지 않은 길

– 로버트 프로스트(피천득 역)

노란 숲속에 길이 두 갈래로 났었습니다.
나는 두 길을 다 가지 못하는 것을 안타깝게 생각하면서,
오랫동안 서서 한 길이 굽어 꺾여 내려간 데까지,
바라다볼 수 있는 데까지 멀리 바라다보았습니다.

그리고, 똑같이 아름다운 다른 길을 택했습니다.
그 길에는 풀이 더 있고 사람이 걸은 자취가 적어,
아마 더 걸어야 될 길이라고 나는 생각했었던 게지요.
그 길을 걸으므로, 그 길도 거의 같아질 것이지만.

그날 아침 두 길에는
낙엽을 밟은 자취는 없었습니다.
아, 나는 다음 날을 위하여 한 길은 남겨 두었습니다.
길은 길에 연하여 끝없으므로
내가 다시 돌아올 것을 의심하면서….

훗날에 훗날에 나는 어디선가
한숨을 쉬며 이야기할 것입니다.
숲속에 두 갈래 길이 있었다고,
나는 사람이 적게 간 길을 택하였다고,
그리고 그것 때문에 모든 것이 달라졌다고.

박무익과 함께 웃고 있는 나선미(가운데). 창립 20주년 기념행사, 서울 신라호텔, 1994년 6월

● 나선미는 연세대 사회학과 졸업 후 동 대학원에서 사회조직론으로 석사 학위를 받았다. 1985년 12월 한국갤럽에 입사해 2000년 8월까지 선임연구원을 거쳐 연구3본부장까지 지내는 동안 기업 이미지 조사와 사회 여론조사를 담당했다. 동아일보 동아미디어연구소 전문위원을 역임했고 가톨릭대에서 여론조사에 대해 강의했다.

요즘 행복했던 세 가지

– 안기석 전 문체부 종무관, 전 동아일보 기자

철학과 신년하례 저녁을 광화문 프레스센터에 한다고 해서 놀랐다. 철학과는 과 특성상 이런 유의 행사는 거의 없다. 재정 형편이 녹록지 못해 신년하례회는 꿈도 꾸지 못했던 시절이다. 막상 가보니 경비의 대부분을 박무익 소장이 부담해 하례회가 열렸다는 것을 알았다. 처음에는 누가 박 소장인지도 몰랐다. 허술한 차림의 바싹 마른 분이 테이블을 돌면서 빙그레 미소를 지으며 좋아했는데 알고 보니 한국갤럽의 박 소장이었다. 한마디로 시골 동네 이장 같은 느낌이었다. 경비를 몽땅 대고도 그저 웃으며 facilitator(조력자)의 역할에 충실했다. 인사말은 당시 잘나가던 이명현 전 교육부 장관 등에게 맡기고.

그는 세련됨과는 거리가 멀다. 백억 대 매출을 올리는 잘나가는 튼실한 조사업체의 사장으로 보기에도 너무 허술한 이미지다. 그저 동네 형님 정도의 이미지다. 알려진 대로 그 흔한 승용차 한 대 없다. 주로 택시나 버스다. 보통 사람들의 생각이나 그들의 대화를 엿듣기에는 대중교통이 가장 효율적이라고 생각한다. 그래서 박 소장 생전에는 한국갤럽에 회사 업무용 차량이 없었다. 보통 사람 내면의 정서를 알려면 숫자로는 부족하다는 게 그의 지론이다. 한마디로 소통의 대가쯤 된다. 골프를 칠 때의 자세도 특이하다. 사무라이들이 칼을 내리치는 것처럼 위에서 직선거리로 내려친다. 그럴 때의 표정은 검객의 비장한 이미지다. 야마모토 무사시 같은 기백이 넘친다.

박 소장이 타인에게 말을 걸 때 늘 하는 질문이 있다. "요즘 행복했던 것 세 가지를 말해 봐라." 골똘히 듣고 나서는 "그럼 요즘 기분 나빴던 세 가지를 얘기해 봐라"로 운을 뗀다. 지금 생각하니 나름 대화의 ice-breaking 또는 마중물 격인 것 같다. 상대방으로 하여금 말을 풀어가게

인생은 '동사(動詞)'라는 최초의 여론조사인

박무익

인생은 동사(動詞)라는 '최초 여론조사인'

박무익

"20년 전보다 우리 사회가 훨씬 쿨(cool)하게 되지 않았나요?"

서울대 인문대 동창회지 〈문사철〉 4호. 커버스토리로 안기석 기자가 쓴 박무익 인터뷰가 실렸다. 2011년 1월

People & Society | 추모 인터뷰

박무익 한국갤럽 회장

대한민국 최초 여론조사인

Gallup KOREA

박무익 한국갤럽 회장이 2017년 4월 19일 새벽 서울대병원에서 별세(향년 74세)했다.
1970년대부터 40여 년간 국내 조사업계를 주도했으며 한국갤럽을 세운 주인공이다. 고인은 1943년 경상북도 경산에서 태어나 포항과 대구에서 청소년기를 보냈다. 서울대학교 문리대 철학과, 서울대 대학원 경영학과를 졸업했다. 故 심재룡 서울대 철학과 교수, 故 김수행 서울대 경제학과 교수, 윤종용 前 삼성전자 상임고문 등이 학창 시절 그와 가까웠던 친구다.
1970년 1월 금성사(현 LG전자) 선전사업부에서 카피라이터로 사회생활을 시작한 고인은 '인간의 태양', 'The Silk Road has been changed into a highway' 등 당시 화제가 됐던 카피를 썼다. 이후 광고업계에서 프리랜서로 활동하다가 1973년 제일기획 창립 멤버로 잠깐 몸담기도 했다.
1974년 국내 최초로 전문 조사 회사인 KSP(Korea Survey Polls)를 설립했다. 이후 1978년 미국 여론조사의 선구자인 조지 갤럽(George Horace Gallup) 박사의 저서를 번역 출간했고, 1979년 갤럽국제조사기구(Gallup International Association) 회원사가 되면서 사명을 한국갤럽조사연구소(한국갤럽, Gallup Korea)로 개칭해 오늘에 이른다.
'한국갤럽'과 '박무익'이라는 이름이 널리 알려진 것은 1987년 국내 최초로 대통령 선거 결과를 예측, 적중하면서부터다. 1997년 제15대 대선 예측에서는 당선인 기준 오차 0.4%포인트를 기록, 당시 여론조사의 정확성에 국내외 언론의 관심이 집중됐다.
고인은 시대상을 반영하는 여론조사 결과가 훗날 여러 분야를 연구하는 기초 자료가 된다는 믿음 하에 1980년대부터 자체 조사 결과로 단행본, 정기간행물 등 50여 권의 책을 펴냈다. 그 중에는 1983년부터 2014년까지 다섯 차례 추적 조사한 「한국인의 종교」 등 한국인의 여론 시리즈와 1995년 제1회 지방선거 이후 주요 선거 조사 자료집 11권이 포함돼 있다.

안기석 기자의 글을 바탕으로 〈사람과 사회(People & Society)〉에 실린 박무익 추모 인터뷰, 2017년 여름 02호

하는 지혜였던 것이다.

영세도 받았다. 영세 전 교리 공부는 생략되었다고 한다. 신과 인간의 관계, 실존을 중시하는 그의 꼬장꼬장한 질문에 신부님들이 고개를 내저었다. 결국 성당에서는 회의 끝에 교리 공부를 면제시켜 줬다. 실제로 그가 신부에게 던진 "신이 존재한다는 것을 증명해 달라"라는 질문에 신부님들이 쩔쩔맸다는 후문이다.

● 안기석은 마산고, 서울대 철학과(77학번)를 졸업했다. 동아일보사 월간 〈신동아〉 기자 및 출판팀장, 전국언론노동조합연맹 정책기획실장, 문화체육관광부 종무관을 역임했다. 2011년 1월 박무익 소장을 인터뷰하여 서울대 인문대 동창회지 〈문사철〉 4호에 그 내용을 실었다.

그에게는 신(神)의 모습이 있다

– 양권식 서원동 성당 주임신부

한마디로 특이한 분이다. 재미있으시고. 사물을 바라보는 눈이 아주 날카롭지만 발언은 늘 위트와 유머로 포장되어 있다. 내가 신부이지만 만날 때마다 오히려 배웠다. 한마디로 냉철한 지성의 소유자였다. 그러면서도 인간에 대한 따뜻한 마음을 나는 읽을 수 있었다. 취하면 구 세검정 성당의 아주 허름한 사제관에 들러 나와 곧장 토론을 벌였다. 술을 마시지 않는 나를 엄청나게 구박했다. 나는 애주가였는데 그 당시 개인적인 역사로 술을 딱 끊었다. 당시 세검정 성당은 부암동 꼭대기 현재 갈멜 수녀원 자리에 있었다. 한참을 걸어야 하는 외진 곳이다.

나는 개인적으로 나만의 신에 대한 개념을 가지고 살았다. 숭배의 대상, 선악의 대결이 아니라 극복의 대상이었다. 박무익도 나와 비슷했다. 신을 극복의 대상으로 봤다. 1980년대 말 사모님에 이끌려 성당에 왔다.

신을 부정, 부인하고 있는 분인데 사모님의 강권에 이끌려 왔다고 들었다. 그날 이후 자주 만났다. 나는 사진이 취미다. 늘 하느님의 모습을 피사체에 담아보려고 발버둥 쳐왔다. 그런 나를 박 소장이 좋아했다.

개인적으로 세 번 정도 그런 운이 찾아왔다. 첫째는 어느 몹시 추운 겨울날 미사를 도와주던 복사(어린아이) 몇 명이 제의방, 제의실 옆 작은 대기실에서 석유 곤로에 불을 쬐는 모습을 봤다. 하얀 가운을 걸친 어린아이의 모습에서 나는 신의 모습을 본 것이다. 둘째는 자하문 어디선가 버스를 기다리고 있었다. 버스 한 대가 와서 멈췄고 곤히 자는 젊은 엄마의 품에 안긴 아기가 버스 창을 통해 나를 보고 웃고 있었다. 벼락이 머리에 꽝 때리는 느낌, 신의 모습이었다. 세 번째는 지리산 입구 구례장터에서다. 주름살의 할머니가 은빛 갈치를 펼쳐놓은 좌판이었다. 가지런히 놓여 있는 갈치 좌판이 내게는 갈치 꽃으로 보이면서 순간 신의 모습, 신이 그린 그림과 같았다. 신비한 경험을 한 것이다.

사람들에게서도 종종 신의 모습을 느낀다. 다양한 사람들이 다양한 신의 모습을 보이는 경우가 있다. 박무익에게도 신의 모습이 있다. 독특한 모습의 신이다. 그는 성당에 잘 나오지도 않는다. 주일날 규칙적으로 나오는 것 자체에 대해 부정적인 사람이다. 아니, 거부감을 가지고 있다. 고압적이고 일방적인 기존의 신의 모습에 대해 근본적으로 회의하는 사람이다. 그러나 그의 솔직함, 소탈함, 휴머니즘 등등으로 오히려 나는 열성 신도보다도 더 가깝게 지냈다. 그런 그에게 순간적으로 신의 모습을 보게 되는 것이다.

나는 다른 신부와는 조금 다른 길을 걸어왔다. 1980년대 중반 도시빈민운동에 뛰어들었다. 산업화, 도시화에 내몰린 도시 빈민, 노동자들은 변두리로 변두리로 내몰린다. 그들은 자신들의 삶이 구차해서 성당에 오지 않게 된다. 그들에게 기존의 교회가 할 수 있는 일에 대해 고민하게 되었다. 그러면서 사람 속에 있는 신의 존재를 조금씩 보게 된 것이다. 박무익도 그랬다. 신은 사람 속에 있는 것이라고. 마음이 통했고 유유상종, 공감하는 바가 많았다.

박무익은 사람의 눈으로 볼 수 없는 영역, 인간의 말과 글로 표현되지 않은 것들을 남다른 관점으로 말하는 재주를 지녔다. 때로는 유머로, 때로는 아주 뒤틀린 표현으로. 그리고 그는 깊은 니힐리즘에 빠져 있음을 나는 눈치챘다. 본질적으로 인간의 말로는 부족한 근본적인 것들에 대해 회의하고 있었던 것이다. 그래서 풍자와 알레고리, 앞뒤가 제대로 맞지 않는 농담, 시니컬한 태도 등등이 풍겨 나온다. 프로토콜은 아예 깡그리 무시한다. 단답식으로 이야기한다. 당혹스러운 질문을 툭 던지고 쩔쩔매는 모습을 보며 아주 즐거워하는 모습을 자주 봤다.

종교계에 대한 박무익의 공은 지대하다. 대한민국의 종교인은 모두 그에게 깊은 감사를 드려야 한다. 어려운 시기에 그는 거금을 들여 '한국인

서울 종로구 신영동 세검정 성당. 건립에 박무익이 많은 비용을 보탰다. 2024년 1월

의 종교의식'이라는 대규모 조사를 실시했다. 그저 막연한 짐작과 직관으로 이해하고 있는 전 국민의 종교의식에 대해 사회과학적 실증연구로 정확한 데이터를 제공하신 분이다. 5~10년마다 실시하는 이 트래킹 조사는 그야말로 이 땅의 종교계에게는 바이블과 같은 귀중한 자료가 된다. 대를 이어 지금도 한국갤럽에서 실시하고 있다. 말로 할 수 없을 정도로 고맙다. 이 땅의 모든 성직자는 그에게 큰 신세를 지고 있는 셈이다.

● 양권식 시메온 신부는 미국 가톨릭 대학에서 공부한 후 종로구 세검정 성당, 노원구 중계동 성당, 송파구 가락동 성당을 거쳐 현재 관악구 서원동 성당 주임신부로 있다.

광화문 일대를 주유했다

– 이명현 서울대 철학과 명예교수

오랜만에 찾은 대학로는 분주하다. 서울대 문리대가 있던 시절에는 마로니에가 늘어섰고 그 사이로 실개천이 흘렀다. 박무익과 철학과 동기인 이명현 교수를 만났다.

1942년 평안북도 신의주에서 태어난 이명현은 1947년에 월남하여 2년 후 제주도에 정착했다. 고산국민학교 졸업 후 목욕탕 뽀이, 신문 배달, 급사, 전차표 판매원 등을 하며 십 대를 보냈다. 고학으로 검정고시를 거쳐 서울대에 입학했다. 동숭동 시절을 박무익과 함께했다. 서울대 철학과 교수 재직 중 1984년 전두환 시절 해직당했다가 4년 1개월 만에 복직했다. 해직 당시 리스트에 올랐던 백낙청은 로비를 해서 빠졌다고 괘씸해했다. 박무익에 대한 이명현 교수의 회고다.

서울 종로구 동숭동 서울대 본관 건물. 무성한 마로니에가 제 무게에 겨운 듯 넓은 잎을 늘어뜨리고 있다. 박무익은 문리대를 깊이 사랑한 진정한 문리대인이었다. 2014년 9월

1960, 1970년대 대학 문화의 상징이 된 동숭동 서울대 문리대 앞 학림다방 계단. 시인 김지하는 이 벽을 무대로 첫 시화전을 열었고 문단 데뷔 이후에는 아예 연락 주소조차 학림다방으로 하고 다녔다고 전한다.

학림다방 실내의 남루한 마룻바닥. 세월의 흔적이다. 박무익은 이 다방에 죽치고 있으면서 수업을 제쳤다.

학림다방의 낙서 공간. 서울대 문리대의 축제인 학림제가 이 다방의 이름에서 유래되었다는 설이 있을 만큼 당시 문리대생의 절대적인 사랑을 받았다.

학림다방의 낙서. 《그리고 아무 말도 하지 않았다》의 주인공 전혜린도 이 다방의 단골이었다고 한다.

박무익과 함께 웃고 있는 이명현 교수(가운데)

"배인준 동아일보 주필 등과 자주 어울렸다. 주로 사직동 한국갤럽 사무실에 들러 수다를 떨다 셋이 광화문 일대를 주유했다. 배인준 역시 서울대 철학과 출신으로 이한구 성균관대 교수가 당시 조교일 때 학부생이었다. 그래서 박무익, 이한구, 배인준, 나 이렇게 넷이 만날 때도 있었다.

2008년 세계철학대회를 아시아에서 최초로 한국에서 개최했다. 내가 조직위원장이었는데 자금이 필요했다. 그때 박무익에게 도움을 청했다. 삼성그룹과 얘기가 있었으나 거절당했고 결국 박무익의 고교 동창인 윤종용 삼성전자 부회장이 개인적으로 1억 5,000만 원을 보내왔다. 윤종용은 서울대 공대 출신으로 이건희 회장의 전폭적인 지지 아래 오늘날 삼성 신화를 만든 장본인이다."

● 이명현 서울대 명예교수는 서울대 철학과 학사, 석사를 거쳐 미국 브라운대에서 철학 박사 학위를 받았다. 서울대 철학과 교수, 제37대 교육부 장관, 한국철학회 회장, 세계 철학자대회 조직위원회 의장 등을 역임했다. 칼 포퍼(Karl Popper)의《열린 사회와 그 적들(Open Society and Its Enemy)》등을 번역했고《이성과 언어》,《비트겐슈타인과 분석철학의 전개》등의 저서가 있다.

철학과의 구세주

– 이한구 성균관대 철학과 명예교수

"고대철학, 근대독일철학 과목을 같이 수강한 것으로 기억합니다. 박무익 소장은 그때도 굉장히 시니컬했습니다. 마른 몸에다 줄담배를 피웠으며 뭔가 비딱하게 말하면서도 통찰력은 남달랐지요."

박무익의 서울대 철학과 2년 후배인 이한구의 말이다. 이한구 교수는 학부 졸업 후 곧바로 학자의 길로 들어서 박무익과는 다른 인생을 시작했다.

이들이 다시 만나게 된 것은 김영삼 후보가 대통령에 당선된 것이 계기가 되었다. 역시 서울대 철학과 출신인 김영삼은 대통령 취임 이후 곧바로 서울대 철학과 동문들을 여의도의 한 대형 식당에 초대하는 자리를 만들었다. 박무익과 다시 만난 이한구는 그날 이후 종종 박무익과 교류하게 된다.

두 사람이 대학에 다니던 1960년대 서울대 철학과 정원은 달랑 20명, 그나마 군에 가거나 휴학하고 나면 그저 십여 명이 전부였다. 그러나 그 당시 철학과의 위세는 대단했다고. 철학과에서 문리대 수석은 물론이고 가끔 전체 수석도 나왔던 시절이었다고 했다. 그래서 철학과에 다니면서 목에 힘주던 시절이 1960년대 초반이었다는 게 이한구의 말이다. 어쨌든 박무익이 한국갤럽으로 사업을 조금 성공하면서부터 철학과에 대한 지원을 아끼지 않았다. 해마다 신년하례회의 모든 경비를 박무익이 전적으로 부담했다. 그뿐만 아니라 철학과의 크고 작은 행사에 필요한 비용은 대부분 박무익의 호주머니에서 나왔다고 한다.

"한마디로 서울대 철학과의 구세주쯤 됩니다. 그로 말미암아 철학과 동문들이 다시 만나게 된 거죠. 사실 철학과생들은 거의 모임이 없습니다. 그런 철학과에 새로운 바람을 불어넣은 사람이 박무익 소장입니다. 특히 '한국인의 철학'이란 이름의 조사는 당시에 큰 관심을 모았습니다. 한국인들의 윤리관, 가족관, 국가관을 알아본 대규모 조사였는데 국내 최초로 이뤄진 것입니다."

● 이한구 성균관대 철학과 명예교수는 서울대 철학과 64학번으로 동 대학원에서 철학 박사 학위를 받았다. 성균관대 철학과 교수로 30년간 재직했으며 한국분석철학회 회장, 한국철학회 회장, 중앙선거관리위원회 위원 등을 역임했다. 저서로《칼 포퍼의 열린 사회와 그 적들 읽기》,《지식의 성장》,《역사학의 철학》,《문명의 융합》 등이 있다.

봄 사람 박무익

– 이철우 전 롯데백화점 대표이사

1969년 서울대 경영대학원에 입학하면서 알게 되었다. 이후 평생 친구로 지냈다. 대학원 다닐 때도 괴짜로 불렸다. 당시 시대 풍속으로 특이하지 않으면 서울대 철학과 학생이 아니었다. 그 시절 철학과 학생은 한여름에도 검은 모직 코트를 입고 다니는 사람이 꽤 있었다. 박 회장은 그 정도는 아니지만 괴짜였다.

생각이 아주 자유분방하고 정신적으로 리버럴했다. 생각의 폭도 넓었다. 보통 사람이 보면 다소 괴상하기도 했는데 나는 그런 게 좋아 같이 다녔다. 물론 싫어하는 사람도 있었다. 대화의 어젠다를 자기 맘대로 툭 바꾸기도 했다. 상대가 곤란해할 질문을 거리낌 없이 던지기도 했다. 시니컬하게 말을 붙인다. 그래서 꺼리는 사람도 가끔 있다. 서경회라고 해서 서울대 경영대학원 동기들이 요즘도 만난다. 이제는 부부 모임도 갖는다. 박 회장이 자주 스폰서가 되어줬다.

비즈니스적인 측면에서 본다면 박 회장은 꽤 성공한 기업가다. 그에게서 entrepreneurship, 즉 기업가 정신을 본다. 한국갤럽 창업은 요즘 말로 '신의 한 수'였다. 조사업계의 패스파인더(pathfinder)다. 오늘날 한국갤럽의 성공은 박무익이기 때문에 가능한 것이다. 시대를 한발 앞서 꿰뚫어 보는 통찰력이 한국갤럽, 나아가 이 땅의 조사산업을 일으킨 것이다. 한국에서 사회과학적인 조사가 처음으로, 또 제대로 시작되고 꽃핀 것은 절대적으로 박무익의 공이다.

그는 철학도이자 딜레탕트로 예술을 사랑했다. 사실 조사는 잘 알지만 진짜 기업 경영에 대해서는 잘 몰랐다. 그래서 어려울 때마다 날 찾아와 자문을 구하기도 했다. 우리처럼 전문경영인은 아니지만 지나고 보니 전문경영인 못지않게 성공한 기업인이란 생각이 든다.

박 회장에게는 삭히는 게 없다. 그냥 생각나는 대로 툭툭 뱉어낸다. 진솔한 마음이 있기에 가능했을 것이다. 아주 솔직담백한 사람이다. 예리한 지적 능력과 함께 고차원적인 지식인의 냉소가 담겨 있다. 그의 말과 글에는. 그래서 그는 누구 밑에서는 일하기 어려운 캐릭터다. 고집이 아주 세다. 그런데 그에게는 상사 복이 있었다. 금성사에 다닐 때도 허구한 날 술 마시고 결근하는 그를 직장 상사가 끊임없이 감싸준 덕분에 살아남았다.

경청할 때는 정말 진지하게 경청했다. 스티브 잡스 말처럼 'chief executive listener'였다. 타인의 이야기를 끝까지 듣는다. 그런데 낯가림이 심했다. 진입장벽이 아주 높은 캐릭터다. 함축적인 말을 툭툭 던지며 시대를 한발 앞서가는 그였다. 오늘날 대한민국 국민들이 누리는 민주주

서울대 경영대학원 입학 동기 모임(서경회), 부산 태종대, 1990년대

2012년 서울대 경영대학원 동창회. 맨 앞줄에 이철우(왼쪽에서 네 번째)와 박무익(왼쪽에서 일곱 번째)이 앉아 있다.

왼쪽부터 차례대로 박무익, 이철우 대표, 한종덕 전 통일안전보관 부사장, 2012년

의에 박무익의 공이 크다. 그는 늘 여론조사야말로 민주주의의 알파요 오메가라고 했으니. 박 회장은 봄 사람이다. 유달리 봄을 좋아했다. 봄의 정취를 아주 즐겼고 봄이 가는 것을 늘 안타까워했다. 그래서 늘 〈봄날은 간다〉를 흥얼거렸다. "연분홍 치마가 봄바람에 휘날리더라. … 알뜰한 그 맹세에 봄날은 간다"를 흥얼거리며 다녔다.

● 이철우는 1943년 서울에서 태어났다. 서울대 농업경제학과 졸업 후 서울대 경영대학원 경영학 석사, 아주대 경영대학원 경영학 박사 학위를 받았다. 삼성그룹 비서실 입사 후 롯데로 옮겨 롯데백화점 본점장 겸 영업본부장, 롯데리아 대표이사, 롯데쇼핑 백화점사업부문 총괄사장 등을 역임했다.

친정 오빠 같은 사람이었다

– 이진숙 전 대전 MBC 사장

"엄청 긴장했습니다. 기인이란 소문을 워낙 많이 들었거든요."

예상대로 처음 만날 때부터 정상적인 존댓말이 아니었다. 모르는 성인들끼리 첫 대면에서 말을 어물쩍 놓기란 쉽지 않다. 아니, 거의 불가능하다. 그러나 박무익은 대개 그랬다. 일단 말부터 슬쩍 놓고 대화를 이어갔다.

"그래도 그리 기분 나쁘진 않았습니다. 워낙 나이 차이도 있고 제가 만날 때 박 소장은 이미 대한민국에서 알 만한 사람은 다 아는 조사업계의 대부쯤 되는 셀럽이었으니까요."

이진숙 전 대전 MBC 사장의 회고다. 첫 대면 이후 이진숙은 박무익과 자주 어울렸다. 저녁 자리에서도 자주 회동했고 가끔 뉴코리아CC에서

라운딩을 같이했다. 독특한 폼으로 클럽을 내리쳤으며 바싹 마른 체구를 감안하면 상당한 실력이었다. 그는 뉴코리아CC에서는 VIP 대접을 톡톡히 받았다. 캐디들에게는 보통 사람들의 두 배쯤 되는 팁을 안겨줬다. 누군가가 박 소장 때문에 팁 인플레가 걱정된다고 할 정도였다. 그래도 그는 캐디 한 명이 네 명을 위해 뛰어다니는 모습에 안쓰러워했다. 그만큼 마음이 따뜻한 사람이었다. 그래서 뉴코리아CC의 캐디들 사이에는 단연 인기짱이라고 골프장 간부가 회고했다.

"박 소장은 제게 친정 오빠 같은 느낌이었습니다. 다정다감한 스타일은 전혀 아니었습니다. 또 말도 많지 않았지만 목소리는 아주 인자했습니다. 그는 여성으로서의 제 커리어에 대해 상당히 높이 평가했습니다. 자주 걸프전에서 취재했던 경험담에 대해 관심을 표했습니다. 특히 여성 기자에게 주는 최고의 상인 '최은희 기자상'을 제가 최연소 수상한 데 대해 높게 평가했습니다."

실제로 박무익은 여성에 대해 대단히 앞선 사람이었다. 그는 남녀 차별 없이 직원들을 뽑았고 승진에서도 아주 공평하게 다루었다. 그래서 한국갤럽에서는 성별로 차별받는 일은 없다고 한다.

"진달래, 개나리, 철쭉이 영어로 뭐냐고 불쑥 물었습니다. 제가 진달래와 철쭉을 맞추지 못하자 해맑은 웃음과 함께 아주 좋아했습니다. 즐거워하면서 가르쳐 줬습니다. 진달래는 azalea, 철쭉은 royal azalea라고."

이진숙은 학부 전공이 영어교육학이고 외국어대 동시통역대학원을 졸

왼쪽부터 차례대로 이진숙 기자, 박무익, 안기석 기자, 경기도 고양시 뉴코리아CC, 2011년 7월

업했다. 영어교육 전공에다 통역대학원 출신인 이진숙에게 영어 단어를 묻고 답을 못 맞히면 박무익은 어린아이처럼 엄청 즐거워했다는 것이다.

박무익은 MBC와도 꽤 많은 일을 했다. 1995년 한국갤럽의 15개 시도지사 당선자 예측은 엄청난 화제가 되었다. 선거 막판까지도 혼란스러운 지역감정, 충청 핫바지론 등등 흑색선전이 난무해 누구도 장담하기 어려울 정도로 예측이 어려웠다. 하지만 한국갤럽이 15개 지역 모두 당선자를 정확하게 맞춤으로써 박무익의 진가가 다시 한번 발휘된 계기가 된다. 당시 MBC 내부 분위기는 한국갤럽 덕분에 KBS, SBS 코를 납작하게 만들었다며 "한국갤럽 만세"를 외쳤던 기억이 난다.

● 이진숙은 경북대 사범대 영어교육과, 외대 동시통역대학원을 졸업했다. 1986년 MBC 공채 기자로 입사해 워싱턴 특파원, 보도본부장, 대전 MBC 사장 등을 거쳤다. 1991년 1월 미국-이라크 걸프전 당시 종군기자로 이름을 떨쳤으며 여성 기자의 최고 영광으로 인정되는 최은희 기자상을 최연소 수상했다.

소탈한 친구, 칼날같이 엄정한 전문가

– 염홍철 전 대전시장

나보다 한 살 위이지만 친구처럼 허물없이 지냈다. 굉장히 소탈하고 솔직하고 순수한 성품이다. 세련되고 도회적인 이미지와는 거리가 있다. 만나면 소주 대작을 했는데, 그때부터 소주를 맥주잔에 부어 마셔 주변 사람들을 놀라게 했다. 그때 내게 위궤양 퇴치법이라는 비법을 전수해 주기도 했는데 이제는 생각이 나지 않는다.

노태우 정부에서 청와대 비서관으로 있을 때 한바탕 소동이 있었다. 청와대가 의뢰한 조사 결과가 청와대로 결과 보고가 있기 이전에 당시 모 야당 거물 정치인에게 유출된 것이다. 클라이언트에게보다 먼저 정보가 샌 것에 대해 노 대통령이 노발대발하면서 경위를 알아보라고 지시했고 그 책임을 내가 맡았다. 결국 고의적인 조사 결과 유출이 아니라 조사 과정에서 아주 우연한 실수로 결과가 새어버린 것을 발견해 보고드려 오해를 풀었다. 노태우 대통령은 합리적인 분이다. 설명을 드리니 즉각 이해했다고 해서 끝났다. 그 뒤 박무익 회장이 나에게 고마워했다는 말을 전해 들었다.

나는 박 회장이 대한민국 여론조사의 대부라고 생각해 왔다. 칼날 같은 엄정함이 오늘날 국내 여론조사의 수준을 이만큼 오게 했다고 생각하고 있다.

● 염홍철은 1944년 충남 논산에서 태어났다. 경희대 정치외교학 학사, 연세대 행정대학원 정치학 석사, 중앙대 대학원 정치학 박사 학위를 받았다. 미국 컬럼비아대 대학원(정치경제학)을 수료했다. 청와대 정무비서관을 거쳐 제4대, 8대, 10대 대전광역시 시장을 역임했다. 배재대, 한밭대, 한남대 석좌교수였고 현재 한밭대 명예총장이다.

소탈이 지나쳐 많은 오해를 받았다

– 신창운 전 중앙일보 여론조사 전문기자

회고록 《조사인으로 살다》의 제목에서 알 수 있듯이 비록 조사인이라는 말이 보통 사람에게는 낯설지만 박무익을 지칭하기에는 손색이 없다. 딱 어울린다고 할 수 있겠다. 회고록을 오랫동안 준비했지만 병세가 호전될 기미가 보이질 않자 서둘러 발간한 것이다. 병상 구술이라 부족한 점이 많다고 하지만 내가 보기에는 모든 것을 쏟아부었다. 그러나 절망 속에서 희망 찾기는 결국 절망으로, 즉 죽음으로 끝났다. 그리워하던 인왕마루나 뉴코리아CC의 개나리, 진달래를 보지 못하고 4월 19일 떠난 것이다.

실존주의 철학과 낭만을 겸비한 분이다. 소탈이 지나쳐 많은 오해를

[신창운의 여론다움] 한국갤럽 박무익 회장 별세

대한민국을 대표하는 여론조사 전문가 박무익 한국갤럽 회장이 오늘 오전 별세했습니다.

조사업계를 대표하는 어른이셨습니... 더 보기

신창운의 페이스북에 올려진 박무익 추모 포스팅, 2017년 4월 19일

받았다. 여론조사 무용론과 국민들의 불신, 조사업체 난립에 대해 무척 안타까워했다. 한국갤럽에 재직 중 중앙일보 여론조사 전문기자에 합격했다고 하니 무척 기뻐하시며 축하해 주었다. "최근에 행복했던 세 가지를 말하라" 하고 말을 꺼냈지만, 그 말은 곧 "행복하게 살아라"라는 의미였다고 이해하고 있다.

골프 라운딩할 때는 초보라도 무조건 OECD 가입을 원칙으로 했다. 그래야 실력이 는다는 것이다. 그땐 조금 억울했는데 지금 생각하니 상당히 설득력이 있다. 꼰대 나이가 된 나도 그렇게 한다.

캐디들이 좋아한다. 자신에게는 무척 검소했는데 캐디 팁을 많이 주기로 소문이 나 있어 뉴코리아CC에서는 박 회장 카트를 서로 담당하겠다고 나섰다.

경기도 고양시 뉴코리아CC. 박무익은 국내 골프장 중 뉴코리아CC를 가장 좋아했다. 늘 집(평창동)에서 20분이면 간다고 동반자에게 자랑하곤 했다.

왼쪽부터 차례대로 신창운 기자, 필자, 박무익, 허진재 한국갤럽 이사, 뉴코리아CC, 2012년

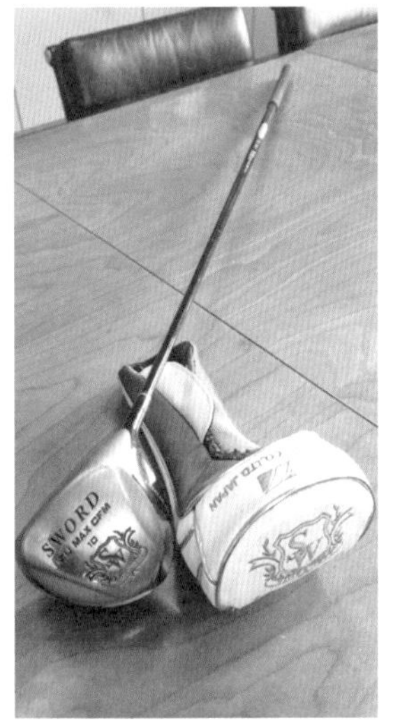

카타나 드라이버, 그는 이 드라이버를 야물딱지게 휘둘렀다.

● 신창운은 1959년 부산 출신이다. 부산상고, 부산대, 동 대학원에서 사회학 박사 학위를 취득했다. 1988년 12월 한국갤럽에 입사해 1991년 5월까지 사회 여론조사를 담당했다. 1992년 한국갤럽조사연구소가 발간한 《여론조사 입문》의 저자이며, 《여론을 읽어야 승리한다》, 《여론조사 저널리즘》 등을 썼다. 중앙일보 편집국 여론조사 전문기자를 거쳐 현재 포스코경영연구소 연구위원으로 있다.

한국갤럽의 일 년 반이 내게는 리즈 시절이었다

- 마동훈 고려대 신방과 교수

1987년 2월부터 1988년 7월까지 일 년 반 아주 짧게 한국갤럽에 있었다. 그러나 그 기간 동안 우리나라 여론조사의 지형을 바꿔놓은 이른바 경천동지할 조사가 이뤄졌다. 대통령 선거 예측조사다. 개인적으로 크나큰 자부심으로 느끼고 있다.

1987년 2월 고려대학교 석사 과정을 마치고 군 입대를 기다리고 있는데 허리가 문제가 되어 입대가 취소됐다. 갑자기 일정이 꼬여 뭘 할까 고민하고 있었다. 그 당시 나는 일 년 반 뒤 출국, 영국 유학이 정해져 있었다. 일 년 반이 어중간하게 빈 셈인데, 그때 오택섭 교수님이 한국갤럽의 박무익 소장에게 추천해 뒀다며 통계 공부도 할 겸 한번 가보라고 해서 만났다.

박무익 소장은 나를 물끄러미 보더니 당장 내일부터 출근하라고 하더라. 마침 한 달 전에 공채 7명이 입사했고 나는 그들과 같은 입사 동기로 인정받아 어울렸다. 나보다 두 살 위이던 김재영, 한 살 위던 이현우 등과 어울렸다. 대기업 임원을 하신 이 두 분은 다 은퇴했다.

박 소장의 열정은 대단했다. 여론조사를 위해 태어난 사람이었다. 어느 날 박 소장이 아주 은밀하게 그리고 위험한 제안을 했다. 언젠가 우리나라도 직선제 하지 않겠느냐, 통계적 기법을 잘 이용해 선거 예측조사를 한번 해보자고 했다. 당시 시대 상황을 보면 1987년 6월 이른바 6·10 민중항쟁이 있었고 얼마 뒤 직선제를 수용하는 6·29 선언이 나왔다. 박 소장은 이런 과정을 지켜보며 당선 예측조사라는 엄청난 모험을 꿈꾸고 있었던 것이다.

얼마 뒤 이 방면의 권위자며 한국갤럽의 선임이던 이흥철 박사(심리학)와 나를 불러 TFT를 꾸리게 했다. 박 소장이 추천한 한국갤럽의 최고 에이스인 여직원 두 명을 포함해 우리 넷은 광화문 인근의 모 오피스텔을 빌렸다. 그때 나와 이 박사는 박 소장이 받아들이기 불가능한 제안을 했다. 1,500개짜리 실사를 10번 이상 하게 해달라는 것이었다. 한 달에 두 번, 거의 반년에 걸친 대규모 조사로 당시 한국갤럽으로서는 감당하기 어려운 큰 프로젝트였다. 며칠 생각하던 박 소장이 불렀다 "좋다. 사비를 들여서라도 지원할 테니 한번 해보라"는 것이었다.

질문지를 아주 간단하게 했다. 정당, 후보 호감도 등등 간단한 질문으로 꾸준히 실사에 임했다. 당시 전화도 귀하고 인터넷도 없던 시절, 조사원이 직접 면대면으로 하는 조사였다. 그만큼 경비도 많이 들고 품이 많이 간다. 결국 이듬해 대통령 선거에서 노태우, 김영삼, 김대중, 김종필 득표율을 1% 범위 내에서 맞춰내는 기적을 이루어냈다. 한국갤럽을 대한민국 만천하에 알린 유명한 바로 그 조사다.

그 조사는 최초의 당선 예측조사라는 것 외에도 여러모로 의미가 있다. 개표가 끝난 뒤 김영삼, 김대중, 특히 김대중 후보 측은 대규모 부정 조사가 있었다고 특별위를 꾸리는 등 파상공세에 나섰다. 하지만 지난 반년간 꾸준하게 조사해 온 예측조사 수치가 득표율과 일치한다는 사실이 알려지자 부정 선거 시비는 사라지게 된다. 부정 선거 시비로 인한 국가적인 혼란과 선거 후유증을 막은 셈이다.

박 소장은 그때나 지금이나 한국갤럽을 운영해 돈 벌 생각은 없었다. 여론조사가 민주주의의 뿌리가 된다는 사실에 엄청난 프라이드를 가지고 있던 분이다.

나중에 알려진 이야기로는 당시 선거 예측조사를 가장 주목하며 관심을 가지고 있던 사람은 민정당의 최병렬 의원이었다고 한다. 조선일보 편집국장 시절 '최틀러'라는 별명으로 유명하던 그는 서울시장과 노동부, 문광부, 공보처 등 3개 부처 장관을 지냈다. 굉장한 추진력과 결단, 미래를 예측하는 인물이었다고 기억한다.

그리고 다음 해 늦여름 나는 한국갤럽을 그만두고 정해진 유학길에 올랐다. 유학에 앞서 마지막으로 고별 인사차 뵈러 갔더니 불쑥 봉투를 내밀었다. "그동안 고생했다"며 전별금이라고 했다. 집에 와 보니 500만 원, 당시 반년치 내 월급이었다. 그래서 다시 한번 놀랐던 기억이 새록새록하다. 박무익 소장은 그런 사람이다.

당연히 지금 여론조사에 대해 박 소장은 할 말이 많으실 게다. 지금 한국의 여론조사는 한마디로 제정신이 아니다. 조사업체가 난립하고 특히 영세업체의 조잡한 여론조사는 참담하다. 언론사의 책임도 크다. 비용을 지불하지 않고 이런 영세 조사업체의 조사 결과를 가져다 소개한다. 악순환이 계속되고 있는 것이다. 박 소장은 공정하고 객관적인 여론조사에 인생을 건 사람인데 지금 여론조사를 보면 땅을 치고 계실 것이 분명하다. 조사 품질이 날이 갈수록 악화되어 가고 있다. 부끄러운 일이다.

● 마동훈 고려대 신방과 교수는 고려대 신방과를 나와 같은 학교에서 언론학 석사 학위를, 영국 리즈 대학교(University of Leeds)에서 커뮤니케이션 박사 학위를 받았다. 미국 텍사스 주립대학(오스틴), 라이스 대학, 영국 맨체스터 대학, 우간다 크리스천 대학 초빙 방문교수 등을 지냈다. 중앙일보, 매일경제 등의 고정 칼럼 필진으로 활약한 바 있다.

박무익이 아니라 백해무익이라고 놀렸다

- 라종일 전 주영·주일 대사

"무익이는 말이 아주 어눌했다. 같이 문리대에 다녔다. 당연히 자주 만났다. 젊은 그때도 별말 없이 술만 줄곧 마셔댔다. 말도 상당히 어눌해 내가 늘 놀렸다. 내가 붙인 별명이 박무익이 아니라 '백해무익'이라고…. 그런데 지나고 보니 그는 백익무해(백 가지 이롭고 해로움은 없는)의 삶을 살았다."

라종일 전 주영·주일 대사의 회고다. 라종일은 문리대 2년 선배로 정치학과 출신이다. 당시 서울대는 동숭동에 문리대, 법대 정도가 있고 상대, 공대, 사대 등등은 서울 곳곳에 떨어져 있었다. 그래서 문리대가 서울대의 중심 또는 본류라는 인식이 있었다. 동숭동에 같이 있다는 지리적인 이유로 정치학과, 철학과, 독문과, 법학과 학생들이 자주 어울렸다. 특이하게도 그땐 독문과가 아주 셌다. 이청준 등등 독문과 출신의 많은 교수, 문인들이 그 예가 된다. 라종일의 회고다.

"나를 비롯해 그 당시 문리대생, 법대생 몇몇이 의기투합해 '두레'라는 스터디 서클을 만들었다. 학문적인 모임이다. 학회지도 발간하는 등 꽤 왕성하게 활동했다. 박무익은 나의 추천으로 가입했다. 아주 격렬하게 토론도 하는 저녁이면 격하게 통음하는 뒷풀이를 했다. 박무익은 그때부터 술을 많이 마셨다. 가난했던 1960년대, 막걸리, 소주를 가리지 않고 마셨다.

1960년대는 '우리도 한번 잘살아 보자'가 사회적인 어젠다였던 시대다. 그 영향인가. 그 당시 두레 회원은 대부분 기업가로 성공했다. 박용주는 이건산업을, 김영대는 대성산업을 일구어냈다.

어느 해 여름에는 두레 회원들 열 명 정도가 포항 구룡포 바닷가에서 한 달간 지냈다. 박무익의 고향쯤 된다. 거기서 초가집을 하나 빌려 한 해 여름을 지냈다. 바닷가에서 낚시를 하고 햇볕을 쬐고 모래사장을 걸었다. 밤에는 모닥불을 피어놓고 팝송을 불렀다. 젊었

왼쪽부터 차례대로 라종일 전 주영대사와 박무익

던 시절, 〈기쁜 우리 젊은 날〉이라고 상상하면 된다.

박무익은 그런 사람이다. 대단한 낭만주의자다. 또 생각난다. 한때는 문리대 선배 고건 전 총리 등과 테니스 동아리를 만들어 같이 만났다. 박무익은 운동은 그리 좋아하지 않았다. 그러나 술자리는 꼭 참석해 어울렸던 기억이 난다. 어떤 날은 정신을 잃을 정도로 마셨다. 나를 '종일 형, 종일 형' 하고 많이 따랐다. 자제를 권했지만 술만큼은 내 말을 듣지 않았다.

가난했던 시절, 대부분의 대학생이 힘들게 살았다. 박무익도 가정교사로 학비와 용돈을 벌었다. 그러나 술을 좋아해 늘상 빈 주머니였다. 내가 조금 여유가 있어 용돈을 챙겨주면 '종일 형, 고마워. 나중에 두 배로 갚을게' 하고 씩 웃었는데 갚지는 않았다. 대신 밥은 몇 번 샀다. 나중에 결혼하면서 두레 서클 멤버들은 부부 동반으로 자주 어울렸다. 나초란 여사가 내게 남편(박무익) 술 좀 그만 마시게 해달라고 부탁하더라. 하지만 그때도 내 말을 안 들었다.

그런데 평전이 나온다니 너무 좋다. 박무익이야말로 평전이 필요한 삶을 살았다. 난 정치학자다. 나는 공정하고 객관적인 여론조사야말로 자유민주주의의 뿌리라는 것을 잘 안다. 그런 점에서 박무익의 공은 아무리 강조해도 지나치지 않다. 전혀 사업하지 않을 것 같던 무익이가 한국갤럽을 창업하고 한국 최고의 권위 있는 조사업체로 성장시킨 게 경이롭다. 박무익을 생각할 때마다 나는 스스로 한마디 한다. '사람을 참 알다가도 모르겠다'고. 거리의 철학자 느낌의 박무익이 조사업체를 차려 성공할 줄 누가 알았겠는가."

● 라종일은 서울대 정치학과를 나온 후 영국 케임브리지 대학교 정치학 박사 학위를 받았다. 경희대 정치외교학과 교수, 국가안전기획부 1차장, 2차장, 국정원 1차장을 지냈다. 주영대사, 주일대사 및 우석대 총장 등을 역임했다.

박무익과 함께한 낭만의 시대

– 전종우 서울대 통계학과 명예교수

"정치학회나 언론학회와는 달리 통계학회는 춥고 배고픈 학회입니다. 기초 학문이라 다른 사회과학 학회와는 달리 재정은 열악하고 스폰서도 전혀 없었습니다. 그래서 통계학회의 별명은 '초가삼간' 이었습니다. 가난한 재정 때문에 학회가 끝나면 삼겹살에 소주 파티하는 게 전부였습니다. 그런 통계학회를 아무 조건 없이 도와주신 분이 박무익 소장이었습니다. 통계학회가 이만큼 성장하기까지 박 소장의 공이 절대적입니다."

전종우 서울대 통계학과 명예교수의 증언이다. 교수로 재직 당시 그는 학회 최초로 직접선거로 당선된 통계학회장이었다. 2006년 당시 당선자 전종우는 학회의 가난한 살림살이 때문에 학회를 꾸려갈 고민에 휩싸여 있었다. 결국 몇몇 학회 임원들과 상의 끝에 사직동 한국갤럽을 찾았다. 면담 시간은 딱 5분. 사정을 들은 생면부지의 박무익은 아무런 조건 없이 매년 2,000만 원을 지원하겠다고 약속했다. 박무익의 말에 다들 감동으로 말문이 막혔다고 당시 상황을 말했다.

"그해 우수한 논문에 대한 시상을 위해 한국갤럽학술상 이름으로 1,000만 원, 그리고 학회 등 세미나 행사 경비로 매회 1,000만 원을 약속했습니다. 당시 한국갤럽은 지금처럼 그렇게 살림살이가 넉넉한 편은 아니었습니다. 그럼에도 불구하고 기초 학문인 통계학을 지원하기 위해 거금을 선뜻 내놓으신 것입니다. 그리고 이 약속은 대를 이어 지금도 지켜지고 있습니다. 대한민국 통계학자들 모두가 고맙게 생각하고 있는 대목입니다."

그날 이후 박무익과 통계학 전공 교수들 간의 인연은 이어진다. 매년 11월 초 학회가 열리고 뒤풀이 자리에 단골로 초대되었다. 건강이 나빠지기 전 당시 박무익은 맥주잔에 소주를 가득 채워 마셨다. 깡마른 체구에 하루 두 갑 이상 태우는 줄담배가 박무익의 상징이었던 시절이다. 술을 좋아하고 사람을 좋아한 박무익은 젊은 통계학자들과 날밤을 새우며 토론하면서 술을 마셨다. 심지어 학회의 1박 2일 세미나에도 옵서버로 특별히 초대되었다. 지금은 없어진 강릉 동해비치호텔이 학회가 열렸던 단골 장소였다. 학회가 끝나면 바닷가 산책도 하고 밤이면 술잔을 기울인 낭만, 순수의 시대였다. 박무익은 또 서울대 통계학회 콜로키움에도 자주 초대되었다. 한국 통계학계의 은인쯤으로 인정된다.

한국통계학회에서 기조연설을 하는 박무익. 그는 늘 기발한 연설로 청중들을 놀라게 했고 때론 웃기고 울렸다. 2006년

전종우의 기억은 계속된다.

"신사동 어디쯤엔가 희야(喜夜), 즉 '기쁜 밤'이라는 카페가 단골이었습니다. 소장 통계학자들의 아지트였지요. 박 소장을 단골로 자주 모셨습니다. 취기가 오르면 연세대 음대를 나온 여주인의 피아노에 맞춰 노래를 부르곤 했습니다. 그런데 박 소장의 노래는 좀 특별했습니다. 그 당시 신인 댄스가수였던 이정현의 〈와〉를 신청하는 것이죠. 다들 '놀랠 노 자'였습니다. 그때 이미 예순에 가까운 분이 이십 대 댄스곡을 신청했으니까요. 물론 다 따라 부르지는 못했고 우물우물하다가 끝날 때 등장하는 '버렸어' 후렴구만 큰 소리로 열창해 사람들이 배꼽을 쥐고 웃었던 기억도 있습니다."

한마디로 기인 또는 괴짜의 면모를 보였다는 게 전종우의 증언이다.

1948년생인 그는 1943년생인 박무익과는 나이 차이가 있지만 친구처럼 허물없이 오랫동안 교류하고 지냈다. 가끔은 분당의 '원더풀 투나이트'란 술집으로 자리를 옮겨 날밤을 새우기도 했는데 그 시절을 '박무익과 함께한 낭만의 시대'였다고 회고한다. 통계학회는 그 뒤 학회에 도움을 준 박무익을 기리기 위해 이타(利他, 남에게 이롭게 한다)라고 쓴 서예 작품을 감사의 뜻으로 증정했다.

● 전종우 서울대 통계학과 명예교수는 경기고, 서울대 수학과를 나와 미국 플로리다 주립대학 통계학과에서 석사 학위와 박사 학위를 받았다. 서울대 부설 SRCCS(복잡계 통계연구센터) 소장 및 한국통계학회 회장을 역임했다.

에필로그

예상은 했지만 쉽지 않은 작업이었다. 어느 봄날 아침 불쑥 걸려 온 한 통의 전화에서 이 책은 시작된다. 나초란 여사가 말했다. "박 소장이 가신 지 겨우 삼 년밖에 안 되는 데 너무 쉽게 잊혀가고 있다. 그이는 조사에 온 생을 바쳤는데 지금 한국의 여론조사는 엉망이 돼 국민들 대부분이 오히려 냉소하는 분위기다. 지하에 계신 박 소장이 땅을 치고 한탄할 일이 이 땅에 벌어지고 있다. 김 교수가 박 소장을 가장 잘 아는 분이니 바쁘겠지만 박 소장의 일대기와 여론조사에 대한 그의 간절한 바람을 책으로 엮어주기 바란다"는 부탁이었다.

맞는 말씀이다. 나는 그와 오랜 세월 교류해 왔다. 나이는 나보다 열일곱 위이니까 큰 형님뻘쯤 된다. 그래도 박 소장과 격의 없이 지냈다. 그래서 한국갤럽 임직원은 물론 박 소장의 지인들이 신기해하기도 했다. "그렇게 괴짜인 박 소장과 어떻게 죽이 맞느냐"는 게 요지였다. 특히 박 소장은 당신의 목숨이 경각에 있던 2017년 4월 서울대병원 입원실로 나를 불렀다. 그때 이미 말을 할 수 없을 정도로 위독했다. 그러나 입원해서도 일을 했다. 회고록, 회사 업무, 데일리 질문 항목 논의 등을 위해 관련자가 거의 매주 병원을 오갔다. 얼마 후 나와 따로 반 시간 필담을 나누었고 마침내 세상을 떠났다. 한약방 집안 출신이지만 박 소장은 많이 허약했다. 젊은 시절 폭음과 줄담배가 이미 폐를 비롯한 그의 장기를 망쳐놓았기 때문이다. 뒤늦게 폐활량을 늘리기 위해 민요와 판소리를 배우는 등등 온갖 노력을 다했다. 하지만 안타깝게도 그의 노력은 결국 무위로 끝났다.

작고하기 서너 해 전 추석 연휴에도 그는 서울대병원에 입원했다. 오라는 기별을 받고 가보니 혼자서 멍하니 창을 바라보고 있었다. 고향에 가지 말고 당신과 놀자고 어렵게 말했다. 많이 노쇠해진 그를 본 순간 나는 조금 울컥해졌다. 기차표를 취소하고 이틀간 병원으로 출근하며 입원환자에게 제공되는 죽을 같이 먹으며 떠도는 이야기를 주고받았다. 황당한 명절을 보낸 것이다. 그러나 나는 나의 조상님들이 이해하시리라고 생각한다.

어느 해 12월 31일에는 "오늘이 올해 마지막이니 같이 놀자"고 전화가 왔다. 둘이 롯데호텔 페닌슐라에서 만나 같이 브런치를 먹고 멀뚱멀뚱 쳐다보다가 일어났다. 가까운 곳에 가서 같이 이발을 하고 또 멀뚱멀뚱 놀다가 밤이 이슥해질 때쯤 헤어졌다. 그는 그런 사람이다. 매양 그런 식으로 나는 박 소장과 시간을 같이했다. 그러나 비즈니스로 만났을 때는 완전히 다르다. 영민한 머리로 회의를 이끌어갔다.

책은 네 챕터로 나뉜다. 첫 번째 챕터는 한마디로 박무익의 바이오그래피쯤 된다. 그의 생가 탐방부터 출신 초중고, 대학까지 물리적인 공간을 망라했다. 수백 킬로를 달리고 걸었다. 두 번째 챕터는 한국갤럽에 대한 이야기다. 각고의 고생 끝에 어엿한 대한민국 최고의 조사업체로 성장한 한국갤럽의 성장기를 담았다. 세 번째 챕터는 한국갤럽이 내놓은 성과, 결과물에 초점을 뒀다. 한국인에게 한국갤럽과 여론조사의 위대함을 알린 크고 작은 조사 결과물, 언론과 한국 사회의 반응 등을 담았다.

챕터 1, 2, 3은 이른바 문헌 연구의 성격을 띤다. 현장을 찾은 부분을 제외하면 각종 자료와 그동안 나온 한국갤럽의 발간물들을 입체적으로 정리하는 작업이었다. 한국갤럽의 책들은 사료로서의 가치는 충분하지만 일관되게 정리돼 있지 않았다. 그래서 오히려 힘이 들었다. 뼈대가 튼튼하지 않은 집의 경우 차라리 허물고 다시 짓는 것이 효율적인 것과 같은 이치다.

가장 많은 공을 들인 것은 네 번째 챕터다. 아주 어려운 작업이었다. 그를 아는 각계의 다양한 사람들로부터 인간 박무익을 탐구하는 작업이었다. 이 과정에서 기존의 발간물에 등장하는 한국갤럽 임직원의 인터뷰는 많은 고민 끝에 애써 묵살했다. 부하 직원이 가지는 바이어스를 경계해야 했기 때문이다. 따라서 책에 등장하는 인터뷰이는 그야말로 객관적이다. 박 소장과 대등한 위치에 있는 인물들만 골랐다. 그래야만 인간 박무익에 대한 평전이 객관성을 담보하기 때문이다.

앞서 밝혔지만 이번 작업은 시쳇말로 '맨땅에 헤딩하기'였다. 한국갤럽의 경우 높은 지명도에 비해 다른 제조업보다 상대적으로 아담한 사이즈의 기업이다. 조사업체가 대부분 그러하듯이 그럴듯한 기획실이나 비서실이 없다. 그래서 오십 년이라는 역사에 비해 그동안 축적된 자료가 산만하고 극히 제한적이었다. 따라서 1차 자료 탐색부터 어려움이 많았다. 이 과정에서 오랜 세월 박무익 소장을 모신 신정은 비서가 애 많이 썼다.

챕터 1은 발품을 팔아 현장 중심으로 엮었으며, 챕터 2, 3은 그동안 발간된 각종 관련 서적, 참고 자료, 언론 인터뷰 등을 취합해 분석하고 정리하는 형식을 취했다. 챕터 4 인터뷰는 숨은 그림 찾기쯤 된다. 한 사람을 찾아 그 사람과의 인터뷰를 끝내고 그 사람의 전언에 따라 또 다른 사람을 찾아 나서는 형식이었다. 이 과정에서 만난 박무익의 사람들은 하나같이 따뜻하게 맞아주었다. 인터뷰를 하는 내가 좋아서가 아니다. 작고한 박 소장에 대한 연민, 안타까움, 그리움 등등이 작용한 것이다.

책은 챕터 구성과 맥락을 같이해 물(Aqua), 불(Ignis), 흙(Terra), 바람(Ventus)이라는 네 장으로 구성했다. 물에서 태어나 불같이 타오르며 세상을 향해 맞선 청년의 도전기를 쓸 때는 흥이 났다. 시대를 앞서간 용기, 두둑한 배짱이 자랑스러웠다. "통치자의 이름도 맘대로 부르지 못하고 민주주의란 말이 아주 낯설던 시절" 박무익은 한국 최초로 조사회사를 설립하고 여론조사에 관한 책을 내놓았다. 험악했던 시절, 과학적인 여론조사야말로 민주주의의 뿌리라며 주춧돌을 놓은 것이다. 그날 언론 부고에 등장했던 '한국 여론조사의 대부 박무익 별세'라는 짧은 문장이 일흔네 해, 그의 삶을 웅변한다. 어느 날 사진을 정리하면서 볼살이 뽀얗던 소년이 야윈 고목(古木)이 되어가는 걸 지켜봤다. 그리고 그건 내게 아주 큰 슬픔이었다.

많은 분의 도움이 있었다. 라종일 주일대사는 노구에도 불구하고 귀중한 증언을 해주었다. 마동훈 교수는 격동의 순간을 함께한 한국갤럽 OB로 1987년 대선 예측조사의 중심에 있었다. 김명신 변리사는 박무익과 고교 동기다. 그는 국제적으로 상호 분쟁에 휘말린 '한국갤럽'의 이름 네 자를 지켜줬다. 서울대 철학과 동문들 역시 많이 도와줬다. 이명현 전 교육부 장관, 이한구 성균관대 교수, 안기석 동아일보 기자, 강현구 롯데쇼핑 대표는 서울대 문리대 철학과에 대한 박무익의 깊은 애정을 상기시켜 주었다. 통계학에 대한 인연은 전종우 서울대 명예교수가 증언했다. 서울대 경영대학원 시절은 이철우 롯데백화점 대표가 채웠다. 한국갤럽 초창기 시절을 함께한 나선미 동아일보 기자, 노익상 한국리서치 회장, 신창운 중앙일보 기자를 통해 박무익의 속살을 알게 된다. 염홍철 대전시장은 청와대 비서관 시절 교류했다. 걸프전의 영웅 이진숙 MBC 기자, SBS 현경보 박사, 신의 존재를 두고 격론을 벌였던 양권식 신부의 증언도 유익했다. 조카인 세계적인 재즈 뮤지션 나윤선은 잠깐 서울 다녀가는 바쁜 일정에도 기꺼이 내 연구실을 찾아 인터뷰에 응해줬다. "오랫동안 꿈을 그린 자, 마침내 그 꿈의 주인공이 된다." 고집불통 괴짜 박무익이 유일하게 존경했던 프랑스 작가이자 문화부 장관인 앙드레 말로의 말이다. 그는 꿈을 이뤘다. 그런 박무익의 꿈이 한국 조사업계에 영원히 이어지길 빈다. 편히 잠드시라.

연보

1943년 7월 13일. 경상북도 경산시 자인면 옥천리 42번지에서 부친 박상하와 모친 성정순의 2남 3녀 중 막내로 출생

1953년 부모를 떠나 딸만 여섯 있는 큰집에 양자로 감

1956년 포항 구룡포중학교에 입학하여 자취 시작

1959년 대구 경북대 사범대 부속 고등학교 입학

1960년 2월 28일. 경상북도 대구 8개 고교 학생들이 자유당의 독재와 불의에 항거해 일으킨 '2·28 학생의거'에 참여

1962년 서울대 문리대 철학과 입학

1964년 한국과 일본의 국교 정상화에 반대하여 일어난 '6·3 한일협상 반대 단식농성'에 참여

심재룡, 김영대 등과 서울대 문리대, 법대, 상대 학생들의 토론 모임인 '두레' 결성

사르트르, 앙드레 말로에 강렬한 인상을 받아 절에 들어가 소설 습작

1968년 서울대 경영학 대학원에 입학

1970년 1월. 금성사(현 LG전자) 광고선전부에 카피라이터로 입사

6월. 나초란(이화여대 사학과 졸업)과 결혼

10월. 전기난로 카피 '안방의 태양'이 채택되어 카피라이터로 알려짐

1972년 금성사를 그만두고 프리랜서로 전향

중앙일보 산하 광고대행사 현대기획 의뢰로 AE 겸 카피라이터로 삼성전자 광고 제작을 대행

1973년 제일기획 창립 멤버로 합류

1974년 6월 17일. 서울 종로구 종로 2가 경영빌딩 8층에서 조사회사 Korea Survey Polls(KSP) 창립

9월. 첫 프로젝트로 금성사의 '세탁기 광고 효과 측정 조사' 수주

1977년 《The Sophisticated Poll Watcher's Guide》를 읽고 깊은 인상을 받아 조지 갤럽 박사에게 편지를 보내 한국어 번역을 허락받음

1978년 10월. 번역서 《갤럽의 여론조사》 출간

조지 갤럽 박사가 갤럽 인터내셔널 가입을 권유하여 심사 절차를 밟음

1979년 5월. 호주 멜버른에서 열린 갤럽 인터내셔널 국제회의에 참가하여 회원 가입을

승인받음

조지 갤럽 박사로부터 한국 내 '갤럽' 독점권을 얻어 사명을 '한국갤럽조사연구소'로 변경

10월. 《마케팅조사의 사례》 출간

10월 25일. 한국갤럽-중앙일보-동양방송 공동 국제학술회의 '민주주의와 여론조사' 참석차 갤럽 인터내셔널 사무총장 노먼 웹 박사와 일본 NRC 니키 고우지 사장이 한국을 방문했으나, 26일 박정희 대통령 서거로 무산됨

12월. 갤럽 인터내셔널 첫 옴니버스 조사, End of Year Poll 실시

1980년 유신 체제 붕괴와 함께 민의(民意) 파악의 수단으로 여론조사에 대한 관심이 높아짐

'세계 18개국 공동 인간 가치관 비교 조사' 등 국내외 주요 언론사, 연구소의 정치·경제 의식 조사 의뢰, 여론조사 관련 인터뷰나 기고 요청이 증가

1981년 5월. 서울 종로구 사직동 221번지 고려빌딩으로 회사 이전

1983년 서울대 종교학과 윤이흠 교수, 철학과 심재룡 교수와 의기투합해 한국인의 종교에 대한 전반적 실태 조사를 하여 이듬해 단행본 출간

11월. 서울디자인아카데미 카피라이팅 교실 출강

1984년 7월 26일. 조지 갤럽 박사 향년 84세로 타계

CAT 시스템(광고시안테스트) 모델 개발

1986년 10월. 서울 아시안게임 후 《경기장 광고 보고서》 판매

소매점 지표(Retail Index) 조사 프로그램 개발

1987년 3월. 경영능률연구소가 개설한 '시장조사전문가양성 강좌'에 출강

6·29 선언으로 대통령 직선제 부활하여 다음 날부터 선거 여론조사 시작

11월. POS 신디케이트 조사 프로그램 발표하여 일일 TV 시청률 조사 시작

12월 16일. 제13대 대통령 선거 득표율 예측 적중(무응답자 분석 모델 적용)

1988년 2월. 국내 최초로 시도한 소련, 중공 조사 무산

3월. 조선일보 의뢰 미국, 프랑스, 영국, 일본 4개국 대상 한국 이미지 조사 결과 발표

4월. TV 광고 연구 발표회 'TV 시청률 조사의 현황'에 발제

6월. 시청률 측정을 위한 TV미터 자체 개발 착수

6월. 세종문화회관 대회의실에서 '마케팅조사의 활용' 강연회 개최하고, 공보처 의뢰로 '국정모니터제' 운영 시작

7월. 조선일보와 함께 정치지표 조사 시작하여 이후 정기적으로 대통령 직무 평가와 정당 지지도를 발표

1990년 6월. TV미터 최종 개발 완료

《TV 시청률 국내 첫 조사》 판매 시작

1992년 6월. 조사 전문 격월간지《갤럽리포트》창간

12월. 한국마케팅여론조사협회(현 한국조사협회, KORA) 창립총회에서 부회장으로 선출됨

12월 18일. MBC를 통해 제14대 대통령 선거 예측 발표

1993년 고려대 언론대학원 최고위과정 2기 수료

1994년 한국전자통신연구소(ETRI)에서 정보통신진흥기금(정보통신 기술 개발) 수혜

4월. 서울 강남구 신사동 두원빌딩으로 회사 이전

6월 17일. 서울 신라호텔에서 창립 20주년 행사

1995년 6월. 서울 워커힐호텔에서 제48차 갤럽 인터내셔널 국제회의 개최

6월 27일 오후 6시. MBC를 통해 제1회 지방자치 선거 예측 발표. 당시 자료로 단행본《한국인의 투표 행동》출간. 이후 주요 선거 자료집 11권 출간

상공자원부에서 공업발전기금(데이터베이스 기술 개발) 수혜

PC통신 하이텔을 통한 온라인 조사 시작

1996년 업계 최초 인터넷 홈페이지, 인트라넷 프로젝트 관리 시스템 구축

CATI(Computer Aided Telephone Interview) 시스템 도입

4월 11일. 제15대 국회의원 선거 예측. 방송 3사가 공동으로 5개 조사회사에 의뢰했으며 전체 253개 선거구 중 37개 예측 실패. 한국갤럽은 당시 담당한 51개 선거구 중 49개 예측 적중

6월. PC통신 천리안, 하이텔을 통해 여론조사 전문 데이터베이스 '갤럽DB(GallupDB)' 유료 서비스 시작

11월. 서울 종로구 사직동 208번지 현 사옥으로 회사 이전

12월. 번역서《마케팅 시뮬레이션》출간

1997년 5월. 한국마케팅여론조사협회 제3대 회장으로 취임

10월. 경주 국제광고페스티벌 '국내외 유명 광고인과의 만남'에 초빙

12월. 제15대 대통령 선거 예측. 사전 여론조사 흐름이 박빙이어서 타사는 예측 발표를 포기했으나 MBC는 한국갤럽 예측치를 발표. 당선자 득표율에 0.4%포인트 근접하여 국내외 이목이 집중됨

1998년 12월 15일. 일본 도쿄 일본국립국어연구소 국제심포지엄에서 '한국인의 외국어와 일본어 사용 실태와 의식' 발표

1999년 다음커뮤니케이션과 온라인 조사 업무 제휴

2000년 MBC 〈성공시대〉 제111회 출연

2001년 법원 경매를 통해 사옥 매입

해외 온라인 조사 네트워크 파트너 라이선스 계약 체결(GMI)

온라인 조사를 위한 갤럽패널 구축

2002년 갤럽DB 인터넷 서비스로 전환

2003년 한국조사연구학회 운영 기금 출연하여 한국갤럽학술논문상 제정. 제1회 시상
SK OK캐쉬백 사업부와 업무 제휴 계약 체결
사옥 리노베이션을 진행

2004년 한국조사연구학회 한국갤럽학위논문상 추가 제정. 제1회 시상
6월. 한강 유람선에서 창립 30주년 기념 행사. 창립 30주년 기념 《갤럽의 어제와 오늘》 증보판 출간

2005년 7월. 온라인 조사 응답 1인당 100원씩 적립해 한국유니세프위원회 후원 시작

2006년 한국통계학회 운영 기금 출연. 한국갤럽학술상 제정. 제1회 시상
전화조사실 확장 이전
홈페이지 리뉴얼. 1992-1997 《갤럽리포트》 30권 파일 무료 공개

2007년 홍익대 국제디자인전문대학원(IDAS) 뉴비전 7기 수료
한국사회과학자료원(KOSSDA) 자료 기탁 협약
《여론조사의 이해》(박무익·이계오·이기재 공저), 한국방송통신대 우수교재 표창장 수상

2009년 6월. 한강 유람선에서 창립 35주년 기념 행사
7월. 케이블TV 채널 비즈니스앤(Business&) 〈강인선 LIVE〉 인터뷰

2010년 휴대전화/집전화 RDD 시스템 도입. CATI 시스템 전면 교체
사내 ERP 시스템 업그레이드
《이기는 선거와 현장조사》 출간

2011년 《한국인의 철학》 출간
서울대 인문대 총동창회 제3대 회장 취임
한국방송통신대 '통계를 알면 세상이 보인다' 영상 강의

2012년 1월. '한국갤럽 데일리 오피니언'(매주 자체 조사 프로그램) 운영 시작
4월. 제176호 경총포럼 초청 강연
제18대 대통령 선거 예측

2013년 9월. 통계의 날 기념 행사에서 동탑산업훈장 수훈

2014년 6월 17일. 서울 소공동 롯데호텔에서 창립 40주년 기념 행사
《한국갤럽의 어제와 오늘 1974-2014》 출간

2015년 1월. 《한국인의 종교 1984-2014》 제5차 비교 조사 보고서 출간

2017년 1월. 사옥 리노베이션 시작
2월. 한국갤럽 데일리 오피니언 제250호 돌파
4월 19일. 지병인 만성폐쇄성폐질환(COPD)으로 폐 이식 수술을 한 뒤 재활 중 신장 기능이 악화되어 종로구 서울대병원에서 74세의 나이로 별세
5월. 회고록 《조사인으로 살다》 출간

참고문헌

Albert Camus, 《반항하는 인간》, 민음사, 2021.
Andre Georges Malraux, 《인간의 조건》, 홍신문화사, 2012.
_____, 《정복자들》, 민음사, 2014.
Andy Milligan·Shaun Smith, 《리서치 보고서를 던져버려라》, 위즈덤하우스, 2006.
Dalai Lama, 《행복한 삶 그리고 고요한 죽음》, 하루헌, 2022.
Frank Newport, 《여론조사》, 휴먼비즈니스, 2007.
Forrest Carter, 《내 영혼이 따뜻했던 날들》, 아름드리미디어, 2019.
Gabriel Garcia Marquez, 《이야기하기 위해 살다》, 민음사, 2007.
Gallup International Association, 《George Gallup: Highlights of His Life and Work》.
_____, 《The Gallup Legacy at 120 Years》.
George Gallup, 《갤럽의 여론조사》, 한국갤럽, 1978.
George Orwell, 《1984》, 민음사, 2003.
_____, 《나는 왜 쓰는가》, 한겨레출판, 2010.
Hannah Arendt, 《예루살렘의 아이히만》, 한길사, 2006.
_____, 《인간의 조건》, 한길사, 2019.
Isabella Bird Bishop, 《한국과 그 이웃 나라들》, 살림, 1996.
James ball, 《개소리는 어떻게 세상을 정복했는가》, 다산초당, 2020.
Jean Cormier, 《체 게바라 평전》, 실천문학사, 2011.
Jeffrey M. Stonecash, 《정치 여론조사의 기술》, 휴먼비즈니스, 2009.
John Lewis Gaddis, 《냉전의 역사》, 에코리브르, 2010.
Jean-Paul Sartre, 《존재와 무》, 동서문화사, 2009.
Odd Arne Westad, 《냉전의 지구사》, 에코리브르, 2020.
Stuart Sutherland, 《비합리성의 심리학》, 교양인, 2014.
Walter Lippmann, 《여론》, 커뮤니케이션북스, 2021.

국립현대미술관, 《박수근: 봄을 기다리는 나목》, 2021.
김구, 《백범일지》, 돌베개, 2005.

김대중, 《김대중 자서전》, 삼인, 2010.
김병희·윤태일, 《한국 광고 회사의 형성》, 커뮤니케이션북스, 2011.
김원일, 《마당 깊은 집》, 문학과지성사, 2018.
김일훈, 《신약(神藥)》, 인산가, 1986.
노자, 《도덕경》, 물병자리, 2014.
박무익 외, 《나의 꿈은 글로벌 CEO》, 월간조선사, 2004.
박무익·이계오·이기재, 《여론조사의 이해》, 한국방송통신대학교 출판부, 2006.
박무익, 《조사인으로 살다》, 한국갤럽, 2017.
서울AP클럽, 《한국 광고 홍보 인물사》, 나남, 2015.
신인섭·서범석, 《한국광고사》, 나남, 2011.
신창운, 《여론조사 저널리즘》, 리북, 2010.
이동욱, 《100% 한국인》, 리즈앤북, 2003.
이동욱·장덕현, 《이기는 선거와 현장 조사》, 한국갤럽조사연구소, 2010.
이상희, 《꽃으로 보는 한국문화》, 넥서스, 2004.
이종찬, 《숲은 고요하지 않다: 이종찬 회고록》, 한울, 2015.
이희호, 《이희호 자서전: 동행》, 웅진지식하우스, 2008.
종로문화원, 《종로의 역사·문화유산》, 종로문화원, 2016.
한국갤럽조사연구소, 《한국의 아동과 어머니》, 1980.
_____, 《한국인의 가정생활과 자녀교육》, 1983.
_____, 《한국 노인의 생활과 의식구조》, 1984.
_____, 《한국 청소년의 의식구조》, 1984.
_____, 《한국 장애자와 일반인의 의식》, 1985.
_____, 《한국 주부의 생활과 의식구조》, 1987.
_____, 《한국인의 인간가치관》, 1990.
_____, 《한국과 세계 청소년의 의식》, 1991.
_____, 《여론조사에 대한 여론조사》, 1997.
_____, 《한국 장애인과 일반인의 의식》, 2001.
_____, 《한국인의 종교와 종교의식》, 2004.
_____, 《한국인의 철학》, 2011.
_____, 《갤럽에게 길을 묻다》, 2014.
_____, 《한국갤럽의 어제와 오늘》, 2014.
_____, 《한국인의 종교》, 2015.
한국선거학회, 《한국 선거 60년 이론과 실제》, 오름, 2011.
한성옥, 《나의 사직동》, 보림, 2003.

현경보, 《여론전쟁》, 상상, 2019.
홍희창, 《이규보의 화원을 거닐다》, 책과나무, 2020.